半城

素素素／著

江苏凤凰文艺出版社
JIANGSU PHOENIX LITERATURE AND
ART PUBLISHING, LTD

图书在版编目（CIP）数据

半城 / 素素素著. -- 南京 ：江苏凤凰文艺出版社，2016

ISBN 978-7-5399-9552-6

Ⅰ. ①半… Ⅱ. ①素… Ⅲ. ①长篇小说－中国－当代 Ⅳ. ①I247.5

中国版本图书馆CIP数据核字(2016)第175774号

书　　名	半城
著　　者	素素素
责任编辑	姚　丽
策划编辑	杨　旋
封面设计	杨　平
封面插画	李淡淡
内文设计	吴紫薇
出版发行	凤凰出版传媒股份有限公司 江苏凤凰文艺出版社
出版社地址	南京市中央路165号，邮编：210009
出版社网址	http://www.jswenyi.com
经　　销	凤凰出版传媒股份有限公司
印　　刷	湖南天闻新华印务有限公司
开　　本	710×1000毫米　1/16
印　　张	17
字　　数	200千字
版　　次	2016年9月第1版　2016年9月第1次印刷
标准书号	ISBN 978-7-5399-9552-6
定　　价	28.00元

（江苏文艺版图书凡印刷、装订错误可随时向承印厂调换）

目录

/// Contents

第一章
不可思议的缘分

夜里下了场大雨，屋里一下子凉了下来，电脑桌旁的风扇还呼呼地吹着，隐约有了丝丝寒意。陆楠揉了揉发红的眼睛，伸手把风扇关了，晕头晕脑地去给自己倒水。

连着两个通宵熬下来，她走路都有些飘，像喝醉了一样，一大口凉水进肚，脑子清醒了些。隔壁房里女人刻意压低的闷哼，伴随着床头撞到隔墙的声音，在寂静的黎明里格外清晰。

陆楠充耳不闻，把水接满了脚步虚浮地折回自己房里，神色如常地戴上耳机。隔壁的动静越来越大，另外几间房的人被吵醒过来，有人低低地吼了句，隔壁的动静倏然停止，过一会儿便吵了起来。

陆楠把音量调大，保存好最新修改的图纸，想了想，拿着手机开门出去。群租房房门关闭的瞬间，里边乱七八糟的声音渐渐被阻隔在门后。

上了天台，陆楠面朝天边的一抹红霞，垂下的左手悄然握紧，惶然不安地眯着双眼望向远方，仿佛一个等待宣判的囚犯，等待着电话另一头的人接起。

有风吹来，细碎的发丝遮住视线，她听见自己笑容洋溢的声音："承洲，咱俩的关系能不能再进一步，例如恋人？"

耳边死一般的寂静，过了一会儿陆楠忽然放声大笑，脸颊滑过温热的湿意："开个玩笑把你吓成这样，赶紧睡吧，我也要睡了。"

挂断电话，陆楠缓缓蹲下去，笑容僵在脸上，一遍一遍地擦自己的眼睛。天台风大，她把眼睛擦得又疼又刺，许久才找到另外一个号码，心如死灰地拨出。

电话那头的人很快接通，陆楠轻咳一声，决绝地开口："厉先生，可以签协议了。"

603路公交车出了西城，摇摇晃晃，开进终点站已经是九点。陆楠下了车，拍拍身上的电脑包，不疾不徐地往江边走。B市东西城是两个极端，西城破旧腐朽，东城高楼林立，日新月异，江滨路更是一步一景。

找到地址上的门牌号，陆楠却一下子愣住了。大片爬满铁艺围墙的蔷薇，红的粉的白的，热热闹闹开了十几米。记忆中，小时候邻居家别墅院子的铁艺栏杆下，也种了很多很多的蔷薇，满墙娇艳的花儿，一度成为附近小情侣幽会的圣地。

她还记得，曾有个人在花墙下说："楠木木质坚硬，耐腐性能极好，又带有特殊的香味，能避免虫蛀，做成的家具经久耐用，是非常珍贵的木材。"

那人还说："你在我心中，如楠木一般。如果有一天你看到满墙蔷薇盛开，一定是我回来找你了。"多动听的誓言，可惜不是跟她说的……陆楠收回视线，有些自嘲地掀了掀唇。

她抬手摁下门铃，迟迟没人过来开门，手机却意外响了起来。是早上才打过的号码，陆楠接通"喂"了一声，耳边传来男人温润谦和的声音："陆楠，我是厉漠北，你现在在哪？"

陆楠下意识地往那片蔷薇花墙望去，稳住心神："厉先生您好，我已经到了您家门外。"

"大门钥匙在门外的信箱里最下面的那一层暗格。我现在暂时走不开，半个小时后见。"厉漠北的嗓音没有太多起伏，一贯温温和和的低沉声线，让人感觉很舒服。

陆楠瞄了一眼立在门前的木质信箱，强作镇定地挂断电话。信箱的样式很古朴，刷了清漆的木头纹路在阳光下折射出温润的光，一如刻在记忆里的画面。

陆楠心底生出一丝诡异的熟悉感，走到跟前，徐徐矮下身子，仔细研究了一会儿信箱的暗格，不敢置信地摁下开启机关。厉漠北，莫北，小北……陆楠念着那个名字，极力保持的无畏表情，隐隐出现一丝裂缝。

开门入内，主屋是风格简约的现代别墅，在大片的欧式别墅中，显得有些鹤立鸡群。占地宽广的院子精致大气，布置手法也特别讲究，红绿相间，水流轻缓，隐约透着那个人身上独有的气质——高贵、优雅，只可远观不可亵玩。

院里静悄悄的，偶尔能听到几声鸟叫，主屋大门紧闭。陆楠环顾一圈，看到别墅楼外的花廊下摆有桌椅，遂走过去拉开椅子坐下。这场交易，在她被拒绝后就已经没了任何退路，然而门外的信箱和那些蔷薇花，却让她平白生出微妙的难堪和一丝想逃的情绪。

江边空气凉爽，陆楠矛盾地坐着，感觉想了很多却又什么都没想，闻着好闻的花香，困意渐渐袭来，撑不住地趴到圆桌上打盹。

半睡半醒之间，恍惚感觉到有人靠近，陆楠一瞬间清醒过来，双眼发红地看着坐在对面的男人。还真的是他……过了这么多年，她以为自己会认不出来。原来真的有些人，因为让你羡慕，因为某种理不清的思绪，也能记住一辈子。

他穿得简单，白衬衫的领扣随意敞开，露出性感的浅麦色喉结。修剪齐整的寸长黑发，眉间气宇轩昂，双目炯然有神。还是记忆里的模样，不同的是，他的身上多了成熟稳重的气质。唯独眼底拒人于千里之外的清冷，始终如昔。

“厉先生您好，我是陆楠。”陆楠闭了闭眼，脸上露出带着歉意的笑容，极力掩饰自己的尴尬和窘迫，“不好意思，让您见笑了。”

“没有关系，我对你的条件很满意。”厉漠北优雅地伸出手，目光散漫温和，焦点却不在她身上，“很高兴认识你，希望接下来的婚姻生活，我们彼此都能诚实地遵守交易约定。”

“我会的……”陆楠伸手跟他虚握了下，退缩的念头变得格外强烈。

他一点都没变，脸上永远透着一股子不屑于跟凡人做朋友的骄傲劲儿。记得有一次，他站在他们家别墅门前，施舍一般把门打开，对着门外的同学说：“很高兴你们能来参观我的家，希望接下来你们玩得开心，但请不要乱动里面的任何东西，摸也不行。”

过了这么多年，她依旧记得那一幕。开满墙的蔷薇花下，身姿单薄的少年骄傲地昂着头，淡漠又疏离地睥睨着台阶下的小伙伴。

那一年，他14岁，她9岁。陆楠那天就坐在自己家的围墙上，清楚地记得他那些同学进门后，嘴里发出的惊叹声。

那时候她便隐约知道，虽然住在一条街上，但他跟他们是不同的。而今回头想，她对他的复杂的感觉，不过是因为羡慕那样的生活却又无法拥有，从而生出的嫉妒和幻想。

“需不需要我再给你几天时间考虑？”大概是她走神的样子让他误以为她在犹豫，落在一旁的视线终于移回来，温温和和的嗓音有些漫不经心。

陆楠定了定神，摇头，恢复惯常伪装的淡然：“可以签协议了。”

厉漠北不再说话，签完协议随即起身，背对着她走下花廊的台阶，眉头拧紧。那个信箱，会开的人并不多。

陆楠望着他的后脑勺，冲动地张开嘴，复又艰难地闭上，把协议装进自己的电脑包拎起，脚步沉重地走下花廊，随他一道上车。幸好，他不曾记得她。

厉漠北坐进驾驶座，等她系好了安全带，不疾不徐地发动车子：“结婚后彼此的现状不会改变，只是下周末可能需要你跟我回去一趟，请提前做好准备。”

陆楠悄然侧目而视，状似不经意地看一眼他的侧脸：“没问题。”

厉漠北似乎很满意她的回答，双眼直视着前方，空出手把车窗降下一条缝，姿态慵懒：“我记得约定里还有一条，你不能爱上我。”

陆楠脊背僵了下，淡定地扬起嘴角：“厉先生似乎很自信，而我同样希望，厉先生别爱上我。”

她把“爱上我”三个字咬得很重，那笑容里分明带着揶揄。事实上，陆楠半分揶揄的意思都没有，只是很不舒服他这种高高在上的姿态。

厉漠北握着方向盘的手紧了紧，不再说话。到东城高新区民政局填表拍照，一套流程走下来，很快就拿到了结婚证。陆楠回到车上，靠着椅背就闭上了眼，有种透支了人生的无措的茫然：“今天需要我去您那儿么，新婚之夜？”

“陆楠，对我不需要用尊称。还有，我不会在这件事上勉强你，那样会降低愉悦感。”厉漠北温和的嗓音里，依稀透出一丝不悦，“所以，不要用这种委屈的姿态面对我，如果无法接受，你可以选择说不。”

“厉先生我想您误会了，我并不觉得勉强和委屈。”陆楠睁开眼，低头看了看时间，有些恶意地笑着，“我在酝酿情绪。”她跟他的身份是平等的，她没必要把自己放到尘埃里，像小时候那样仰望他。

厉漠北皱了下眉头，沉默地发动车子离开。回去的途中他接了个电话，嗓音依旧温润谦和，可陆楠还是听出了他的不耐烦。

记忆里，他很不喜欢周围的同龄人去找他，明明说着拒绝的话，声音却无比的温柔。陆楠也想进那套别墅，但她从来没有开过口，因为她知道，那是跟自己不一样的世界。无论怎么想，她都进不去。

回到江滨路的别墅，陆楠已困极，下了车随即背对着他连打好几个哈欠。陆楠偏头的瞬间，看到他正拿着手机拍结婚证，似乎是要给他母亲发过去，心底无端端生出悲凉的情绪。

从今往后的三年里，她的身份是厉太太。收回视线，陆楠听到车门关闭的声音，心跳猛顿，脸上却依旧装出若无其事的表情。

“以后周末的时候，我会联系你。”厉漠北开了门，弯腰从玄关的鞋柜里拿了双拖鞋换上，“主卧在二楼。”

陆楠把高跟鞋脱了，也拿了双拖鞋换上，跟在他身后往里走：“意思是我不需要跟您同居么？”

陆楠自觉没问错，只是厉漠北的表情明明白白地告诉她，错了，并且毫不犹豫地把她请了出来。面对这样的结果，陆楠心里是庆幸的，继而生出深深的后悔。如果她放下骄傲，跟许承洲开口借这笔钱，她相信他会给，并且不会有丝毫的犹豫。

然而她放不下，她不愿意自己的感情被亵渎。没告白之前，她以为自己是唯一的，她以为许承洲是爱她的。八年啊，从大一到硕士毕业，他们默契地陪伴着彼此，默契地没有去捅破那层窗户纸，甚至默契地没有跟彼此以外的任何异性过从甚密。

可是她被拒绝了：我一直当你是纯洁的好哥们。

一句话粉碎了她所有的假设，她自以为心有灵犀的相守，不过是件并不新鲜的皇帝的新衣。

她努力维持的骄傲，其实一文不值。

她失魂落魄地回到西城，手机收到银行的短信，提醒她账户里有一笔三百万的转账。陆楠停在楼下，仰起头看着头顶的蓝天，站了很长时间才翻出同学沈澈的号码打过去。

电话接通，陆楠恍惚有种近乎虚脱的无力感，几乎站立不稳：“联系下法院调解庭的法官，让他通知伤者明天去法院，把这事彻底解决了。”

这头，沈澈大吃一惊：“楠哥，你哪来的钱？”

“项目组的工资让许承洲整理一下都发下去，宣布解散。”陆楠使劲撑开眼皮，刻意回避他的疑问，“顺便，明天一块去拘留所接盛教授出来。”

沈澈一直沉默，许久才幽幽地问：“楠哥，你别不是借了高利贷吧？”

“借高利贷也得有抵押不是？我孤家寡人的！”

“你别不是打你自己的主意吧？盛教授对你再好，也没必要这么牺牲的。”沈澈声音微颤，犹疑着说。

“你买啊？”陆楠特别想笑，也笑了出来，“小黄书看多了吧，满地跑的不是霸道总裁，是民工，跟我们一样的民工。”

沈澈让她噎得说不出话来，过了一会儿又问：“要不，你把钱给人退回去，让肘子先垫付，咱分期还？”

“沈澈，记不记得大一的时候，咱几个偷偷溜出去看演唱会，回来被保安抓住的事？”陆楠笑得苦涩，抬起头，“做了错事，总要有个人出来做检讨的。”

沈澈无言以对，沉默着把电话挂了。陆楠吐出一口闷气，把手机丢进电脑包里，摇摇晃晃地上楼。她浑浑噩噩地昏睡一觉醒来，想起市古建研究设计院的面试结果好像也是今天出，赶紧登录邮箱。

确定自己已经通过，周一正式入职，她这才后知后觉地想起，从早上到现在都没吃过饭。她敲了敲脑袋，拿起丢在桌子上的泡面，去厨房找了只大碗烧水泡上。

一下子解决了所有的事情，陆楠心里空空的，感觉却憋得慌，泡面吃到嘴里，也特别不是滋味。勉强吃了一半，见时间已经是凌晨两点，遂拿了手机去门外等着。

过了半个小时，合租的叶子一身酒气地出现在楼道里，手里拎着打包回来的肉串还有几罐啤酒。陆楠冲她扬眉，接过啤酒和肉串，顺手搂着她的腰往天台走：“亲爱的，我的事解决了，这次真的谢谢你。”

“楠哥，你这是在挖苦我呢！”叶子兴许是喝高了，又或者是因为同情，化着浓妆的眼里涌起雾气，“你可别把你自己毁了。”

陆楠拍拍她的肩膀，没说话，上了天台一屁股坐下去，顺手开了一听啤酒：“我原本只想借高利贷，有你帮忙，不仅拿到了钱，而且对方还很优秀，所以我真的要感谢你。”

“陆楠……”叶子在她身边坐下，软绵绵地枕着她的肩头，“你们会离婚吗？”

“当然，三年三百万，离婚的时候我二十岁，还没老，而且肯定事业有成。再找个自己爱的，并不吃亏。”陆楠拍拍她被酒精染红的脸颊，茫然抬起头。

如果早上许承洲答应她的表白，她一定不会选这条路。可惜他没有，更讽刺的是，跟自己协议结婚的那个人，竟然是厉漠北，是她很小的时候，就当作奋斗标杆的一个人。

而今，她竟然跪在了那根标杆的脚下，多可笑。一时间谁都不说话，陆楠沉默地把一听啤酒喝完，把肉串拿出来，一块一块咬到嘴里，嚼碎了慢慢往下咽。

叶子刚下班回来，身上的酒气还没散，半眯着眼，惆怅地望着远处的半城星光："我一直觉得，自己不是矫情的人，可是看到你这样，比我自己走了歪路更难受。"

"那就别继续，忍着，换另外一条路走。"陆楠揉了下她的脑袋，长长叹气，"亲爱的，身体不是我们的资本，脑子才是。"

叶子在她怀里点了下头，深有同感："我知道，常常带我出去的那位蒋先生也清楚，不然不会帮我忙，介绍他的朋友给你，他朋友对你的评价很好，说是够听话。"

听话……陆楠捕捉到她话里的重点，兀自笑了。她从来就不是个听话的人，只是现在面临穷途末路，唯有妥协。陆楠低头看了眼叶子，见她还醒着，遂拿起手机登录支付宝，给她转了六万块钱过去。这是自己走投无路，求她帮忙时说好的报酬。

叶子看着她的动作，张了张嘴，抖着肩膀在她怀里崩溃地大哭。深更半夜，她压抑着的哭声，在四下无人的天台上飘散开，渐渐被风吹远。

陆楠也难受，仰起头盯着天空看了很久，又开了一听啤酒，安慰地拍着叶子的肩膀："别哭了，搞得像是我要对你始乱终弃一样。"

叶子哭了许久，到后来哭累了，安安静静地睡在她怀里。陆楠抱着她，任凭晚风吹干脸颊上的泪。

天亮后，陆楠一睡醒立即打起精神打扮一番，出发去了法院。沈澈和许承洲也赶了过来，还找了帮手，说是给她壮胆，其实是怕对方人太多。

输人不输阵，陆楠明白。能用钱解决的问题，从来就不是问题。之前口口声声要告盛教授的伤者，听说愿意赔钱，马上变了一副嘴脸。

陆楠把赔偿金一再压低，刚中带柔地跟对方的代表谈判，态度不卑不亢。负责调解的法官都不怎么说话，大概是被两边来的人吓到，一直到确定了最后的金额，才把赔偿协议拿出来，让双方代表签字。

陆楠签完字，当着法官的面转账完毕，一行人浩浩荡荡地从法院出来，谁都不说话。走到公交站台停下来，和沈澈他们一起送走来壮胆的人，然后叫了车转去拘留所接人。

盛教授是古建痴，私底下大家都叫他盛疯子。这些年，他很少跟人交际应酬，在学校人缘也一般，其收入大部分都用来收集古建筑的各种构件和明清流传下来的家具。

夫妻俩膝下无子，所以师母特别支持他，两口子几乎没有什么积蓄，也没什么人脉。这次修复祠堂的工地发生意外，伤的人在他们那个族里有些身份，也有些手段，第一天就把盛教授关拘留所里去了。

师母一下子病倒，学校这边有意去赎人，结果对方耍无赖，领着上百人跑到学校闹了两次，这下谁都不敢出头。没有钱，一切免谈。

陆楠觉得自己摊上这事纯属活该，谁也不怨。项目由她负责统筹跟进，出事的时候，她却在体育馆看演唱会。无论如何，她都不会让盛教授为她背这个锅。

“楠哥，说真的，你哪来的钱？”沈澈的表情格外严肃，几百万对于家庭条件都很一般的他们来说，是一笔非常巨大的数目，尤其是陆楠。

陆楠拉回思绪，一脸戏谑地盯着他看：“打听这个干吗，准备做牛做马，帮我一起还钱吗？”

“鬼才会帮你还钱，你离我远点。”沈澈让她看得心里发毛，只好跟边上的许承洲求助，“肘子，难道你一点都不好奇么，还是这笔钱是从你这出的？”

“不好奇，小心楠哥把窦晗拐走。”许承洲回避了他的问题，调侃一句，目光深深地看着陆楠，掩在镜片后的眼底藏着探究。

陆楠像被蜜蜂蜇了一下，避开他的眼神，若无其事地侧头望向窗外。到了拘留所，只能一个人进去办手续，陆楠指着许承洲让他去，自己和沈澈留在门外等着。

沈澈已经参加工作，这次是看陆楠的面子友情帮忙，出了意外心里也不是滋味。两人相对无言地站了一会儿，沈澈想起昨天许承洲做的工资表，下意识地往陆楠身边挪了挪，拿着手机开了表格给她看。

两人站得很近，从背后看完全是对小情侣在说悄悄话。沈澈个头高，说完正事瞄了眼她不长不短的头发，嫌弃地吐槽：“楠哥，咱能不能留个长发，肘子喜欢天仙那样的柔美女孩。”

“我不喜欢他啊！这样不挺好么，高兴了梳个大背头，然后领你媳妇儿出去浪。”陆楠苦涩地开了句玩笑，远远看到路上有车子开过来，不由得多看了一眼。

沈澈直接哑火，不知道怎么接她这个茬。陆楠喜欢许承洲，班上几乎人尽皆知。这话从她嘴里说出来，跟平时差不多的语气，感觉却有种彻底放下的无奈。别人不了解陆楠，他是知道的，用这样的语气说话，通常代表她是认真的而不是开玩笑。

联想到她突然变得很有钱，沈澈顿时怒了，激动地抓住她的双肩：“楠哥，你老实告诉我，你是不是跟叶子做了什么交易，你怎么这么不自爱！”

沈澈神情激动，年轻俊逸的脸庞因为盛怒而变得有些扭曲，目光锐利如刀。陆楠寒着脸望向别处，压根不想回答他的质问。

分神的功夫，车子开到跟前。她刚觉得开车的人眼熟，冷不丁撞进厉漠北清冷淡漠的目光里，太阳穴顿时突突地跳起来。

车里的厉漠北仿佛不认识她，只一眼便开着车从她眼皮底下滑过去。陆楠心跳得有些乱，强作镇定地拍了拍胸口。

合约里说保持现状不变，但不允许婚内出轨。虽然她跟沈澈是真的没什么，但是刚才那个情形……陆楠闭了闭眼，唇边掠过一抹微讽的笑意。

“楠哥？”沈澈也看到厉漠北，心里微微有些诧异。

许承洲他哥来这干吗？难道也是来接盛教授的？视线落回陆楠脸上，自动脑补了许承洲出钱给她摆平这事的剧情，赶紧松开手。

陆楠对他的心理转变一无所觉，见许承洲已经扶着盛教授出来，毫不犹豫地给了他一脚：“盛教授出来了，再不走，车费要翻四倍。”

“出来了？”沈澈回魂，旋即冲过去帮忙。

陆楠也上前，紧张地搀着盛教授的胳膊，同时朝出租车司机招手，示意他倒车。人出来就好，她心里的这块石头，算是彻底放下了。

厉漠北开车从拘留所里出来，看了一圈没见到陆楠，这才加速离开。他手机有电话进来，接通听了一会儿，眉头微微蹙起：“我现在就过去，盛教授被人接走了，没能见到。设计院这边不是招了个新人吗？周一入职手续办完，让他直接去C市配合我的工作。”

挂断电话，厉漠北沉吟片刻，缓缓把车停到路边，找到陆楠的电话打过去。

呼叫铃响了许久，久到他差点没了耐性，耳边总算传来陆楠客气疏离的声音：“厉先生您好，我是陆楠。”

“这个周末的见面取消。”厉漠北抬手按了按眉心，不咸不淡地提醒：“保持现状，不是让你在婚内继续跟旧情人藕断丝连地玩暧昧，陆楠，别忘了你还有个身份，是厉太太。”

这头，陆楠掀了掀唇，话里明显带着火气：“放心，这种情况以后绝对不会再出现，希望厉先生也能跟所有的异性，保持相应的距离。”

挂了电话，陆楠在阳台上站了很久，直到沈澈在屋里喊她，这才拉开门进屋。枷锁是她主动选择往身上套的，对方的要求也合情合理，只是心里还是有些适应不来。她现在是厉太太，再也不是单身狗陆楠。

进了客厅，陆楠见盛教授没什么事，跟沈澈他们陪他说了一会儿话，一起去医院把师母接回来。忙完已经到下午，陆楠身心俱疲，拉着沈澈陪她把项目收尾的工作处理清楚，然后直接去吃饭。

沈澈女友窦晗出差没能过来，许承洲孤家寡人一个，另外的两个同学要加班，要晚些时候才到。叶子接了电话，应该已经在路上。陆楠坐下，拿起菜单扫了一眼，递给沈澈。

“说个好事，算双喜临门。”沈澈曲起手指，得意地敲了敲桌子，双眼微微眯起，“肘子的工作定了，市文物管理局。”

“啧啧，你可以的啊你！”陆楠努力扬起笑脸，偏头看了一眼许承洲，招呼服务员上酒，“肘子请客啊，必须得庆祝。”

许承洲目光深深地望着她，唇边噙着一抹淡笑，也不说话。点完菜，叶子风风火火赶到，抱着陆楠就亲了一口。

“陆楠，你昨天的提议，我同意。”许承洲忽然出声打断她们的腻歪，脸上的笑容轻轻浅浅，让人看不清他到底是不是认真的。

陆楠怔了下，眼神一瞬间黯淡下去，脸上露出夸张的笑：“你还真是没救了，我开玩笑的话居然也当真。”

许承洲沉默地看着她，眼底滑过失落，没再继续这个话题。沈澈八卦地拉着他问：“陆楠到底说了什么？”刚问完就收到了一对恶狠狠的白眼，只好继续假装看菜单。

叶子是被陆楠叫来挡酒的，看到陆楠这样隐约猜到原因，禁不住心疼地拍她的肩膀，欲言又止。

“亲爱的，我没事。”陆楠回给她一个笑脸，拿来杯子倒满酒，招呼沈澈和许承洲干杯。

沈澈神经大条，光注意许承洲看陆楠的眼神跟裹了蜜似的，以为是好事近了，起哄着让他们单独干杯。陆楠也不推辞，又倒了几杯酒，一口一口全数喝进肚子里。热热闹闹地吃喝到十点，另外的两个同学赶过来，陆楠拿出手机，挨个问他们要卡号。

沈澈知道陆楠的脾气，劝都懒得劝她，直接从皮夹里把自己的卡拿出来，双手奉上：“楠哥，算钱伤感情。”

“回头你媳妇问起，为什么没钱，你难道要说，我跟楠哥是哥们儿啊，算鸡毛钱，嗯？”陆楠一针见血，“感情是回事，钱还是要算的，这叫公私分明。”

沈澈脸色讪讪，看了一眼许承洲。许承洲借口没带卡，让陆楠缓缓，眼神执拗。陆楠定定望他片刻，当真没再逼他。

散席已经夜深，陆楠喝得有点飘，搂着叶子从最后一班公交车上下来，让她自己先回去，自己坐到楼下的花坛边上发呆。都结束了……夜风微凉，头顶星光模糊，晕黄的路灯光线斜斜照过来，她的影子落在地上，无比寂寥。

陆楠抱紧双臂，茫然地看着从暗处走来的许承洲，感觉做梦一样。

“陆楠，那两百多万的赔偿款怎么来的？”许承洲在她身边坐下，摸了盒烟出来，拆开包装拿了一支含到嘴里，“如果是借的，我帮你还，盛教授的事你只要开口，我完全可以帮你摆平，你到底在犟什么？”

“不用了，钱是我跟家里人拿的。以后好好干，依着你们许家的家族影响力，相信很快你就会成为政坛新星。”陆楠从他手里把烟拿走，曲起食指一下子弹出去，“别学坏。”

许承洲脸上浮起怒意，又拿了一支烟含到嘴里，“啪”地一下点着火，幽幽吸了一口，非常老练的动作。夜色下，那张清朗干净的脸庞，掩在青白的烟雾后面，模糊的轮廓里透出深深的讽刺：“陆楠，你不爱我。”

陆楠定定地看着他，忽然就笑了，笑声苦涩：“所以你拒绝？”

“你不过是在我身上，找另外一个人的影子。”许承洲如同宣判一般，用他雅致的语调缓缓道来，“我不喜欢穿白衬衫，会抽烟，也会喝酒。我不喜欢上素描课，不喜欢园艺，我本质上跟沈澈一样，是个彻底的俗人，不是你塑造出来的高大上的学霸男神。你有事从来都不跟我开口，宁可自己背也要骄傲地跟所有人说，楠哥不怕事。”

陆楠看他的眼神渐渐变得陌生，“嚯”地一下站起来，扭头望向别处：“你说得对，我从来不爱你，这八年对你的好，都是我强加给你的，是我犯贱。”

说完，陆楠丢下他，头也不回头地走了。从厉漠北的别墅里出来的时候，她异常庆幸，甚至还没死心，觉得还有反悔的余地。这一刻却让她觉得，自己狼狈透顶，用了八年的时间跟他玩暧昧，最后一刻才看清一件事。

她所有的付出，于他，不过是个笑话。

许承洲没去追她，夹着烟坐在花坛边上，一脸落寞地望着被霓虹灯染红的天幕。这就是陆楠，骄傲又自卑的陆楠。她爱的人，从来就不是他。

周一上午，陆楠从高铁上下来，感觉还有些恍惚。周末她回了趟家，早上是从家里走的，直接去设计院办理入职手续，不料部门办公室在哪都没搞清楚，就接到了出差的通知，票也买好了。

C市修缮佛光寺的项目遇到难题，项目总工程师跟这边的文物管理局领导，研究了好几天还是没能确认，构件为何铆接不上。走出出站口，陆楠找到来接自己的项目副监理胡松，相互认识后随即上车出发赶往工地。

胡松因为要去接人，送她到了工地简单介绍完情况就走了。陆楠也不在意，检查完图纸就开始跟工人师傅讨论出错的地方，并动手做样品。不知不觉时间已经过了中午，工作区里只剩她一个人。陆楠对此一无所觉，所有的注意力都在手中的构件上。

厉漠北拿着手机，微微倾身半倚着木工操作台，就那么静静地看着她。设计院那边说招了个专业对口的硕士生，他以为是男的，没想到竟然是陆楠，自己的新婚妻子。他来了半个小时，不过陆楠似乎一直没发现。

她的动作很有力量，每一道工序都有条不紊，像个经验丰富的老木匠。那张过分英气的脸，没有任何修饰，跟登记那天萎靡苍白的样子，有很大差别。在一双漆黑明亮的眼睛上方是修得很整齐的眉毛，隐隐透出张扬凌厉的气质，鼻子挺直，唇瓣厚薄适中，形状优美。

厉漠北按了按眉心，从她脸上移开视线，伸出手，在木料上点了下：“反方向，30°角，别画错。”

“嗯。”陆楠点头，微微矮下身子，拿着墨斗在木料上弹线。

厉漠北的目光随着她的动作向下，漫不经心地在她胸前扫了一圈，淡定地望向别处：“专业水平还挺高。”

“过奖。”陆楠不假思索地答完，反应过来这个问题似乎跟刚才说的无关，这才回头看他。

厉漠北？原来胡松说的项目总工程师厉总是他？陆楠怔了下，看他的目光却跟陌生人毫无二致：“您好，厉先生。”

“很意外？”厉漠北眼底滑过一抹淡淡的笑意，只一瞬便恢复清冷，“你就是盛教授赞不绝口的那个学生？”

陆楠没直接回答他的问题，而是低头把衬衫的扣子扣严实，弄好后瞄了瞄操作台，拿起一根拇指大小的木料，继续尝试将出错的地方找出来：“老师对每一个学生都赞不绝口。”

厉漠北微微眯起眼，目光玩味。他的新婚妻子，似乎不是只会死读书的呆子。他不过是调侃了一句，她竟然反呛回来，一点亏都不肯吃。

陆楠摆弄一阵，见他没有要走的意思，遂抬起头迎上他的视线，眼底藏着几许挑衅。

“我希望……”厉漠北开口，只不过很快被陆楠打断，听见她用疏离又淡漠的语调说道：“工作是工作，我分得清楚，所以厉先生，请您也保持工作中应有的素养。”

厉漠北眉间的皱褶变深，慢条斯理地转过身，温温和和的嗓音没有太多起伏：“既然见面了，周五来我的房间。”

陆楠望着他优雅离开的背影，自嘲地笑了。已经跪了下来，就是爬，她也得爬过三年。

陆楠最后一次见他，是十三岁，是他要走的那一天。黑色的奥迪车停在别墅门外，他拉着行李，不疾不徐从那扇黑色的铁艺大门后走出来。高高的身形单薄清瘦，眉目清朗，嘴角周围有一圈淡淡的黑色绒毛。白皙的皮肤在阳光下，折射出近乎透明的质感，好看得让人炫目。

陆楠坐在自己家的围墙上，晃着腿目送他上车离开，此后很多年再未想起。只是那一天，她心里的目标变得更加明确——成为他那样的人。

“图纸有点问题，先回酒店。”厉漠北去而复返，拿走她手里的刨子，居高临下地看着她的眼睛，“一味反复地做模型，既浪费时间又浪费材料。”

陆楠的回忆被打断，脸上闪过一抹细微的难堪，背过身拍掉衣服上沾的木屑，走去放置材料的地方，拿回自己的行李和电脑。

厉漠北先出了门，步伐沉稳。陆楠拖着行李出了佛寺，车子已经停在路旁。车窗半降，厉漠北那张轮廓分明的脸庞，在阴影里透出几分寂寥，安静地直视前方。

阳光有点晒，他的手随意搭在车窗上，指间的烟蓄了长长的一节烟灰，似乎许久没抽。陆楠看得有些失神，摇了摇头从容走下台阶，拉开副驾驶座的车门坐进去。

她低头系安全带的瞬间，车子发动，厉漠北温和但不掩陌生的嗓音飘过来：“这边的项目要跟到下月中旬，你需要什么，待会儿自己去买。”

“好。”陆楠点了下头，神色淡然地望着前方。

厉漠北没再说话，平稳地握着方向盘，偶尔侧眸看她一眼。途中，手机有电话进来，他随手戴上耳机接通：“找到问题了，晚上见面说。”挂断电话，转头神色淡淡地问陆楠：“会不会开车？”

“会。”陆楠没有看他。

“晚上有应酬，是文物管理局的领导，你负责开车。”厉漠北说着抬手看了下表，公式化的语气，“以后每个周末之前之后，我们的关系是同事。”

陆楠没什么情绪地偏过头，似笑非笑地看他：“先生不需要一直提醒，这样会让我以为，您在迫不及待地想要破坏规则。”

“太过自信，还有个词叫自负。”厉漠北握着方向盘的手，下意识地收紧力道，“你这样，我也会以为是激将法。我们是夫妻，除了字面的意思，其他的你都不要多想。”

陆楠脸上的笑容凝固到嘴边，心里一下子泄了气，扬起下巴正回自己的脑袋，假装无所谓地拿出手机玩游戏。厉漠北依旧一副云淡风轻的模样，漆黑深邃的眼里藏着些许笑意，把车开到酒店门前停下，拔了车钥匙下去，绅士地帮她提行李。

房间在陆楠来之前已经开好，跟厉漠北的房间紧挨着。陆楠放了行李，背着笔记本电脑，跟他一起去了隔壁。关上门，陆楠把电脑打开，问了下施工图在哪，顺着他手指的位置去拿来展开。

厉漠北倒了杯水，喝完倚着电视柜，神色莫辨地看着她：“有过几个前任？”

“先生工作时间问私人问题，是在身体力行告诉我您公私不分么？”陆楠波澜不惊地抬起头，漆黑明亮的眼迎上他的目光，“还是，让我来您的房间原本就出于私心？”

“榫卯的地方不用子角梁，而在老角梁前面加一段弦子戗，把图纸修一下。”厉漠北放下杯子，直起身去把窗户打开。

陆楠有点跟不上他的思维，低头，在他看不到的地方咬了咬牙，找到图纸上的大样，拿来铅笔做了标记，跟着把电脑放到茶几上，打开电子图纸进行修改。

厉漠北在窗边站了一会儿，转身坐到沙发另一头，打开自己的笔记本电脑：“登记之前，我们是不是见过？”

“原来先生对自己定的规矩，喜欢朝令夕改。”陆楠头都没抬，心里却有些打鼓，他是不是认出了自己？

“那你是怎么打开我家门外的信箱暗格的？”厉漠北的视线从屏幕上方瞟过去，落到她发红的耳朵上，微微勾起唇角，“你很热？需不需要开空调？”

陆楠头皮发炸，握着鼠标的手抖了下，轻飘飘地丢了一句话过去：“我天赋异禀。”

厉漠北没再说什么，虽然潜意识里觉得这件事有点蹊跷，也没敢往深里琢磨，更怕自己再次失望。她是盛教授带的研究生，跟许承洲是同学，会开也不算太意外。只是他的心情愉悦得有些过分，二十六岁还这么不经逗，有点意思。

父母催结婚已久，眼看外公的身体一天不如一天，最近一次下病危通知单是在一个月前。他们更是火急火燎，恨不得一天二十四小时都要他去相亲。

他对这事没有任何兴趣，考虑到不想外公遗憾才做了部分妥协。发小听了他的想法，一开始嗤之以鼻，后来见他是认真的，也开始上了心。拿到陆楠的资料，他跟她通过一次电话，马上确定就是她了。

毕竟，想找个协议结婚，不能有感情并且身家清白的女孩，还是有点难度的。而陆楠，她符合所有的条件，并且让他感觉舒服，仿佛在哪里见过一般。最开始的通话，她甚至比他还要冷静几分。她说：“我的要求只有一条，钱。”

余光见她的脸似乎都跟着红起来，厉漠北眼中光芒乍现，忽而玩味地笑了。他不抱任何希望的婚姻生活，似乎在往一个很有趣的方向发展，让他无端端地生出几许期待。

两人静默下去，陆楠始终没看他，图纸修完，衬衫的后背不知何时湿了大半。其实承认也没什么，好歹算知根知底。她也搞不懂自己，为什么就是不想让他知道，她曾跟他做过几年的邻居，曾无数次地想要进他家的别墅。

那个信箱的暗格设计得非常精巧，她第一次打开后，特别特别开心，浑身上下都充满了要去探险的激动。只是，她一次都没有打开过那扇门。

每次开了暗格，她都只是把钥匙拿出来看看又放回去，然后爬到自己家的围墙上，隔着一墙的蔷薇，羡慕地看着那栋奢华大气的别墅。

“时间差不多了，走吧。”正走神，厉漠北忽地出声，害陆楠吓了一跳。

眯起眼瞄了瞄屏幕右下角的时间，陆楠利索地把图纸保存好，合上笔记本电脑：“我这边修完了，什么时候送去晒？”

“不急，晚上一起核对下。”厉漠北活动了下脖子，看到她湿答答的后背，目光闪了闪，“你热出汗了。”

陆楠脊背僵了下，偏头冲他扬起笑脸：“看到您就会下意识地觉得热，很热。”

说着，她故意抛了个媚眼，表情生动。厉漠北随意将手抄进裤兜里，漫不经心地逼近过去，看她的目光，更加意味深长，嘴边浮起一抹几不可见的轻笑。

虚张声势……多久没想起来的词了，她倒是演绎得入木三分。

“去换套衣服，适当的修饰仪容，对别人也是一种尊重。”厉漠北缓缓低下头，贴着她的耳朵不疾不徐地说完，径自从她身边越过去，开门进了洗手间。

陆楠愣在原地，反应过来自己被他看穿了，旋即磨了磨牙，昂着头开门出去。换了套衣服，她看着镜子里的自己，有些忿忿地开始化妆。脖子特别热，厉漠北什么都没做，可他气息喷过来的灼烫感觉，却弥久不散。

陆楠忽然特别地讨厌过周末。

吃饭的地方离酒店不远，进了包厢，文物管理局的几位领导还没到。胡松过来跟厉漠北简单介绍了下，都有哪些人要来，然后笑着跟陆楠打招呼。陆楠回了个笑脸给他，下一瞬，厉漠北的手臂就搭在了她身后的椅背上，很暧昧的一个动作。

胡松有些意外，转念一想，这两天大家都很累，查资料、联系专家、开会讨论一直都没停过，问题总算解决，随意一些也正常，也就释然了。他说了会儿话，见时间差不多，起身下楼去接人。

他一走，包厢里的气氛便有些不对了。厉漠北慵懒地靠在椅背上，好整以暇地打量着陆楠的侧脸，目光幽深莫测。她化了淡妆，从他的角度望过去，刚好能看到她眉尾根根分明的眉毛和粉润饱满的唇。刚才她笑的那一下，嘴角的梨涡深深，意外流露出让人心猿意马的诱惑风情。

他看得专注，目光里透露出某种特别直白的信息。陆楠就是根木头，也感觉到了他的用意，回头对上他的视线，脸上的笑隐约多了一抹咬牙切齿的意味："先生，您是在邀请我提前回酒店么？"

厉漠北倏地笑了，不是一贯温和的嗓音，沉沉的哑哑的，只是脸上的表情分明写着揶揄："陆楠，我不介意提醒你一下，我们是夫妻。"所以他看她是光明正大的，对她有想法也没什么不对。

"先生忘了加上定语。"陆楠眼神亮晶晶地望着他，忽而凑过去，学他在客房里的样子，不疾不徐地往他的脖子上吐气，咬牙切齿地更正，"周末夫妻。"

厉漠北眸光沉了沉，垂下眼帘，饶有兴味地盯着她的脸。陆楠保持着倾身的姿势，微微仰着头，没有躲避他充满审视的目光。

拿"夫妻"两个字刺她，实在是不疼不痒。气氛有片刻微妙。陆楠意识到不对劲，他已经坐直起来，手臂虚揽着她的肩膀，形成一个环抱的姿势，在她耳边轻笑低语："那也是夫妻，适当保持距离才更保鲜，也……"

话说到一半，包厢的房门被人推开。厉漠北自然而然地收回自己的手，翩然起身相迎，仿佛刚才在陆楠耳边说话的暧昧动作，不过是因为他要起身才造成的，不具有任何的含义。

陆楠也站了起来，后背有些潮。他抽离的一瞬间，让她明白了一件事，在口头上跟他较劲，简直是不断地给自己挖坑。

相互介绍认识一番，一行人坐下来，点了菜就开始谈工作。陆楠偶尔插上一句，其他的时间都安静地坐着。这样的应酬，她只是背景板。厉漠北跟来的几位领导似乎很熟，说完正事，余光瞄了眼陆楠，随意慵懒地靠到椅背上，又将手搭了过去。

其他人见状，不由得开起玩笑："厉总今天可得陪我们几个老家伙多喝几杯，胡工也是，至于陆工，美女有特权，可以不用喝。"

"好说。"厉漠北也笑，嗓音温温和和。

陆楠听得不是滋味，脸上的笑容倒是没变过。说是应酬，实际上是问题解决了，凑一起吃个便饭，谁都没有要多喝的意思。席间，厉漠北很给面子地抿了两口，再没碰过酒杯。

散席下楼，陆楠去停车场拿车，胡松跟厉漠北陪着那几位领导站在饭店门口，似乎又说起工作的事。

她拿了车开过来，不见胡松和那些领导，也没多问，等厉漠北上了车，随即掉头往酒店的方向开。他上车就靠着椅背，浅浅地闭上眼，脸上露出浓浓的倦意。陆楠跟他没什么话好说，沉默着把车开到酒店门外把他放下，然后去停了车，拿着车钥匙慢慢往回走。

厉漠北站在酒店门前的雨棚下，浅橘色的LED筒灯灯光从天棚洒落下来，那张轮廓分明的脸，在光影的作用下，线条愈发深邃明朗。陆楠漫不经心地把目光投向别处，上前客气地把车钥匙还给他，转身迈入大堂。

"等等……"厉漠北出声叫住她，抬手指了指对面的超市，"陪我去买牙膏。"

陆楠回头，顺着他的指尖望过去，视线定格在华润万家的招牌上，兴趣缺缺地扬起唇角："同事不需要什么都陪。"

"是吗，那么我提的任何合理要求，你都不能反对这一条，是不是有点用。"厉漠北丢下话，施施然迈开长腿。

陆楠脸上的得意一下子被戳得支离破碎，不怎么情愿地跟上去。进超市拿了推车，厉漠北目标明确地往日化区走。陆楠推着车慢悠悠地跟在他身后，脸上的表情淡淡的，像个跟丈夫冷战的小媳妇。

走到摆放牙膏的货架前，厉漠北拿出手机接电话，不动声色地拉开了一些距离。陆楠敏锐地捕捉到他的意图，识趣地往后退开，无聊地拿出自己的手机玩游戏。

她没什么要买的，也不愿意占他的便宜。如果非要用一个词来定义她和厉漠北的关系，这个词是"伙伴"而不是"夫妻"。

他需要一个听话的结婚对象，只在周末应付他的父母，解决他被逼婚的难题，而她需要的是钱。这是一场很公平的交易，签下协议的那一刻，就不存在任何幻想的空间。只是她仍虔诚地捧着自己的自尊，像捧着一只易碎的瓷瓶。只有在约定的日期里，才肯心甘情愿地奉上，让他碾碎成泥。

很长一段时间过去，游戏里所有的道具已经用完，那一关没过，而厉漠北还在接电话。陆楠实在无聊，只好挨个品牌看那些牙膏，仔细地把原料表、产地、功效看遍。

厉漠北打完了那通电话，拿着手机慢悠悠地走回来，从货架上拿了一盒白药牙膏丢进推车，一言不发地往收银台走。陆楠反应过来，推着推车不紧不慢地跟着。

到了收银台，厉漠北从货架上随手拿了一盒冈本，回头看陆楠，体贴入微的语气："你喜欢哪个牌子？有没有特别的需要，例如波点、超薄、香味？"

陆楠抬了抬眼皮，视线在他手中的冈本上定格一秒，双手撑着推车微微俯下身，色气满满地笑了："先生的尺寸堪忧。"

厉漠北低头，视线在手中的盒子上打着转儿，自然而然地放回去，重新拿了一盒。陆楠小胜一回，脸上的得意丝毫不加以掩饰："小心中途脱了。"

厉漠北没搭理她，弯腰从推车里把牙膏拿出来，跟冈本一起放到收银台上。

"八十块零五毛。"收银员扫了条码，顺口问了一句，"要不要袋子？"

厉漠北摇头，手在裤子口袋里掏了半天，发现没带钱，只好把陆楠叫过来："帮我付下账。"

陆楠目光玩味，上上下下地打量他一遍，打开包拿了张一百的递过去："回头记得还我。"

收银员看看收银台的冈本，又看看脸色黑成墨汁的厉漠北，想问有没有会员卡的话，硬生生卡在喉咙里。从华润出来，陆楠落后厉漠北几步，高高地翘起唇角，一双眼弯成了月牙。

大概是在超市被削了面子，厉漠北进了房间后，没再拿话刺陆楠，还了钱就一本正经地跟她讨论图纸。忙到半夜，确认所有的图纸都没问题，陆楠保存好就抱着自己的笔记本电脑回了隔壁。

迷迷糊糊睡了几个小时，陆楠听到敲门声响起，知道是厉漠北，立即用最快的速度洗漱穿衣。夫妻那点事他怎么刺她都不在乎，工作上绝对不行。她不想让人质疑她的能力，质疑盛教授在这方面的权威。

开门出去，厉漠北正拿着手机跟人讲电话，陆楠接过他递来的车钥匙，抬脚往电梯厅走。去停车场把车开出来，他的电话已经打完，脸色看起来不怎么好。

车子开出去好远，厉漠北眉间拢着的阴霾还没散。

“厉总，您的脸色很不好，要不我掉头送您回去休息？”陆楠说得随意，也做好了被他刺的准备，结果却听他说：“一年，一年后办理离婚手续，钱不用退我。”

协议是自愿签的，双方都有提出修改的权利，这点毋庸置疑。而他的提议很明显是让她占便宜，陆楠自是欣然应允。厉漠北没有忽略她脸上不加以掩饰的开心，冷冷地泼了盆凉水过去：“这一条协议更改，其他的会跟着相应调整，例如……”

他顿了顿，视线瞟过她的胸口：“某些我应享的福利。”

陆楠心里边高兴，脸上的笑容灿烂得简直过分：“见过牛累死，还没见过田被犁坏，先生见过？”

厉漠北结结实实地被噎到，看她跟中了头奖似的，就差没跳下车三呼万岁，不禁失笑，只是笑得很冷：“陆楠，你或许可以试试。”

陆楠偏头，飞快地扫了他一眼，惊见他眼底阴沉难辨的漆黑，这才后知后觉地意识到，自己踩了所有男人都忌讳的雷区。可是话已经出口，收也收不回来了。

厉漠北的目光一直笼罩在她身上，唇边的冷笑始终不退。陆楠的犟劲上来，也笑了：“试试也无妨。”

厉漠北唇边的冷笑变了变，透出几分阴森。陆楠假装没注意到，一路上都心情很好地翘着唇角。

到了工地，工人们正在吃早餐。厉漠北看过赶制出来的构件，又试着卯上去，确认没什么问题，招呼陆楠去已经开放的正殿那边吃素餐。陆楠之前没来过C市，到这边一整天不是在酒店打转，就是在工地琢磨做错的构件，都没好好瞧过这佛寺的风景。

跟着厉漠北从工地出来，穿过几重佛院到了正殿下方，一眼看到正门上大大的牌匾——佛光寺。她听盛教授说过这座佛寺的详细历史，知道这儿有家味道非常不错的素食馆，叫素味斋。

进了店，陆楠透过木质的雕花窗格望出去，发现这店一侧靠着佛光寺，另外一侧依着森林公园，心里隐隐感觉价格恐怕不会低。要了临窗的位置坐下，陆楠看了看菜单，脸上浮起揶揄的笑：“没想到先生还是素食者。”

厉漠北点了几样东西，抬起头，那张轮廓分明的俊脸上，缓缓浮起似笑非笑的表情："先吃点小菜开胃，正餐在周五。"

陆楠没接他的话茬，她一直觉得自己是个挺拧巴的人，几番交锋下来，却忽然没了任何斗志。厉漠北说了那一句之后，就那么一直盯着她看，脸上的表情没太多变化，眼底漆黑沉静。

那是一种说不上来的姿态，没有嘲讽，没有得意。他整个人都是平和愉悦的，修长干净的五指微微曲着，很随意地搭在桌子上轻叩，仿佛逗弄了自己的宠物后，心满意足的那种舒爽。

陆楠在他无声无息的沉静目光里，捏着菜单的拇指指甲周围，浅浅地白了一圈。她在他眼里，是那只被逗弄了的宠物，这样的认知很讽刺。陆楠没问过叶子，是怎么跟那位蒋先生解释自己的境况的，也不打算问。

第一次跟厉漠北通话，是叶子告诉自己，有人愿意帮忙的那天天亮以后。她在天台吹了一夜的风，开口的时候嘴巴都是木的。而他似乎才睡醒，慵懒的语调温温和和："钱没有问题，我在出差，回去之后见一面，彼此满意就把协议签了，然后去领证。"

那一刻，其实双方的姿态是对等的。一个愿打一个愿挨，并没有高低贵贱之分。只是他的心态要远远好过她，无论是什么，都特别坦然。而她却把自己的姿态放低了，把自己放到了一个很低很低的位置，像个被逼迫的怨妇，像小时候那样，习惯性地仰望着他。

想通了这些，陆楠一瞬间变得轻松，有种豁出去的轻松。

陆楠的态度在改变，厉漠北亦然。陆楠很好强，却又充满了矛盾。她抗拒彼此的关系，而且非常容易害羞，却又表现得很无所谓，说明她内心深处对他的戒备，不比他对她少。他不否认逗她是一件很有意思的事，然而他的理智一直不断地提醒他，会上瘾。

那个刻在心底的人早就错过，除了她，他谁都不爱。所以发现自己的想法动摇的那一刻，感觉非常不好。对于这种微妙的心理改变，两人难得很有默契，无论工作还是私底下，都如同平常同事那般相处，再没提过工作以外的事。

陆楠偶尔分神，也会好奇，优秀如他为什么会花大价钱协议结婚？为什么协议的日期从三年改为一年？只是这种念头冒出的次数很少，她始终当他是陌生人，一个顶着她丈夫身份的陌生人。

虽然心态摆正过来，陆楠对过周末依旧兴致不高，若不是胡松提醒，她都忘了已经到周五。走出工地，胡松接了个电话，又匆匆折回去，说是忘了什么东西。

陆楠还在纳闷，就被厉漠北塞进车子，直接出发回B市。他的脸色非常不好，隐隐透出某种看透人生的苍凉和寂寥。陆楠压下自己的好奇心，系好安全带就拿着手机玩游戏。

“我的父母要见你。”厉漠北主动开口，平和随意的语气，脸上的表情也是一贯的清冷，“他们会不会喜欢你不重要，不管他们说了什么，你只需要回答好就可以了。”

“明白。”陆楠从手机屏幕上抬起头，视线落到挡风玻璃外，“还有什么需要注意的么？”

厉漠北摇头，继而沉默下去。百多公里的路程，回到B市天刚刚黑透。车子没进市区，而是走三环直接去了西城市郊。陆楠看着越来越熟悉的街景，整颗心都跳到了嗓子眼，赶紧收了手机正襟危坐。结婚的事家里并不知道，她也没想过要告诉父母，又不是正儿八经的嫁人。

说白了，这段婚姻不会持久。

第二章
似是故人

路过下三环的路口，见他没有打灯拐弯，陆楠总算稍稍安心，偷偷擦了把额头上的汗。不是回她家隔壁的那幢别墅就好，至于他父母，应该不记得自己了。虽然他母亲许音华时不时会回去看看，但两人撞见的次数却很少。

过了片刻，车子缓缓停到小区里的一幢别墅门外。陆楠从车上下来，看着自己空空如也的双手，忽然意识到，自己头一次拜访，这样进去未免失礼，不由得回头："我没带礼物。"

"不用。"厉漠北锁了车，面沉似水地开门进去。

陆楠深吸一口气，做好心理准备，紧跟着他的步伐往里走。

"小北回来了。"绕过门厅的屏风，随即有道温柔的嗓音响起。陆楠循着声音望过去，一下子就看到了许音华，以及坐在她身边剥橘子的厉永新。

陆楠第一次见他的家人，还是这么多，不免有些紧张。厉漠北冲母亲点了点头，不由分说地牵着她上前，挨个介绍家里人给她认识。认完了一圈人，陆楠被厉漠北拉着坐到许音华夫妇身边，听到他不悦地发问："承洲怎么没回来？"

陆楠听到"承洲"这两个字，下意识地想到了许承洲，有些走神。许音华没有回答厉漠北的问题，而是打量着陆楠，目光里稍稍带着些许审视，敷衍地问她："家里都有些什么人，做什么工作？"

"我们是同事，她父母都还好，婚礼暂时不办，等我忙完这段再说。"厉漠北替陆楠答完，不轻不重地捏了下她的手，看她的眼神充满了警告。

他的手温热而厚实，带着一层薄薄的茧，力道下压的触感，如同电流一般，惊得陆楠瞬间回魂。世界不会这么小，她安慰着自己，勉强打起精神应付。

许音华是真的不记得她，对她来说，最难过的一关已经过去，剩下的，她有问必答就行。今晚来的人很多，有厉漠北的两个舅舅和两个舅妈，还有他的表哥、表嫂、表姐、表姐夫，长辈里有二外公、二外婆，几乎算是举家出动。陆楠坐在厉漠北身边，接受着他家人的各种盘问，感觉自己特像动物园里的猴子。

好在这种情况持续的时间不长，快九点的时候，厉漠北借口还有事，牵着陆楠的手大大方方出了别墅。陆楠一出门就抽回自己的手，下意识地揣进裤子口袋里，有些发潮的后背被风一吹，顿时凉飕飕的。他的演技非常好，她甘拜下风。

厉漠北侧眸，将她的小动作尽收眼底，停下脚步，似笑非笑地道："你的表现很差劲，希望下次能上及格线。"

陆楠牵了牵唇角，忍住嘲讽他的冲动，保持沉默。回到车上，厉漠北的神情恢复了一贯的清冷，淡淡掀唇："住哪？我送你回去，这个周末的任务算是结束。"

陆楠松了口气，黯淡的眸光一下子亮起来，显得神采奕奕："到市区就行，我自己回去。"

厉漠北瞥见她脸上的笑，难得地没打击她，低头发动车子开了出去。进了市区，陆楠在公交站台下了车，却意外接到沈澈的电话，接通听了一会儿，蹙眉四顾："我刚从C市回来，马上过去。"

挂断电话，陆楠也不等公交车了，拦了辆出租就往市中心赶。通过市古建研究设计院考试的事，还没来得及告诉他们，所以大家都以为她还在B市。幸亏今天厉漠北带她回来，不然回头得被沈澈两口子念死。

到了钱柜附近，陆楠见周大福还开着门，赶紧让司机停车，冲进去买了条细细的手链。窦晗也是他们的同学，还是陆楠好得不得了的闺蜜，她过生日，断然不能空手过去。

进包厢的时候，沈澈他们都喝高了，正拿着麦瞎嚎。陆楠走过去把他拎到一边，搂着窦晗就狠亲一口她的脸："生日快乐，亲爱的！"

"楠哥！"窦晗看清是陆楠，美得都忘了沈澈才是她男友，软绵绵地倒她怀里撒娇，"有人欺负我，说好带我去会所长见识，结果选了这地方。"

沈澈今天有点奇怪，平时要是窦晗这么说，他顶多笑笑，毕竟还要存钱付首付，不该花的都尽量不乱花，可这会儿他竟然拉起她就往外走：“媳妇儿，咱去长见识，现在就去。”

陆楠话还没出口呢，许承洲的手就伸了过来，借着酒劲抓住她的胳膊，拉她一块往外走。大概是喝了酒的缘故，他的手劲大得吓人，陆楠想甩都甩不掉。

窦晗隔着一群人，回头丢了个鼓励的眼神给陆楠，到路边拦了车，直接杀去煌家。陆楠心里有苦说不出，还没喝脑仁就开始抽疼。煌家是市里最好的娱乐会所之一，普通包厢一晚上的最低消费也要小六千，今晚这一去怕是上万都打不住。

陆楠担心沈澈带的钱不够，想了想拿出手机给叶子打了个电话，问她能不能打折。

“给我要个低消费的包厢，大一点的，我们十来个人。”陆楠挂了电话，平静地拿开许承洲的手，“许承洲，你没喝多。”

许承洲咳了下，掩在镜片后的那双眼，有难堪以及深深的自嘲：“陆楠，我周一就走了，要下去待一年，我希望我们能试试。”

“我送你。”陆楠深吸一口气，心里忽然特别不是滋味。

许承洲跟沈澈不同，沈澈外向，有什么说什么，高兴难过都明明白白地写在脸上。许承洲沉默寡言，八年里，他永远都只是用那双云山雾罩的眼睛，深深地看着她，陪着她一起上图书馆，一起查资料，一起逛街，一起读研。

所以她才会误会，才会觉得就算没有正式告白，他们也是情侣，彼此都喜欢着对方。可是一周前，他残忍地拒绝了她，并义正词严地控诉——她不爱他。

她明明爱他的，只是如今再也回不去了，只是差了一周，一周而已。沉默中，许承洲轻轻叹了口气，垂眸看着她的侧脸：“陆楠，忘记我之前说的那些话，让我们重新开始，像恋人一样相处。”

陆楠扬了扬眉，微笑摇头，胸口却涩涩的疼。忘掉那些话？多难啊！

到了煌家，陆楠见叶子已经等在门外，下车过去跟她说了几句，招呼沈澈他们上楼。

“楠哥，跟你说件事。”叶子跟着进了电梯，凑到她耳边，用只有两个人能听到的声音，悄悄道，“蒋先生和他的朋友在上面。”

陆楠愣了下，示意她别吱声。低消费的包厢在四楼，那位蒋先生是白金客户，常去的包厢在六楼。陆楠进包厢跟窦晗说了会儿话，找借口拉着叶子开门去了洗手间。

厉漠北心情不佳，所以才约那位蒋先生来买醉？陆楠琢磨着叶子的话，忽然就想起从C市回来时，他脸上流露出的那抹疲惫和苍凉。让他临时改变协议内容，从三年变一年的人，应该是个女人，是他深爱而不得的女人。

想到这层，陆楠忽然觉得浑身轻松。厉漠北今晚的态度，其实已经透露出了一个很重要的信息，这一年的时间里，他或许……都不会碰她。这是好事，对她来说绝对是天大的好事。

“别跟他们说我在这儿，他们什么时候走，你提前给我发个微信。”陆楠洗了把手，愉悦地解释，“我虽然跟他结了婚，可是跟他一点都不熟，能错开不碰面最好。”

叶子伸手抱了抱她：“我没说来的是你，蒋先生估计等急了，我先上去，有情况一定通知你。”

陆楠笑着点头，揽着她一块开门出去。回到叶子给定的包厢，窦晗立即把她拉了过去，问她跟许承洲到底成没成。

“我们是好哥们。”陆楠把礼物塞给她，故意恶狠狠地警告，“不许再说这事，今天你是寿星，别的都不要想。”

“算了，你们能保持纯洁的哥们关系八年，我不服不行。”窦晗知道她不想提，识趣地没追着问。当局者迷，他们总有一天会看清的。

来的都是同学，除了陆楠跟许承洲读研，剩下的都工作差不多三年了，玩起来疯得不行。陆楠酒量好，喝多少也没事，许承洲就差了些，蛋糕还没切，已经醉醺醺地枕着她的肩膀，闭着眼像睡着了一样。

其他同学见状，又趁着酒劲儿起哄，逼问陆楠什么时候跟许承洲突破哥们的关系，把彼此的距离变负。

“你们也太污了，我们真的是好哥们，一辈子都是。”陆楠仰头喝了一口酒，慢条斯理地开口：“我订婚了，结婚的时候再请你们来这儿嗨。”

这句话无疑是颗重磅炸弹，就连沈澈和窦晗都被炸蒙了。靠在她肩头休息的许承洲睁开眼，复又无声无息地闭上。

“别一副见鬼的样子看我，真事儿。”陆楠晃了晃手里的啤酒，笑容明媚，“周末回家的时候订的，算是青梅竹马吧，对方在投行工作，收入很高，而且很帅，比肘子帅。”

热热闹闹的包厢一瞬间安静下来，大家面面相觑，全都一副被雷劈坏的样子。只有沈澈看她的目光，透出几分阴鸷。

盛教授的麻烦是在周末之前解决的，她周末回去跟人订婚，这钱的来历，不用想也知道肯定是订婚对象出的。亏得他还一个劲跟窦晗说，许承洲跟陆楠成了，今晚故意闹他俩。

“楠哥，说真心话，你对肘子就真的没有过想法？”角落里有人出声，用愤愤不平的语气道，“八年啊，抗战都胜利了，你们同进同出，理工大的樱花树不知道被你们踩死多少幼芽，这会儿说只是哥们，谁信！”

“不信你们问问许承洲。我说，你该不会也喜欢我吧，真是荣幸。”陆楠挑了挑眉，微眯着眼望进角落里，目光玩味地看着对方，“你小子藏得挺深哪，说说，都看上我什么了？”

“没有的事，我们都把你当哥们。”对方的嗓音明显底气不足。

这一闹，先前笼罩着的愁云惨雾瞬间散开，大家再次举杯畅饮。过了一会儿，沈澈找了个理由，和窦晗一起把陆楠拉出去，恶声恶气地质问：“陆楠，你把话说清楚，摆平盛教授那事的钱是哪来的，是不是你那个订婚对象给的！”

“楠哥，肘子有能力帮你这个忙，你为什么要舍近求远？”窦晗也觉得陆楠这事过了。跟许承洲暧昧了八年，陆楠看对方的眼神什么样，她清楚得很。

陆楠无奈摇头，一手一个拍了拍他们的肩膀：“你们这脑洞不去当编剧真是瞎了，搞什么古建筑修缮。订婚的事是一早就说好的，正好工作落实了，两边家长都着急。”

“那肘子呢，你真的就没动过心？”窦晗忽然觉得陆楠陌生，她的眼里藏了太多东西，深得让她看不清楚。

陆楠左右看了一圈，发现这地方不适合说话，遂拉着他们去了总台附近的雅座坐下。她跟许承洲这事不说清楚，怕是从今往后做朋友都有隔阂。沈澈嫉恶如仇，跟许承洲好得跟亲兄弟似的，跟她也不差。为了这事儿翻脸倒是不至于，关系肯定会淡就是了。

“我跟许承洲进行过一次很友好的交流，讨论得出的结果是，我不爱他。”陆楠掀唇，把许承洲说过的话，一字不差地复述一遍，自嘲地摊手，“懂了么？”

沈澈和窦晗没想到许承洲会这么说，一时间全都沉默了。

“就这样吧，人生的路还很长，没准兜了一圈我跟他又走到一起。”陆楠拍拍他们的肩膀，疲惫地站起身，扭头的瞬间，冷不丁撞进许承洲欲说还休的目光里，心脏不可遏制地又疼起来。

许承洲抬脚朝她走来，几乎用尽全身的力气抱她：“陆楠，不管那个人是谁，我希望有一天，你亲口告诉我你很幸福。”

陆楠眨了眨眼，望向他身后的光影，垂下的双臂缓缓抬高，在他背上轻拍：“我会幸福，所以你也要幸福。”

说完，没有半丝留恋地推开他，径自回了包厢。难过么？不难过，像是完成了一道人生必须要经历的题，熬过解题的过程，答案对错已经不重要了。

她从大一就像影子一样跟着他，喜欢看他穿白衬衫，喜欢看他偶尔露出的忧郁，喜欢他用干净修长的手指，揉着她的头叹气，喜欢他用无奈的口吻说：“陆楠，留长发吧！不然除了我，没男人愿意跟你做朋友。”

可她只要跟他做朋友啊，那时候多欢喜，却又小心翼翼藏起心思，生怕自己吓到他。因为他们是好哥们啊，可以一起聊天、撸串、熬夜、翻墙去看演唱会的哥们。可以对着美女帅哥评头论足，大晚上在马路牙子上撒欢胡来的好哥们。

她花了很长一段时间鼓起勇气，豁出去问他：“我们的关系能不能更进一步，例如恋人？”他说：“我一直当你是纯洁的好哥们。”她被狠狠摔下地狱，他还不忘补刀：“陆楠，你不爱我，你爱的是我身上某个人的影子。”

多讽刺，她花了八年的时间陪他，他却断定，自己爱的只是他身上的影子。谁的影子？她压根就不知道！

结束的时候已是凌晨，叶子来了微信，告诉她厉漠北醉得厉害，不过已经走了。陆楠舒了口气，等叶子下来一起把喝醉的同学都安排好，这才折回去结账。沈澈跟窦晗都喝糊涂了，许承洲直接喝吐，样子颇为狼狈。她没像以前那样照顾他，只是吩咐还醒着的同学，帮忙送他回家。

她已婚了，她的身份是厉太太，她必须时刻谨记。结完账，叶子被领班叫过去，说了会儿话又折回来：“我这边还有事，你自己先回去，晚点蒋先生会来接我，不用担心。”

陆楠冲她摆摆手，揉着太阳穴往电梯厅走。摁下下行键，电梯很快从楼上降下来。陆楠晕乎乎抬脚进去，也没看里面的人是谁。

厚重的金属门缓缓合上，里边立即形成了一个狭小的密闭空间。陆楠靠着电梯壁，难受地闭了闭眼，见鬼一般看着身后的厉漠北，耳边听到他熟悉的，微微带着嘶哑的嗓音：“陆楠。”

“厉先生？”陆楠一下子站直起来，脸上写满慌乱，“这么巧！”

厉漠北高大的身躯往陆楠面前一站，低下头，双手撑着电梯壁，把她困在电梯壁和自己的身体中间。他不说话，微微俯着身，就那么一眼不眨地看着她。

喝多了的陆楠，脸颊染上浅浅的绯红，黑白分明的眼睛直直地望过来，明明很害怕，却在假装镇定。某些极力遗忘的久远回忆，伴随着一道纤细瘦弱的身影，清晰地闪过脑海。

“厉先生？”陆楠挺直了脊背，醉意一下子全散了，紧张地站在他投下的阴影里，头皮一阵阵发麻，扯开干巴巴的唇角，“附近有钟点房。”

“好。”厉漠北说完，半眯着眼醉醺醺地抱住她。

陆楠吓了个半死，本能地撑住不让他倒下去。厉漠北比许承洲还高半个头，她能背得动许承洲，却只能看着挂在自己身上的男人干瞪眼。她就没想过去开房，带他回自己租的房子，那更不可能，想来想去最后送他回了江滨路的别墅。

从车上下来，陆楠把他的手放到自己的肩膀上，架着他去开了大门，又费了九牛二虎之力，才把他弄进客厅。厉漠北醉得厉害，把他放在沙发里，去倒水的时候什么样，回来还是什么样。

“厉先生，您要不要喝口水？”陆楠把水杯放到茶几上，伸手拍了拍他的脸，“厉漠北，你醒醒。”

厉漠北动了下，缓缓睁开眼望着她：“陆楠？”

“是我。”陆楠自己也晕乎得厉害，折腾了这么一气，酒劲上来脑袋疼得像要炸开。

厉漠北伸出手，抓住她的胳膊，忽然拽了下将她扯到自己的身上抱住，迷糊地亲吻她的额头：“陪我睡一会儿。”

他温热的唇瓣贴着她的额头，结实有力的胳膊环着她的腰，令人耳热心跳的酥麻触感，让陆楠整个僵住。他许是喝多了，只是吻着她的额头，并没有更进一步。陆楠心跳如雷地等了一会儿，确认他睡着过去，旋即开始挣扎。

然而他抱得非常用力，她根本没法挣开他。晚上她也喝了不少，脑瓜子实在疼得厉害，只得老实贴着他躺好。还好他喝醉了不闹，就是睡得死沉。

后半夜，陆楠冻醒过来，总算挣脱他的怀抱。客厅的灯没关，厉漠北躺在沙发上，睡得一派安详。没了醒着时的骄傲清冷，睡着的他，看起来简直赏心悦目。陆楠头疼地扫了他一眼，揉了揉脑袋，晃去楼上，随便开了间房的房门，把被子抱到楼下给他盖上。

看了下时间，都五点多了。陆楠难受得睡不着，叫了几声“厉漠北”不见他有反应，又怕他出事，只得留下来无聊地拿着手机玩游戏。打到手机没电，这才发现厉漠北身上盖着的被子，颜色十分粉嫩，不太像他用的东西。

陆楠出神地看了一会儿，想到他心底藏着人，而她还未恋就已失恋，无端端生出几分同病相怜的感慨。起身转了一圈，找到充电器给手机充上电，信步去了厨房打开冰箱。他应该很少住这边，整个冰箱豪华又空虚。别墅也是，空得不像是有人常住的样子，到处都冷冷清清。

宿醉的感觉十分难受，肚子也饿得不行。陆楠上下翻了个遍，拿出仅有的几只鸡蛋和两个西红柿，给自己煮了碗汤。喝到一半，厉漠北睡醒过来，低低地咳了几声，似乎很不舒服。

陆楠回头打了声招呼，指了指手边的另一只碗：“我弄了点汤，你要不要喝？”

下一瞬，厉漠北忽然站起身，眼神阴鸷地揉着自己的太阳穴，一步一步朝她走来：“谁允许你动这里的东西，谁允许你胡乱进这里的房间，陆楠，请你搞清楚自己的身份！”

陆楠仰起头，定定看他片刻，嘲讽地撇了撇唇角，“啪”地一下把汤勺丢进碗里，寒着脸去把自己的手机收起来，背上包头也不回地往外走：“昨晚我就应该让你睡大街！”

“嘭”的一声，入户门重重关上，陆楠的脑袋从窗前晃过，转瞬不见了踪影。厉漠北头疼欲裂地坐下，看着白瓷碗里的西红柿鸡蛋汤，脑子里隐约浮起模糊的记忆。他昨晚在煌家喝多了，在电梯里遇到了陆楠，似乎还想起了一些旧事。他按了按眉心，起身去给自己倒了杯水。

那些记忆多久没想起来了？他已经记不清，只记得看到陆楠明明慌乱却假装镇定的样子，感觉特别熟悉。就连她的眉眼，都透着几分让他心心念念的逗趣劲儿。登记之前，他到底是在哪里见过她……

厉漠北喝水的动作停下，烦躁地放开杯子，失神地望着窗外的蔷薇。陆楠会是她么？

陆楠出门拦了车，回到租住的房子已经累得跟狗一样，趴床上就睡了过去。要不是沈澈打电话过来，她觉得自己一定能睡到地老天荒。

迷迷糊糊听他说完，陆楠从被子里伸出头，睁大了眼望着头顶方寸大的天棚：“不是你自己去结账的吗？叶子还给打了八折，你小子钱多烧得慌，给窦晗过生日，竟然花了小一万，够爷们啊你。”

沈澈还在那头磨叽，陆楠听得烦了，丢下一句“还醉着”，挂断电话顺便调了静音。喝酒误事，幸亏自己压着量没喝迷糊，下次坚决不这么喝了。

爬起来洗漱一番，陆楠吃了点东西，倒床里又接着睡。一觉睡到第二天，起床的时候走路跟踩棉花似的，脑袋还晕得慌。手机里有无数的未接来电和短信，沈澈和许承洲发来的短信内容，都是关心她是不是病了，厉漠北的只有三个字：接电话。

靠着床头，陆楠挨个给他们回了电话，冷静地通报自己还活着。最后一通电话，陆楠打给厉漠北，开口就打了个大大的哈欠：“厉先生，您找我有事？”

这头，厉漠北显然很不满意她的态度，按了按眉心，淡淡出声：“下午回C市，六点在环球影城楼下等我。”

“不必了，我自己坐高铁回去。”陆楠吐了口气，嘲讽地勾起唇角，“我记得您自己说过，这个周末就这样，意思是我们现在只是普通同事，您觉得您一个总工级别的，亲自接我一个新人不丢份么？”

一口气说完，陆楠毫不犹豫地把电话挂了，感觉特别解气。她活动了下脖子，有气无力地从床上爬起来，晕乎乎地去叫醒叶子，一起去楼下吃午饭。

沈澈在聚福楼定了包厢，晚上给许承洲践行，她已经决定不去。去了难受，她不想自虐。八年的等待，换来他一顿控诉，没人知道她多难过，多想把难听的话都吐到他身上，多想撕了他那张自以为洞悉所有的嘴脸。

爱他身上的影子？这样的拒绝比他说他对自己没有任何感觉还残忍。是八年，不是八个月不是八个星期不是八天，漫长到跨过整个青春的陪伴，也该结束了。只是她心里还是很难过，难过到叶子骂她傻，她都觉得很有道理。

吃完回到租住的房子，陆楠挺尸一样躺到床上，刚闭上眼手机又有电话进来，是厉漠北。

“有事？”陆楠气还没消，不光是因为好心被他骂，还有许承洲这事。

“下楼，跟我去一趟设计院，胡松来电话，内殿的施工出了点问题。”厉漠北的嗓音温温和和，听不出半分情绪。

陆楠看了下时间，旋即从床上坐起来，手忙脚乱地收拾自己的电脑。下了楼，远远看到他的车子开过来，她皱了眉，把火气压住。工作是工作，她分得清楚。

上车坐好，胡松的电话恰好打过来。陆楠听完他的描述，让他把照片发过来，蹙眉挂断电话。厉漠北是怎么知道自己住这里的？难道是问了叶子的那位蒋先生？似乎也只有这种解释才合理，不过也无所谓，她确实没钱。

厉漠北也不说话，到了设计院马上打开笔记本电脑，调出施工图的电子图打开。

“佛寺始建于隋朝，盛唐扩建，宋时被焚毁，明朝又再次复建。这次项目要修复的偏院，是在宋朝那场火灾中残存下来，又经明清两代工人修复，所以制式跟已开放的院落不太一样。”陆楠跟进去，平静地坐到他对面，顺势把自己的笔记本电脑放到他的办公桌上。

厉漠北抬了下眼角，看她的目光有些意味不明：“那你觉得损毁的应该是明制还是清制，修复的话，角梁和孔深应该怎么控制？”

“都不是，损毁的是民国时期重做的，所用的木头是很少用到的松木。”陆楠把自己的手机推过去，“这是损毁之前的照片，拍摄日期是建国后。”

厉漠北眼底隐隐有了笑意：“那要怎么做？”

“按清制走全局，单个构件改变制式，会导致内殿整体的风格不统一。”陆楠看都不看他一眼，拿回自己的手机，给胡松打电话。

回来之前她跟木工师傅讨论过，也觉得按照清制来做比较省工期，并且不会影响到整体的效果。电话接通，陆楠开了免提，把手机丢在桌子上，边说边打开绘图软件：“你跟陈师傅说一声，按照清制的要求来做，我明天去现场，图纸变更稍后发给你。”

“行，那厉总怎么说？”胡松明显松了口气。

陆楠抬头，猝不及防地撞进厉漠北若有所思的目光里，心跳仿佛漏了一拍，听到他不疾不徐的温和嗓音响起：“按照她说的来。”

“那没什么问题了，明天早上我跟陈师傅说。”胡松说着便挂了电话。

陆楠左右瞄了瞄，后知后觉地发现这里是他的办公室，顿觉浑身不自在：

“对不起，我马上出去。”

“没关系，图纸修完，下午一起回去。”厉漠北收回视线，嘴角微微上扬。

陆楠不置可否，修改完图纸依旧选择乘坐高铁。送他回家这事儿，确实是她逾距，尤其不该留下，醒来就该躲得远远的。但她毕竟不是冷漠的人，新闻上不是没有过喝醉酒猝死的报道。听他斥责自己时，那种感觉简直憋得慌。

抵达C市时间正好七点半，陆楠出了出站口，低头拿着手机准备联系定好的专车，不料手臂突然被人攫住。慌乱回头，看清是厉漠北，陆楠心底顿时邪火丛生：“松开！”

厉漠北松开她的手，居高临下地望着她怒意喷薄的脸庞，眉峰无意识地压低：“上车说，除非你想在这里跟我吵。”

陆楠甩了甩胳膊，昂着下巴从他面前越过去，径自拉开副驾驶座的车门上车。厉漠北站在原地，隔着车窗看她依旧扬得高高的下巴，兀自笑了。听话？看来他对她的评价，有失偏颇，有必要对她进行更加全面的分析和了解。

回到车上，余光中她还是一副得理不饶人的模样，厉漠北唇边的笑意不由得扩大。那天他确实反应过度，真正的原因并不是因为她动了什么，而是多年独居形成的敏感，导致他在宿醉后，对闯入自己领地的她失去了应有的理智判断。

他扮演着听话的孩子，扮演得太久，生平第一次激烈对抗便是对待结婚。甚至刻意地选了个所有条件都在父母要求之外的对象。发小那天来电话颇为感慨地跟他说：“对别人妥协就是对自己残忍。”

于是他修改了跟陆楠的结婚协议，外公如今的身体状况，怕是等不上一年。只是他现在又有些后悔，陆楠身上若有若无的熟悉感，让他抗拒，又让他欲罢不能。

仿佛很久很久之前，他就见过她，见过她害羞却假装无所谓的样子。

“厉先生，容我提醒您一句，这场婚姻需要忠诚更需要契约精神，我不曾也未妄图介入您的生活。”陆楠火气未散，硬邦邦地开口道，“送您回家就当我狗拿耗子，从今往后我会记住自己的身份，也请您收起高高在上的姿态。”

厉漠北拉回思绪，兀自笑出声，温温和和地道歉：“对不起，那天是我不对。”

陆楠错愕，只一瞬便恢复如常，若无其事地望着窗外：“我接受。”

她一点都不想跟他吵，只是在陈述一个事实，一个他们必须要正视的事实——他们不是真正意义上的夫妻。当然，若能一直保持井水不犯河水的状态到一年期满，她一定谢他八辈祖宗。

“想吃什么？”厉漠北无事人一样抬手看了下表，仿佛她的火气从头到尾都是她一个人在无理取闹，“湘菜、鲁菜还是粤菜？火锅也可以。”

陆楠偏头，目光直勾勾地望着他，眼神陌生：“我已经吃过了，先生请自便。”

厉漠北微笑着颔首，心情很不错地沉默下去。

回到酒店，陆楠立即打开笔记本电脑，认真翻阅胡松发给自己的施工进度表。外墙的部分已经完全修复，内殿目前进行到三分之一，不出意外，下月中旬之前便可完工。

这个工程结束，她便暂时不用天天跟厉漠北见面，算是最值得期待的一件事。关了电脑，陆楠想了想带上手机和钱包，出门觅食。

中午跟叶子吃得有点撑，在高铁上也没吃，这会儿饿得难受。她在附近找到家面馆，进去还没等坐下，冷不丁看到坐在左侧的胡松和厉漠北，想走已经来不及。

“陆楠，过来一起坐，我们也刚到，点的面还没上。”胡松先一步开口，语气热络。

陆楠收起想逃的心思，脸上浮起若无其事的微笑，刻意忽略他身边的厉漠北，大大方方地坐过去：“这么巧。”

厉漠北抬了抬眼皮，似笑非笑地冲她点了点头，目光玩味。陆楠压根就没理他，点了面便不咸不淡地跟胡松聊天。

本来聊得好好的，胡松不知怎的就把话题扯到别的地方，随口开了句玩笑：“厉总也是B市理工毕业的。算起来，你们还是同门师兄妹呢，又都单身，还真是有缘分。”

“胡松，你一个大老爷们也兼职说媒，太让我意外了。”陆楠心里咯噔了下，隐隐有种秘密被看穿的恐慌，不过脸上的打趣表情表现得相当到位。

胡松有些尴尬：“我没别的意思，就是想起来提一嘴。”

陆楠松了口气，脸上的笑容也多了几分真诚：“没关系，我一点都不介意，而且我有对象了，也高攀不上厉总。”

厉漠北微微抬眸，定定地看着陆楠：“胡松，我结婚了，最近太忙，暂时还没来得及通知你们。”

陆楠脸上的笑容僵了下，而胡松却是格外震惊，不敢置信地望着厉漠北：“瞒得可够紧的，你一说我倒想起来了，那姑娘好像叫肖楠，跟陆楠的名字差了个姓。”

厉漠北脸上闪过不悦，看陆楠的目光，却隐隐透出一抹让人毛骨悚然的笑，不疾不徐地更正：“不是她，是陆楠。”

“同名同姓而已，不是我，胡松你可别误会。”陆楠接得飞快，说着还不忘瞪厉漠北，眼神里分明压着火气。

胡松似乎有点被搞糊涂了，正好点的面端了上来，带着歉意起身去边上拿醋。

“我见不得人？”厉漠北蹙着眉，嗓音压得低低的，“新的协议已经拟好，一会儿来我的房间。”

“协议上可没写这条。”陆楠抬脚，在桌子底下活动了两下又放下去，面无表情地跟他对视，“抱歉，非工作原因进入男同事的房间，不是我的习惯。”

厉漠北揉了下额角，看她的眼神愈发沉了。

陆楠说到做到，吃完面回去，理都不理他径自回了自己的房间。周一一早，陆楠到了工地就跟胡松一起带上安全帽，进入出问题的小偏殿，也没在意厉漠北到底来没来。

处理完昨天遇到的问题，陆楠想起施工图上似乎还有不少出错的地方，跟胡松提了下又一起去仔细核对。查看完殿内的柱子，胡松手机有电话进来，他摘了安全帽去外边接听。

陆楠仰起头，看了看屋顶的位置，把铅笔别到耳后，抓着记录本爬上搭好的脚手架。偏殿的高度有9米左右，上去后，她把笔拿下来，一边写记录，一边把桁条、椽条的尺寸绘出来。保存相对好一些的木作，用的都是杉木。而部分弯椽与草望板用的是松木，轻轻一碰，就碎成一块一块的，幸好工人已经做了相应的处理。

陆楠站在脚手架上方忙了许久，把该记录的地方都看了一遍，慢慢往下爬。殿外的情况相对好一点，大部分构件所用的木材，都比较耐腐蚀。

陆楠往脚手架上爬的时候，胡松在底下喊：“我去前边看看，你自己小心着点，做好安全防护。”

陆楠冲他挥手，没当回事。下午两点多的时候，太阳特别晒，跟陆楠一起的工人熬不住，先下了脚手架去喝水。她自己在上边，半跪着把最后一处损毁的地方记录下来，擦了把汗，别好铅笔，抓着脚手架小心爬下去。

施工之前，这些东西都记录过，但还是出了问题。所以厉漠北要求再看一遍，以便确认图纸绝对无误，保证接下来的工期不受影响。

陆楠倒是没觉得他的决定有问题，毕竟工期越长，他们可拿到的利润就越薄。差不多爬到地面，不知从哪飞过来一只蜜蜂，怎么赶都赶不走，她心里一急，脚底忽然打滑，十分狼狈地摔了下去。

“完了！”陆楠暗呼一声，闭上眼等着剧痛传来。

过了一会儿，感觉有人在底下接住了自己，鼻尖依稀闻到熟悉的味道，那只蜜蜂的声音也听不到了，旋即睁开眼手忙脚乱地滚到一旁。

扭过头，看清接住自己的人是厉漠北，陆楠一骨碌爬起来，被阳光晒红的脸庞上布满了细密的汗珠：“谢谢。”

厉漠北躺在地上，摆了摆手，什么也没说。陆楠低头拍了拍身上沾的干草，不经意间发现他似乎很不对劲，抿了下唇又蹲下去，狐疑地看着他透出苍白的脸：“不舒服？”

厉漠北撑着地面，慢慢坐起来：“任何时候上脚手架必须要有两个人以上，这里是施工工地，安全是重中之重，我不希望出现任何的意外事故。”

“下次我一定注意。”陆楠尴尬地别过脸，起身的瞬间，手背意外碰到他的脸，惊觉他的体温似乎高得吓人，复又蹲下去看他。那么热的天气，他竟然一点汗都没出。

“厉总您发烧了？”

厉漠北眯了眯眼，别有深意地跟她对视。看清那双漆黑的眼睛深处，有关心还有几分嫌弃和火气，他倏地弯了弯唇角：“昨晚没睡好。”

陆楠愣了下，额上的汗水瞬间喷薄。下一瞬，她忽然出其不意地伸手去摸他的额头。只一下便烫得缩回手，不由分说地将他拽起来：“你有毛病啊，生病不去医院，跑这来干吗？”

“谁告诉你我生病？”厉漠北偏头过，若有所思地看着她，“你在关心我，是同事之间的关心，还是因为我们是夫妻？”

发烧烧傻了吧，她哪里关心他……陆楠松开手，飞快拿出自己的手机，背对着他翻出胡松的号码打过去：“我通知胡松过来送你。”

厉漠北上前一步，视线落在她发红的耳朵上，用轻描淡写的语气道：“胡松没空。”

有时候陆楠真的很怀疑，是不是他给自己的印象太过深刻，以致忽然见到他另外的一面，全身上下都有种无所适从的恐慌和憋屈。

高烧三十九摄氏度，他说是太阳晒的，医生问话也不是很配合，陆楠险些忍不住想要敲他的头。但她勉强忍了下来，平静地跟医生道：“听我的，我是他太太。”

接诊的医生看了眼厉漠北，拿起笔迅速开方子。陆楠松了口气，拿了单子随即去交费取药。许承洲生病的时候，也讨厌上医院，还会像小孩一样耍赖。本硕八年，但凡他有个头疼脑热，他寝室的同学不是帮忙买药，而是给她打电话。

叶子听她说这事后，恨铁不成钢地骂她：“见过笨的，没见过笨成头驴样的。人家当你是免费保姆，贴心老妈子，跟爱情没半毛钱关系。”

陆楠没有反驳，毕竟那些日子，她是心甘情愿地走过来的。只是心里却难过得无以复加，她就是头驴，一条道走到黑的蠢驴。

挂上水，陆楠面无表情地坐在一旁，看都不看厉漠北一眼，兀自拿着手机连上输液室的WiFi玩游戏。他很不喜欢她罔顾他的意愿，强行要求挂水，从他冷得要死的眼神里就看出来了，所以她自动退散。

她也知道自己有点过，在门诊的时候不该跟医生说自己是他太太，但心里还是憋着一股气。她很生气很生气，偏偏还没地方发泄，不能跟他吵不能跟他讲道理。

厉漠北不是许承洲也不是沈澈，甚至不是胡松，他于她，是个多一分关心就会踩到高压线的熟悉的陌生人。

输液室里人很多，电视上播着广告，显得有些嘈杂。厉漠北靠着椅背，余光悄然打量她的侧脸，嘴角无意识地掠过一抹笑意，只是开口的一瞬间随即敛去：“想喝水。”

陆楠偏头，神色淡淡地看他一眼，顺手将手机揣进牛仔裤的口袋里，起身去外面的小超市买水。

厉漠北闭着眼休息片刻，感觉到她回来，遂睁开眼，拿了瓶水拧开，大口大口地喝起来。喝完水，他歪头靠到她肩上，嗓音有些哑：“借你肩膀我用下。”

陆楠愣住，下一瞬他又忽然握住她的手，道：“你的手好凉。”

“厉漠北？”陆楠本想呵斥，考虑到他是病人，不由得又有些心软。他烧得确实很严重，整个人烫得跟火球一般。

厉漠北枕着她的肩膀歇了会儿，渐渐睡过去。陆楠不是滋味地挺直了脊背，方便他枕得更舒服些。她偏过头，见他睡熟了，剑眉蹙着，唇角下抿，脸色透出不正常的苍白，似乎特别难受的样子，心中一动。

那么脆弱的厉漠北，是她从未见过的。思绪飘远，仿佛又看到他做完作业，舒舒服服躺在他们家别墅院里的秋千上看书的样子。那时候她放学就会很快做完作业，然后上楼，从二楼的窗户往下看。

天晴的傍晚，经常能看到他在院子里写作业，身边坐着他和蔼可亲的外公。有时，他似乎有所觉察，会突然地往窗户这边望过来，脸上露出似笑非笑的表情。

每一次，陆楠都很及时地把脑袋缩回去，心脏怦怦直跳地蹲到地上，猫着腰慢慢下楼。次数多了，她便不敢那样偷偷看他，而是做完作业就爬到围墙上坐着，伸长了脖子张望。

看周围的小情侣谈情说爱，看他从远处不疾不徐地朝自己走来。那一刻真是开心，心里总想着要不要跟他打个招呼。然而每次准备好要开口，他却已经进了那扇铁艺的大门。

十多年了……她以为没想起就是忘了，原来关于他所有的点滴，她从来就没忘记过。回过神，陆楠旋即自嘲地扭头望向一旁。不管他多好看，多优秀，一年之后，她是他的前妻，除此之外再无其他。

走神的功夫，厉漠北脑袋一歪，大半个身子贴过来，形成一个环抱的姿势继续沉睡。陆楠怔了下，他温热的呼吸若有若无地飘过来，她听见自己无限放大的心跳声，脸颊一下子烫了起来，拿着手机的手都有点抖。

陆楠艰难地偏头，发现他似乎并未醒来，跳得跟鼓点一样的心跳缓了缓，到底没推开他。打完了两瓶药水，厉漠北忽然醒来。陆楠来不及掩饰心慌，只好挪开距离，别过脸揉着自己发酸的肩膀。

“谢谢。”厉漠北看着她揉肩的动作，黑眸眯了眯，带着歉意解释：“睡着了，没注意。”

"无妨。"陆楠站起来，拿着手机尽量平静地走出输液室。脸颊还是很烫，心跳快得似要冲出胸口，不用想，她的样子一定狼狈极了。

厉漠北望着她的背影，眼神里多了一抹复杂的情绪，无意识地扬起唇角。打完全部的药水，体温也退了下来，就是感觉特别虚，头也晕得厉害。

往外走的时候，厉漠北晃了下，陆楠的手旋即伸了过来，紧张地扶住他："厉总，你感觉怎么样？没事的话，我送您回酒店。"

"饿了。"厉漠北低头，视线落向她握在自己胳膊上的双手，目光倏然变得柔和，"想吃什么？就当是我感谢你的照顾。"

"不用了。"陆楠客气拒绝，"举手之劳。"

厉漠北也不说话，只是眼底分明浮着浅浅的笑意。上车拿出手机看了下时间，他波澜不惊地转头："你经常照顾你前任？还喜欢骂人？"

陆楠握着方向盘的手一顿，没有看他："还好。"

"在我面前不用掩饰本性。"厉漠北语气淡淡。

陆楠飞快地看他一眼，深吸一口气，继续目视前方沉默下去。她也不知道当时为什么会脱口而出骂他，也没工夫去想，骂了就是骂了。那是她私底下的样子，没想过要伪装，只是在他面前，她从未表现也没有机会表现出来罢了。

厉漠北疲惫地靠向椅背，抬手按了按眉心，状似不经意地看向她的耳朵。不意外的，真的红了，这个发现让他感觉有点躁。

晚饭叫的外卖，陆楠不是太情愿，于是把胡松也给叫上，一起去厉漠北的房间吃。吃完聊了一会儿闲话，胡松有事先回房，她刚准备走就听他说："医生说会反复，今晚麻烦你留下来。"

"我拒绝。"陆楠是真的生气了，"今天周一。"

"我的要求很合理。"厉漠北抬起头，漫不经心地看着她，"我们是夫妻。"

"合理的要求我也有权拒绝！"陆楠没有看他，也想不通他到底想干吗。

厉漠北站起身，脑袋还有些发晕地走到她面前，垂眸看她，抬手抚上她浮着薄怒的脸："你很烦我，如果是这样，你当初不应该跟我签协议。"

陆楠没想到他会这么说，忍了忍，换上无所谓的疲惫表情，抬起头迎着他的目光："没有，我只是累了。"

"我也很累，洗澡睡吧。"厉漠北说完，捏了下她的脸颊，转身拿起丢在椅子上的睡衣，抬脚去了浴室。

陆楠颓然垮下肩膀，开门出去。厉漠北房间的房卡她也有，拿了睡衣，她做了许久的心理准备，才又折回去。厉漠北已经洗好，大概是生病让他很不舒服，先睡下了。陆楠洗完，一言不发地躺倒在床的另一边，顺手关了床头灯。

“睡吧。”厉漠北背对着她含糊地说了一句，把他手边的灯也关了。床很大，两人各自占了一边，中间再躺两个人都没关系。

陆楠睁着眼在黑暗中等了一会儿，不见他有动作，情绪复杂地吐出一口气，慢慢闭上眼。她迷迷糊糊睡了一会儿，感觉到他翻身的动静，一个激灵登时清醒过来。伸手摸了下他的额头，果然又烧了起来。开了灯，无奈地掀开被子下床，找到从医院拿回来的退烧药，按剂量倒进量杯里，又去倒了杯温水过来，拿出体温计给他量体温。

等了五分钟，陆楠把体温计取出来，仔细看了下他的体温，放到一旁，叫醒他吃药。

“不吃。”厉漠北眼睛都没睁，力道有些重地挥开她的手。

“不吃也得吃！”陆楠没睡好，又憋了一肚子气，猛地把被子掀开，蛮横地把他扶起来，“吃药！”

厉漠北睁开眼望着她，目光有些茫然：“陆楠？”

“是我，把药吃了。”陆楠的心跳得有些快，语气鬼使神差地软下来，看着体温计，“还是高烧，你先吃药，要是不退我送你去医院。”

厉漠北看了她一会儿，乖乖把药吃了，忽然抱住她：“陆楠……”

“要不要再喝些水？”陆楠略无语。

“不用。”厉漠北轻哼一声，依旧抱着她不撒手。大概是生病让他产生了幻觉，总觉得陆楠是他曾经想要携手白头的那个她。那个给过他无数温暖的背影，因为她而变得更加清晰，清晰得他想要牢牢抓住。

陆楠让他吓得彻底变精神，她看了眼时间，发现时间已经是半夜三点，眉头皱了皱。她的手被厉漠北抓着，滚烫的触感从掌心的位置蔓延上来，几乎要把她烧焦：“厉漠北？”

叫了两声，发现他竟然枕着她的肩膀，又睡得死沉。少顷，陆楠费力地扶他躺下，又试了试他的体温，疲惫地贴着他的胸口躺好。闭着眼躺了半个小时，厉漠北身上开始出汗，体温也慢慢地降了下去，她实在困极，放心地睡了过去。

厉漠北是七点多醒的，陆楠缩在他怀里，背对着他睡得不是很安稳。细碎的发丝散到一旁，露出她略带英气的清丽脸庞，即使睡着了，眉宇间仍拢着一丝倔强。

这么要强的性子，怎么会毫不犹豫地同意跟自己结婚？而且她睡着的样子，竟是越看越熟悉，跟他心心念念的那个人，几乎完全重叠。

厉漠北眸光沉了沉，才松开她的手，冷不丁撞进她迷茫的目光里，呼吸一滞："早。"

"早。"陆楠眯了眯眼，含糊地开口，"你好了？"

微微有些发哑的嗓音，带着才睡醒的慵懒软糯，没有一丝防备地撞进厉漠北的耳膜。他看着她惺忪迷糊的样子，浅浅扬起唇角："完全退烧了。"

陆楠迷迷糊糊地应了声，翻了个身接着睡。厉漠北愣了下，随即莞尔。不知道是潜意识作祟，还是她在无形中已经吸引了自己，越看她那张脸，越觉得舒服。

定定注视她片刻，见她半点没有要醒来的意思，厉漠北低下头，悄悄地吻了下她的嘴角，起床洗漱一番换上衣服轻手轻脚地开门出去。

陆楠睡了一觉醒来，厉漠北留了字条，说他有事先回B市。洗漱完去工地，她都没问，就听胡松说设计院新近谈了个项目，厉漠北回去是开可行性评估会。

回去正好，省得她尴尬。醒来发现自己睡在他房里，那种感觉完全形容不上来。按说没发生什么，她应该觉得很高兴，可心里无端生出一丝失落。许承洲或许说对了，她这个样子，确实没有异性会喜欢。

压下乱糟糟的心思，陆楠带上安全帽，听胡松说完昨天的进度，这才静下心，认真地投入到工作中。

这边已经在赶工期，剩下的未修复的部分，其实她留不留关系都不大，可她还是选择留下，不愿意回去面对厉漠北。然而不管她愿不愿意，一周的时间还是悄然过去。

周五下午，陆楠把工作交代清楚，跟胡松一起乘坐高铁回了B市。国庆放假，工地那边也给了工人三天的假期，算上周末，她要在B市待上差不多一周。回设计院确认了下自己的职位，竟然是厉漠北的助理，陆楠恍惚感觉整个天空都是黑的："我应聘的职位是设计师，为什么会变成助理？"

“厉总的意思，他的上任助理离职很久了，一直没找到合适的。”胡松以为她嫌弃薪资低，忍不住开了个玩笑，“跟你同时进来的，想当他的助理都没机会，这个职位比设计师的薪水高一倍。”

陆楠沉默了一下，决定自己去跟厉漠北谈，遂岔开话题，问他：“国庆假期有什么安排？”

“没有呢，不过晚上院里有个聚会，厉总通知了，让你一定要去。”胡松说着抬手看了下表，“东城江边的湿地公园，八点不见不散。”

陆楠应了声，收拾收拾跟他一道下楼。回到租住的房子，给家里和盛教授分别打了电话，疲惫地倒床上闭上眼假寐。半睡半醒间，叶子过来敲门，懒洋洋地问她最近有没有跟许承洲联系。

陆楠睁开眼，无奈地摊了摊手，表示没有。

“我说你蠢还是有原因的。”叶子把手机递过去，嫌弃地皱眉，“你这一根筋的毛病，什么时候能改改，爱就说，爱就去追，你等是等不来的。”

陆楠不明所以地把手机接过来，看着看着，忽然就很想笑：“你说得对，我确实蠢。”

蠢得不能再蠢……

“不提这不开心的事了，晚上请你去喝酒，我今天休息。”叶子拍拍她的肩膀，拿回自己的手机，把照片删了，“别想了，等你离了婚，还是一条好汉。”

陆楠顿时被自己的口水呛得说不出话来。咳了好一会儿，感觉喉咙舒服了一些，告诉她自己晚上要跟同事聚餐，喝酒的事改期。叶子也不勉强，说了会儿话就回房看书去了。陆楠抬起头，定定地望着房顶片刻，失神地倒进床里。

许承洲是真的不爱她，从来就不！

东城江边的湿地公园，有一片专门划出来的自助烧烤区，陆楠到的时候，胡松还有院里其他的同事都到了。找了位置坐下，胡松立即热络地把同事介绍给她。

陆楠一一跟人握手，过了片刻，她佯装随意地环顾一圈，不见厉漠北，这才彻底放松了心情，跟同事打成一片。夜晚的气温比白天低了很多，火还没烧起来，感觉有点冷。陆楠低头把外套的拉链拉起来，无意间看到厉漠北的车子，停到了烧烤区外，却不见他下车，眉头皱了下。

给总工当助理，确实比普通设计师的薪水高，但不是她进设计院的初衷，也不需要他这种假公济私的关照。那样会让她觉得，她所有的努力都可笑至极。收回视线，陆楠自嘲地吐出一口气，跟着同事们继续烤肉。

第一波东西烤熟，大家开了酒热热闹闹地碰杯。陆楠压着量喝了几圈，快十点的时候寻了个机会，独自带着一瓶酒到江边的小码头坐下。

风很凉，酒也很凉，喝进肚里心都跟着凉下来。江面水波荡漾，倒映着两岸华美的霓虹，也倒映着她寂寥的身影。

出发过来之前，窦晗给她打了个电话，说她要跟沈澈去旅游。还说许承洲在校内公布了跟女友的合影，让她别介意。她有什么好介意的呢？陆楠笑着笑着，忽然就一点都不难过了。在看到叶子无意间拍下的照片时，她对他的爱就已经统统死透。

“怎么自己跑这边来？”厉漠北不知何时过来，自然而然地朝她伸出手，“那边玩游戏，少人。”

“好。”陆楠仰起头，抓住他的手慢慢站起来，“玩什么？”

他的手很大，指腹上有层薄薄的茧子，干燥、温热，那是让人觉得安心的温度。

“还不清楚。”厉漠北看一眼她手里的酒瓶，微微皱眉。

陆楠抽回自己的手，率先迈开脚步，若无其事地往回走。坐回自己刚才的位置，胡松立即凑过来跟她咬耳朵：“大家都知道厉总结婚了，等着听他的恋爱故事呢。”

有个屁的恋爱故事……陆楠差点脱口而出，好在及时把话吞回了肚子里。过了一会儿，厉漠北折回来，就坐在她身边的空位上。

胡松跟他的关系比较好，于是带了个头，起哄要他讲恋爱经过。厉漠北笑了笑，视线从陆楠的侧脸掠过，落到眼前的烧烤炉子上，不疾不徐地开口：“我太太陆楠……跟我的助理陆楠，其实……”

“其实是同名同姓。”陆楠含笑打断他的话，“所以大家听故事就好，别误会。”

话音落地，一旁的胡松也跟着帮腔，其他同事笑了一阵，开了些玩笑又催着厉漠北继续讲。厉漠北顿了顿，双手一摊：“思绪被打断了，下次再说。”

“罚酒！”有人起哄。其他人纷纷跟着附和，一个个热切地看着他。

陆楠没什么情绪地端起酒杯，胡松忽然又凑过来，小声告诉自己厉漠北很少参加这种活动。他参加不参加跟自己有什么关系……挑了挑眉，余光见厉漠北已经端起酒杯，她一仰头，把自己的那杯给喝了。

厉漠北也喝了，自罚三杯。气氛又热闹起来，可惜天公不作美，忽然飘起小雨。大家一顿手忙脚乱地收拾完毕，厉漠北大手一挥，请所有人去公园里的茶坊喝茶。

已经有点晚了，已婚的几个同事提前告退，剩下几乎全是年纪差不多的。茶室离烧烤的地方很近，一行人刚进门，小雨就变大雨了，下得还很急。

陆楠进了茶室，跟胡松他们几个大老爷们聊了一会儿，借口上厕所，从箱子里拿了几听啤酒，自己去外边的回廊待着。茶室只有一层，仿建的日式全木结构屋宇。她开了听啤酒，一口气喝去大半，手机里忽然有短信进来。

过了一会儿，沉稳有力的脚步声响起，不疾不徐地停到她身侧，鼻尖隐约闻到了混合着水汽的，属于男人身上特有的味道。

“怎么不去跟胡松他们喝茶打麻将？”陆楠没有回头，嗓音有点哑，“这场雨不知道要下多久。”

厉漠北垂眸，意味不明地看着她的后脑勺，忽然伸手去拽她。陆楠愣了下，拿着啤酒飞快地站起来：“要去哪？”

厉漠北没说话，视线扫过地上的啤酒，眸光沉了沉，弯腰把酒都拿起来，径自转身往回廊的另一头走去。陆楠耸了耸肩，脚步虚浮地跟在他身后。

另外开了间小小的茶室，厉漠北把酒放下，若有所思地坐到团蒲上，抬眸看她：“有心事？”

陆楠坐在他对面，仰头把剩下的半听啤酒喝了，微笑着点头：“我的能力还不足以胜任厉总的助理一职，希望您慎重考虑。”

“现在不是在设计院，你不用这么刻意地跟我划清界限。”厉漠北略感不悦，伸手拿走了她手里的空啤酒罐，“公是公，私是私，让你做我的助理，跟我们是夫妻没有任何关系。”

陆楠挑了挑眉，大概是喝多了，忽然觉得他正经跟自己说话的样子，好看得紧。挪了挪位置，她靠得更近一些，微微眯起眼，伸手挑起他的下巴，笑得特别妩媚：“那什么才跟我们是夫妻有关系？”

说着，她半跪着起身，复又一寸寸低头，明亮的眼睛里酒意微漾，饶有兴味地打量着他。

他似乎被吓到，然而只一瞬，便被掩饰过去。陆楠凝视着那双深邃好看的眼睛，心跳毫无预兆地乱了频率，背上渗出薄汗，鬼使神差地想要吻上去。

“陆楠？”厉漠北看着她近在咫尺的脸，鼻尖闻到她嘴里喷过来的酒气，眉头皱了下，“你喝多了。”

陆楠回过神，敛去心底的异样，忽而又凑近几分，指尖依旧挑着他的下巴，脸上的笑容忽然变得暧昧：“厉漠北，我们签的协议，似乎不是形婚。”

第三章
悄然心动

厉漠北捉住她的手往边上一带，顺势抱住她的腰，将她压到榻榻米上，距离很近地凝视着她的眼睛。那双以往明亮澄澈的眸子，在酒精的作用下似蒙了一层薄雾，并透出几分轻嘲。她在笑，眼神却充满了挑衅，脸上的表情跟慷慨就义似的。

“确实不是形婚。”他开口，温热的气息徐徐喷洒到她脸上，眼底藏着几分玩味，“我不喜欢当别人的替身。”

陆楠胸口一滞，借着酒劲猛地翻身趴到他身上，冰凉的指腹落到他的唇上，暧昧地描绘他的唇形：“厉漠北，我知道是你。”

厉漠北静静看着她，看着她耳朵红得滴血的颜色，一寸寸染红她的脸颊，唇角勾了勾：“你确定？”

“确定。”陆楠硬着头皮回了一句，心跳又在一瞬间乱了频率，慌乱收回自己的手。

“晚了。”厉漠北的速度很快，抓住她作乱的手轻轻咬了下，再次将她压到身下，低哑的嗓音充满了蛊惑，“再说一次，我是谁！”

陆楠一瞬间气血上涌，身上烫得跟被火烧一般，却依旧睁着眼跟他对视。厉漠北越看越觉得有趣，唇角扬得高高的，像个猎手满意地欣赏着自己的猎物。

“真正的调情，不是你那样的，我教你。”厉漠北低头在她红得跟樱桃一般的耳朵上亲了下，他加重力道控制住她蠢蠢欲动的手，徐徐靠近她的唇。

陆楠愣住，许是喝多了，又或者潜意识里就在期待着什么，眼神渐渐变得迷离。厉漠北心中一动，微眯的眼笑意渐深。

小小的茶室温度骤然升高，陆楠脑子里空白一片，漾着醉意的眸底，只剩厉漠北好看得不像话的脸。若不是他的手机忽然响起，她都有种错觉，他刚才是真的想要吻她。

“我马上过去。”厉漠北挂断电话，伸手把她扶起来，“下次再教你，先跟我去个地方。”

陆楠回过神，瞬间尴尬感爆棚。从小茶室出来，厉漠北一直牵着她的手，到了同事打麻将的那间茶室外才松开。

陆楠快走几步，听见他开了茶室的门，温温和和地跟胡松说有事先走，顺便也帮她说了一声，脸颊又热了起来。出了茶室，冷风一吹，混沌的脑子渐渐清醒过来，她扭头去借了把伞等在雨棚下。

厉漠北很快跟了上来，不由分说地揽着她的肩，抬脚走下台阶。司机已经把车子倒好，上了车，陆楠听他说了个疗养院的地址，隐约猜到可能是他外公的身体有恙，脑子又冷静了几分。

厉漠北跟司机说完就一直在打电话，皱着眉，整个人看起来异常疲惫，仿佛刚才在茶室里的那个人，不是他。陆楠想起在茶室里的那一幕，身体又热了起来，鼻尖似乎还能闻到他混合着丝丝酒气的清冽味道，格外懊恼地扭头望向窗外。

叶子说得没错，她也就嘴上逞能，来真的完全零战斗力。他才撩了那么一下，她就完全失去了抵抗的意识。

“陆楠，今晚可能要麻烦你陪我。”厉漠北收起手机，目光望向窗外，正经万分的语气，“陪我一起守着外公。”

“好。”陆楠应了声，感觉放心的同时，又觉得心里空得慌。

她真的很难过，难过自己曾经那么用心地陪着一个人，对方却在拒绝她的告白后不到一个月，便得意地宣告有了女友。

一直到车子开进疗养院，两人都再没交谈过。从车上下来，陆楠跟着他去了病房，看到躺在床上的许老，她整颗心都沉了下去，眼里浮起深深的难过。

厉漠北偏头跟医生说了几句，回过头无意间看到她的眼神，领着她上楼去手术室换无菌服：“待会儿要手术，你要是不愿意，可以留在外面等着。”

“没关系。”陆楠难过地叹了口气，不假思索地脱口而出，“我们是夫妻。”

厉漠北侧眸，眼底悄然浮起一丝暖意：“谢谢。”

陆楠冲他笑了下，沉默地换上无菌服。许老突发肠梗阻，对他这个年纪的人来说，这个病其实很凶险。换好无菌服大概半个小时，意识已经有些模糊的许老被推了进来。

陆楠陪着厉漠北一起进去，见他的脸上又露出第一次在C市见到他时，那种落寞悲凉的神情，她鬼使神差地握住他的手。掌心相贴的一瞬间，厉漠北微怔，紧了紧手上的力道，沉默地看着麻醉师给外公注射麻醉剂。

陆楠的心跳得很快，他掌心的温度透过皮肤烫进心底，痒痒麻麻，过了电一般。

根据手术要求，他们原本是不能进入的。但老先生年纪大了，又久病多年，主刀的医生担心中途出现问题，所以破例如此安排。

陆楠第一次进手术室，大概是因为有厉漠北陪着，又或者她素来胆大，从头到尾眉头都没皱过，只是紧紧地抓着那只温热的手不放。

手术结束已经凌晨两点，许老被送去ICU观察，等候室里站满了黑压压的人。陆楠被厉漠北牵着，低着头来到他父母面前。

“手术很顺利，不过还需要观察几天，今晚你们都住到对面的酒店去，我跟陆楠在这边守着，有问题会立即通知。”厉漠北说着，微眯着眼环顾一圈，眉间的皱褶又深了许多，“承洲怎么回事？”

“在路上了，瑾瑜的爸爸下午不太舒服，也进了医院。”许音华低低说了声，劝道，“我一会儿告诉他直接去酒店，你别老是针对他。”

厉漠北沉默下去，脸色非常难看。陆楠听着两人的对话，隐约觉得厉漠北口中的承洲，可能是他弟弟，只是这会儿场合不对气氛也不对，遂放弃了打听的念头。

名字一样的人那么多，应该不会那么巧是许承洲。上次去他家见过的那些亲戚，几乎都来了，一群人离开后，ICU门外的等候区顿时空得让人害怕，空气里弥漫着冰冷的凄凉气息。

“要不要去外面透透气？”陆楠问得很小声，手还被他握着，触感却比之前冷了许多。

“不去了。”厉漠北疲惫地出声，拉着她坐到窗前的椅子上。“陪我说会话。”

“想聊什么？”陆楠歪头靠着椅背，假装漫不经心地看着他的侧脸。

“有过几个前任？登记之前分了么？”厉漠北问完，不知怎的，忽然想起那天在拘留所门外看到的情形，眉头皱了皱。

“一个，你呢？”陆楠没有看他，感觉很怪。

他之前问过这个问题。协议里有双方的体检报告，但没明确写清楚，各自之前有过多少前任。说实话，陆楠至今也不知道，他为什么会选择结婚的方式给自己那笔钱。

但她很清楚，如果自己跟叶子一样，在会所工作，并且没什么学历，他绝对不会考虑。别看蒋先生似乎很宠着叶子，一旦谈婚论嫁，怕是嘴脸都要变成另外一副样子。

“算一个吧。”厉漠北苦笑了下，偏头看她。“分了很多年。”

气氛忽然有些尴尬。陆楠的手还在他掌心里握着，微微有些发潮。

“为什么选了这个专业？”厉漠北听许承洲说过，他们那个班似乎才六个女生，本科毕业，有三个考了公务员，剩下两个从事专业对口的工作，其中一个读研。

陆楠是读研的那个。盛教授的脾气很怪，挑学生的条件异常苛刻，厉漠北毕业之后，他很多年没有带过研究生。

厉漠北跟陆楠接触的时间不长，不过也能看出来盛教授会选中她，还是有些道理的。

“因为……”陆楠觉察到他在看自己，那点年少时就埋在心里的秘密，毫无预兆地冒出头，张牙舞爪地嘲笑着她的可悲。

陆楠抿了抿唇，勉强压下慌乱，随便扯了个理由敷衍过去：“因为喜欢，觉得那些东西都是有灵性的。”

厉漠北闭上眼，再度沉默下去。外公也说过同样的话，只是他的语气认真。很认真地要求他读这个专业，很认真地帮他规划人生，规划事业，甚至还要认真地帮他规划婚姻。而陆楠在敷衍，他听得出来。

“要睡一会儿吗？”厉漠北声音淡淡的，却掩饰不住疲惫。

“你睡吧，我喝了酒不太舒服。”陆楠想要抽回自己的手，谁知他却握得更紧，晃神的功夫，他的头已经枕到她肩上，听到他闷闷的嗓音："外公病了五年。"

陆楠忽然不知道该怎么安慰他，只抬手拍了拍他的肩膀："睡吧。"

厉漠北没吱声，枕着她的肩缓缓闭上眼。天亮的时候护士过来通知，许老的情况已经趋于稳定。陆楠拍了拍厉漠北的脸，把他叫醒过来，简单地复述了下护士的话，问他："是回去，还是先住到对面的酒店？"

"先住酒店。"厉漠北抬手看了下时间，发现自己竟然睡了两个小时，落在陆楠身上的目光，隐隐多了些别的情绪。

房间已经开好，两人去前台拿了房卡直接回房。陆楠困极了，脱了外套脸都不洗就倒在床上。迷迷糊糊中，感觉身边的床垫陷下去，陆楠识趣地往边上滚，谁知他的手却环上来，力道很重地箍紧她的腰。

陆楠轻颤了下，他的胸口也贴了上来，她的神经一瞬间绷紧："厉漠北？"

厉漠北没说话，另一只胳膊从她颈下穿过去，把她整个人都固定在自己怀里，沉沉闭上眼。他真希望，她就是自己刻在心底的那个人。

陆楠实在是困，酒气也没散，觉察出他只是想抱着自己，遂安心睡了过去。醒来已经快中午，厉漠北不在房里。她揉了揉发酸的脖子，皱着眉起床去洗漱。出来的时候手机有短信进来，发件人是许承洲，问她有没有时间见一面。

陆楠看了一会儿，平静地给他回了一条：我跟未婚夫在度假，不好意思。

发送完毕，陆楠拿外套的时候，留意到厉漠北给自己留了字条，复又倒在床上接着睡。他们家亲戚太多，正好她不怎么想去应付。一觉睡到下午，窗外淅淅沥沥还在下着小雨，天空阴沉沉的，气温又降了许多。

陆楠爬起来收拾一番，给厉漠北打了个电话，得知他在病房，迟疑了一下，开门出去。许老的情况已经彻底稳定下来，这会儿已经离开ICU，回了原先住着的小楼，来探望的亲戚也都走了。推门进去的时候，厉漠北坐在病床边，侧脸的轮廓依稀透出几分苍凉，像个暮色沉沉的老者。

"厉漠北。"陆楠喊了一声，放轻脚步过去，"累的话你去休息，我在这守着。"

厉漠北回头，定定地看她片刻，微微颔首："我去沙发上眯一会儿，你注意看仪器和药瓶。"

陆楠给了他一个"没问题"的眼神，弯腰拿了张凳子过来，轻轻坐下。厉漠北起身的时候，拍了拍她的肩膀，步伐沉沉地走向一旁的沙发。陆楠心中一动，有点理解不了他这个动作的含义。身后窸窸窣窣的动静响了一会儿，渐渐安静下去，她悄然回头，见他两条腿都吊在沙发的扶手外，不知怎的，她忽然有点想笑。

摆在病房里的沙发很短，是双人座的，还是很硬的木质沙发。他长得太高，躺在那张沙发里显得特别滑稽。收回视线，陆楠低头看着黑漆漆的手机屏幕，怅然吐出一口气。她好像太入戏了，这不是什么好兆头。

翌日，许老清醒过来，也能适当地进食。陆楠喂他吃了些蔬菜米糊，接过厉漠北手里的手帕，仔细帮他把嘴角擦干净。

许老吃过东西，精神好了许多，靠在床头打量陆楠："你跟小北真的结婚了，不是帮着那个臭小子骗我？"

"登记有半个多月了。"陆楠微笑着对上他的目光，掌心却隐隐发潮，"最近比较忙，所以一直没时间过来看望您。"

许老笑了笑，正好厉漠北的手机有电话进来，见他出去，老人家看陆楠的眼神多了抹欣慰的慈爱："你爸妈都还好吧，我许久没回去了。"

"都很好，房子我妈一直帮忙打扫，许阿姨有空也会回去看看。"陆楠有些紧张，生怕厉漠北忽然回来。

"老了，越老越想你李奶奶，看到你跟小北真的在一起，我也就不愁了。一跟这小子提结婚，他就不耐烦，我不提了他反倒真的找你主动结了。"许老眯起眼，怅然叹气，"我这把老骨头也折腾不了多久咯。"

"许爷爷，您一定会长命百岁的。"陆楠宽慰一句，顺嘴说的，也没多想。

许老倏地睁开眼，笑着看她："你们要是准备要孩子，我有个盼头，估计还能撑一段时间。"

陆楠尴尬得不行，正好厉漠北接了电话回来，更觉坐立不安。厉漠北走到她身后，留意到她的耳朵红得厉害，眸光闪了闪，视线落到外公脸上，见他居然在笑，隐约猜到刚才他们聊的话题内容，心念一动，索性装作不知情的样子。

"小北，我管了你三十多年，知道你不服气。以后我都不管你了，你想做什么就去做什么吧。"许老看着陆楠，脸上露出放心的笑容，"小楠是个好孩子，听话，而且孝顺，你好好待她。"

厉漠北眉头微微蹙起，眉宇间浮起一丝难过："外公。"

许老摆了摆手，有些疲惫地闭上眼。

“我妈一会儿就到，承洲两口子也来了，我跟陆楠先出去。”厉漠北知道他是累了，伸手把陆楠拉起来，并肩往外走。

出了门，厉漠北停下，跟守在门外的保姆和护工交代一番，复又牵起陆楠的手，自然而然的动作。陆楠想要挣脱，却发觉他反而握得紧了些，不由得蹙眉。

“这里还有人看着。”厉漠北冠冕堂皇地给了她一个理由，一路牵着她穿过门前的小路，不疾不徐地往停车场走。回到车上，他抬手看了下表，问她要不要去吃午饭。陆楠摇头，偏巧手机有电话进来，遂背对着他接通。

“知道了，我下午回去。”陆楠说着就把电话挂了，扭头去看厉漠北，“你要去哪？不方便的话我自己打车回去。”

“我送你。”厉漠北跟她对视一眼，淡然开口。“你可以搬去江滨路的别墅，我自己一个人住着，很空。”

陆楠愣了下，摇头：“不必了，协议之外的时间，我是自由的。”

厉漠北忽然觉得很不舒服。

这场雨一直下了三天才彻底放晴。陆楠因为工地那边没什么事，于是继续留在B市。4号下午，陪着陆桉逛街回来，无意间看到围墙下的梯子已经晒干，索性拿了袋薯片爬上去，像小时候那样坐在围墙上，看着隔壁一墙娇艳的蔷薇。

她跟陆桉是双胞胎，不过两人的长相是反着来的，陆桉漂亮得像个女孩子，她正好相反。站一起，从来没人会认为她们是双胞胎。她眯了眯眼，见陆桉出来，随即朝他招手。陆桉瞄了眼围墙下的梯子，摇了摇头也跟着爬上去：“陆楠，我之前去多伦多参加学术论坛，遇到了个人。”

“谁？”陆楠往嘴里塞了块薯片，“咔”地一下咬碎，“你差不多该毕业了吧，想好找什么工作没？”

“还两年呢，不急，我跟你说说我见着谁了。”陆桉拿走她手里的薯片，捏了一块放进嘴里，嗓音含糊地说：“肖楠，就许老家别墅过去那一家的那个女孩，她在多伦多交响乐团拉大提琴。”

肖楠？陆楠依稀有点印象，比她小一岁还是两岁来着。而且这个名字，似乎不是她最近第一次听到。上一次是谁跟自己提过这个名字？她正想得出神，余光看到有车子停在许老家的别墅门外，车牌还特别熟悉，陆楠心慌慌地往院里跳下去。

“妹妹？！”陆桉吓了一跳，惊呼一声，也跟着跳下去，“你搞什么鬼啊！陆楠！”

“不喊妹妹了？你就装吧。”陆楠皱着眉，半天站不起来，“坏了，我的脚好像崴了。”

“笨手笨脚！”陆桉敲了下她的脑袋，扶她回了屋里。

门外，厉漠北从车上下来，若有所思地看着铁艺大门前的信箱。刚才隔壁那家的围墙上，似乎有两个人，而且是一男一女。他皱了皱眉，冷不丁想起陆楠。她还真的是谨守协议，一步不退一步不移，这么多天，连个电话都没有。

视线打了个转儿，又落到隔壁家的铁门上。每次看到陆楠耳朵发红，那种熟悉就跟拿到她资料那天的感受差不多。他形容不上来那种感觉，仿佛潜意识里，她的样子似乎很早之前就印在他脑海中。

活到他这个年纪，早就不相信什么见鬼的一见钟情，如今又回到这里，他才恍惚明白这种感觉从何而来。她真的很像自己刻在心底的那个人，那个有点倔的小女孩，明明每次都想跟自己说话，但又从来不开口。只要自己一看她，她的耳朵就会红起来，粉粉的颜色让人忍不住想要捏一捏。

他想过无数次，等外公松了口便回来找她，告诉她，他等了她很多年。可惜那样的机会再也不会有了，他错过了一次便是一生。

厉漠北摇了摇头，收回视线，眼中浮起深深的自嘲。打开信箱的暗格，拿出钥匙开门进去，上楼收拾了几件外婆的遗物，脚步沉沉地下了楼，锁门离开。

汽车发动机的声音渐行渐远，慢慢的便一点都听不到了。陆楠悬着的心落下，哼哼唧唧地同意跟陆桉去医院。两人出了门，巷子里意外地又多了一辆白色宝马，就停在许老家的别墅大门左侧不远。

陆楠瞟了一眼，低头闷笑：“陆桉，你博士毕业要是回B市，姐送你辆车呗。”

“陆楠，你要不要脸啊。”陆桉气得又敲她的头，“小心我跟妈说你没大没小。”

“滚你的，也不知道是谁，每次生病都要我照顾。”陆楠鄙夷地撇嘴，“走不动了，背我。”

陆桉左右看了一圈，认命地蹲下去，早知回来的时候租辆车好了。

陆楠爬到他背上，得意洋洋地笑："小马儿快跑，小马儿快跑，我的脚疼死了。"

"信不信我把你丢下来！"陆桉怒了，"你就不能正常一点？"

"切……要不是你抢我的薯片，我能掉下去吗？"陆楠嘴里全是歪理，"所以都是你害的！"

陆桉的脸黑得跟墨一样，哼了哼，没搭理她。两人说话的声音渐渐消失在巷子的岔道里，白色宝马的车窗降下来，露出许承洲清瘦白皙的脸庞，眼神空洞。

陆楠的脚伤得蛮严重，养了两天把陆桉送走，刚回到租住的房子便接到厉漠北的电话，说是回C市之前，还要一起去看望一下许老。这件事，她根本没法推辞，也不忍心拒绝。

许老在她眼中，是个非常可爱而且和蔼的老头。他刚病那年，还住在隔壁的别墅里，后来情况严重恶化，许音华便把他接走了，一直没有回来。陆楠没有他的联系方式，每次回家，看到那扇铁艺大门上着锁，心里总会无端端地生出难过。

说起来，许老对她跟陆桉，是发自真心的喜爱。当年住那一片的小孩，就她跟陆桉有幸得到他辅导如何做模拟题，就连大学读什么专业，都是他给的建议。

所以厉漠北问她，为什么会选择古建筑这个专业，她才故意用敷衍的语气告诉他："因为那些东西有灵性。"陆楠那会儿对这个专业没有任何概念，若不是陆桉考上国内知名的医科大学，父母未必会同意让她念。

奇怪的是她考入B市理工大后却从未见过厉漠北，只听窦晗提过有个低调的学长姓厉。那时她遇到了许承洲，眼里心里从未装过他以外的人。不料最后，却以一种不怎么正常的方式，成了厉漠北的太太。

陆楠怅然地掀了掀唇，低头把笔记本电脑装进包里，背到身上一瘸一拐地开门出去。

锁上自己房间的门，手机又响了起来。见是厉漠北打来的，陆楠没接。打开入户门，眼前赫然投下一道阴影，不等抬头就听到男人熟悉的，并带着一丝不悦的嗓音响起："你住这样的地方？"

"是啊，租金便宜而且交通方便。"陆楠把门带上，从他面前径自越过去，慢慢挪着脚下楼，"走吧。"

厉漠北眸光沉了沉，留意到她的脚似乎伤了，抿着唇跟上去，忽然弯腰将她抱起来：“怎么伤的？”

“放我下去。”陆楠面有愠色，“协议里没有这一条。”

厉漠北闻言一怔，并没有把她放下来，而是微微侧着身子，脚步很稳地继续往下走：“身为丈夫，照顾自己受伤的妻子，天经地义。”

“可在我看来，只有喜欢的人，才会想要抱。”陆楠嘲讽掀唇，“所以，你是准备毁约么？”

“抱有很多种，你不能说医生抱着病人，也是因为喜欢。”厉漠北神色如常地瞟她，“难道是你动了心，所以才觉得我任何的举动都有毁约的痕迹？”

陆楠磨了磨牙，干脆闭嘴。她租住的房子在八楼，下到楼下，厉漠北身上的衣服都汗湿了，气息也有些不稳。

“体力这么差，何必要硬撑。”陆楠从他怀里滑下去，单脚跳着过去拉开车门，面冷如霜地坐进副驾驶座。

然而发烫的脸颊，还是泄露了她心底的真实情绪。被他抱着的时候，心都跟着颤起来，恍惚有种被人呵护的感觉。这是许承洲从未给过她的感受。

厉漠北回头，淡淡看了一眼楼层的高度，若无其事地坐进驾驶座。疗养院离西城很远，一路过去，陆楠都不怎么跟他说话，低头拿着手机玩游戏。

厉漠北偶尔看一眼她发红的耳朵，目光幽邃莫测。看到她的脚受伤，他下意识地想要照顾她，并且那么做了，完全没有理由说服自己，他抱她，不存任何心思。

到了疗养院，陆楠从车上下来，自己先去了病房。许老的精神看起来非常矍铄，只是年纪大了，在病房里待的时间过长，难免会觉得闷。陆楠陪他说了会话，招呼护工把他抱到轮椅上，慢慢推着他去院里晒太阳。

厉漠北没跟进来，不知道去忙什么。陆楠懒得管他，将许老推到院子里花坛前，小声告诉他陆桉还有两年博士毕业，等下次有机会便带他过来。

“好啊，好啊，看到你们都成才了，我也就放心咯。”许老拍拍她的手，似想起什么事，目光一下子变得黯然。

陆楠留意到他的变化，反手握住他干枯苍老的手，无声宽慰。沉默中，厉漠北忽然过来，如情侣一般动作自然地揽着她的肩膀，脸上挂着浅浅的笑意：“聊什么呢？”

“在说你们什么时候要孩子，我这把老骨头怕是等不到了。”许老眯起眼，别有深意地打量他。

“我们会努力的。”厉漠北手上的力道紧了紧，似笑非笑地偏头注视陆楠。陆楠头皮一阵发麻，只好顺着他的意思，微微低头。

许老忽然笑起来，神情颇为愉悦：“小北，小楠的性子有些倔，你比她大许多，凡事多让着点。”

“我会的。”厉漠北眼底闪过一抹疑惑，直觉得外公跟陆楠认识很久了，否则不会是这般慈爱的语气。

厉漠北带肖楠去见他的时候，他没说不好，但也没说别的。后来肖楠走了，他只给了自己一句话：婚姻不是儿戏，而你选的这个女孩，她的智商不足以承载她的野心，你们不合适。

后来，事实证明他的判断是正确的。可是面对陆楠，他眼里的喜爱丝毫不做假，并且把之前给自己定的条条框框都忘了。好像，只要这个人是陆楠，所有的要求都不存在。没跟陆楠登记之前一周，他来过一趟疗养院。当时他的要求是没变的，还拿出了许多母亲准备的相亲资料，让他自己挑。

那些女孩年纪跟陆楠相仿，有研究生刚毕业的，也有才考上的，但都有一个共同点：家中或从商或从政，家底丰厚。而陆楠除了学历，清秀英气的长相，别的什么都没有。

“我现在也没什么事，你爸妈跟你舅舅们每天都会来，你们忙去吧。”许老摆摆手，双眼缓缓闭上。

厉漠北应了声，体贴地扶陆楠站起来，搀着她的胳膊小心往外走。回到车上，他没急着开车，而是不住地打量陆楠：“你跟外公认识很久了？”

陆楠整个人笼罩在他充满探究的眼神里，心跳猛地一顿：“人老了心态都会改变的，他说他不管你，另一层意思其实是管不了多久，不如放手。”

她的话直白又残忍。厉漠北微怔，黯然收回视线，失神地望向窗外。外公病了这么多年，好像只有这次恢复过来，精神才好一些，这不是好事。

“他会长寿的，你别太担心。”陆楠悄然吐出一口气，系好安全带，又拿出手机玩游戏。

厉漠北略略颔首，余光看到她露在发丝外的耳朵，似乎又红了起来，忽然就笑了。她在说谎。不过这事，他并不打算求证，外公心情好，有一半的原因是因为他结婚了。

而陆楠，她迟早有一天会主动告诉自己，登记之前他们到底有没有见过。

C市的项目进入最后的阶段，陆楠跟厉漠北还有胡松，几乎全天候地待在工地盯着，生怕出现任何意外。这个项目是省文物管理局和省旅游局，还有民族与宗教事务厅联合启动的修复工程，越是收尾越不能马虎。

周三这天，殿外的脚手架开始拆除。陆楠拿着手机把已修复的地方拍下来，跟原照进行对比，没注意到厉漠北过来，等她发觉，他的手已经落到她的肩上，姿势亲昵。

胡松就在附近，只要回头便能看到他们的暧昧动作。陆楠低头把笔别到耳后，不悦地拿开他的手，压低嗓音："厉总，您这是在骚扰下属。"

"回去睡觉！"厉漠北的手又覆上去，力道大得惊人。

项目修复设计的图纸不是她出的，为了不在验收的时候，被研究所和文物修复中心的老家伙们刁难，从周一到现在，她一直跟着胡松熬夜，脸都瘦了一圈，可不管胡松怎么劝她，她就是不休息。

陆楠诧异了下，心底莫名淌过一抹暖流，坚决地摇头："变更的图纸必须要在验收之前出来，一旦不通过验收，剩余的工程款便会被拖着。陈师傅老家那边盖房子，急着要这笔钱。"

"就这样？"厉漠北微眯起眼，忽然将她抱起来，转身，大步往临时指挥室的方向走。

"厉漠北！"陆楠低吼，她怒了，想跳下来，又担心自己才恢复过来的脚二次受伤，只能愤愤地盯着他线条坚毅的下巴，"你到底想要干吗？"

"你。"厉漠北勾起唇角，波澜不惊的语气，"我似乎还没享到自己该有的福利，结婚快一个月了。"

陆楠气血上涌，磨了磨牙，脸上的表情慢慢冷了下去。厉漠北悄然垂眸，唇边的笑意不由得扩大。临时指挥室只有一张行军床，将她放到床上，转身去关了门，饶有兴味地坐到椅子上看她："睡觉。"

陆楠揉了揉额角，不怎么情愿地把别在耳朵上的笔拿下来，翻身背对着他，烦躁地闭上眼。

她又不是没熬过夜，至于这么大惊小怪么！胡松也是，她都说多少次了，图纸修完一定睡，怎么还去跟他打小报告?

然而被他抱回来的感觉，实在是微妙。她甚至分不清，那种被呵护被关心的温暖感受，到底是因为自己急于从失败的告白里走出来，还是因为她对他其实并不全然是羡慕。

胡思乱想中，倦意上来，她不知不觉便睡了过去。

厉漠北一直看着她，直到她真的睡着了，这才过去拿走她放在枕边的手机和记录本，放到一旁的椅子上。怨气真大，睡着了眉头还拧着。

眯了眯眼，他的手机有电话进来，见是陌生的海外来电，眉峰无意识压低。铃声一直响，快自动挂断前一秒，厉漠北平静地滑开接听键，语气略沉："肖楠。"

陆楠睡了很久，从下午一直睡到晚上，若不是被挤得不舒服，又出了一身汗，怕是还能再睡五百年。睁开眼，苏醒过来的神经旋即变得紧绷，浑身不舒服地动了下。这么小的行军床，厉漠北竟然硬挤上来，而她对此一无所觉，足见睡得有多死。

目光向下，他的手横在她的腰上，占有欲十足，腿也搭过来，几乎将她整个圈在他的怀里。她心底悄然滑过一抹异样，上次在酒店，他也是这么抱着她睡的。

"厉漠北……"艰难地翻过身，陆楠伸手拍他的脸，一边将他的腿拱开，"起来了。"

厉漠北"唔"了一声，没有睁开眼，低沉的声线依稀透出一丝性感的喑哑："几点？"

说着，腿又搭到她身上，含糊道："小楠……"

"我是陆楠。"陆楠才涌起来的悸动，一瞬间消失殆尽，胸口堵得难受。

那种感觉，像极了发现自己丈夫出轨后的绝望和悲哀，这不是她该有的情绪。闭了闭眼，陆楠试着动了下，发现他是故意压着她，并敏锐地感觉到他身体的变化，脸色更加难看："厉总，这里是指挥室，请您注意自己的行为！"

"陆楠。"厉漠北睁开眼，反应过来自己刚才喊的是另外一个名字，大脑有片刻空白。

有多久没想起这个名字了，四年还是五年？小楠、肖楠……他当初就因为没仔细分辨，从而认错了人。厉漠北眯了眯眼，掌心滑到她脑后，将她的脑袋固定到自己胸口："我知道是你。"

陆楠讪讽地翻了翻白眼，额头忽然一凉，柔软的触感如电流一般，瞬间漫过四肢百骸。耳边听见他低沉喑哑的嗓音，轻声咕哝："陆楠，我知道自己抱着的人是你。"

"无所谓。"陆楠牵了牵唇角，强迫自己摆正心态，"睡吧。"

厉漠北怔了下，借着窗外透进来的微光，目光深深地看着她明显在生气的脸庞，再次低头温柔亲吻她的额头："陆楠……"

他吻得很轻，有几许无奈的意味。陆楠僵在他怀里，满脑子都是那次在茶室，他想吻自己的画面。然而只是一瞬，所有的涟漪都被他无意识叫出来的名字，敲得粉碎。她不是肖楠，也不是他真正的太太。

"我调了闹钟。"厉漠北说着，又吻了下她的额头，若有所思地闭上眼。

陆楠叹了口气，听着他有力的心跳声，闻着他身上好闻的味道，枕着他的胳膊渐渐又睡了过去。醒来已经是晚上九点，她的脸色臭得跟茅坑里的石头一般。而厉漠北却精神奕奕，平时难得一见的笑容，从进工地食堂到吃完饭，一直没断过。

搞得煮饭阿姨看她的眼神，都透出一股古怪劲，好似窥破了什么了不得的秘密一般。陆楠别提多窝火。

检查了一番正在赶工的区域，胡松扛不住，先回去睡觉了。厉漠北接到设计院那边的电话，连夜返回B市。

陆楠恍惚有种如释重负的感觉，又觉得心里空得慌。忙到周末，厉漠北没来电话，也没说回不回来，她这个助理仿佛只是一道摆设。处理完手头的事，想着还有两三天整个工程就全部完工，陆楠回到酒店倒床上就沉沉地睡了过去。

一觉睡了个饱，茫然睁开眼，感觉身上沉得要命，还没等翻身，脖子上忽然一凉，男人熟悉的气息瞬间笼罩下来："醒了？"

厉漠北？陆楠瞬间清醒过来，徐徐翻身面对面看着他："你怎么进来的？"

"走进来的。"厉漠北半眯着眼，将她才睡醒的惺忪模样尽收眼底，温温和和的嗓音里透着藏不住的笑意，"一会儿有个饭局，你陪我一起去。"

"几点？"陆楠皱眉推他，感觉异常地不爽，"让胡松陪你去。"

每次都趁她睡着了偷偷爬上床，这种感觉真的很复杂，虽然他们是夫妻。

"陆助理，现在是周一上午。"厉漠北自然而然地捏了捏她发红的耳朵，慵懒地起身，“胡松回设计院准备验收需要的材料，这几天都不会过来。”

陆楠摆出一副无所谓的样子，假装镇定地从床上爬起来，残留在耳朵尖上的温热触感，却烫得她格外暴躁。

“还有半个小时。”厉漠北倚着电视柜，长腿伸直，后背微微前倾，大大方方地欣赏着她表情丰富的脸，唇角掠过一抹淡淡的笑容。要是耳朵不红，陆楠绝对是个演技派。

陆楠打了个哈欠，看都不看他一眼，用最快的速度洗漱完毕，换了套比较职业的套装，顺便化了个淡妆。厉漠北看她忙进忙出，眼神愈发地意味深长。

她真的太像了，不光是表情动作，就连脾气都那么地相似。

吃饭的地方在市中心的凯茂酒店，来人是省旅游局的副局长一行人。陆楠停好车出去，厉漠北站在酒店雨棚下，脸上挂着温暖的笑容，微微歪着头，跟身边的女孩不知道说什么，逗得那女孩不住娇羞地掩嘴轻笑。

结婚至今还差几天就一个月了，厉漠北面对她的时候，从来没有露出这么随意自在的笑容。超过一米八的身高，让他天生就有一种让人无法忽略的气场，再加上那张器宇轩昂的脸，任何时候看他，都是一道美不胜收的风景。

那女孩站在他身边，眼里不时流露出来的倾慕，旁人想要忽略都做不到。这一幕，让陆楠忽然想到了一个词——郎才女貌，但她感觉不是太舒服。

“陆楠。”厉漠北毫无预兆地出声招呼她，“过来。”

陆楠慌乱一秒，迅速敛去忽然冒出来的酸气，落落大方地上前：“厉总。”

“给你介绍下，这位是康茹馨，我们的学妹，不过念的是会计学。”厉漠北说着，含笑的目光落到康茹馨脸上，“茹馨，这是陆楠，我的新助理，你的学姐。”

“你好。”陆楠礼貌地伸出手，“很高兴认识你。”

省旅游局副局好像也是姓康，再看康茹馨对厉漠北的态度，陆楠更加不舒服了。康茹馨伸手虚虚跟她握了下，目光随即回到厉漠北身上：“学长，我们还是进去说吧。”

厉漠北点头，余光瞟了陆楠一眼，不动声色地跟康茹馨保持着一定的距离。陆楠本来还纳闷，厉漠北为什么要自己跟过来，看到康茹馨几次想去挽他的胳膊，忽然就有点想笑。

大概是她表现得太明显，进入电梯的一瞬间，耳朵莫名其妙又被捏了一下。陆楠脸上的笑容霎时凝固到嘴边，后背冒出一层细汗，好在康茹馨的注意力，一直都在厉漠北身上，没发觉她的窘态。

这顿饭不算是公务应酬，因为多了个康茹馨，席间的气氛反倒有几分相亲的味道。陆楠没怎么动筷子，也没怎么参与他们的话题，偶尔康茹馨问一句她就答一句。

吃得差不多的时候，她找了个借口，兴味索然地开门出去。去洗手间洗了把手，陆楠看着镜子里的自己，眼前滑过厉漠北温暖如风的笑脸，一时间五味杂陈。转身的工夫，冷不丁看到康茹馨昂着下巴进来，她旋即礼貌弯起唇角："康小姐。"

"陆学姐，学长结婚了你知道么？"康茹馨双手抱胸，目光挑剔地上下打量她。"听说，你是盛教授时隔几年才收的学生，而学长的读研的导师，正好也是盛教授。"

陆楠波澜不惊地迎着她的目光，笑了："我想康小姐误会了，我只是厉总的助理，不是这个身份以外的什么人。"

"可我听说，他娶的就是同事。"康茹馨也笑，只是目光有点冷，还有点傲，"你配不上他，对于不属于自己的东西，最好别瞎想。"

"多谢忠告。"陆楠丢给她一个别有深意的眼神，转身先走。方才在楼下，她确实没看错，这位副局长的千金很喜欢厉漠北，或者说爱。

事实上，他们才是一类人，因为是同一个层次同一个圈子里的，联姻的好处不言而喻。

而她现在的身份，明显成了康茹馨的绊脚石。

康茹馨不置可否地哼了哼，若有所思地跟在她身后。进电梯的时候，厉漠北的小动作她可是看得分明。以前他刚认识肖楠那会儿，也喜欢捏对方的耳朵。只是每一次肖楠的耳朵都不像陆楠那样，碰一下便红起来，她记得十分清楚。

可这不是她乐意看到的，不管陆楠对他是否有意思，她都必须阻止。陆楠是许承洲的同学，学识不比自己差，家庭虽然一般，但厉家并不需要通过联姻来巩固什么。

厉漠北喜欢什么样的女孩，她不知道，但她知道他母亲许音华喜欢自己，这就足够了。毕竟闪婚的原因可以有很多种，谁能保证陆楠嫁给厉漠北，不是因为钱呢？

回到吃饭的雅间，康茹馨若无其事地坐下，仿佛刚才在外面什么事都没发生过，而陆楠同样淡定。过了片刻，加点的餐后点心端上来。康茹馨眨了眨眼，脸上浮起人畜无害的笑容，热情地邀请陆楠品尝。

陆楠不好拂了她的面子，不是太情愿地尝了一块。康茹馨脸上的笑容越发愉悦，状似不经意地介绍起点心的做法，看陆楠的眼神却充满了戏谑。

陆楠吃第一口就意识到自己被耍了，一直咬牙忍着，没当场发难。散席下楼，她匆忙先走，假装恪尽职守地做一个合格助理，心慌的感觉却越来越严重。车子开出来后，她已经难受得全身无力，有点想吐，身上还不停地发冷汗，并伴有窒息的感觉。

强撑着开门下去，陆楠叫了一声“厉漠北”，旋即软绵绵地贴着车身滑了下去。

“陆楠！”厉漠北一个健步冲到她身边，在她倒到地面之前，稳稳将她捞起来，“你怎么了！”

陆楠醒来已经是两个小时之后，睁开眼看到一室惨白，恍惚想起自己过敏的事，不由得难受皱眉。点菜的时候，厉漠北很小声地问了她，有没有什么不能吃。康茹馨估计是听到了他们的对话，故意点了加有蟹粉的点心，还假装不知情地看她吃下，真是玩得一出好聊斋。

不过这也从侧面证明，厉漠北非常抢手，而她是他妻子的身份，在他的朋友圈内怕是已经藏不住了。闭了闭眼，房门忽然被人推开，厉漠北含有愠色的冷峻脸庞，清晰地映入眼帘。

“要住多久？”陆楠神色淡淡地扬起笑脸，一副不打算追究的样子。

厉漠北走到床边，伸脚勾了张凳子过来，缓缓落座：“对不起。”

“代表你，还是代表那位可爱的学妹？”陆楠心里其实很生气。协议说过，双方都不许介入对方的生活和圈子。可他明知道来的人是谁，还故意带她过去。

厉漠北揉了揉额角，目光深深地看着她：“下午出院我会让司机送你回B市，先住到我那儿，等项目完工我就回去。”

“我自己租有房子……”陆楠眯起眼，剩下的话还没出口，只觉眼前一黑，嘴巴就被堵住了。

这个吻来得太突然，陆楠没有任何的心理准备，蒙了好一会儿才反应过来，睁着眼定定看他，身上汗水喷涌。

厉漠北吻了许久才意犹未尽地放开她，粗粝的指腹覆上她的唇，稍稍加重力道，将她的唇压得略微变形，眼底泛着阵阵波澜：“我们是夫妻，协议上也注明，我有义务在夫妻关系存续期间照顾你。”

陆楠凝视着他黑黢黢的眼睛，涣散的理智一点点回笼，窘迫地别过脸。这一条确实有，所以她反对无效，然而心里却还是觉得憋屈。她宁愿还像之前那般相敬如宾，也不喜欢这种让她无所适从的改变。

厉漠北垂眸，盯着她发红的耳朵看了一会儿，差点忍不住又要吻她，好在克制了下来，拿着手机开门出去。

陆楠听到脚步声走远，无意识地舔了舔唇，口腔里似乎还残留着他的味道，如过了电一般的感觉，徜徉心头弥久不散。她应该抵触的，可耻的是她没有，还主动回应……烦躁地闭上眼，脑子里一团乱麻，没多会儿又迷迷糊糊地睡了过去。

厉漠北在外面打完电话回来，见她睡过去眉头还皱着，遂抬手看了下表，轻手轻脚地在她身边躺下。病床很小，他躺得不太舒服，只好侧着身子，动手帮她翻了个身，让她枕着自己的胳膊。

陆楠睡得不沉，他一动就醒了过来，蹙着眉嘀咕：“厉漠北，你下去。”

不耐的嗓音里，带着浅眠后醒来的慵懒，丝丝渗入他的心底，如石子落入湖面，激起阵阵涟漪。

“睡觉。”厉漠北习惯性地又捏了捏她的耳朵，低头亲吻她的额头，用不容置疑的语气道，“我是你丈夫。”

陆楠经过洗胃催吐本来就难受，也没力气跟他争。她磨了磨牙，忽然将手伸进他的衣服里，捏住他腋下的软肉狠掐：“下去！”

“你再动试试。”厉漠北脸色倏地一沉，神经也随之绷紧，“这里是医院，你不介意，我更不会介意。”

陆楠僵了下，心有不甘地收回自己的手，双眼闭得瓷实。

厉漠北微微有些喘，目光灼灼。过了片刻，他见陆楠睡着了，半边脸颊苍白得跟纸似的，微眯的眼底旋即透出隐隐的冷色。

康茹馨故意给她使绊子，这件事他必须追究。一想到她差点丢命，那种陌生的恐慌就压得他喘不上气来。送她去抢救的时候需要家属签字，他签完了，恍惚间想起自己发烧感冒那次。因为不同意挂水，她板着脸跟医生说：“听我的，我是他太太。”他心里的触动其实很大。

习惯了一个人生活之后，突然有那么一个女人，以绝对强势的口吻，跟外人说，她是他太太，必须听她的。这种感觉很微妙，微妙得让他非但不反感，还格外受用。

下午药水挂完，陆楠的状态逐渐平稳下来，又观察了两个小时后，得以办理手续离开。

陆楠头还有些晕，身体也虚得厉害。厉漠北抱她出去的时候，康茹馨正好赶到，随行的还有另外一女孩。

厉漠北冷冷地看着康茹馨，就那么抱着陆楠，没有半分要放她下来的意思：“道歉！否则我一定告你意图谋杀！”

“学长，你不能空口白话冤枉人！”康茹馨心里打鼓，表情却十分镇定，“她自己知道会过敏还吃，跟我有什么关系！”

“有没有关系你心里清楚，别让我说第二遍！”厉漠北目光阴鸷地盯着她，脸上再无平日的温文尔雅。

跟康茹馨一块来的女孩似乎被吓到，悄悄看了一眼陆楠，复又紧张地移开视线，拉着康茹馨的手，小声地劝了一句：“你就道歉吧，真闹起来，两家都不好看，而且你爸他……”

康茹馨闻言，咬了咬牙，不怎么情愿地望向陆楠：“陆学姐，对不起，我不知道你对螃蟹过敏。”

陆楠眯着眼，神色莫辩地看着她，没接话。她以往不小心偶尔也会过敏，只是从来没这么严重过。她或许是恶作剧，可这样的恶作剧差点要了自己的命，她没那么宽容。

康茹馨被晾在那儿，脸色青白交错。半晌，她再次开口道歉，语气比之前多了几分诚意。

“我有点难受。”陆楠拍了下厉漠北的胳膊，模样格外地温顺。厉漠北丢给康茹馨一记冷冽的眼神，抱着陆楠径自从她们面前越过去。

康茹馨又气又恨，她确实只是想捉弄一下陆楠，没想到她的反应会这么严重。而厉漠北真的要起诉她的话，这场官司，她是决计打不赢的。

“看她穿得普普通通，估计是穷人家的孩子，你跟她计较个什么劲儿。”边上的女孩拍拍她的肩膀，忽然压低嗓音笑道，“许阿姨要是喜欢她，就不会特意让你走这趟了。”

康茹馨一愣，也笑了。

陆楠是真的难受，上了车就无精打采地看着厉漠北的侧脸。以前不是没生过病，只是许承洲从来不关心她，每次难受稍稍提下，他只会说你去找窦晗。那时候一点不觉得有什么不对，毕竟他们不是男女朋友。

现在想想挺自虐的，那段感情，从头到尾都是她自己一厢情愿。而厉漠北是真的关心她，这种关心跟爱情无关，却让她感觉到温暖，安心。眯了眯眼，陆楠收回视线，心如死灰地将头歪向另一边。

沉默地回到酒店，厉漠北接到工头的电话，把陆楠交给司机，自己打车去了工地。陆楠是真的不想去他那儿住，回到B市，找了个借口让司机送自己去租住的小区。

脑袋还有些晕晕的，倒床上休息不到五分钟，厉漠北的电话就打了过来，语气里满满的火药味：“你在哪？”

陆楠感觉自己的头更晕了，想了半天，讷讷解释：“我拿两套衣服……”

“下次说谎要记得打草稿。”厉漠北说着便把电话挂了。

陆楠的脸一下子拉了下来，有种被他放到火上烤的感觉。别墅很宽敞，也跟他说的一样，很空。刚进门又收到他的短信，让她住二楼右侧的主卧室。该来的总是要来，时间早晚罢了。

陆楠这会儿已经极其坦然，面对他时，刻意竖起来的防备也没刚登记那会强烈。已经被透支了的人生，再怎么失控，又能失控到哪去呢？拎着背包上了楼，她直接走到主卧室门外，抬手拧开门锁。

相当简单利落的装饰风格，卧室里只放了一张铺着白色床品的大床，一组原木色的床头柜，地板是灰色的，看起来有些清冷。

打开衣帽间的推门，陆楠把背包放进去，身体刚挨着床，厉漠北的电话再次打过来，要求她必须拍照发给他。

“厉漠北，你真的很无聊。”陆楠被他的短信和电话炸得有点烦，说完就把电话给挂了，不过到底还是拍了照片给他发过去。

这次厉漠北没再打电话过来，短信也不发了。陆楠去洗漱的时候，留意到洗手间里全是男士用的东西，感觉略微妙。

躺到床上，被子里有他身上的味道，干净、清冽。她小心翼翼地吸了口气，莫名其妙地又想到了他吻自己的样子，感觉有些燥热。她迷迷糊糊睡了一觉起来，手机又有电话进来，只是打来的是师母。

陆楠听她说完，挂了电话洗漱完带上包飞奔下楼。盛教授忽然向学校提出辞职，师母怎么劝都没用。她一路上都在想，到底是该支持还是反对他的决定?

到了他的工作室，她反而不打算劝了。那是她最尊敬的导师，他的任何决定都会经过深思熟虑，她劝也没用。

“师母，我来陪着他吧，您先去休息。”陆楠把师母推出去，关了门，若无其事地拿起茶壶给盛教授倒茶，“消消火，都要入冬了您的火气还这么大。”

盛教授瞥她一眼，端起茶杯喝了一口，重重把杯子放下：“这里已经不是做学问的地方，你师母不懂。”

“那老师想去哪？总得给师母个说法吧。”陆楠笑笑，又给他倒了一杯茶，“老师是不是还在为祠堂的事介怀？”

“我是齿冷。”盛教授眯了眯眼，拿起一旁的老花镜带上，起身去拿了一份资料回来，一脸失望地递给她。

陆楠眼皮跳了跳，放了茶壶接过来，狐疑地翻开。

第四章

越陷越深

有人的地方就有江湖，有江湖便免不了钩心斗角。陆楠知道盛教授去意已决，安安静静地陪他坐了许久，别的什么都没说。

盛教授一身傲骨，从未跟同事交恶，也未过分亲近，一门心思只想做好研究。饶是这般还被人陷害，差点身陷囹圄，这个打击对他来说，何止是齿冷。

只是私心里，陆楠更希望他能彻底说这事是学校处理的。万一让他知道，学校听之任之，依着他耿直的脾气，没准会大闹校长室。到时候就不光是他和同事之间竞争博导引发的矛盾，还可能会成为学校的丑闻。

陆楠拿着展览会开幕的邀请函，忧心忡忡地从盛教授工作室出来，一抬头就看到许承洲站在台阶下方，脸色顿时有些不自然："师母给你打电话了？"

许承洲点了点头，看她的眼神充满了探究。

"导师在婺源买了套房子，这次的古典家具展览结束，会跟师母搬过去养老。"陆楠耸肩。"这样也挺好，那地方安静。"

许承洲看着她，刻意掩去眼底的波澜，平静地发出邀请："到附近坐坐吧，许久没见。"

陆楠本想推辞，不巧沈澈也满头大汗地从出租车上下来，索性拉了他一块。到附近的咖啡店坐下，陆楠打趣地问沈澈蜜月都度了，什么时候去领证。

沈澈看一眼许承洲，又看看陆楠，尴尬地挠头。

"我见过你未婚夫，国庆放假的时候，在你家附近。"许承洲扶了扶眼镜，望着她的眼神讳莫如深。

陆楠怔了下，想起陆桉背自己去医院的事，含笑点头，“他对我很好。”她跟他说过陆桉，只不过陆桉不在B市上大学，没人见过他。

“你……”许承洲欲言又止，半晌才幽幽吐出一口气，“我也有女朋友了，家里安排的。”

他防备了那么长的时间，在听到陆楠宣布订婚的那一刻，他真的有种卸下了包袱的感觉。他以为这个秘密，一辈子都不会有揭开的一天。然而他太低估了缘分的神奇程度，陆楠嫁的人竟是厉漠北，是他一直不想让他们相遇的哥哥。

“沈澈，你要是不嫌等的时间长，没准咱仨能凑一下一起拼个集体婚礼。”陆楠开了句玩笑，正好厉漠北打电话过来，遂略带歉意地走去一旁接听。

说了两句结束通话回去，陆楠找了个借口提前离开。许承洲今天的眼神很不对劲，他之前从来没那样看她。即便是那次去煌家的路上他说试试的时候，也没流露出丝毫情绪。

可她刚才，从他眼中清晰地看到了痛苦和纠结。曾经，她也用那样的眼神看过他，仅仅是曾经。

人总要学会转身，她既然选了厉漠北，就算后悔，就算前面是悬崖峭壁，也决计不会再回头跟他牵扯不清。

打车到了疗养院，陆楠听护工说许老的身体状况时好时坏，早上他又吐了好几次，之后便一直昏睡，心不由得提了起来。视线转了一圈，渐渐在床头柜那张许老和老伴的合影上定格，想了想，还是给厉漠北回了个电话，让他一直开着手机。

厉漠北估摸着是在工地，能听到他那边的声音非常吵。陆楠怕他听不清楚，挂了电话，又给他发了条短信过去：我这两天留在这边陪他，他一个人，其实很孤独。

发送完毕，足足过了半个小时，厉漠北才回复过来，简单得不能再简单的一个字：好。陆楠无语，不料他又发了条微信过来，是张照片。

陆楠看见他带着安全帽，站在一群去视察的领导中间，脸色黑得跟刷了层黑漆一般，不由得莞尔。他不苟言笑的样子，初看觉得高冷，看得多了忽然觉得那分明是一副苦大深仇的模样，好像有人欠他债没还似的。

陆楠盯着厉漠北的照片，没来由地想到了许承洲。他一开始也是这副模样，冷冷清清，对谁都不理。大三开学后，他忽然喜欢用那双蕴含着无数情绪的眼睛，深深地看着自己。那时她以为那样的眼神是爱，是喜欢。

如今才知，那不过是一场自欺欺人的空欢喜。

大概是盯着厉漠北看得太久，她恍惚之间发现，他跟许承洲的眉目很像。陆楠慌了神，急忙打开相册翻找许承洲跟自己唯一的一张合影。就在这时，房门忽然被人推开，高跟鞋踩在地面发出“噔噔”的声音。她心里一惊，立即起身回头。

见来人是许音华，“妈”字在唇齿间打了个转，出口却是：“许阿姨好。”

“嗯。”许音华不咸不淡地摆摆手，挽着包，下巴昂得高高的，径自走到许老床边。

听护工介绍完早上的情况，许音华若有所思地点点头，像是才想起来陆楠还在房里，漫不经心地冲她笑了下：“方便的话，我们到外面谈谈。”

“好的。”陆楠奉上微笑，不卑不亢地跟她一起走出病房。

这家疗养院是B市条件最好的疗养院，许老住的小楼是独立的，像个小别墅。到了客厅，陆楠等她落座了才大方地坐下，平静地等她开口。

“昨天的事，茹馨跟我说了，她小孩子不懂事，可你也不该让小北斥责她。”许音华原本温婉动听的嗓音，一点点冷下去，“你所有的条件，没有一样符合我跟小北爸爸的要求。”

陆楠低下头，悄然敛去脸上的笑容。这是事实，她无从分辩。

“小北不喜欢你，别以为我不知道。”许音华冷哼一声，非常不满意她沉默的态度，“茹馨这孩子很喜欢小北，你懂我的意思吧。”

“我懂。”陆楠再次扬起笑脸，眼中平静得毫无波澜。

再端庄温婉的女人，在子女的婚事上，总会无意间露出不为人知的另一面。她很理解，甚至庆幸她不记得自己，免去了许多难堪。

许音华并不是太满意她的回答，脸色沉了沉，沉默下去。陆楠也沉默，没有要走的意思。僵滞的气氛持续了大概半个多小时，护工过来通知，说是许老醒了，两人这才双双起身折回病房。

许老才吐过，许音华嫌臭没有进去，陆楠抿着唇看她一眼，径自走到许老的床边坐下，“许爷爷，是我，小楠。”

“怎么有时间过来？”许老虚弱地睁开眼，看起来十分难受，“房里臭，你还是到外面去吧，过一会儿再进来。”

“没关系，我在这陪着您。”陆楠笑了下，拿出纸巾仔细帮他把嘴角残留的呕吐物擦掉，“漠北过两天回来。”

许老点了点头，闭上眼再次昏睡过去。陆楠怜悯地叹了口气，待了好一会儿才离开。

许音华坐在客厅的沙发上，看到她出来脸色愈发地难看。那眼神，仿佛她是个小偷一般，刺得陆楠格外地不舒服。康茹馨似乎刚到，看到陆楠脸色微变：“许阿姨……”

陆楠看都不看她一眼，客气地知会许音华一声，抬脚走人。

“我送你。”康茹馨说着便起身跟过来，一出门脸上的热情瞬间没了踪影，“就算当牛做马，阿姨也不会承认你的身份。”

陆楠偏头看她，喜怒莫辨地勾了勾唇角，笑了：“没关系，我又不在乎。”话是这么说，然而心里却烦得不行。让康茹馨刺了下，陆楠也忘了找许承洲的照片，直接到对面的酒店开了个房间。不管许音华怎么看她，对许老，她是心存感激的，眼下的情况她也做不到不闻不问。

打游击似的守了两天，许老的身体状况总算渐渐稳定下来。厉漠北临时回来，陆楠陪他去看望过许老，顺便去退了房让他送自己回租住的房子。车子停下，陆楠刚要开门下车，手臂意外地被他抓住，下一秒他便俯身过来吻她。

他吻得很轻，等陆楠反应过来，他已经抽离，漫不经心地给了她一张特别招摇的卡：“后天见。”

陆楠脸色绯红，眯了眯眼，拿了卡迅速开门下车，形容狼狈。厉漠北弯了弯唇角，目送她进了楼道，直到看不见了这才倒车离开。

陆楠上了楼，心跳依旧快得吓人，胸口翻涌着百般滋味。晚上找叶子谈心，结果她给的答案简单又粗暴：“他要睡你。”本来没什么，她一直有这个心理准备，但叶子又说：“陆楠，你完了，你竟然动了心。”这话害得陆楠失眠了两个晚上，导致陪窦晗逛街的时候，哈欠一直没断过，差点想睡大街上。

瞌睡正浓，忽然听她说要买礼服，陆楠一激灵顿时清醒过来：“还没到年底，你买礼服做什么？”

“不应该啊。”窦晗咂舌，脸皱得跟苦瓜一样，把邀请函从包里翻出来，

“别说盛教授没给你。”

陆楠看到邀请函，猛地拍了下脑袋，苦笑道：“这两天给忙忘了。”

窦晗丢给她一个“你真可怜”的眼神，打听许承洲有没有联系她。陆楠不明所以。

“那天他见了你之后，晚上招呼沈澈去煌家喝了个酩酊大醉，嘴里一直喊你的名字。”窦晗目光审视地望着她，深深叹气，“你们到底在搞什么？”

“怎么搞，各自劈腿出轨么！”陆楠心里仿佛被针扎了下，不愿意多谈。

窦晗无语，识趣地把话题揭过去。逛了一圈，陆楠想起自己似乎也没有太拿得出手的衣服，遂同意窦晗的提议，掉头去Burberry旗舰店。

窦晗一直很喜欢他家的连衣裙，只是没什么机会穿，价格也略贵。这次盛教授办展览，怎样都要穿得体面些。窦晗挑中了一款层叠棉质衬衫式连衣裙，陆楠则选了粉玫瑰木色的Trench风衣。

去结账的时候，陆楠低头找卡，冷不丁被人很重地拍了下肩膀，耳边听到康茹馨戏谑的笑声：“我送你吧，就当是感谢你这几天帮我照顾外公。”

陆楠手上的动作顿了下，缓缓回头。

窦晗不知发生了什么事，只是敏锐地觉察出那女孩的语气非常不善，话里话外都透着一股子含有施舍的鄙视劲儿。陆楠订婚的事是她自己说的，她从来没见过那位神秘的男人，也没听她提过。而她每次只要提到这个话题，陆楠就跟她打太极，从来不正面回答。这让她更加怀疑来人的身份。

陆楠盯着康茹馨看了片刻，抬手拍拍窦晗，丢给她一个“没事”的眼神，慢条斯理地把厉漠北送的卡拿出来：“抱歉，买衣服这种事，我更喜欢花我丈夫的钱。”

说着，故意将那张招商银行的黑卡放到收银台上，轻描淡写地道：“两件一起。”

“天呐！楠哥你哪来的黑卡！”窦晗惊呼一声，意识到自己失态，旋即捂住嘴巴，不敢置信地眨了眨眼。

虽然不是运通的黑卡，可这玩意儿对她们来说也是想都不敢想的。康茹馨自然也看到了那张卡，脸上一阵青白交错，愤恨地拂袖而去。被她晾下的另外两位女孩，目露鄙夷地上下打量陆楠一番，也走了。

陆楠波澜不惊地目送她们的背影消失，自然而然地揽住窦晗的肩膀，无奈地解释："我的土豪未婚夫送的，吓到了吧，刚才那个算是他的爱慕者……之一。"

窦晗惊见她眼底的自嘲，眉头下意识地皱起："你……爱他么？"

"爱……他的钱。"陆楠开了句玩笑，心里却懊恼得不行。小三万呢！她四个月的工资就这么没了。

"我的我自己付就成，这个便宜我可不占。"窦晗伸手抱了抱她，莫名地觉得心疼。

沈澈说得没错，摆平盛教授那件事的钱，确实是陆楠未婚夫出的。而她，似乎真的不爱对方。

"别介呀，反正我也是占便宜。"陆楠好笑地回抱，只是落在那张黑卡上的眼神，格外恼怒。这笔账记到厉漠北头上，他一点都不冤。

回到租住的房子，陆楠刚洗完澡，疗养院的护工又打电话过来，告诉她许老突然很不舒服了，睡不着还干呕。

陆楠拧了拧眉，挂断电话旋即下楼打车过去。许老确实不舒服，但也没那么严重，而是嫌闷没人陪他说话。陆楠又心疼又好笑，陪着他聊了许久，见他睡了，这才困得倒在沙发里迷糊地闭上眼。

许音华只有白天的时候过来一趟，她的两位兄长也是如此，前几天为了避开他们，她几乎没怎么好好休息。好在护工和保姆都替她保密，有时还贴心地提前通知她谁要来。

半睡半醒间，依稀感觉到有人靠近，陆楠睁开眼见是厉漠北，复又把眼睛闭上："许老的情况稳定很多了，我睡一会儿。"

厉漠北缓缓蹲下，捏了捏她的耳朵，跟着将她抱起来，大步走出病房。陆楠实在困得慌，许老一说起老伴就停不住，她想睡都不敢闭眼，这会儿窝在他怀里，倦意更浓了。小楼里有客房，只是许音华防她跟防贼似的，每次来都要检查一遍，还警告保姆和护工不许给陆楠开门。

想想也是搞笑，病重的人是她父亲，而她却只关心陆楠有没有趁机讨好许老。进到隔壁的客房，陆楠身体挨着床便蜷缩起来，胡乱拉过被子把自己盖上。

"去刷牙，房里的洗漱用品都是新的。"厉漠北坐下，目光有些深沉有些炙热。

陆楠本想装死，感觉到他的温热的手落到自己后颈，轻颤了下，不太情愿地爬起来。

厉漠北也跟着进去，陆楠瞬间尴尬得无以复加："你先。"

"一起，我也很困。"厉漠北伸手拧开水龙头，见她的耳朵又红了，脸颊似乎也泛起了粉色，不由得轻笑起来，"你总要习惯的。"

陆楠偏头，别有深意地看了他一会儿，挺胸，若无其事地挤好牙膏刷牙。她原本只是怀疑，厉漠北让她刷牙，是为了要吻她，可是他真的吻下来，脑子里反而没有了任何的想法。

他的吻技纯熟，而她几乎没有任何经验，只能被动地回应他。跟上次的浅尝辄止不同，这次他吻得十分投入，许久才意犹未尽地放开她。

光线也在那一瞬间暗了下去，他的手环到她腰上，力道有些重。陆楠心跳快得像要冲出胸膛，听到他在她耳边充满蛊惑的耳语："好学生。"

陆楠假装没听到，身体却热得不行，掌心贴着他起伏的胸口。厉漠北没有更进一步，只是将她密密实实地圈在怀里，喑哑的嗓音渐渐低下去："抽个时间，把新的协议签了。"

"好……"陆楠颓然吐出口气，神经依旧紧绷。

"睡吧。"厉漠北说着，忽然撑起头，动作很轻地亲了下她的耳朵，嗓音里藏着明显的笑意，"我没那么禽兽。"

陆楠怔了下，心底竟有几分说不清的感动，以及……甜蜜。

半夜的时候，许老又吐了。陆楠这几天养成了习惯，听到隔壁有动静旋即爬起来。厉漠北无意识地嘀咕一声，也跟着她一块起来，睡眼惺忪地开门出去。

许老吐得难受，连日不能好好休息导致他脸上瘦削不堪，浑浊的双眼没有任何神采。陆楠松开厉漠北的手，等他吐完旋即拿了杯温水给他漱口。厉漠北也过去帮忙，眉头深深蹙起。

"没事，医生说这种情况慢慢会消失，本来定了方案要给他打止吐针，许爷爷不同意。"陆楠解释一句，拿来干净的毛巾，给许老擦嘴，"你也别太担心。"

厉漠北点点头，握紧许老微微发颤的手。许老吐完舒服了一些，闭着眼躺了一会儿又昏睡过去。陆楠轻声交代护工一番，话刚说完就又被他抱回隔壁。

两人都已是困极，倒床上没多会儿就睡着了。隔天，陆楠早早起来，去隔壁看望许老。听护工说昨晚只吐了一次，遂回房叫醒厉漠北，放心地和他一块回了设计院。

C市的项目已经彻底完工，剩下的验收工作交给胡松处理即可。陆楠并不是太放心，翻了翻验收资料，把有错漏的地方重新修正，忙完已经是中午。

厉漠北处理完手上的事，不由分说地带她去吃饭。陆楠对此没什么异议，只是B市说大不大说小也不小，吃个饭也会遇到让她觉得不舒服的人，着实有些不爽。

康茹馨看到他们似乎也很意外，打了声招呼便可怜兮兮地要求拼桌。厉漠北本能地拒绝，不假思索地牵起陆楠的手，“我们不缺灯泡。”

康茹馨难堪地拉下脸，看陆楠的眼神敌意更深了。昨天在Burberry旗舰店被削了面子，许音华却说，厉漠北跟她不会有什么，不过是他花钱买来演戏的陌生人。

听到这个消息，她是真的开心，可没想到隔了一晚上，又见到厉漠北如此袒护陆楠，焉能不嫉妒?

厉漠北抬脚欲走，眼角余光看到母亲正朝这边走来，眉峰无意识地压低。最后自然是拼桌，气氛尴尬异常。许音华对陆楠的不满，明明白白地写在脸上，丝毫不顾及厉漠北在场。

陆楠倒是没有过多的情绪，该吃吃，该喝喝，一举一动客气而疏离，半分没有要讨好的意思。反倒是康茹馨热情得不像话，好像她才是厉漠北的正牌太太。而许音华看她的眼神跟看陆楠的大相径庭，满意之情溢于言表。

“你们慢用。”厉漠北忽然放下筷子，拉起陆楠的手起身就走，“已经埋单了。”

“许阿姨……”康茹馨失望地低喃，眼底依稀浮起雾气。

许音华优雅地放下筷子，笑容和蔼：“别难过了，小北这么做一定有原因的，你要学会理解。”

康茹馨嘟起嘴，不是太情愿地把火气压了下去，神色黯然。她长得不如闺蜜肖楠恬静柔弱，也没陆楠的好运气，除了有个好爸爸，并深得许音华欢心之外，厉漠北没有任何理由会看上她。他的和颜悦色，多半是看爸爸的面子，她又怎会不知？“下个周末是小北爸爸的生日，到时候你也来。”许音华见她走神，目光里依稀透出几分慈爱。

对于儿子方才的态度，许音华其实是介意的。尤其看不上陆楠分明拜金，却假装朴素的做派。拿了好几百万，结果任何时候见到不是老气的职业装，就是衬衫牛仔裤，质感还特别地廉价。

也不知道儿子怎么想的，有好的结婚对象不选，偏偏选了上不得台面的陆楠。康茹馨虽不是顶美，气质却是在所有的相亲对象里，最出挑的那一个。朝九晚五的工作也很适合照顾人，本人的性格也够活泼外向，正好能中和一下儿子的清冷。

“许阿姨，漠北他会不会假戏真做？”康茹馨拉回思绪，有些幽怨地望向窗外，“他对陆楠，好像越来越上心了。”

许音华眉头微皱，却还是温声软语地安抚她别想太多。然而她太了解自己的儿子了，他不像是在做戏。

陆楠被厉漠北拉着，从楼上下来之后，又进了另外一家餐厅。大概是他们运气不好，才落座又遇到了熟人，还是厉漠北认识的熟人。

陆楠听他脸不红气不喘地跟人介绍：“这是我太太。”脑子里一直嗡嗡作响，一直忍到那对夫妻离开许久，她才寒着脸看他：“我不想介入你的生活圈。”

“下次注意。”厉漠北几不可见地弯了弯唇角，拿起菜单递给她。

陆楠眯了眯眼，感觉胸口憋了一大团的火气，却又不知道为何生气。他的说法挑不出丁点的毛病，你不能说他故意，因为他的表情没有丝毫的刻意成分，自然得就好像，他们原本就是真正的夫妻。这样的认知让她无比挫败，同时又诡异地觉得开心，她觉得自己一定是病了，还病得不轻。

“刚才已经吃过了。”陆楠把菜单还回去，脸上的愤懑来不及掩饰，也不想掩饰。

“我没吃。”厉漠北揉了揉额角，意味不明地看着她。

她的态度没什么不对，协议上也确实有这条，可她真的坚持并摆出戒备的态度，却又让他觉得很不舒服，非常不舒服。

“那我陪你再吃一点。”陆楠在他幽邃莫测的目光里败下阵来，神色淡淡地扭头望向一旁的绿植，“下午还有工作要处理。”

厉漠北沉默下去，脸色不是太好。陆楠刻意忽略他身上散发出来的低气压，整个下午除了工作上的交流，别的一句都不多说。忙到天黑下楼，她给叶子去了个电话，自然而然地往外走。

“今晚住我那边。”厉漠北突然握住她的手，力道大得惊人。

陆楠皱了下眉头，没有挣开他的手。她有衣服留在那边，这几天因为许老不舒服，她基本都待在疗养院没回去。厉漠北紧皱的眉头舒展开来，上了车随即吩咐司机开车，自己则懒洋洋地靠到椅背上，侧眸打量身边的陆楠。

街道两旁的霓虹灯，如流水般滑过车窗，照亮她脸上的轮廓。她不是标准的美人类型，也不像康茹馨那般可以端庄也可以很可爱，更没有肖楠身上那种我见犹怜的娇弱气质。可他每次看她，都会觉得舒服，觉得熟悉。

这种感觉无迹可寻，却又实实在在地左右着他的思绪。尤其吻她的时候，来自于内心深处的隐秘欢愉，更是极大地刺激着他的神经，催他更进一步。

这原本就在协议里，可他希望一切水到渠成，自然而然地发生。陆楠其实一直没有准备好要跟他突破那一层关系。她表面上无所谓，内心里还是很抗拒的，并致力于跟他保持距离。

那是陌生人之间，戒备的距离。他不想勉强她。

车子在沉默中很快回到江滨路的别墅。陆楠坦然解开安全带，下车去打开信箱的暗格，拿了钥匙把大门打开。然后轻车熟路地开了别墅的入户门，先换了鞋子坐到沙发上。

厉漠北跟在她身后，眸色渐深。留意到她的耳朵似乎又红了，充满探究的眼神转瞬柔和下来。四次了，她开信箱似乎并不需要动脑子，仿佛没有难度。

然而那个信箱没那么容易开……在她身边坐下，他饶有兴味地观察着她，越看越觉得她可能就是自己想找的人：“先看协议，还是先去洗澡？”

“看协议。”陆楠极力让自己保持镇定，没什么情绪地对上他染着笑意的眸子。

谁都不是圣人，原本他们的关系就是一场交易，他给了她一个多月的时间适应，她应该感激的。

气氛有片刻静谧，厉漠北的目光无声无息地沉下去，徐徐起身去楼上把协议拿下来，顺便开了手机的视频拍摄功能：“开始吧，具体的内容没有太多调整，只是时间上改了，一年。”

陆楠点了下头，接过协议疲倦地翻了翻。确实没怎么调整，想起之前她噎他一周一次的事，还特意看了一眼，发现跟原来的一样，伸手拿了笔签上自己的名字：“我已经确认协议内容，自愿签署。”

厉漠北看着她，眼底藏着些许意味不明的怒意，只一瞬便又恢复如常："等下。"

陆楠一头雾水地看着他："有问题？"

"有错字。"厉漠北丢了个似是而非的理由给她，起身折回楼上。

陆楠有点暴躁，错一个字而已，至于这么吹毛求疵么！等了大概十分钟，厉漠北重新拿了两份协议下来，她干脆看都不看，对着手机镜头重复了一遍刚才的话，提笔签下自己的名字。

厉漠北眼底的笑意一闪而逝，快得让人来不及捕捉。协议一人一份，陆楠把自己的那份塞进电脑包，抬眸看他，抿着唇保持缄默。

厉漠北也看着她，姿态随意而慵懒，可惜微微上扬的嘴角泄露了他的好心情。许久，陆楠毫无预兆地倾身过去吻他，没有什么目的，就只是纯粹的在赌气。然而吻上去之后，主动权轻易便落入厉漠北手中，她却渐渐溃不成军。

厉漠北深深地吻她，比之前任何一次吻得都深，放开她的瞬间，手机正好响起。恼人的铃声一遍一遍重复，冲散了盘旋在两人周围的旖旎气息。

陆楠喘得厉害，双眼微微眯起，眼中流淌着未退的迷离情思。厉漠北低头，很轻地啄吻了下她的唇，伸手拿过手机接通，气息紊乱："你翻了黄历给我打的吧？"

那边不知说了什么，厉漠北目光向下，沉沉地注视着身下的陆楠，眉峰压得低低的："抱歉，这段时间忙疯了。"

片刻后，厉漠北结束通话，眼底的情潮刹那间深锁，不露半点痕迹："陆楠，帮我个忙。"

"你先下去。"陆楠拉回飞入云端的理智，蹙眉推他，"什么忙？"

"去见一个人。"厉漠北挪了下身子，伸手拉她起来，仔细帮她将凌乱的发丝捋好，"走吧。"

陆楠被他突如其来的温柔动作惊到，直觉告诉她这个人跟他的关系非同一般。只是他不说，她也没有立场问。

车子进入市区，陆楠被他带到一家造型机构，屁股刚挨着椅子，就有人上来给她打理头发，并开始上妆。厉漠北坐在身后的椅子上，微眯起深邃的双眸，目光久久停留在她身上。

陆楠如坐针毡，索性不再看他。她的头发长了许多，造型师为了掩盖她身上的中性气质，特意弄了个非常淡雅的妆容。陆楠从头到尾都没机会发表意见，闭着眼任由摆布。

礼服是厉漠北挑的，不过分隆重，也不会失礼。经典的黑色一字领立裁中袖小礼服，挺括的版型将她的腰线收得十分曼妙，也更显身材高挑纤细。唯一的缺点，便是风光都在后背，开到腰窝的深V设计，动一下都能感觉到有凉风灌入胸口。

陆楠看着镜子里有些陌生的自己，不由得自嘲掀唇。厉漠北要见的人，应该是肖楠。

开门出去，陆楠没什么情绪地招呼他一声，拎起自己那只跟衣服明显不搭的包。厉漠北的视线落到她身上，大感惊艳，嘴上却淡淡地说："很好看。"

张扬不羁的凌乱碎发，经过细心的打造之后，充满了时尚感。原本就英气的脸庞上了淡妆，跟发型没有丝毫的违和感，活脱脱一个冷艳又高贵的女王，充满让人想要征服的傲劲。

"我想换一套衣服。"陆楠皱着眉，感觉非常不自在。

厉漠北抬手看了下表，没有同意她的提议，起身过去自然而然地揽着她的腰，指腹碰到她皮肤的刹那，他脚步顿了顿，往她的后背看去。

难怪她会想换……厉漠北感觉有些燥热，眸光闪了闪，慢条斯理地脱下自己的外套披到她身上："外面凉。"

陆楠嘴角抽了抽，索性由他去。到了市里唯一一家六星级酒店，陆楠也不问到底是什么场合，随他一道不卑不亢地入内。现场布置得非常浪漫，到处都是粉色的玫瑰花，还有无数心形的灯光闪烁，大提琴低沉轻缓的曲调轻轻流淌。

陆楠陪着他应酬一番，猛然想起陆桉提到过的肖楠，下意识地往台上望去。先是看到康茹馨穿着一身火红的小礼服裙，正在跟穿着婚纱的女孩说话。视线慢慢聚焦到演奏大提琴的女孩身上，发现真的是邻居家的那个肖楠，稍微有些诧异。

许多年没见，她的样子变化不大，眉眼间的恬静柔弱，始终如昔。再看厉漠北，微笑的脸上，眼中那一抹深沉的颜色却格外明显。忽然之间，陆楠觉得一切简直荒唐得可笑。肖楠家在许老家左侧，而她家在右侧，厉漠北的前女友是肖楠，临时太太却是她陆楠。

"陪我去见订婚的新人。"厉漠北忽然出声，下一瞬他的手随即落到她的腰上，掌心贴着她的腰窝，触感滚烫。

陆楠挑了挑眉，含笑点头，心里却特别不是滋味。世界是不是太小了？订婚的主角是蒋牧尘，叶子的那位蒋先生。年纪跟厉漠北相仿，陆楠礼貌地打了个招呼，安静地坐到一旁。

厉漠北再次把外套披到她身上，取了杯红酒，跟着蒋牧尘走去一旁说话。

“上心了？”蒋牧尘晃着手里的红酒，朝陆楠的方向努了努嘴，“你把黑卡给她，你妈查到我这儿，已经知道了你们的关系。”

“肖楠不会开信箱的暗格拿钥匙，她会。”厉漠北答非所问，目光悠远地落向窗外，“我不太相信是巧合。”

蒋牧尘有点理解不了他的思维，抿了抿唇，反问道：“你上次回去不是见过那女孩了么？人家都有男朋友了，你执着个什么劲？”

“也不是执着，我就这点不被左右的念想，连你第一次上门都打不开，她却可以。就算是承洲告诉她方法也没用，暗格打开一次机关就会换位置，能做到每次都打开的，就只有她和那个小女孩。”厉漠北抬手拍了拍他的肩膀，微微转过头，目光从他身侧望过去，落到陆楠身上，“我很希望不是巧合。”

蒋牧尘又看了看陆楠：“要不要我帮你查她？”

“算了，这事也就能跟你说，就当是我想做一次梦吧。”厉漠北的眼神黯淡下去，坚决摇头，岔开话题问他怎么解决叶子。

“我想娶她。”蒋牧尘仰头把杯子里的红酒喝光，自嘲耸肩，“很显然，那不可能，所以只能曲线救国。”

厉漠北沉默下去，低头抿了口红酒。蒋牧尘苦笑一声，自我安慰道：“怎么说今天也算个小喜的日子，一会儿散了陪我去喝几杯，带上她一块。”

厉漠北知道他说的是陆楠，眼神柔和下来，含笑点头。少顷，休息室里又有人进来。

厉漠北和蒋牧尘双双回头，见是才演奏完的肖楠，两人的脸色同时变了变。陆楠也看到了肖楠，不过并未上前打招呼，还故意摆出一副不认识的样子。而肖楠见到她的瞬间，脸色隐隐泛白，望向厉漠北的眼神中藏着慌乱。

“我来介绍下。”蒋牧尘不知陆楠跟肖楠认识，含笑上前给她们两个做介绍。

“很高兴能认识肖小姐。”陆楠礼貌地伸出手，看肖楠的眼神从容又平和。

反倒是肖楠显得异常地心虚，飞快地跟她握了下手，再次扭头去看厉漠北。康茹馨只说厉漠北结婚了，娶的人是许承洲的同学。可她没说，这个人是她认识的陆楠。是那个从小走路都昂着头，目不斜视，骄傲又清高的陆楠！

厉漠北娶了她，到底是因为认出她才是他想找的人，还是真如康茹馨所言，连许承洲都亲口证实，陆楠只是他花了钱请来演戏的路人甲？

肖楠忽然发现自己似乎回来错了，这一刻让她倍觉狼狈。尤其是陆楠刻意装作陌生的态度，更是让她觉得自己仿佛掉进了油锅，怎么滚都烫得难受。

厉漠北对她的眼神仿佛一无所觉，抬脚走到陆楠身边，自然地扶着她的腰，姿态疏离地略略颔首："好久不见，牧尘刚才没介绍清楚，我重新说一遍，她是我太太。"

话音落地，尴尬的气息瞬间蔓延开来。肖楠可怜兮兮地仰起头，眼底泛着盈盈水光，目光幽怨地注视着他。

厉漠北没有正视她的眼神，压了压眉峰，偏头朝蒋牧尘递了个眼色，拥着陆楠径自离去。肖楠怔在原地，眼睁睁看着他从她身边经过，他的气息侵入周遭的空气，又被一阵风掠走。他还是不喜欢她，也没多看她一眼，绝情得一如当年。

"你的前任？"陆楠靠着椅背，波澜不惊地歪着头看厉漠北，"需要我提前让位的话，请及时告知。"

"你很希望提前终止我们的关系？"厉漠北眯起眼，喜怒莫辨地盯着她看了片刻，也靠着椅背，顺手拿了一支烟含入口中点着。

火光将他轮廓分明的脸庞照亮，复又黯淡下去。青白的烟雾缓缓升腾，香烟燃烧的味道，渐渐充斥在车厢里。

"我只是不想当绊脚石，平白被人恨。"陆楠打开车窗，也拿一支烟点着，动作老练。

抽了一口，感觉他在看自己，遂扭头望向窗外淡淡解释："做毕业设计的时候熬夜是家常便饭，红牛都不顶用，那时候学会的，不过很少抽。"

"你前任不管你？"厉漠北的目光一瞬间变得深邃。

她每次说起前任都情绪平平，好似过去便是过去了，没有丝毫的留恋。

停车场的灯光有些昏暗，陆楠自然而随意地靠着椅背，上了妆的脸庞隐约透出些许冷艳，红唇一张一合，优雅地吐出白色的烟雾，看着竟有几分妖冶的味道。这样的陆楠，让他感觉意外又充满了诱惑。

“我管着他啊，他唯一一次当着我的面抽烟，是在我们分手的那天。”陆楠吐了个烟圈，缓缓眯起眼。

其实不算是分手，因为没有交往过，只是她不想告诉他真相。说起来，她对许承洲是真的霸道，还有点双重标准。坏事她可以做，他却不可以，并且没有任何理由。现在想想，她其实一直是站在好哥们的角度绑架他。可她这个绑匪不够专业，到底没能绑到他的心。

而面对厉漠北，不管是小时候还是现在，他不论做什么永远都有压她一头的气势，让她无从反抗。

“你还挺厉害。”厉漠北笑了下，随手将抽了一半的烟蒂摁灭。

他对抽烟没瘾，唯一差点上瘾的一段感情，却是一场精心谋划的谎言。被骗到的不光是他，还有弟弟许承洲，可他没想到肖楠竟然敢不远万里地回来，堂而皇之地参加蒋牧尘的订婚酒会。

彼时，他以为她就是他心心念念多年，住在外公家隔壁的那个小楠。还一度觉得，她是他枯燥无味的人生里，上天给予的最好的礼物。

“还好。”陆楠也不抽了，掐了烟闭着眼沉默下去。

今晚的厉漠北很不一样，把自己介绍给肖楠的时候，非常地刻意，甚至带着几分恼羞成怒的味道。他们之间，应该是深爱过的吧？可是这跟她有什么关系呢？陆楠无名火起，正巧叶子打了电话过来，在那头哭得稀里哗啦，她听完便开门下了车：“今晚请假，急事。”话音刚落，人已经跑出去好几米。厉漠北看着她一阵风似的背影轻笑起来，拢在眉宇间的阴霾也瞬间消散开去。他可没说批准。

陆楠拦了辆出租直奔煌家，在洗手间里找到醉得不成人形的叶子，旋即皱起眉，心疼地过去抓着她的胳膊将她从地上拽起来，扶她下楼。

“楠哥，我不难过，真的。”叶子哭得一塌糊涂，上了车就瑟瑟发抖地抱紧她，“我没资格和立场难过，我连站到阳光下的勇气都没有，凭什么奢求他娶我？”

陆楠抿着唇，没接话。叶子今年才21岁，高中毕业就出来打工养活家里的一大群人，她比谁都清楚，叶子有多坚强。

别人都以为她在煌家是不正经，事实上，她在后厨做了两年多的帮工，近一年来因为认识了蒋牧尘，才换了工种当酒水推销。因为有蒋牧尘护着，叶子倒是做得风生水起，赚的钱也越来越多。可爱情是要人命的。

陆楠没问过叶子，蒋牧尘若是结婚她怎么办，也不忍问。回到租住的房子，陆楠担心她的哭声会引来其他租客的不满，索性扶着她去了天台。十月过了大半，夜晚已经能感觉到寒意。

陆楠抱着她，等她哭够了才认真问她有什么计划。

“出国，我要去读书，我不能一辈子给我哥和我弟当奴隶。”叶子抬起头，抽噎着补充道，“学校已经申请下来，大概月底走。”

“他知道么？”陆楠愣了下，没想到叶子会这么计划。

叶子摇头，脸上一片荒芜：“楠哥，这一次我想为自己活，我好累，真的好累。”

“好，需要帮忙尽管开口，我卡里还有些钱。”陆楠吐出一口气，笑了，“提前祝你走出一条自己的路。”

叶子也笑了，歪头枕着她的肩膀，没多会儿就睡了过去。陆楠牵了牵唇角，眯眼望向远处。任何一条路都布满了荆棘，没有什么一劳永逸的办法，只能一步一步走，疼了痛了也得忍着。

只是叶子比她更冷静更理智，叶子知道自己缺什么。比起叶子，陆楠觉得自己是幸运的，不算顺风顺水，唯一栽了一次跟头，却幸运的没有掉入地狱。至少表面上她是风光的——许老长外孙的太太，名正言顺的身份。

坐到凌晨，陆楠把叶子弄回房里，刚准备洗澡，厉漠北又打了电话过来，似乎还喝多了。再次走进煌家，她恍惚有种自己是保姆的错觉，才搞定一个，眼下又要操心另外一个。

上到六层，陆楠跟侍者提了下蒋牧尘的名字，很快被领到一间包厢门外。她抬手叩了叩门，听到厉漠北的声音，平静地推门而入。

里面跟火灾现场似的，全是烟雾，尼古丁的味道呛进鼻腔，难受莫名。房里除了蒋牧尘和厉漠北，还有几个是陆楠不认识的，此刻目光全集中到她身上。

陆楠略感不适，走到厉漠北身边坐下，发现他清醒得很，顿觉恼火地压低嗓音：“大半夜的，你搞什么！”

“我太太陆楠，也是我的同门师妹。”厉漠北笑笑，没把她的火气当回事，反而郑重其事地把她介绍给另外几个人。

“嫂子好！”客气恭敬的叫声此起彼伏，跟着有人推了六七杯酒过来，试探性地道：“漠北说他结婚了，咱几个不信，嫂子表个态呗。”

陆楠偏头对上厉漠北似笑非笑的目光，眼底浮起丝丝火气：“什么意思？”

厉漠北坐直起来，手臂环到她腰上，低头在她耳边耳语：“他们说，要么你吻我，要么罚酒，不然不相信我结婚了。”

陆楠脊背微僵，感觉到他的手滑进自己的礼服，脸颊顿时发烫：“我选罚酒。”

“不是吧？”有人起哄，感觉特别地失望，只有蒋牧尘看厉漠北的目光，多了几分心照不宣的笑意。

陆楠微笑以对，扬了扬眉，当真端起酒杯。然而她刚要喝下去却被厉漠北伸手夺走，耳边传来他温和又难掩得意的笑：“哥几个别闹，我认罚，她在备孕呢。”

陆楠的脸色沉了沉，没有扫他的面子而是配合地再次扬起笑脸，淡淡地看着他把酒都喝了。

“你们不信我也没法子了，谁还要喝？”厉漠北揽着陆楠，神色轻松而愉悦，“先说好，散了谁都不许开车。”

“当然要喝，怎么说今天也是牧尘订婚的日子，看着你们一个个进了围城，不庆祝怎么行。”有人接话，跟着台面上又多了好多酒。

陆楠没见厉漠北正经喝过，却记得他上次喝醉的事，她握住他温热的手，压低嗓音小声提醒：“少喝点。”

厉漠北偏头，忽然低头凑过去，亲昵地亲了亲她的脸：“放心，我有分寸。”

陆楠皱眉，脸颊却又烧了起来。厉漠北的酒量奇好，比谁都能喝，可还是醉了。其他人就更不用说了，尤其是蒋牧尘。

陆楠跟他没有过直接的接触，每次都是听叶子说。偶尔她也会想，他们那类人见多了名媛闺秀，即使换了口味，也不过是图一时新鲜，又怎么可能长久？可是她现在又怀疑，自己的判断错了。蒋牧尘竟然关心叶子是不是不开心，还拜托自己照顾她，劝她再给他一点时间。

那么诚挚深情的眼神，让陆楠根本无法拒绝，只好答应会转达他的话，别的什么也没说。感情的事越掺和越乱，而叶子跟她是一类人，一旦决定了的事，九头牛都拉不回来。

扶着厉漠北出了大堂，等在外边的司机焦急过来帮忙，很费力地将他扶进车里。陆楠略带歉意地冲司机笑了下，绕过车尾拉开后座的车门，坐进后座把厉漠北扶起来，让他枕着自己的肩膀。

她不是第一次照顾喝醉的他，今晚却有种异常愤怒的感觉。他分明是故意的，故意把自己介绍给他最好的兄弟，而且是以宣告的姿态。

“陆楠……”厉漠北的手臂从她身后穿过去，形成一个环抱的姿势，将她圈在怀里，染着醉意的嗓音沉沉的，充满了蛊惑，“你今晚真的很美。”

他的下巴就搁在陆楠肩上，一说话，温热的呼吸便若有若无地拂过她的脖颈。陆楠绷着脊背，身体止不住地轻颤，艰难地偏头看他：“你喝多了。”

“唔。”厉漠北倒是老实，应了一声便抱着她不动了，只是一双眼却隔着她打理整齐的发丝，看着她发红的耳朵。

她没打耳洞，颈项修长。视线下移，能清晰地看到她性感的锁骨，再往下便是胸前若隐若现的风光。厉漠北燥热莫名，索性闭了眼，舒舒服服地枕着她的肩膀。

陆楠是不一样的，这种不一样让相处的每一刻都有新的惊喜，新的悸动。她的防备，她偶尔展现的强势，不经意间流露出来的柔软，都让他上瘾，中毒一般。

夜风微寒，徐徐透过车窗的缝隙灌进来，车厢内的酒气渐渐散开，空余一丝安宁的脉脉温情。陆楠保持了一路僵硬的姿势，下车的时候脸色臭得要命。

厉漠北在车上眯了一会儿，酒气散了不少，却还是装醉地挂在她身上，眼底藏着心猿意马的笑意。上楼进了卧室，倒在床上的那一刻他及时抓住她的手，将她带过来，双手抚上她的背：“陆楠……”

“你喝多了，老实睡觉。”陆楠垂眸，视线在他好看的唇上打转，眉头依旧拧着。“我去给你拿衣服。”

“好。”厉漠北微微仰头，很轻地亲了下她的额头，藏不住的笑意在脸上漫开，“今晚留下。”

陆楠咬了咬牙，点头。厉漠北满意地闭上眼，撤回自己的手放她起身。陆楠抿着唇，去衣帽间找到他的睡衣和内裤，卷成一团丢出去：“去洗澡。”

厉漠北被睡衣糊了一脸，扬起唇角，撑着床垫慢慢坐起来，偏头去看她。她已经背过身去，深V设计的小礼服让她光滑的背几乎完全暴露，凸起的蝴蝶骨随着她的动作，似振翅欲飞的蝴蝶般迷人。眯了眯眼，目光从她背上移开，起身去洗澡。

陆楠后洗，出来时他已经睡着过去。她轻手轻脚地躺到他身边，才关了灯，他便翻身抱住她，只是抱着她，手都没乱动。复杂的情绪再次涌上心头，陆楠在黑暗里睁着眼，忽然发现她其实一点都不了解厉漠北。

她总是习惯用小时候的印象去衡量他，事实上他早就不是那个令她崇拜令她羡慕的少年。他成熟稳重，绅士又有风度，三十多岁，事业有成。偶尔又会像个孤独的小孩，不经意地把脆弱的一面展现在她面前，让她一次一次妥协的同时，又忍不住心动。

思绪回转，想到叶子跟自己哭的样子，想到他看肖楠的目光，眼神一瞬间冷了下去。

一夜无梦，早上醒来天已经大亮，厉漠北睡得很沉，面容宁静，呼吸绵长。陆楠起床洗漱一番下楼，看到钟点工已经在准备早餐，打了声招呼开门出去。秋高气爽，院里的花迎着晨曦娇艳盛开，饱满而娇嫩。陆楠坐到花廊下的椅子里，失神地望着那一墙的蔷薇。

楠木质地坚硬……当年她听到那句话，只听到说话人的声音，并未听到回应。如今想来，应该是厉漠北跟肖楠说的。还那样小的年纪，听到这样的表白，不是高兴傻了就是吓坏了，不知道胆子大过天的肖楠是哪一种。

厉漠北种了满墙的蔷薇，等来的人却不是他想找的，这种心情之下，也难怪他对自己没有半分想法。其实这样也挺好，窦晗说一旦彼此的距离变负，潜意识里会对对方生出依赖，会变得贪心。

康茹馨的话虽然难听，却是事实。她和厉漠北的距离不是半座城，而是天上和地下。就算没有那一纸协议，就算他们跟其他人一样相识相恋，他也未必会抛开家庭的藩篱，许她未来。就像蒋牧尘和叶子。

“太太，早餐准备好了。”钟点工隔着窗户招呼一声，继续忙碌去了。

陆楠拉回思绪，唇边掠过一抹自嘲的弧度，起身回去。上楼叫醒厉漠北，陆楠看了一眼自己身上的睡衣，旋即转身去了衣帽间。许老这两天精神头好了很多，正好周末，她答应他会过去陪他聊天。

厉漠北宿醉醒来，靠着床头醒了醒神，看到她在衣帽间里找衣服，忽然就笑了：“陆楠。”

“我答应许爷爷今天过去陪他，你快点。”陆楠伸手拨了拨一整排的白色衬衫，微微皱眉，“要穿什么衣服？”

“靠窗那一格，运动服。”厉漠北掀开被子下去，晃了晃还有点晕的头，过去倚着门，微笑地注视她的侧脸，“能不能搬过来住？”

陆楠手上的动作顿了下，摇头：“厉漠北，我希望我们都能遵守协议。”

“这样啊……”厉漠北挑了挑眉，慢条斯理地停顿下去。

陆楠心底隐隐升起不好的预感，回过头看他：“你想说什么？”

“从登记到现在一共过了八个周末。”厉漠北轻描淡写地丢下一句，转身去洗漱。

陆楠抬了抬脚，伸出去的一瞬间及时收回力道，挺胸看着满眼的白色衬衫。他的话让她无法反驳，不料许老的身体状况再次出现反复，好容易稳定下来，两人周一一早接到通知，直接从疗养院出发去机场。

这次要修复的项目在定海，是一座名人祖宅，建于明朝末年，占地约有两千平方米。格局跟北京四合院类似，却又有很大不同，相当的有研究价值。同时这位名人的一生也颇具传奇色彩，这次他的后人无偿将祖宅捐献给当地政府，可谓盛事一件。

陆楠和厉漠北下了飞机，随即登上前来接机的专车，出发前往市区的酒店。项目前期的评估已经完成，并签订了施工协议。捐赠仪式举行的同时，也宣布修复工程启动。

厉漠北作为项目修复的总工程师，需要上台发言。陆楠在手机上打了发言稿递过去，眉头隐隐皱起：“太突然了，是不是有点不靠谱？”

“慢慢你就会习惯了，修复工程原本就不是重头戏。”厉漠北拍拍她的肩膀，低头整理了下外套，翩然起身。

陆楠双手抱胸，目光追逐他的背影，看他从容自若地跟一众官员握手，看他温文尔雅地露出微笑，弯了弯唇角。

捐赠仪式开始，祖宅的继承人亲自将钥匙交出，并做了简短的发言。陆楠的目光在场内转了一圈，又落到厉漠北身上，却不防他也正好看过来，唇边依稀浮着浅浅的笑意。

那是她不曾见过的目光，柔和、深邃又依稀带着几许不为人知的缱绻。陆楠的心跳漏了一拍，慌忙移开视线。熬到活动结束，陆楠假装平静地到外面透气。

“去现场，看完之后给我一个初设意见，重点是宅子里有研究价值的部分。”厉漠北跟上去，虚揽着她的肩膀，低低地闷笑出声：“你很热？”

陆楠丢了个似笑非笑的表情给他，拒绝回答。下午从定海回到B市，她一进办公室就忙着根据拍下的照片写初设意见，似乎刻意地想要遗忘些什么。

即便过了数个小时，他笑的样子，依旧让陆楠有种自己已经无处可逃的错觉。好在这个项目很急，忙起来便连轴转，同居的事自然便搁置下来。

在设计院，他们是上司和下属，厉漠北很绅士，保持着应有的风度，没在同事面前露出哪怕半点的蛛丝马迹。私底下他也收敛了很多，最亲昵的动作也不过是捏她的耳朵，然后露出意味深长的笑。那样的笑让陆楠牙痒痒的，却又无计可施。

周五这天，陆楠请了半天假，本打算自己打车回租住的房子，谁知他非要送。

“你也要回去换一套衣服，导师很看重这次展览。”陆楠笑容淡淡，拒绝得并不是太明显。

厉漠北回头看了一圈，忽然倾身凑过去亲她的耳朵：“晚上住过来，设计图出来之前，暂时不用出差。”

他的意思那样明显，陆楠又怎会不知住过去意味着什么？

“好。”爽快地丢给他一个字，陆楠拉开车门，弯身坐进副驾驶座。

厉漠北弯着唇角，步履优雅地绕过车头也上了车，尽职地给她当司机。陆楠淡淡地看他一眼，收回视线一路都低着头跟窦晗发微信，了解展会现场的情况。

到了租住房子的楼下，厉漠北不等她解开安全带，便又俯身过去深深吻她。陆楠哪里是他的对手，下车的时候腿都是软的，感觉特别地恍惚。

第五章
她是不一样的

盛教授以个人名义筹办的古典家具展开幕，同时售卖的家具和一些摆件很多都是传了上百年或千年的精品。因此邀请的观展嘉宾，皆是城中财力雄厚的收藏爱好者，以及省内外的知名人士。

为了不出纰漏，留在B市的同学基本都过来帮忙，有受邀的，也有主动过来的。陆楠穿着那件粉玫瑰木色的Trench风衣，脸上化了淡妆，在展会门外跟窦晗碰上头，了解完目前的情况，立即入内去见盛教授。

陆楠绕过屏风见厉漠北还没到，顿时放松地在盛教授身边坐下。今天展出、售卖的家具和构件，他收藏了几十年，几乎花费了毕生的积蓄。那些东西，说是他的心头肉也不为过。

盛教授冲她点点头，抿了口茶，清瘦苍老的脸庞却透出沉沉的悲凉：“我一生教书育人，却不曾料到，最不会做人的是自己。明天，我会让你师母把那笔钱还给你，这事就这么说定了。”

陆楠惊疑地挺直脊背，感觉特别羞愧：“这件事原本就错在我，老师不必替我担责。”

错就是错，她从来没想过要找理由为自己开脱。

“胡闹！毕业了就不把老师放眼里了？按我说的来，就这样。”盛教授的语气不容置喙。

陆楠苦笑点头，忽然明白他为什么要卖掉那些珍藏，心里有些不是滋味。坐了片刻，盛教授看了下时间缓缓站起身："走吧，要开始了。"

陆楠也跟着起身，却听他忽然又道："承洲是个好孩子，老师希望能看到你们走到一起。"

"老师……"陆楠愕然，下一瞬即含笑打趣，"您怎么也跟着变得世俗了，居然操心起这等俗事。"

盛教授摇头失笑："你啊……"

出了屏风，陆楠看到许承洲就站在几步外，眉头皱了下，看他的眼神也很冷。她很不喜欢被人从背后捅刀子，尤其这个人还是她最信任的那一个。

展会三点正式开幕，盛教授名声在外，这次的展览又筹备了将近月余，文化界和艺术界都来了不少人。陆楠和许承洲一起陪着盛教授出面相迎，根本没机会单独跟他谈这事。

重要的嘉宾全部入场后，许承洲和盛教授先行入内。厉漠北姗姗来迟，身边站着妆容精致气质典雅的肖楠，身上穿着跟陆楠同款的风衣。就算分了手，可两人站在一起的气场，还是给人一种他们是情侣的错觉，登对得刺目。

陆楠独自站在台阶上方，目光从厉漠北脸上掠过去，直直地看着肖楠，淡定地保持得体的微笑。她的柔弱只是假象，陆楠比谁都清楚真正的她是什么样子。

"下车的时候我们碰巧遇到，你别误会。"肖楠礼貌地朝她伸出手，嗓音轻柔，"我也是收了邀请函来的。"

"欢迎。"陆楠伸出手，没有错过她眼底的挑衅，神色从容。

肖楠微微一笑，双手交握的瞬间，有工作人员抬着东西从内场里出来，毫无预兆地撞到陆楠。意外来得太突然，陆楠身子歪了下，一下子带倒了她，双双狼狈地跌下台阶。肖楠站的位置离厉漠北最近，慌乱间看到厉漠北试图去扶陆楠，索性故意栽到他身上。

"小北哥哥……"陆楠倒地的瞬间，耳边全是肖楠这句慌乱无措的话。

那么无助又依赖的娇柔嗓音，好听得她的骨头都要酥了，厉漠北是男人，感受应该更有不同。

"陆楠！"厉漠北皱眉，推开肖楠伸手去扶她。

"楠哥你没事吧。"窦晗出门就看到这一幕，吓得急忙跑下台阶，伸手将她扶起来。

陆楠抓住窦晗的手，指尖一阵发凉，寒意无声无息地漫过四肢百骸："没事，幸好铺了地毯，就是衣服有些脏了。”

说完，她徐徐抬起头，含笑望着手臂僵在半空的厉漠北：“两位请入内观展，失礼之处还望见谅。”

窦晗也跟着略略颔首，低头跟工作人员交谈两句，扶着陆楠进了内场。

厉漠北在陆楠转身的瞬间，从容地收回自己的手，目光锁定她高挑纤细的背影，眉头拧得死紧：“我以为你长进了，没想到还是喜欢玩这样的老把戏。”

温温和和的嗓音，实则凉薄。肖楠踉跄一步，心如死灰地抬起头，眼中泛着晶莹泪光：“小北哥哥，你是不是还在恨我？”

“你错了，从你爬墙翻进外公家的别墅，偷听我跟牧尘的对话，到利用承洲对你的爱刻意接近我，假装是另外一个人的那一刻起，就不值得我恨。我甚至庆幸当年的自己足够疯狂，听你背出那句话便带你去见外公，带你回江滨路的别墅，从而发现你不是她。”厉漠北神色淡漠，说完径自进了内场。

肖楠瞠目，眼中交织着震惊、绝望、自嘲等诸多情绪，却再也挤不出半丝眼泪。

他是真的没有爱过她，而她从来就不会开什么信箱的暗格，也不是那个喜欢坐在围墙上发呆，经常偷偷从窗口看他的小楠。

她只是窥破了他的秘密，心存侥幸地以为她可以成为被他记住的那个小楠，以为她一定可以虏获他的心，于是不断利用许承洲刻意地去接近他。

可她不知道陆楠于他，是那样珍贵的存在，珍贵到每一个细节铭刻于心。尤其是那个该死的，放着备用钥匙的信箱！

陆楠到接待室检查了下身上的衣服，发现脏的地方太多了，只好打电话给叶子，让她去Burberry旗舰店，帮忙带一件同款的过来，不行就换别的。

打完电话，接待室的门被人推开，她抬头见是许承洲，眉头深深皱起：“外面搞定了？”

许承洲点头，平静地拉开椅子坐下，苍白修长的手指一点点曲起，缓缓地攥成拳头，掩在镜片后的目光晦涩莫名：“你的未婚夫是谁，方便让我知道么？”

他想过无数种可能，甚至以为国庆假期那天，他看到的人就是她的未婚夫。从他知道她是谁，便刻意地跟她暧昧，刻意地把真正的自己藏起来，不断地去模仿那个人，那个她潜意识里最爱的人——他的哥哥厉漠北。

他们本该早就遇到，却因为肖楠而错过了五年，而他也恨了五年。恨肖楠辜负他的深情，也恨陆楠对他太好，好得让他分不清那些暧昧，到底是真是假，一度下不定决心伤她。

“不方便。”陆楠眼中的温度一下子降至冰点，“你不该告诉导师，是我解决了那件事！”

许承洲扶了扶眼镜，眼底的晦涩转瞬被怨怼取代：“我不说他迟早也会知道，陆楠，你宁愿跟陌生人协议结婚也不肯让我帮忙，为什么！”

“没有为什么，而他也不是陌生人。”陆楠的脸色顿时变得极为难看，起身过去把门打开，看他的眼神陌生得像是从未认识过，“滚！”

“对不起！”许承洲低下头，额上鼓起条条筋脉，艰难地从胸腔里挤出一句道歉，“我不该袖手旁观，我那时候就该告诉你，就算天塌下来，我也能给你顶着！”

陆楠余怒未消，脸上的表情没有丝毫意外和惊喜：“都过去了，我们现在各自安好。”

许承洲站起身，一步一步朝她走去，停在距离她一步之外的地方：“各自安好，我知道。我生日的时候，你会来对不对？”

陆楠微微仰起头，神色淡淡地看着他：“会考虑。”

许承洲笑了，笑得苦涩而讽刺，抬手拍拍她的肩膀，从容地走出接待室。错身而过的间隙，他脸上残存的一丝笑意迅速敛去，眼底一片荒凉。

陆楠垮下肩膀，难受地把门关上，撞伤的膝盖一阵阵刺痛，额上冒出大滴大滴的冷汗。

今天的天气非常不错，阳光普照，气温适宜，还是盛教授特意挑的好日子，可她却觉得遍体生寒。

许承洲为什么要告诉盛教授真相？为什么会在这个时候才说出她一直想听的那句话？为什么在这个时候跳出来告诉她，他愿意为她遮风挡雨！她颓然地坐进椅子里，脑子里乱糟糟一团，从未有过的疲惫。

“咚咚”，她出神中房门意外被人敲响。

陆楠以为是叶子来了，旋即深吸一口气，迅速收敛情绪：“快进来吧。”

房门打开，发现来人是厉漠北而不是叶子，陆楠诧异了下，极力维持得体的微笑：“安抚好你的前任了？”

厉漠北蹙了蹙眉，自然而然地走到她身边：“你的腿怎么样？”

陆楠身上的风衣还留着大片脏黑的印记，膝盖瘀青了大片，颜色刺目。他蹲到她面前，将手中那盒没开封的白药喷雾的包装拆开放到一旁，跟着拿出手帕，仔细帮她把瘀青地方擦干净，喷上喷雾。

他的动作很轻，修长干净的手指徐徐抚过她的腿，细致得像是在呵护一件宝贝。陆楠垂眸，能清楚地看到他密实的睫毛，看到他眉宇间的担忧。耳边听到他异常不悦的声音："跟我去医院。"

陆楠脸上的笑容不变，平静地挪了下位置，避开他的触碰："一点小伤，不至于伤筋动骨。"话落，眼角余光看到叶子到了门外，旋即出声招呼她进来。拿到衣服，陆楠略带歉意地冲他点了点头，拉着叶子往洗手间走。

厉漠北被晾在了接待室里，独自坐了许久不见陆楠回来，有些烦躁地先行离开。展览进行到下午六点，几件非常精美的明制家具卖出，另有两扇金丝楠木的屏风也找到了买主。

自助餐时间，厉漠北找了一圈，没能找到陆楠，反倒看到肖楠跟康茹馨凑在一块窃窃私语，脸色瞬间发沉。他应该想到的，肖楠突然给他打电话又突然回来，全然忘了她当初是怎么离开的。

而以她目前的身份，也没资格能拿到邀请函。想到陆楠腿上的伤，厉漠北一分钟都待不下去，出了临时改作餐厅的展会现场，就给陆楠打电话。

竟然关机！厉漠北郁闷莫名，只好给她发短信，让她有时间回电话。站了一会儿，鼻尖依稀闻到一丝淡淡的香水味，旋即不悦地回头。

"你很在意陆楠？"肖楠微微仰着头，眼底满是讽刺。"那你想不想知道……"

厉漠北瞟了一眼站在不远处的阴影里，深沉得如同雕塑的许承洲，不等她说完话便毫不犹豫地抬脚走人。

肖楠脸上的表情僵住，冷不丁看到许承洲从暗处走出来，头皮隐隐发麻："承……洲。"

"好久不见，我以为你会死在外面。"许承洲双手抄在裤兜里，微微低着头，掩在镜片后的眼眸交织着爱恨，"我得不到的，他也永远别想得到，而你是这一切的始作俑者！"

语毕，他多一眼都不愿意看她，扭头回了内场。肖楠双腿发软，费了好大的力气，才勉强站稳不让自己倒下去。许承洲是真的恨她，他放弃了他最喜欢的金融专业转而报考古建筑专业硕士，别人不知道原因，她却是清楚的。因为她，他处处想要证明他不比厉漠北差……肖楠闭了闭眼，悔意丛生。他曾经那么地爱她，爱到即使被她利用被她骗，也不曾苛责半句。可他变了，变得让她感到陌生和恐惧！

肖楠跌跌撞撞地回了内场，知会康茹馨一声，狼狈地落荒而逃。她是真的不该回来，不该听到厉漠北结婚的消息就又动了心思。不该天真地以为厉漠北永远遇不到陆楠，不该在许承洲没放下心结之前，贸贸然回来。康茹馨是好意，可她不知道，她的好意却让她如坠地狱。

陆楠的腿喷了药还是很疼，被叶子硬拉着去了医院拍片，出来天都黑了。两人都饿得不行，索性在附近找了家小饭馆进去对付晚饭。

“签证拿到了，30号的飞机，寒暑假有时间我就回来看你。”叶子的情绪不是很高，显然还没从失恋的打击里走出来。

“我到时候去送你。”陆楠龇着牙把腿伸直，又疼出一身冷汗，“家里那边安排好了么？”

“正想找机会跟你谈这事。”叶子低头把自己的包打开，拿了张卡给她。

陆楠听完她的话爽快地答应帮忙，反正也不费事。

“楠哥，我爱你。”叶子肉麻地凑过去，狠狠亲了亲她的脸。

陆楠好笑地推开她，忽然想起中午在设计院的停车场，厉漠北亲她的样子，脸上的笑容转瞬变得讽刺。肖楠回来了，不知道厉漠北打算什么时候跟她离婚，半年还是一个月？

吃完饭送走了叶子，陆楠赶回艺术区，展览也进入了尾声。盛教授最珍爱的几件家具，全部卖出，剩下的一些精美构件开始打包装车。陆楠知道婺源那边的房子已经准备妥当，当下也没什么好说的，安静地跟着同学们一块陪他，看工人把那些东西小心地装入车厢。

夜色一点点变深，有风吹过来，寒意渐重。

“报税的事这次就不麻烦你了，承洲跟税务局的人很熟，东西卖完税也交完了。”盛教授亲手把车厢的门关上，苍老的面容掩在车厢投下的阴影中，模糊一片。

他的嗓音异常疲惫，再也没有上课时的那种意气风发。陆楠胸口堵得难受，迟疑地上前给了他一个拥抱：“我有时间会跟沈澈他们一起去看望老师，老师不必如此伤感。”

松开手后退，身边的许承洲也过来沉默着抱了抱盛教授，接着是沈澈和窦晗，还有过来帮忙的同学。盛教授单薄的身影立在夜色中，如松如竹，即使背驼了，那一身风骨依旧不减分毫。

“都回去吧，明天不用送。”盛教授摆摆手，弯身登上车。

陆楠揽着窦晗的肩膀，目送载着盛教授的车子走远，眼眶莫名发红。大家在原地沉默着站了许久，直到盛教授的车看不到了才陆续离开。

陆楠去拦车的时候，许承洲正好把车开了出来，降下车窗提出送她。

“不用了，我今晚住我未婚夫那边。”陆楠从容拒绝，摆手让他先走。

许承洲笑笑，眼底多了几分微讽的冷意，慢慢把车开出去。陆楠感觉头有点不太舒服，拦了车直接报上江滨路别墅的地址。

厉漠北还没睡，陆楠洗了澡躺下，他检查了下她的膝盖，习惯性地将她抱住，含糊地在她耳边说对不起。

对不起什么呢？是她自己大意摔倒，跟谁都没有关系。大概是晚上吹了风，陆楠醒来就发现自己感冒了，情况还有点严重，头晕乎乎的，自然没赶得及去送盛教授。

其他人都知道盛教授的脾气，谁也没去。反倒是厉漠北去了，并亲自开车将盛教授夫妇送到机场。陆楠不知道这些，发现手机没电，找到充电器充上电，再次倒床上。

昏昏沉沉地睡了许久，醒来发现自己似乎在谁怀里，陆楠恍惚以为是叶子，眼睛都没睁开就嘀咕道：“亲爱的，辛苦你了。”

“不辛苦。”厉漠北脸色微变，摸了摸她的额头，扶着她躺到枕头上，嗓音发冷，“感觉怎么样？”

这个声音？陆楠眯了眯眼，确定跟自己说话的人是厉漠北，太阳穴一阵抽疼：“你怎么不去陪着许爷爷？”

“刚回来。”厉漠北起身活动了下僵麻的四肢，眉头深深皱起，“我送你去医院。”

“不用，我睡一觉就好。”陆楠撑着床垫，慢慢坐起来，有气无力地靠着床头，眯起眼窥他，“我也不喜欢当替身，而我们之间只有协议，希望你记住。”

厉漠北偏头，不疾不徐地对上她的目光，黑黢黢的眼底布满了深沉厚重的无力情绪。他很不喜欢她跟自己划清界限的样子，很不喜欢她难受的时候，喊的是别的男人。

“我想睡了。”陆楠避开他的目光，身心俱疲地滑进被子里，“当然，如果你担心我传染你，我会尽快搬走。”

“陆楠。”厉漠北揉了揉额角，意味不明地盯着她看了许久，迟疑转身，“你好好休息。”

陆楠闭着眼，听着他把房门打开又关上的声音，长长地吐出一口气。他们原本就该这样。晚上厉漠北父亲生日，陆楠没去，只是按照他的要求，打了个电话过去祝寿。

周一的时候感冒已经好了许多，但她还有些轻微的咳嗽。陆楠一进办公室就被设计部那边的人拉走，跟她讨论设计上的问题。陆楠知无不言，结束后回到自己的格子间，脑袋又开始晕起来。

勉强撑着把厉漠北接下来的工作安排完毕，发现已经过了下班时间，趴桌子上就睡了过去。迷迷糊糊中，她听到胡松喊她的声音，听到厉漠北的声音，跟着便感觉自己飘起来，摇摇晃晃不知到了何处。等她再次睁开眼，发现竟然是在医院里，好半天回不过神。

“醒了？”厉漠北开门进去，正好见她睁着眼在发呆，眉头蹙起，“给你批了假，为什么还要去上班？”

陆楠闭了闭眼，勉强扬起笑脸，用陌生疏离的语气道：“我没事，谢谢厉总关心。”

厉漠北敛眉，脸上涌动着山雨欲来的怒气，只一瞬便刻意收起：“肚子饿不饿？我让胡松给你带吃的过来。”

陆楠定定地看着他，从善如流地笑出声：“好啊，正好谢谢他送我来医院。”

“确实应该感谢。”厉漠北压了压熊熊燃烧的怒火，迅速起身开门出去。

陆楠脸上的笑容一点点凝固到嘴边，她知道是厉漠北送她，也知道是他抱着她下楼。那样温暖坚实的怀抱，只有他给过她。然而一辈子蠢一次就够了，她绝对不会允许自己重蹈覆辙。

下午叶子过来探望，陆楠可怜兮兮地拉着她的手，要她抱。

“抱你抱你。”叶子都无奈了，俯身抱了抱她，坐到一旁给她削苹果。

“亲爱的，你真好。”陆楠靠在床头，脑袋晕得厉害，“我都不敢跟我爸妈说，感冒竟然搞到住院。”

“逞强呗，下次别这样了，吓死人了。”叶子白她一眼，问她厉漠北怎么不见人影。

陆楠大笑，揶揄她别忘了红娘的身份。叶子无语，索性不问了。两人在房里聊了好半天，没注意到厉漠北就站在门外。许久，里边的声音渐渐安静下去。厉漠北压了下额角，无声无息地离开。

陆楠在医院住了两天，恢复过来，自己去办理了出院手续。厉漠北很忙，要盯着新项目的设计进度，还要去疗养院陪许老。陆楠其实不太想跟他碰面，但还是回了江滨路的别墅。

大概是因为她住进来的原因，厉漠北请了个长住的保姆，照顾他们的起居。陆楠稍稍有点不适应，不过到底不是自己家，他愿意怎么折腾就怎么折腾，跟她没有多大关系。进门跟保姆打了声招呼，直接上楼去洗澡。感冒弄到住院她也不想，要不是被陆桉在电话里臭骂了一顿，她可能一天都住不下去。

洗到一半，听到外边有人开门进来的动静，陆楠以为是保姆来打扫，也没多想。这个时间，厉漠北是不会回来的，她没那么自恋，而他也不可能会为了自己，放弃坚持已久的原则。舒舒服服地洗完，陆楠把头发吹到半干，精神奕奕地开门出去。

“为什么不等我去接你？”厉漠北的声音忽然在头顶响起，下一瞬陆楠就被他拽了过去，撞进他结实的怀里。

仰起头，陆楠有片刻失神，刚准备开口解释他的吻就落了下来。带着惩罚意味的吻，陆楠根本无法招架。许久，他终于放开她，眼底的情绪复杂得让人无法看清，他到底想要什么？

陆楠喘得厉害，目光迷离地望着他，笑了：“我在家等你不一样么？”

厉漠北感觉有些燥热，迟疑地松开扶在她腰上的手，她却不打算放过他，反而将他推到床上，身体轻飘飘地压下来。

四目相对，所有的声音一瞬间静止下去。他看着她，惊觉她的眼中没有丝毫的情绪，就连笑容也虚假得让他觉得厌恶，眉头皱了下。他们之间的距离在无意间，似乎又拉远了。

陆楠垂下眼帘，刻意避开他的目光，徐徐低头亲吻他的唇。他教过她很多次，她自信学得不差。厉漠北神色一滞，觉察到她的意图，视线穿过她的发丝，落到她发红的耳朵上，唇边掠过一抹淡淡的笑意，索性躺平了任她摆布。

她还在为那天的事生气，并自以为掩饰得很好，可她大概不知道每次生气或害羞，她的耳朵都会出卖她。事后他反思过，为什么肖楠出现时没有及时警惕，得出的结论是她已经无法影响到他。只是他忘了，陆楠会受影响。

看到她摔下去的那一刻，那种心疼又惶恐的感觉，像根刺狠狠扎进他的心里。这种感觉来得非常突然。有那么一瞬间，他甚至觉得，他错过了一样很重要的东西。那是他不敢轻易付出，也从未真正得到过的东西。陆楠是不同的，或许她身上依旧有那个小女孩的影子，但经过那天他的想法忽然变得明确，他想要的是眼前的陆楠，是活生生地站在他面前的陆楠，不是年少时心动依恋的那抹影子。

“厉漠北，你的这里很冷。”陆楠吻了一会儿，兴味索然地移开唇，纤细的食指在他心脏的位置戳了下，从他身上滑下去，不疾不徐地转身去了衣帽间，“而我，跟你一样。”

厉漠北怔住，双手撑着床垫缓缓坐起来，意味不明地望着她的背影：“你想要怎样的？”

“除了你。”陆楠回头，似笑非笑地倚着门，眼神冰冷如霜，“谁都可以，我觉得这个，应该是我们之间的共识。”

共识？厉漠北挑了挑眉沉默下去，仿佛默认了她的说法。陆楠耸肩，站直起来进了衣帽间，顺手把门关上。盛教授说会把那笔钱给她，她有想过还了钱然后去离婚，可那边迟迟没动静，她反而安了心。

许老的身体状况反反复复，这个时候任何的刺激对他来说，都是致命的。她不想让他失望，也不想让他觉得遗憾。毕竟，他是那样地喜欢她，并看好她跟厉漠北。

下午回设计院上班，陆楠的办公桌被移到了厉漠北办公室的外间。她什么都没说，也没多余的情绪。快下班的时候，许承洲又破天荒地打电话过来，约她晚上去聚福楼吃饭，说他刚回来很想见她。

“真不巧，我跟未婚夫约好晚上去看电影。”陆楠笑容如常，“他早把票买好了。”

许承洲似乎很失望，闲聊两句就把电话挂了。陆楠丢开手机，一抬头就看到厉漠北站在对面，眼神讳莫如深地望过来。

“厉总，您有什么急事需要我处理？”陆楠奉上得体的微笑，眼底波澜不惊。

厉漠北转身去关了门，微微俯身，双手撑到她办公桌桌面上，眯着眼居高临下地看着她：“我很见不得人？”他是她的丈夫，不是未婚夫！

陆楠双手抱胸，慵懒地靠向转椅的椅背，从容自在地跟他对视。协议是双方共同拟定的，虽然他占了大部分的主导权，可也不能自己不遵守，还逼着她一起吧。

僵持中，敲门声忽然响起，胡松的声音随即传进来：“明天佛光寺的项目正式进行验收，C市文物管理局那边希望厉总能亲自过去，陆楠你帮我通知下。”

“好啊。”陆楠扬起笑脸，别有深意地冲厉漠北眨眼，“我一定会通知他的。”

胡松说了声谢谢，估计是走了，能听到脚步声离开的声音。陆楠憋着笑，好整以暇地看着厉漠北：“厉总，胡松说……”

厉漠北丢给她一记喜怒莫辨的眼神，慢条斯理地站起来，抬脚往里间走：“我没聋。”

“我知道啊。”陆楠捂着嘴低头闷笑，一瞬间神清气爽。

可惜陆楠高兴得有点早，她压根没料到他会真的拉她去看电影，而且还是一部喜剧片。或许是她笑点太高，又或者心情实在太糟糕，不管边上的人笑得多开心，她只扯了扯唇角，却没有笑。

厉漠北也不笑，他在看她。这个发现让陆楠下意识地皱眉，复又安慰自己，看去吧，光线这么暗还能看出花来不成。她百无聊赖地盯着荧幕，加上感冒才好身体还有点点不舒服，电影放一半就疲倦地闭上了眼。

厉漠北保持着慵懒的姿势，目光始终停留在她脸上。他很少来影院看电影，一个人看电影对他来说，是一件很傻的事，也不可能让蒋牧尘陪他来看，那样更傻。大多数时候，他都是在家里看。别墅有钟点工按时打扫，平时就他自己住着，从不觉得寂寞，也不觉得孤独。

登记之初，甚至都没想过让陆楠在那过夜。为此，他还特意在蒋牧尘家的酒店定了个房间，长租，作为周末跟她见面的地方。可是现在，他却不择手段地想要留住她，跟记忆无关，他就只是想要留住她。

盛教授虽然很诧异，但也没问为什么不让他还那笔钱，不过提了个他无法不答应的条件：给陆楠自由选择的权利。而陆楠却对他说：除了你，谁都可以！

电影散场，陆楠一脸惺忪，上了车还有点昏昏欲睡，系好安全带便歪着头闭上眼。厉漠北偶尔偏头看她，眼里眉梢都带着暖意。

到家，他停好车下去，绅士而体贴地帮她把车门打开：“很累？”

“嗯。”陆楠打了个哈欠，下了车便抬脚走上台阶，却不防忽然被他抱起，眉头皱了皱，“你以前是不是也经常这么抱着肖楠？”

厉漠北低头对上她的目光，给了她一个理所当然的答案：“你现在是病人。”

陆楠懒得跟他计较，闭上眼缄默下去。她没有要窥探隐私的意思，只是下意识地问出口，虽然问过之后很后悔。

保姆已经睡下了，客厅里留了盏壁灯照明。厉漠北换了鞋，等她换好了，旋即又抱起她，直接上楼去了主卧室，动作很轻地把她放到床上。

陆楠眯了眯眼，在他直起身的瞬间，抓住他外套的衣角，淡然开口：“还有两天我欠下的周末就还清了，之后协议照旧，你有什么想说的？”

“你猜。”厉漠北顺势躺到她身边，单手支着下巴，另一只手不疾不徐地执起她微微有些凉的手，放到唇边细细啄吻。

温热柔软的触感，带着强烈的电流让陆楠不可抑止地轻颤起来，从脚底升腾起来的热血，瞬间直冲脑门。她整个人笼罩在他深沉的目光之下，舔了舔干巴巴的唇，紧张地扭头望向一旁：“去洗澡睡觉吧，我中午洗了不想动。”

厉漠北放开她的手，俯身过去，动作很轻地将她的脑袋扳过来，逼她正视自己的目光。她眼底的戒备不见了，平静如同一汪湖水没有半分多余的情绪。仿佛这件事于她，已经没有了任何意义。

这个认知让他的胸口堵了下，有些闷闷的疼。过了片刻，他低下头情绪复杂地亲吻她发红的耳朵：“方式不对，撩人应该这么撩。”

低哑的嗓音，带着滚烫的蛊惑气息，从她的耳朵滑向她的颈，又回到她的唇上，一寸一寸将她的理智全部蚕食。陆楠茫然地眯着眼，听到自己放大了无数倍的心跳声，听到他心脏跳动时，强而有力的节奏。

“五十分……”厉漠北及时抽身，清俊的脸上透出压抑的痛楚，神经绷得死紧地转身朝衣帽间走去，“我有耐心等你及格。”

晚上第一次分房睡，陆楠几乎整夜失眠，醒来眼圈都是黑的，厉漠北的情况也不太好。幸好手上有工作，彼此也有意不再提这事。

C市佛光寺的项目验收顺利通过，陆楠回到B市第一时间就打车赶去机场送叶子。这边没有直航的航班，她需要自己去北京转机。

这几天陆楠没跟厉漠北睡一起，但她知道，只要睡一起他是有反应的，而且很强烈。越是如此她反而越糊涂，搞不懂他到底是有心理隐疾，还是有什么特殊的爱好，所以才给她更多的时间适应。好在，之前欠下的时间都还清了。

从今往后，她跟他仍旧只在周末的时候才住一起。

陆楠赶到机场，叶子已经在咖啡店要了位置，她抱歉地坐下，叮嘱一番，再次问她缺不缺钱。

叶子其实并没存下多少钱，赚来的那些钱大半都寄给了家里，她也没拿蒋牧尘的钱，给陆楠的那张卡里，只有不到五万。

“缺了我自然会跟你开口。”叶子扬起唇角，眯着双眼，深深地望着店外往来的人潮，“楠哥你知道么，我其实想过一辈子就这么混下去。”

“你不会是因为爱上我，所以才放弃当米虫的机会吧。”陆楠开了个玩笑，轻轻握住她的手，“以后会辛苦，你要挺住。”

“没什么挺不住的，比起一辈子被人踩在脚底下，血路也是路。”叶子将另外一只手覆上去，把她的手压住，眼眶红了一圈，“不要告诉他我去了哪里，我不想成为他人生的污点。”

陆楠苦笑着点头，没说话。叶子也不说了，紧紧握住她的手笑着看她，笑着落下泪来。陆楠抽出手揉了揉她的头，拿了纸巾给她擦泪，嘴里发出一声细不可闻的长叹。

送走叶子，陆楠低着头，双手抄在裤兜里，心不在焉地在接机口晃悠。陆桉抽时间回来看许老，还有一个小时才落地。晃了一圈，觉得无聊刚拿出手机准备玩游戏，肩膀就被人拍了下，力道很轻，鼻尖依稀闻到一股甜腻的香风。

陆楠缓缓回头，见是肖楠，不由得眯了眯眼：“这么巧。”

“不装了？”肖楠笑笑，脸上不见半点柔弱，“聊聊？”

陆楠笑了笑，大方地点头：“邻居不一定都有深交，毕竟我交朋友还是有底线的，不想有天自己被人误会是小偷。”

“你！”肖楠愠怒，“我没偷过值钱的东西，许爷爷种的花那么多，我拿了几朵玩怎么了！”

陆楠摇了摇头，有点不太想跟她聊了。转念又想反正要接陆桉，让她陪自己打发时间也不错。还是前头跟叶子待过的咖啡店，陆楠淡然拉开椅子坐下，好整以暇地打量她：“聊什么？如果是想跟我说你和厉漠北的爱情故事，抱歉，我没兴趣听。”

肖楠让她看得浑身不舒服，闷闷扭头望向别处：“我在北京有演出，去了可能不会再回来，走之前想告诉你一些事。B市只有一家姓许的大家族……”

话还没说完，她的手机忽然有电话进来。陆楠见她像受了很大的惊吓，不由得蹙眉。

到底是谁来的电话，让她怕成那个样子。小时候她可是胆大得很，每次都把许老的花摘到只剩花骨朵，被抓住了还到处冤枉人。

肖楠仿佛在犹豫，手机铃声一直响一直响，吵得有点烦。陆楠伸手端起咖啡抿了一口，见她接通了来电，很快又挂断，然后惊慌失措地望过来：“我言尽于此，你自己好好想想。”

她有什么好想的，陆楠挑眉，她才不需要她假惺惺的关心。

肖楠埋了单，拎着包行色匆匆地走了。她已经提醒了陆楠，至于她能不能联想到许承洲和厉漠北的关系，她爱莫能助。

陆楠目送她的背影消失在通道尽头，无语地耸肩，也跟着离开咖啡店。航班准点到达，陆桉一下飞机就揽着她的肩膀去打车，两人边走边说，没注意到站在人群里的许承洲，更没看到站在他身边，面如土色的肖楠。

许老的情况越来越差，气温降下来之后，哮喘的毛病也犯了，整个人没有丝毫的生气。咳嗽的时候，那声音跟拉风箱似的，让人不忍心听。

陆楠跟陆桉陪着他，没聊几句他便累得睡着过去。从疗养院里出来，两人都很难过，饭都没吃就直接回了家。

陆桉很忙，住一晚就得回校。陆楠送他上了飞机，走出航站楼忽然接到厉漠北的电话，问她在哪。陆楠报上自己的位置，刚想把电话挂断，就见他的车子从停车区开了出来。

天气有些阴沉，他坐得笔直，整个人掩在车厢的阴影中，周遭围绕着一股冰凉的气息，那张轮廓分明的脸黑得几乎要滴下墨来。

陆楠皱了皱眉，从台阶上下去，平静地拉开副驾驶座的车门坐进去：“来接人还是送人？”

“送人。”厉漠北目视前方，不冷不热地给了她两个字，反问道：“你呢？”

他很想问她，刚才那个一直跟她并肩而行的男人是谁，到底没问出口。心里却异常不舒服，她从来没在自己面前，笑得那么自然放松。她给他的笑，始终是有距离的，冰冷而遥远。

“也是送人。”陆楠歪头看他，隐隐感觉他的火气是针对自己，“现在要去哪？”

“去疗养院，这两天外公的身体很不好。”厉漠北的语气硬邦邦的，不过陆楠还是听出了他话里的难过。

许老的身体越来越虚弱，明知道他留下的时间会越来越短，却又无能为力，这种感觉她能体会。陆楠叹了口气，轻声安慰一句，拿出手机低头玩游戏。一路沉默着到了疗养院门外，厉漠北把车停到停车场，忽然俯身过来将她抱住。

陆楠僵了下，旋即又拍了拍他的背：“别难过了，他现在肯定不想看到你这样。”

“陆楠……”厉漠北的嗓音很闷，还有点哑。

气氛沉默下去，陆楠再次拍了拍他，却不防他忽然吻上来。细致温柔到极致的吻，带着他的气息霸道地侵袭她所有的神经。陆楠心如止水，不回应也不躲避。

许久，他放开她，粗粝的指腹落到她的唇上，细细摩挲一番，这才意犹未尽地坐直回去：“谢谢你。”

“其实不必。”陆楠的嗓子有点发哑，紊乱的气息尚未平复下来，然而接下来的话，却如凉水一般冲他兜头浇过去，“货银两讫罢了。”

厉漠北脸上的表情一滞，眼底的火气藏都藏不住，径自开门下车。陆楠按了按眉心，也跟着开门下去，若无其事地走在后面。

许老的精神比昨天好了些，看到他们出现，脸上难得地露出了笑容。许音华和康茹馨也在病房里，陆楠陪着厉漠北上前跟许老说了会话，不巧手机有电话进来，遂抱歉地走到外面去接听。

叶子落地了，一切顺利，让她别担心。陆楠照例嘱咐一番，挂了电话见康茹馨跟出来，眉头皱起。

“陆楠，你真有本事。”康茹馨的嗓音压得很低，表情愤懑不平，“迟早有一天，我要揭穿你这个贱女人的真面目！”

“康小姐早上没刷牙，还是刚吃完屎？”陆楠眯起眼，神色淡淡地窥她，

“没吃够记得多吃一些。”

语毕，留意到厉漠北已经出来，旋即抬脚往外走。康茹馨气得脸色惨白，差点不顾形象地破口大骂。

“我很不喜欢有人不尊重我太太，这样的事别让我发现第三次！”厉漠北淡淡瞟一眼她来不及收敛的狰狞面孔，冷若冰霜地从她身边越过去，加快脚步去追陆楠。

回到车上，他见陆楠让康茹馨气得耳朵都红了，心中的不快转瞬散去，唇角隐隐弯起：“要提前去定海，设计图出来了，我们先过去，小戴跟胡松明天到。”

“好啊。”陆楠郁闷地揉了揉额角，火气还是没能压下去，“厉漠北，你为什么不直接借高利贷给我，而是要跟我结婚，我很好奇。”

“以后告诉你。”厉漠北怔了下，神色从容地发动车子。

一开始是因为觉得她熟悉，所以才这么选。可是现在他已经不想回答这个问题，因为她就是她，不是任何人的替身。

“爱说不说，希望你以后别再让我见你的任何朋友，我不是每次都能这么好脾气听刚吃完屎的人跟我说话。”陆楠心气不顺，说完就拿起手机玩消消乐。

厉漠北偏头看她一眼，不由得轻笑出声：“好。”

陆楠皱了下眉，继续盯着游戏的读取条。先是肖楠莫名其妙地要跟自己聊聊，跟着便是康茹馨张嘴就骂，厉漠北还真是个祸水。

不过跟她关系不大，她也没想过装什么贤良淑德。下午飞机落地，当地政府的车也到了停车区。陆楠知道会有应酬，却没想到政府方面会这么重视这个项目。来的有祖宅的继承人，还有旅游局的领导，以及一些其他的官员。

很正式的公务应酬，席间大家都不怎么喝酒，聊了些修复要求吃饱便散了。从饭店里出来，陆楠还没明白发生了什么事，就又被厉漠北拉回去。

陆楠略无语，没什么情绪地歪在椅子上，神色淡淡地看他点菜。她确实没怎么吃，因为对方点的菜很多都是海鲜。

“我也没怎么吃。”厉漠北仿佛看透了她心里的想法，动作优雅地将点菜的平板放下，神色自然得看不出半分说谎的痕迹。

“厉漠北，你这是打算毁约追我么？别忘了我们的协议是怎么签的。”陆楠坐直起来，似笑非笑地看着他，目光审视，“我也有提离婚的权利。”

厉漠北微微倾身，骨节分明的修长手指随意曲起，在桌面上轻叩几下，温和一笑："我在尽丈夫的责任。何况相互取悦本就是情趣，而我只要最好的。"

"最好的？"陆楠笑了，揶揄，"小北哥哥，什么才是最好的，嗯？"

她故意放柔的嗓音依稀透着几分玩味，听在耳中，却意外地撩人。厉漠北微怔，无意识地舔了舔嘴角，笑容里多了几分真假难辨的深意："你就是最好的，楠哥……"

拉长的尾音，毫不掩饰地显露出他的好心情。这次换陆楠怔住，眨了眨眼，惊觉他眼底的缱绻，淡定地别过脸。

厉漠北唇边的笑容一点点扩大，好看得让人晕眩。

定海的气温比B市低几度，吃完从楼上下来，外面不知何时飘起了小雨，寒风阵阵。厉漠北把身上的外套脱下来披到她身上，身上穿着单薄的白色衬衫，独自走入雨中去等车。

陆楠心安理得地站在雨棚下，微微眯着眼注视着他挺拔的背影，思绪飘远。记得有一次也是下雨天，她打着伞慢慢往回走。他突然从她身边经过，头上顶着书包跑得又快又急，白色的衬衫在雨幕中画出一道白色的弧线，转眼不见了踪影。

她后来想，他经过的时候她其实可以叫住他，然后假装轻松地对他说："哥哥我有伞。"可那样的机会再也没有出现过。那一年的夏天，狂风骤雨来得又急又密。他每次不是从车上下来，就是打着一把大大的黑伞，穿行于巷子里脚步飞快。

于是，她大多数的雨天里，都站在二楼的窗户后面，偷偷地看他。脑子里一遍一遍酝酿，下一次遇到他，要怎样打招呼才不会露怯。

那时候陆桉身体不好，总以为她是为了陪他解闷，才一下雨就待在楼上。如今回想，她其实从小就傻，并不是遇到许成洲才傻那么一次。她还是个胆小鬼，自卑又喜欢虚张声势的胆小鬼。

"陆楠。"厉漠北温温和和的声音忽然传过来，语气里透露出一丝焦急。

陆楠拉回思绪，见他站在车旁隔着雨幕冲自己挥手，牵了牵唇角淡然抬脚迈下台阶。坐进车里把他的外套还回去，半真半假地开了句玩笑："故意淋雨感冒我是不会照顾你的。"

厉漠北也笑，露出轻松自在的笑容："没关系，万一住院了还有胡松。"

"厉漠北，你是不是在吃醋？"陆楠皱眉，眼神玩味地凑过去，掌心隔着他微潮的衬衫，覆上他的胸口，“中午在机场你也是在吃醋，那你想不想知道，那个人是谁？”

“是谁？”厉漠北捉住她的手，微微俯身，别有深意地跟她对视，“婚内不许出轨，我想你应该没忘。”

“没忘，但是不妨碍我在乎他，比在乎自己的命更在乎。”陆楠眨了眨眼，笑了，“肖楠在你心中，其实也是如此，对么？”

“不对！”厉漠北眸光沉了沉，掌心滑向她的后脑勺托住她的脑袋，居高临下地眯起双眼，“真要起诉的话，那份协议并不具有法律效用。”

陆楠脸色发沉，忽然间发现厉漠北不光是祸水，还是个无耻的混蛋！

厉漠北将她眼底的情绪看尽，弯了弯唇角慢条斯理地坐回去，大方地握住她有些发凉的手：“逗你的。”

陆楠哼了哼，扭头望向窗外。

厉漠北禁不住笑出声，顺手揽住她的肩膀，将她拉到自己怀里抱住。他原本计划吃完饭，好好带她领略定海的夜景和美食，奈何天公不作美，气温也低得恼人。

陆楠不能受凉，稍微凉些就会感冒。上次她住院，蒋牧尘的小女友唠叨了她好长一段时间，她一点脾气都没有，反而笑眯眯地连连应声。他站在病房外，听着她沙哑的笑声，听着她跟蒋牧尘的小女友撒娇，一声一声地喊那个小姑娘“亲爱的”。

那三个字，不过是寻常得不能再寻常的亲昵称呼，不分男女，而他却以为，她生病第一天醒后喊的是她的前任，甚至嫉妒那个男人，能让她毫无保留地依赖。

回到酒店，厉漠北没有松开她的手，坚定执着地将她拉去自己的房间。关了门，他低下头目光灼灼地望着她：“胡松他们还没到，不会知道你住在我这里。”

陆楠挑眉，微微仰起头别有深意地眨了眨眼：“厉漠北，要最好的跟身体有问题，哪个才是真相？”

算算同床共枕的次数其实蛮多，他想要什么，她还是有感觉的。厉漠北沉默下去，就那么直直地看着她，没有正面回答她的问题。他想要的是全然臣服于他的陆楠，想要那个只为他动情的陆楠，而不是戴着面具陪他演戏的陆楠。

他早过了冲动的年纪，意识到肖楠不是自己要找的人后，那个陪伴他度过四年枯燥时光的小身影，也在记忆中渐渐远去。想要给年少的悸动画上圆满句号的执念，亦被时光磨得没了痕迹。

他独自过了五年，并打算离婚后继续这么过，然而陆楠却让他陷了进去。让他想要彻底地，全须全尾地得到她。

“很难回答么？厉漠北你别告诉我，跟一个从未见过面的人结婚，是因为你觉得她就是最好的。真不行，承认也没什么的。”陆楠主动打破沉默，笑容里多了几分同情和……安慰，“放心，我不会告诉你将来的太太的。”

她眼底的怜悯刺得厉漠北几欲失控，眸光沉了沉，忽然猛地将她抵到墙上，低头深深地吻她。他吻得投入，不断地与她唇齿交缠。彼此的呼吸缠绕在一起，房间的温度似乎也在无形中渐渐升高。陆楠被他吻到虚脱，软绵绵地被他抱到床上，脑子里一片空白。

她以为他会继续，他却依旧迅速抽离，自制力强大到可怕。她喘息着，心跳紊乱地躺了好一会儿，混沌的思绪一点点回笼。她的猜测和直觉，似乎是正确的……

忙到周末，工人陆续到位，脚手架也全部搭了起来。陆楠抽空给盛教授去了一个电话，得知他在那边一切安好，遂放了心。下午回到B市，陆楠没跟厉漠北回江滨路的别墅，而是回家看望父母。不过答应了他，周日会去陪许老。

厉漠北也没直接回去，送她上了出租随即去疗养院。外公恢复过来一些，精神看起来比前段时间好，但还是没什么生气。见他自己一个人过来，脸上明显写着不高兴。

厉漠北简单解释了下，冷不丁想起外公第一次见陆楠的神情，又想起在陆楠在定海说的那句话，所有的思绪一瞬间变得明朗。跟一个从未见过面的人结婚……陆楠说错了，他并不是从来就没见过她！

厉漠北稳了稳心神，给外公擦手的时候，状似不经意地问：“外公，我以前经常跟你打听的小楠，是不是就是陆楠？”

“你不知道？”许老诧异了下，撑开微眯的双眼看他，眼神锐利，“这么说，我猜对了，你结婚是为了安慰我？”

“对不起……”厉漠北的动作顿住，惊疑地抬起头。

许老长长地叹了口气：“小楠一直没改口，她从来都是喊我许爷爷，我老了，但是不糊涂。”

厉漠北汗颜，他一直没留心陆楠怎么称呼外公。加上当时并不确定自己对她有好感，是因为她不同，还是因为她身上有自己心心念念了很多年的影子，心思并不全在她身上。

“两个小楠，一个有小聪明但是胆大滑头，骨子里活泼好动；一个是真聪明又心细，性子强韧，骨子里却善良，你猜我会喜欢哪个？”许老笑了下，神色淡淡地看着他，“有耐心等她十几年，却没勇气承认错误继续去找她，活该你今天落得这个下场。”

“外公……”厉漠北欲言又止，干脆不说话了。

被看穿的滋味并不好受。因为肖楠，他曾经一度以为那个小女孩变了，从此极度抗拒感情。后来外公生病，搬离了原来住的地方，一走五年，他也就死了心。

若不是陆楠无意间打开那个信箱，他可能永远都不会想到，有一天，他真的会遇到她。

“你爸妈的意见不能代表什么，放心去追她吧，别浪费了你给她建的房子，给她种的花。”许老合上眼皮，脸上浮起舒心的笑，“你外婆若是还在，怕是更高兴，我又想她了。”

厉漠北点点头，等他睡着了，轻声交代保姆和护工几句，脚步匆匆地出了小楼。陆楠，陆楠，陆楠……厉漠北默念着她的名字，像个情窦初开的傻小子，唇角扬得高高的，一路把车开得飞快。然而这种激动又欣喜的心情只维持了一瞬，便被突兀的手机铃声打碎。

第六章 她是他的梦

进入十一月，天气渐渐变冷，许老别墅的花墙日渐凋零，蔷薇花枝下面隐约冒出凌乱的杂草。陆楠在那扇铁艺大门外站了许久，恍惚听到里面有人说话的声音，旋即回了家，下意识地走到围墙下竖起耳朵。

来的是许音华和康如馨，听语气似乎是许老想搬回来住。许音华是真心实意地把康茹馨当儿媳看，言语间的喜爱不输亲生，也难怪康茹馨如此地嫉恨自己。摇了摇头，陆楠转过身，视线在围墙下的梯子上定格数秒，过去把梯子收回柴房。

她以后都不会再坐到围墙上去了，那个在她记忆中沉睡了十几年的少年，如今近在咫尺，却比当初的距离更远。远到她依旧需要仰望，依旧需要竖起满身的刺，保持距离。

厉漠北是个足够成熟的男人，有不凡的出身和出色的外形，温柔起来能把人的心都甜化，还是个不折不扣的调情高手。她那点苍白的暗恋经历，在他面前毫无招架之力。

他的改变其实不用怎么往深里琢磨，心里就门儿清了。她已经不是无知单纯的玛丽苏少女，信奉脑残的为爱而生。

那种一出现就得承受来自四面八方的嘲讽和奚落，脸上写着大大的笑话的生活，经历一次她的心脏就已经无法负荷，搭进去一辈子，那不是蠢，是死蠢。

把梯子放好，手机忽然有电话进来。陆楠看了下号码，把柴房的门关上，烦躁接通。许承洲没说别的，只是关心她最近过得如何，工作是否适应。

“你不骚扰我的话，我会更好。”陆楠拧着眉，语气里透漏出一丝烦躁。“请尊重你的女友，许承洲，别让我后悔认识你。”

语毕，陆楠毫不犹豫地挂断电话，无语望天。她是不是漏掉了什么重要信息？为什么厉漠北改变的同时，许承洲也在忽然之间，如此主动地关心她，听语气似乎还有点想要重新来过的意思？

她明明不曾给他任何暗示，也不曾跟窦晗敞开了谈这件事。陆楠越想越烦，脑子里乱糟糟的一团。进屋上了楼，许承洲又发短信过来，很长的一段话：我已经跟女友和平分手，陆楠，让我们重新开始吧。欠你的八年，我用一辈子还，够不够？如果不够，下辈子下下辈子我接着还。

陆楠没有回复，删了短信走到窗边，神色淡淡地看着隔壁一墙残败的蔷薇花。他欠的何止是八年，是她整个青春全心全意的爱恋和欢喜。可那又如何，八年的相处，她还是能分得清他的话里，哪一句是真，哪一句是假。

看得懂他眼里的情绪，是不是真的为她动过心。

晚上吃饭，陆楠问起许音华回来的事，聊着聊着，爸妈忽然提到已经过世的李老太太，言语间颇多感慨。陆楠对六岁之前的事印象不深，听妈妈说老太太特别喜欢自己和陆桉，还有点意外。

吃完饭回到楼上，陆楠在微博上给叶子回了私信，猛然想起妈妈说许老的大限怕是快到了，才会如此地想念李老太太，渐渐有些坐不住。

烦躁地踱了几圈，陆楠收拾一番背上包下楼，跟爸妈说临时加班便开门出去。路上，陆楠给厉漠北打电话，得知他在疗养院，心中更加担忧。

下车的时候，厉漠北等在门外。夜色朦胧，他高大挺拔的身影伫立灯下，清冷的光晕将他的身影勾勒得异常地不真实，是那样地孤独脆弱。

“怎么忽然改变主意回来？”厉漠北上前将她紧紧抱进怀里，下巴搁在她的肩膀上呢喃，眼底有着狂潮一般的惊喜和激动。

这样的温暖，她很小的时候就给过他。那时候他被外公无情管束，突然有一天，他发现她喜欢坐在围墙上，偶尔躲在窗户后，安静得像只小兔子偷偷地打量他，从此再没觉得外公烦。

“演戏要演全套。”陆楠凉凉地回了他一句，岔开话题打听许老的情况，“许爷爷怎么样了？”

“老样子，睡着的时间比醒着的时间长，哮喘也越来越严重。”厉漠北听到她的称呼，不禁苦笑，松开手揽着她的肩膀往里走。外公说的还真是一点都没错，她从来没有改口，态度摆得明明白白。

陆楠偏头，若有所思地看他一眼，没有拒绝他的亲昵。许老咳得难受，陆楠跟厉漠北照顾他到半夜才回房。夜里谁都睡不踏实，早上醒来，各自脸上的黑眼圈格外清晰。

“待会儿医生会过来，要是没什么情况，我们就先回去休息，这边有人轮着照顾外公。”厉漠北刷完牙，倚着门看她，日光里交织着诸多情绪。

昨晚父母很正式地跟他谈话，目的只有一个——离婚。他自始至终都没同意，心里异常坚定地想要跟陆楠长长久久，就像他下意识地在协议上修改时间一样。

那是一个足够看到彼此白发苍苍的时间。她是他的梦，从少年到成年，她一直在他心底。即使他能记住的，只有她模糊的轮廓。

“你安排好就行。”陆楠没意见。厉漠北弯了弯唇角，转身去换衣服。

八点多，许音华先到，看到陆楠也在，脸色有些不大好看，但也没说什么。过了一会儿，厉漠北的父亲也过来了，随行的是康茹馨。陆楠礼貌地打过招呼，安安静静地站在厉漠北身边，尽职地扮演着自己的角色。

许老的主治医生很快过来，简单阐述了一下目前的情况，叮嘱几句便离开了。都是些小毛病，可对于一个做了数次化疗又动过几次大手术的老人家来说，往往是越小的毛病越疏忽不得。

医生走了之后许老突然又剧烈的咳嗽起来，陆楠听得难受，等他睡着了一个人去院子里透气。

“演得倒挺像那么一回事儿。”康茹馨跟出去，脸上挂着微讽的笑意，眯眼望向院子里的假山，“这么舍不得，是担心许老走了，你就没理由留在漠北身边么？”

“康小姐，以你的出身不像是会缺优秀追求者的样子，何必执着于当小三。”陆楠沉下脸，火气特别重。厉漠北这个祸水！

康茹馨脸色白了白，恼羞成怒地转过头瞪她：“别以为你把肖楠逼走了，就能得到漠北的心，他爱的人，永远都不会是你！”

陆楠眯了眯眼，闻到空气里多了厉漠北身上的气息，忽然笑了：“你行你上呗，我又没拦着你去追求他。”

“可我拒绝。”厉漠北手臂一伸，力道有些重地将她拽过来，掉头往外走。

康茹馨又气又恨，刀尖子一样的目光狠狠剜着陆楠的背影。她费尽心思地把肖楠骗回来，没想到非但没有影响到厉漠北，看他的姿态反而更加在乎陆楠，她没法不急。

许音华只说，厉漠北请陆楠陪他演戏，没说演多久也没说演到什么程度。但她知道，陆楠经常出入江滨路的那套别墅，经常在那边过夜。

她很不甘心！她明明比谁都先认识厉漠北，为什么他看到的不是肖楠便是陆楠！

从疗养院出来，陆楠没有跟厉漠北回江滨路的别墅，而是回了自己租住的房子，并打电话约窦晗下午去健身房。

厉漠北沉默了一路，唇角下抿，侧脸的线条绷着浓浓的火气。陆楠知道原因，但是一点都不想道歉，也没兴趣安抚他的情绪。她只不过告诉康茹馨事实。有时甚至希望肖楠再给力一点，最好能让厉漠北立刻就拖她去民政局离婚，好免去她在火里挣扎的苦。

下午五点，陆楠准时到健身房跟窦晗碰上头，边说边去更衣室换衣服。换好衣服，陆楠搂着窦晗出去热身，顺嘴开了个玩笑：“听说沈澈要升总监了，我等着吃满汉全席，你俩别抠门啊。”

“别人可以不请，但是必须得请你。”窦晗笑倒在她怀里，状似不经意地说，“上回我过生日的事，沈澈都告诉我了。”

“打算还钱呐？来，利息一起给我。”陆楠伸出手，嬉皮笑脸地冲她挤眼睛。“你们俩那点钱存着买房吧，我未婚夫有钱有别墅，不用我操心这个。”

窦晗是真的要还钱，结果自然免不了挨一顿臭骂。陆楠压根就没记得这事，她今天约她出来是因为许承洲。

沈澈跟许承洲的关系是最好的，而且最听窦晗的话，有些她不方便当面说的话，让他转告最稳妥不过。不管许承洲出于什么目的要挽回，她都没工夫陪他纠缠，也不会傻到再被他羞辱一次。

早在他在校内公布女友的照片，早在他和女友拥吻的样子被叶子拍到，她对他所有的爱恋和欢喜就都死得透透的了。

窦晗自然是站在陆楠这一边，见她越说越激动，同情之余又觉无奈。明明是个绝情的人，偏偏做了长情的事。一辈子再也不会有那样纯粹的八年，可以心无旁骛地喜欢一个人。可陆楠说放下就放下了，利落得她都有些受不了。

结束慢跑去换衣服，陆楠发现手机有电话进来。很陌生的一个号码，但十分执着地一直反复拨打，不由得皱眉。

陆楠本不想理会，不料对方又打了过来。接通听了片刻，她偏头看了一眼窦晗，迟疑结束通话。蒋牧尘会有她的手机号码，陆楠倒是不意外，意外的是他竟然要请自己吃饭。为了不引起误会，遂带上窦晗一块儿过去。

蒋牧尘跟厉漠北是发小，两人的关系非常要好，她可不想因为单独见面被人撞到，回头告到许音华那。许音华对她的嫌弃，就差直接刻在脑门上。

早上在疗养院，陆楠清楚地看到她看自己的眼神，那种嫌恶和鄙夷，简直是从骨子里透出来。完全无法想象，很多年以前她曾温婉地对她笑，和声细语地邀请她到别墅里做客。

吃饭的地方蒋牧尘已经订下，是一家格调很高的私人饭庄，就在东城江边的湿地公园里。离上一次跟厉漠北去过的茶坊很近，经营者好像也是同一个人。

连续几天的阴雨天气，使得夜晚的气温非常低。陆楠跟窦晗下了出租车，江风一吹便忍不住哆嗦，余光看到蒋牧尘站在门外，略略诧异。他似乎站了很久，修剪齐整的短发上沾满白白一层细密的雨珠，西服肩头被雨水打湿，露出大片深色的痕迹。

陆楠冲他笑了下，他像刚回神，笑容浅浅地打了个招呼，绅士地走过来替她们付车资，然后礼貌地请她们入内。

饭庄的装修风格跟茶坊很相近，都是原木结构的日式房舍。踏入大堂，暖意和淡淡的木质熏香扑面而来，深沉悠远的古琴曲，如水般轻轻流淌。

往雅间走的时候，陆楠恍惚顿悟，叶子为何会远走国外。蒋牧尘和厉漠北一样，他们的圈子和层次，不是她们这种凡人能轻易融入的。

蒋牧尘简单地给他和窦晗做了个介绍，陆楠也不藏着掖着，大方地挑明话题："蒋先生是想问叶子去了哪儿么？如果是，我的答案是无可奉告。"

蒋牧尘笑笑，只是笑得颇为无奈："我不问，只是想知道她过得好不好。"

陆楠放松下来，就算是普通朋友为了打听消息，如此郑重地请吃饭诚意也够了，她没必要为难。窦晗也认识叶子，对她的印象也不坏，看到蒋牧尘如此彬彬有礼，不由得对她生出几分同情和钦佩，又觉得她比陆楠还无情。

进雅间坐下，陆楠大致说了叶子的情况，便岔开话题聊别的。蒋牧尘知识渊博，长相跟厉漠北不相伯仲，却又比他多了几分儒雅谦和，是个很好相处的人。

饭庄的菜式非常精致美味，席间边吃边聊倒也不闷。吃完出了雅间，时间已经有点晚。蒋牧尘提出要送她们回去，陆楠正想拒绝，就看到康茹馨和一个女孩从另一侧的走廊里出来，看她的眼神凶狠得似要杀人一般。

“牧尘，你来吃饭怎么不叫我？”康茹馨身边的女孩开口，用撒娇的语气道，“我真的很想认识你的朋友。”

陆楠偏头，平静地跟蒋牧尘对视一眼，含笑挥手：“谢谢款待。”

“我送你们回去。”蒋牧尘的脸色沉下去，仿佛之前的温润只是假象。语毕，也不管陆楠是否同意，先行出了大堂去拿车。

“楠哥，这是什么情况？”窦晗一看到康茹馨，就有种很不好的预感。上次在Burberry旗舰店，这女孩说话的语气，她至今记忆犹新。

“我也不知道，不过肯定不是好事。”陆楠表情生动地冲她挤眼，“让你受委屈了，但我只爱你一个。”

窦晗“扑哧”笑开，亲亲热热地挽起她的胳膊，抬脚往外走。

“陆楠。”康茹馨扯了扯唇角，笑容讽刺地对身边的女孩说，“安安，你不是一直好奇，蒋牧尘养的那个情人儿是什么身份么？我告诉你，她是煌家会所的小姐。”

语毕，她抬起手，挑衅地指了指陆楠：“而她，是那个女人最好的朋友。”

陆楠脸色微变，顿住脚步徐徐转身朝她走去，垂在腿侧的双手缓缓地握成拳头。康茹馨浑然不把她的怒气放在眼里，扬眉笑了笑，目露鄙夷地睨她：“难怪都那么贱！”

“啪”的一声脆响，康茹馨脸上顿时多了个五指印。而陆楠则气得浑身发抖，眯着眼，气势骇人。

“啪”，又一声脆响过后，康茹馨彻底地蒙了，不敢置信地捂着自己的脸：“你们竟敢动手打人！”

陆楠看都不看她，握住窦晗的手从容转身：“康小姐最好别忘了，C市新城派出所有你的笔录，还有凯茂的监控。”

康茹馨僵在当场，不知道是吓的还是气的，张着嘴一个字都说不出来。她身边的女孩受的惊吓似乎也不小，愣愣地目送陆楠和窦晗离开：“茹馨，你是不是搞错了，她不是承洲的同学么？”

康茹馨挨了两个耳光，脑子里嗡嗡作响。反应过来，见蒋牧尘的车子已经开进雨棚，只得压下火气，委屈万分地给许音华打电话。陆楠仗着厉漠北对她有意思，所以横，可她别忘了，自己也是有依仗的！这两个巴掌，她一定要还回去！

电话拨出的瞬间，蒋牧尘的车子也从雨棚下滑了出去。

陆楠系上安全带，旋即紧张地问窦晗手疼不疼。说完自己先龇牙咧嘴地甩了起来，一双眉深深皱起。叶子的选择是对的。

“疼，但真TMD解气。”窦晗也跟着甩手，看她的眼神充满了担忧，“楠哥，你未婚夫是不是特别花？”那个女孩的话实在太难听了，如果不是男方给了暗示，她怎么会一再针对陆楠？

陆楠被自己的口水呛了下，平静地摇头。康茹馨是许音华选中的儿媳人选，她不能无缘无故冤枉厉漠北，虽然他也不是什么好东西。

蒋牧尘去拿车，并不知道大堂内发生了什么，也不好问。只是隐隐觉得，她们说的人像是厉漠北，又不像是。陆楠跟厉漠北是登记结婚了的，怎么可能是未婚夫？把窦晗送回租住的房子，他掉了车头，几次欲言又止。

陆楠笑了下，疲惫地靠向椅背，心平气和地开口：“叶子不会回头，您这样对您的未婚妻也很不公平，叶子她不希望自己成为您人生的污点。”

“婚约解除了。”蒋牧尘神色淡淡，“漠北跟你倒是默契，他也曾说过同样的话。陆楠，请替我转告叶子，她从来就不是我人生的污点，我会等她回来，一辈子等一个人其实也没那么难。”

陆楠扯了扯唇角，沉默下去。说在嘴上的誓言，一向动听。

陆楠回到租住的房子楼下，下车见不远的小卖部还没关门，遂过去买了包烟和一只打火机。

她觉得有点烦，做毕业设计的时候，天天被盛教授唠叨都没这么烦过。上了楼，冷不丁看到守在门外的厉漠北，感觉更烦。他慵懒地倚墙而立，指间夹了一支抽到一半的烟。钨丝灯泡晕黄的光线从头顶洒落，将他的面容晕染得有些模糊。

分明潇洒不羁的姿势，却透出几分落拓的味道。陆楠站在台阶下方，从容不迫地跟他对视，眼神不悲不喜。这算是跟她服软么？

厉漠北也不说话，丢了烟站直起来，低垂着眼皮深深地凝望着她。他逆着光，长长的浓密睫毛，堪堪遮去他眼底炙热的情愫。

陆楠整个人笼罩在他阴影之下，头皮隐隐发麻，下意识地望向地面。留意到他脚边落了许多的烟头，皱了皱眉抬脚走上台阶，淡然从他身边经过，低头打开包找钥匙开门进去。进了屋，陆楠踢掉鞋子，直挺挺地往床上倒，顺手拆了烟拿了支含到嘴里点着。

厉漠北喜怒莫辨地在她身边坐下，也拿了支烟点上，用稀疏平常的闲聊语气道：“怎么住这样的地方？”

整个房间不到十平米，窗户也小得可怜，隔墙薄得撞一下都担心倒下来。而且她的东西很少，少到没有一丝多余的装饰，也不像是跟人同居过的样子，仿佛这里只是她的临时落脚点。

“你是大少爷，可我不是。”陆楠吐了口烟，不耐烦地坐起来，看他的眼神冷冰冰的，“有事说事，没事请回。”

让她去江滨路的别墅，她去了，欠下的周末也还了，他们之间并不需要这种互通有无的深入了解，也没必要。不知道是不是错觉，陆楠总觉得厉漠北看她的眼神又变了，变得有点惊悚。跟之前偶尔展露的缱绻不同，他从昨天晚上，看自己的目光就跟看着什么了不得的宝贝一般，甜腻又肉麻。诡异得仿佛一夜之间，他的心被人换掉了。

“我没带钥匙。”厉漠北淡定地睁着眼说瞎话，唇边挂着若有若无的笑，“也没带钱和手机。”

陆楠眯了眯眼，笑了，只是笑得很冷：“可我这不收留乞丐。”

什么都没带，他是飞过来的么！陆楠有点抓狂。

“我们是夫妻。”厉漠北抽了口烟，缓缓吐出个烟圈，脸上一副理所当然的模样，“我可以报警说你家暴。”

陆楠被嘴里的烟呛到，咳了半天才停下来，一张脸憋得通红，索性不抽了，眯着眼深深地看着他：“别逼我翻脸。”

厉漠北也把烟掐了，眼底笑意沉沉：“我说过，你在我面前不需要掩饰本性。”

陆楠一下子炸毛，伸手就一巴掌狠狠拍到他肩上：“你怎么这么不要脸呢！”

厉漠北哑然失笑，眼底有错愕以及一抹几不可见的纵容，施施然把外套和袜子脱了，神色从容地在她身边躺下：“司机的手机号码我没记住，这个时间也打不到车。”

言下之意，他今晚是打定主意要住下了。陆楠甩了甩疼到发麻的手，知道没法赶走他，连续做了数次深呼吸才把火气压下去，起身拿了睡衣去洗澡。

厉漠北听着外面的动静，坐起来，慢条斯理地把手机设置成静音，复又一派自在地躺下。第一次来接她的时候，他真的很诧异，她拿了钱怎么还住这样的地方？直到盛教授辞职，他才知道那笔钱被她拿去给平事了。

这件事刚出那会儿他就去见过盛教授，结果挨了顿臭骂。他私下跟弟弟聊，希望借他的手帮忙也遭到了拒绝，但一直有关注事情的进展。

恰好C市那边的项目遇到阻碍，需要请教盛教授，得知法院那边已经调解完毕，他旋即去了拘留所。那天陆楠也在，还有她的同学，他当时并不知道那个人只是她的同学，给她打电话的语气有些重。如今想想，他对她的误会似乎不止这一件。

给她的那张黑卡她用了一次，还是因为遇到康茹馨挑衅。如果不是那样，怕是她永远都不会动。真是倔强又别扭的小孩。厉漠北扬起唇角，浅浅地笑了。幸好当初弟弟没出手摆平这事，不然他可能这一辈子都不会有机会拥有她。

陆楠洗完澡躺下，发现自己的床有点小，脸色更加难看。厉漠北留意到她的表情，翻身侧躺着单手支起下颌，粗粝的指腹抚上她的脸，嗓音发哑：“还在生气？”

“不是还，中午生气的人可不是我。”陆楠拂开他的手，眼神凌厉地望着他近在咫尺的脸，“你这么跟我耍赖有意思么？”

“有。”厉漠北的手再次覆上去，很轻地捏她的脸颊。“我没那么随便，谁追都接受。”

陆楠眨了眨眼，像听到一个很好听的笑话，翘着唇角玩味地打量他：“我也没见你正经过。”

厉漠北沉默了一下，躺好了习惯性地将她抱在怀里，嗓音哑哑的在她耳边笑：“因为你是我太太……”

陆楠气得掐他，关了灯烦闷地闭上眼。少顷，合租的租客陆续回来，弄出的动静有点吵，乱哄哄的。她都习惯了，唯一不习惯的，便是身边多了个厉漠北。

他从背后抱着她，长腿搭在她身上格外地沉，喘气的时候温热的呼吸扑过来，痒痒拂过她的头顶。分明安分老实的举动，之前也不是没这么睡过，可这一刻的相拥却凉到了心底去。

不管她是否愿意，他都已经强势地闯入了她的心底。外面嘈杂的声音渐渐停止，隔壁房里突然响起女人刻意压低的闷哼，那嗓音千回百转，说不出的勾人。陆楠能明显感觉到厉漠北僵了下，呼吸似乎也变得有些粗。

陆楠在黑暗里眨了眨眼，又眨了眨眼，艰难转过身面对他，嗓音压得很低："要不我给你钱，你去住酒店？"

隔壁的声音她早听麻木了，厉漠北不一样，怕是他从来都没有在这种环境里待过。厉漠北的手滑到她脑后，将她的脑袋固定在胸口抱了一会儿，缓缓翻身背对她躺好："不用。"

喑哑的嗓音让陆楠在黑暗中咧开嘴，无声地笑了笑，假装无意地将手覆到他腰上。他没换睡衣，薄薄的衬衫底下肌肉紧实匀称，绷得很紧。陆楠的指尖一寸寸往下，恶意满满地火上浇油："要不要比赛？"

厉漠北脸上乌云密布，绷着神经老实躺着，不过却极其精准地抓住她作乱的手，艰涩地开口："陆楠……"

陆楠的心跳了下，隔壁的动作越来越大，隔墙摇摇欲坠，害得她也不敢动了。厉漠北到底是个成年男人。

早上起来陆楠简直神清气爽，而厉漠北则是一脸菜色，明显没睡好。陆楠没有准备多余的洗漱用具，洗手间也被别的租客占用，只好郁闷地让厉漠北背过身去，她要换衣服。

厉漠北按了按眉心，意味深长地看了她几秒，弯着唇角很配合地背过身去，陆楠动作飞快，

她换好衣服立即去楼下买了牙刷和毛巾回来，进门的时候听到厉漠北在打电话，脸色旋即沉了沉。 这个骗子，他不是说没带手机么！

早餐是陆楠请的，就在小区对面，很干净的一家店，她刚住进来那会儿跟叶子天天来这里报到。

进去找位置坐下，陆楠要了一份生煎包、一份油条和一杯现磨豆浆。厉漠北没点，东西端上来就伸手把豆浆端过去喝了。

"今天还要去疗养院吗？"陆楠问了一句，又招呼服务员添了杯豆浆，看他

的眼神有些凉。

厉漠北点点头，蹙着眉把豆浆喝完："换个地方住，这儿太乱了。"

"你似乎没权干涉我的生活。"陆楠把吃一半的生煎包放回盘子里，挑衅地对上他的目光，"厉漠北，你如果想毁约我随时欢迎。"

"唔。"厉漠北应了声，拿起筷子夹了只包子到自己的盘子里，一口一口吃起来，模样认真。陆楠抿了抿唇，没有继续这个话题。

许老的精神依旧萎靡，今天来的人有点多，一来是看望许老，二来是为了商量是否送他回西城的别墅。因为意见不统一，客厅的气氛有些压抑。快下午的时候，许老的二弟拍板，元旦前若是还没起色，就送他回西城。

另一层意思，其实是准备放弃治疗面对现实。这事定下，厉漠北被他二外公叫走，而陆楠则被许音华拉去楼上谈话，厉永新也在场。

陆楠全程都没怎么开口，只是在谈话快结束的时候，淡定地表示不会向康茹馨道歉。许音华大怒，若不是厉永新拦着，陆楠的脸上搞不好也会多出个五指印。

从楼上下来，陆楠若无其事地和厉漠北回了江滨路的别墅，各自占据沙发的一头，沉默地抽烟。许老的主治医生说，许老的身体状况，怕是坚持不了三个月，让他们做好心理准备。

陆楠知道厉漠北从小就跟在许老身边，跟他的感情也最深厚，却不知从何劝起。他突然结婚的原因，大部分是为了给许老一个安慰，不想他抱有遗憾地离开，从她走进疗养院就猜到了。

很长一段时间过去，客厅的空气渐渐变得污浊。陆楠觉得有些饿了，只好主动开口："出去吃还是在家吃？"

"在家吃吧，只是要辛苦你。"厉漠北挪过去抱她，刻意地把语气压得很悲伤，"陆楠……"

陆楠安慰地拍拍他，挣脱他的怀抱，起身去厨房。冰箱里装得很满，不像她第一次来的时候豪华又空虚。煮上米饭，陆楠翻了翻冰箱，打开门伸头出去问厉漠北，要吃青椒牛肉，还是孜然牛肉。

"青椒牛肉。"厉漠北磕了磕烟灰，把最后一口烟抽了，捻灭烟蒂起身过去。

陆楠身上系着围裙，长了很多的头发用皮筋胡乱地扎了起来，露出整张清丽又英气的脸，动作麻利地在清理食材。厉漠北看了一会儿，弯了弯唇角，眼底的炙热愈发浓烈，他有点等不及地想让她永远住进来。

“要帮忙么？”他开口，脸上浮着淡笑。

“大少爷，你想吃饭的话，请圆润地离开我的视线。”陆楠头都没抬，语气鄙夷。

厉漠北眸光闪了闪，老实退出去。

陆楠的手艺不错，厉漠北仔细认真地把她烧的菜都吃完，歇了会儿牵着她的手一起上楼。大概是头天晚上都没睡好，各自洗了澡挨床上就睡了过去。

定海那边的项目基本稳定下来，新的项目还在等待招标方开标，所以这一周都不需要出差。厉漠北正琢磨着把保姆辞了，让陆楠搬进来，不料设计院这边忽然接到了盛教授发来的非常正式的借调涵。借调陆楠去帮他整理书稿，时间是一年。

明知道导师是在给他压力，厉漠北却也只能苦笑。那个脾气古怪的老头不是不会算计人心，而是不屑于算计。尤其听到外公在陆楠面前，毫无预兆地提到这事，他更是有种被算死了的错觉。

陆楠倒是没多说什么，不过她的样子真的很开心，都恨不得立即上飞机走人。这个发现让他异常郁闷，听外公说一半就借口打电话，躲去外面抽烟。陆楠余光瞄他一眼，继续陪许老说话。她确实开心，也完全没有要掩饰的意思。

许老的精神比上周好了许多，陆楠喂他喝了些温水，安静地听他说话。他说得最多的，是已故的李老太太。说她知书达理，说她温婉内秀，说她偶尔闹脾气，他就想法子使劲地哄，给她种花给她唱曲儿，还给她做各种各样的礼物。

相濡以沫一生，吵闹终究难免，可到最后所有的回忆都是美好的，眷恋的，让人羡慕又向往。

“你李奶奶的性子跟你蛮像，我常想若是我先走，她一定会很难过，可她先走了我更难过。”许老说得有些累了，耷拉着眼皮像是要睡着了一般。“小楠，小北这孩子清冷惯了，你多委屈些好好跟他走下去。”

陆楠“嗯”了一声，余光看到厉漠北进来，旋即敛去难过的情绪。

出发去机场的路上，厉漠北开车，陆楠一路低头玩游戏，只有微微上翘的嘴角泄露了她的好心情。

厉漠北一直不说话，抿紧的唇线在看到她一脸被雷劈的样子后，终于松开，缓缓地勾起一抹笑：“老师约我过去下棋。”

一直到飞机起飞，陆楠都不搭理厉漠北，无精打采地缩在椅子里，翻来覆去地摆弄着自己已经关机了的手机。在疗养院的时候，她就不该信他，让他订机票还让他送。厉漠北神色愉悦，唇边始终挂着浅浅的笑容，体贴照顾，简直堪称完美情人的典范。

陆楠身上的鸡皮疙瘩，起了一层又一层，落地景德镇就决定找机会跟他好好谈一次。坐上来之前联系好的专车，她缓了缓郁闷的情绪，扭头望向窗外。

天色有些暗了，上了高速一路过去暮霭沉沉，青山只剩模糊的轮廓，不断向后倒退。厉漠北在讲电话，温温和和的嗓音染着笑意，神色温柔莫名。少顷，他把手机拿开些，偏过头笑着看她：“师母让我问你想吃什么，她再多准备一个菜。”

“别麻烦她了，我不挑食。”陆楠淡淡地答了一句，等他把电话挂了，再次开口，“晚上我们好好谈谈？”

“好。”厉漠北按了按眉心，自然而然地握住她的手，“你想谈什么都可以，我爸妈对你的态度，你一点都不需要放心里去。”

陆楠睇他一眼，假装听不懂他话里的另一层意思，脸色又变得不太好看。她潜意识里一定有受虐倾向，竟然觉得从前那个冷冷清清的厉漠北，比现在温柔得有点吓人的这个厉漠北更可爱。

抵达盛教授住的村里，天已经黑得透透的，气温也低了很多。厉漠北一手拖着行李，一手揽着她的肩膀，跟等在门外的师母寒暄两句，一起入内。

房子很宽敞，典型的徽派民居，还是三进的格局。前后各有天井，站在天井中央，仰起头就能看到漫天繁星。参观完一圈，盛教授正好从楼上下来，大家洗了手一起到饭厅那边上桌吃晚饭。

远离了B市的是是非非，这边与世无争的清幽环境，让盛教授的心境变得开阔了很多，席间脸上的笑容一直没断过。师母的气色也比之前在B市红润，看得出他们是安心地要在这边养老。

厉漠北特意带了几瓶好酒过来，陆楠不想扫兴，陪他们小酌了几杯，上楼去帮着师母收拾房间。她一走，盛教授的表情顿时变得严肃，目光如炬地打量着厉漠北，徐徐开口：“你们都是我的学生，而陆楠更像是我的女儿，这一年她在我这儿，至于你想怎么追，我没工夫管，若是让我知道你们欺负她，以后谁都别想见她。”

厉漠北点头，没有错过他话里的“你们”，忍不住蹙眉问道：“老师，是不是还有人惦记她？”

能让盛教授突然把陆楠叫过来，对方跟陆楠肯定很熟，或者能入教授的眼。厉漠北兀自猜了一会儿，发现自己完全不了解她的朋友圈，目光隐隐发沉。

陆楠可能从来没告诉过她的朋友同学，她结婚了。思绪回转，想起他们第一次去看电影之前她接的那个电话，顿时有了深深的危机感。

“惦记她的人多得很，别忘了你答应过我，要给她自由选择的权利。”盛教授抿了一口酒，看他的目光又多了几分审视，“我记得你本科毕业那年，曾让建筑学系的同学帮你设计过一套别墅，为了个女孩。”

厉漠北大方地点头：“是为了陆楠，我十四岁认识她。”

“还挺难得，跟你那个痴情的外公一样。”盛教授笑了下，目光一利，语气不容置喙：“晚上你睡楼下，就这么定了。”

厉漠北脸上的笑容瞬间凝固在嘴边。盛教授仿佛没看到他的表情，抿了口酒，哼着小曲悠哉起身回房。

陆楠一夜好眠，醒来立即换上运动服下楼洗漱一番，心情舒畅地陪盛教授和师母去遛弯。

这边空气清新，依山傍水，景色迷人。难得交通方便通信发达，是个既适合隐居，又不会与现代社会脱节的好地方。

陪着盛教授和师母逛了一圈回去，时间还不到早上七点半。陆楠把跟村民买的菜放到厨房，回头见厉漠北倚着门，漆黑深邃的眼底仿佛蒙上了一层霜，皱着眉。

“你饿了？”陆楠问完，偏头看了眼电饭煲。粥已经煮好，弄两个小菜就能吃早餐。

厉漠北回头，淡定地往厅堂瞟了下，见盛教授不在，随即直起身进了厨房，做贼似的往她身边凑：“这边的环境怎么样？”

“非常好，要不你也来？”陆楠开了句玩笑，戴上围裙开始洗菜，“你要是不急着走，吃完早餐我带你游览一番。”

“唔。”厉漠北抬手捏了下她的耳朵，转身开门出去。

早餐很简单，豆浆、白粥、水煮蛋、油条，还有现炒的小菜，颜色碧绿喜人。厉漠北吃了很多，完了主动帮陆楠收拾，想着法儿的找机会跟她独处。

他算是看出来了，盛教授何止是把陆楠当女儿，分明是当亲生女儿，他离得近些都能感受到有杀气扑过来。

出版社那边的合约已经签了，预计半年出两册，时间有点赶，盛教授吃完就去了一侧的工作室。陆楠把厨房收拾干净，招呼厉漠北出门。太阳已经升到半空，空气里依稀残留着些许清冽的寒意，坐落在山脚的村子笼罩在薄薄的雾霭中，如梦如幻。

陆楠和厉漠北出了门往右，沿着门前的小路离开村子，慢慢往山上走，用闲聊的语气道：“厉漠北，你是不是特想追我？”

厉漠北双手抄在裤兜里，唇边噙着一抹浅浅的笑：“昨天你说要跟我谈谈，是谈这个？”

“除了这个，我们之间好像没什么好谈的。”陆楠笑了下，偏头瞄他，“虽然结婚快两个月，实际上我们依旧还是陌生人。”

“陌生人不会睡一起。”厉漠北忽然顿住脚步，转身将她拦住，“我们是夫妻。”

陆楠伸手将他推开，继续往前走：“我曾经爱了一个人八年。”

她点到为止，并没多说。厉漠北脚步微顿，兀自笑了笑，抬脚去追她：“你还挺长情。”

八年又怎样，能找到她已经足够幸运，他只要她的将来，还有好多的八年可以和她在一起。然而他脑子里，却没来由地浮现许承洲的面容，想起肖楠闹出来的风波，顿时有种不好的预感。

“还好。”陆楠停在一棵树下，眯着眼，微微仰起头，揶揄地看着他，“厉漠北，你毁约了。”

怎么可能毁约？追她原本就在新的协议里。厉漠北伸手抚上她的脸颊，黑黢黢的双眼漫过深深的眷恋，脸上徐徐绽开温暖的笑：“你难道不想？”

那样的笑，好似春风拂过，繁花似锦，甜腻得让人忍不住沉醉。陆楠眨了眨眼，记忆里那个总喜欢穿着白衬衫的少年，渐渐跟眼前的厉漠北重叠。那样清朗温暖的笑，他其实曾经给过她。

眯起眼，陆楠状似随意地将目光散落到别处，戏谑地勾唇：“你很自恋。”

厉漠北笑容如常，仔细帮她把落下的发丝捋到耳后，目光缱绻地注视着她那越看越让人欢喜的眉眼：“我有个故事要讲给你听，但不是现在。”

语毕，他收了手，慢条斯理地把烟掏出来，分了一支给她：“这儿确实挺适合养老，老师这是打定了主意不回去了。”

“未必，国内几所开设有古建筑专业的大学，都在极力争取他。”陆楠从他手里把打火机拿过来，“啪”地一下把烟点着，慢悠悠地抽了一口，很配合地将话题转移，“你平时健身么，身材不错。”

“有时间就去，怎么，看上我的肉体了？”厉漠北反诘一句，自然而然地牵起她的手，往附近的凉亭走去，“不过我这个人，比较喜欢身心合一。”

“右手是自己的，心也是自己的，自然合一。”陆楠好心情地噎他，没有挣开他的手。

厉漠北愣了下，继而莞尔。那张嘴，还是真是一点亏都不肯吃。

到了凉亭坐下，陆楠见他没有要放手的意思，索性由他去。只要不提感情，跟他斗嘴也好，闲聊也好，还是比较轻松的。

只是这种轻松维持的时间不长，从山上下来，厉漠北接了个电话，不得不提前返回B市。就在他走后不到一个小时，许承洲风尘仆仆地出现在门外。

陆楠看到他明显被惊到，想起展会那天，盛教授跟自己说的话，隐隐感觉头大。这事，她好像得找盛教授好好聊聊才行。

“你怎么也在这？”许承洲恰如其分地表现出吃惊的表情，伸头往里看，“老师没跟我说过。”

陆楠皱了下眉，将他领去厅堂，顺手倒了杯茶给他：“肚子饿不饿？厨房还有吃的，午饭要过一会儿才做。”

“路上吃了。”许承洲扶了扶眼镜，微笑着打量她，“头发长了很多。”

“我们半个月前才见过，有必要搞出久别重逢的样子来么！”陆楠给自己倒了杯茶，喝完随即上楼，“我去跟老师说，你自己坐一会儿。”

许承洲微微一笑，气定神闲地冲她摆手。他算好了时间来的，精确到秒。她没有回复自己的短信，之后再给她打电话，她很不耐烦。是真的不耐烦，并不是以前那种心里其实很高兴，但假装出来的不耐烦。

这种改变让他感觉很陌生，陌生得让他心悸。陆楠变了，她从不留长的头发，如今已经盖住了她修长的脖颈。她跟肖楠一样，只要遇到他的哥哥，就会变心。

许承洲把眼镜摘下来擦了擦，拿起丢在桌子上的手机，平静地发了条短信。等厉漠北下了飞机，一定会很满意自己收到的礼物。

怀疑的种子一旦种下，便会在不经意间生根发芽。陆楠一点都不信，许承洲的出现仅仅是巧合。可他给她的感觉，似乎又不是那么回事。

许承洲变了，仿佛一夜之间褪去了所有的青涩跟忧郁，像是退潮后露在阳光下的鹅卵石，温润而妥帖。陆楠完全形容不上来那种感觉，算算时间，真的也就半个多月的时间不见，可她恍惚有种隔了十年光阴的错觉。

那个被沈澈戏称为许公子的人，衣来伸手饭来张口，连开水都没打过的许承洲，如今成了居家好男人，令她感觉陌生又惶恐。尤其是他的眼神，她很确定自己看到了……恨。

他恨她，这个荒谬的认知，让她无端端想起肖楠在机场，曾跟自己说过的话："B市只有一个姓许的大家族"。

许家？许老……厉漠北，许承洲，脑子里乱糟糟的思绪，仿佛找到了线头，一瞬间变得清晰起来。陆楠眯了眯眼，只觉得背脊都升起了一抹寒意。

"陆楠，外面冷，你到屋里去坐着吧。"许承洲弯腰把水打上来放到一旁，转身去拿了菜放进盆里，舀了水进去仔细认真地洗起来。

陆楠抿着唇，尽量平静地走过去，拿了张凳子在他身边坐下，微微蹙眉："你哥叫什么名字来着。"

"许承赟。"许承洲偏头对上她的视线，笑容浅浅，"我的手机里有他的照片，怎么忽然问这个？"

"忽然想起来，所以问问。"陆楠眉间的皱褶变深，"你跟厉……师兄熟不熟？"

许承洲手上的动作顿了下，微笑地否认："不熟，你很好奇他？"

"没有。"陆楠挪了下位置，坐到他对面，目光寒凉地望着他的眼睛，"别人骗我，我或许可以原谅，唯独你不行。我也很不喜欢有人在背后捅我刀子，可你却这么做了。"

"我并没有要伤害你的意思，我只是希望你能自由。"许承洲笑了笑，低下头去，将洗好的青菜仔细放到篮子里，状似不经意地问了一句，“陆楠，那个人对你好么。”

“非常好。”陆楠没有避讳这个问题，说完感觉手机在口袋里振了下，随即起身往回走。“你慢慢洗，好了招呼我。”

许承洲含笑点头，她起身背过去的一瞬间，掩在镜片后的目光霎时黯淡下去。

陆楠回了屋里，解锁拍了张照片给厉漠北发过去。自从他回去，每天都要她发照片发短信，理由还特别地理所当然——这是夫妻情趣。

事实上，每天的短信内容都没怎么变。先是叮嘱她穿衣吃饭，然后是各种琐事。不是不反感，比起越来越让她琢磨不透的许承洲，厉漠北反倒显得磊落多了。

陆楠跟盛教授聊过，他的原话是“他绘图精细，是最适合的人选”。让她根本无法反驳。并且许承洲再也没提过跟她交往的话题，仿佛他此次来，真的就是因为盛教授邀请，而不是有别的原因。

她私下还跟窦晗和叶子分别倒过苦水，她们的分析难得地一致：以退为进。这个结论让陆楠彻底郁闷。照片发送完毕，厉漠北的电话立即打了过来，温温和和的嗓音含着掩饰不住的笑意。

陆楠跟他聊了两句，话锋一转：“厉漠北，你是不是还有个弟弟？”

这头，厉漠北脸上的笑容渐渐凝固到嘴边，下一瞬随即又扬起唇角：“有，我以为你不会关心这些。”

“是许承洲对么？”陆楠拧着眉，垂在腿侧的手攥成拳头，并隐隐发抖，“告诉我实话。”

“我弟弟怎么可能会姓许？”厉漠北含笑否认，眉头却蹙起来。

盛教授虽然没有明说，但“你们”两个字的提示，事后回想其实已经给了他明确的答案，他又怎会猜不出那人是谁。八年，正好是她和弟弟许承洲本科到硕士毕业的时间。

“那没什么了，就这样。”陆楠挂了电话，攥紧的拳头松开，烦闷地揉了揉额角。真是她想得太多么？

忙到周五，电子书稿的进度已经赶上盛教授的手写稿。下午三点多，许承洲有事要回B市，陆楠只好开车送他去机场。路上两人都不说话，气氛尴尬莫名。

许承洲低头翻着手机里给陆楠拍的照片，唇边浮起苦涩的笑意。陆楠从来就不是柔弱温婉的女子，她洒脱、随性，像一棵自由生长的树，宁与他比肩，也不愿弯折脊梁。

盛教授遇到那么大的麻烦，她真的一次都没开口，哪怕问一句“你那边能不能想办法”都没有。她固执地跟学校交涉，跟伤者交涉，固执地坚持着她认为正确的信念。

他有无数次的机会，逼她向自己妥协，可他终究没有勇气迈出那一步。她是裹了蜜糖的砒霜，他害怕两败俱伤，于是只能不断地催眠自己，她爱的是自己哥哥。

可当他发现，陆楠真的成了自己嫂子那一刻，绝望却瞬间如潮水般将他淹没。他也终于意识到，那些真真假假的暧昧里，自己并非没有动过心。

他曾经希望她视他为天，慕他如神。如此，他便再无顾虑，大大方方地接受她，然后带她去见哥哥，亲口告诉他：“你刻在心底的那个人，就在眼前，可惜她已经彻底不属于你。一如当初你将肖楠从我身边夺走，这是你欠我的。”

可陆楠不是肖楠，即便是最难过的时候，她依旧可以露出若无其事的笑容，脸上不存半丝柔弱。一步错，步步错。是他亲手将她推给哥哥，推出自己的心房。

想到肖楠，许承洲的眼神瞬间转冷，飞快编辑了一条短信给厉漠北发过去。既然他已经知道自己跟陆楠的关系，那他也没什么好隐瞒的了。

厉漠北的短信回复很快，语气霸道至极：你会后悔一辈子。许承洲笑了下，看着手机屏幕黑下去。他不会后悔，他守了陆楠五年，就为了不让他们相遇，眼下马上就要达成目的，他为什么要后悔。

“承洲，我希望我们还是朋友，而不是像现在这样。”陆楠主动打破沉默，脸色非常不好看。

他大概不知道，勉强假装深爱一个人，需要异常精湛的演技，很显然他的这项技能尚未刷满。他的眼底有太多的情绪，有恨意有不甘，却独独少了爱。

“陆楠你误会了。”许承洲偏头，拿着手机给她拍了张照片，脸上浮起梦幻般的温暖笑容，“我这次真的只是来帮忙。”

陆楠沉默了下，缓缓开口：“在我还懵懂无知的年纪里，曾经遇到过一个人，我不知道那种感觉算不算是爱。可我从来没把你当他的影子，你是你，是生气都不爱跟人争吵，是生病就跟我耍赖的许承洲。”

“对不起。”许承洲的嗓音陡然添了涩意，抬手按了按眉心，嘴唇翕动着却再也说不出一句话来，不知道是惊的，还是疼的。

陆楠始终没看他，语气却比之前更冷：“我跟他之间协议也好，爱也好，总归是我的选择，你从来就没有立场可以横加干涉，并指责我薄情。我现在只希望，你别让我后悔曾经那么爱你。”

许承洲没接话，掩在镜片后的眼皮轻轻阖上，艰难掩去眼底的痛苦和自嘲。陆楠她真的爱过他！心口似有钝刀狠狠划过，一寸一寸凌迟他的心脏。

他输了，没有输给他的哥哥，而是输给了那个懦弱自卑的自己，输给了那个被恨意填满心房的自己……

送走许承洲，天色已经近黄昏。陆楠打开车里的音乐，心不在焉地接听厉漠北的来电。抿着唇听他说完，陆楠刚准备挂电话，就听他又说：“陆楠，我这周没法去陪你，不过给你寄了快递，大概七点半到，刚确认过，记得签收。”

“厉漠北，你不需要这么入戏。”陆楠扬眉，烦闷的情绪无声无息地散去。“跟我承认你毁约，也不是什么丢脸的事。”

“你的直觉可做不得准。”厉漠北的心情似乎很好。

陆楠在脑中勾勒出他笑着的样子：微微弯着唇角，眼神笃定。她无意识地舔了舔干巴巴的唇，也笑了：“自恋是病，好歹夫妻一场，我不会告诉你将来的太太的。”

“陆楠……”厉漠北的话还没说完，陆楠利落地结束通话，摘了耳机，专心开车。厉漠北不会听不出她话里的意思。

到家刚六点，陆楠停好车子，进了厅堂见盛教授在泡茶，搓了搓手含笑坐过去。盛教授抬眼看她，一脸嫌弃：“你倒是自在。”

“老师这话，我怎么听着有点不对味。”陆楠端起茶杯抿了一口茶，狐疑地看着他，“您是故意让许承洲来的？”

“有你这么揣测老师的么！”盛教授假装生气，转头问她稿子整理得怎么样。

陆楠无语，这话题转得也太快了。然而越是如此，越能证实她心里的猜想，却又搞不懂他为什么要这样做。他明知道，自己跟厉漠北已经登记结婚。

吃完晚饭，陆楠跟师母收拾好厨房，检查了一遍煤气门窗就上楼去了。找到手机充电器，一边给手机充电，一边回复叶子的微博私信。她在那边适应得很好，口语进步神速，还遇到了追求者。

陆楠笑着丢了个问题过去：你的蒋先生怎么办？发送完毕，退出微博转头跟窦晗聊微信。快七点半的时候，手机忽然有电话进来，陆楠想起厉漠北说快递的事，眉头皱了下。

再方便这里也是村里，这么冷的天，快递员估计都要在心里骂娘了。什么时间送不好，非得月黑风高的时候送。换上厚实的外套，陆楠边往外走边接通电话："厉漠北。"

"陆楠，我听出你的语气里有期待。"厉漠北温润低沉的嗓音格外柔和。

陆楠深吸一口气，含笑揶揄："自欺欺人还有个解释，要不要听？"

耳边沉默下去，陆楠下了楼，拐去厅堂那边给自己倒了杯茶，不悦地道："你当真快递了东西过来？这个时间还让人送，你也太不体恤劳动人民了。"

"加急有付额外的费用。"厉漠北温温和和的嗓音里，藏着浓浓的笑意。"快点去签收。"

陆楠"嗯"了声，放下茶杯，加快脚步穿过天井开门出去。大晚上气温那么低，她要是快递员内心绝对是崩溃的，竟然会遇到厉漠北这种丧心病狂的客户。

伸头看了一圈什么人都没有，陆楠抿了抿唇，干脆又往前走了几步。还是没人，正纳闷他是不是逗自己玩，手臂忽然被人抓住，跟着便跌进一个裹着寒气的怀抱里，鼻尖闻到她熟悉得不能再熟悉的气息。

陆楠眨了眨眼，借着头顶洒落的微弱光线，不敢置信地望着那张笑意吟吟的脸。如此玛丽苏的浪漫桥段，就是在电视剧里看到，她也肯定会嫌弃一番，可真落到自己身上，感觉竟然有点惊喜和……甜蜜。

"一件东西，嗯？"陆楠的手臂从他胸口滑下去，轻轻环住他精瘦结实的腰，微仰着头乐不可支地笑起来，"啧啧……厉漠北你真幼稚，居然玩这种把戏。"

四下无人，微微有些刺的骨寒风在夜色中轻拂而过，感觉却是那样的暖。就算是一场戏，这一刻，陆楠承认自己入戏了，他的怀抱让她觉得安心。

"陆楠……"厉漠北拥着她，略带着胡茬的下巴在她头顶轻蹭，嗓音发哑。"不许笑……"

"好啊。"陆楠迅速地从感动中抽离，翘着唇角挣扎了下想要推开他，却不防他忽然吻下来。

热情如火的吻，比之前任何一次都要热情，都要温柔。半晌，她终于能够呼吸寒冷的新鲜空气，舔了舔微肿的唇，笑了：“你就不怕导师打死你？”

“怕。”厉漠北脸上露出餍足的笑，手臂的力道收紧，密密实实地将她圈在怀里，“怕也要来。”他不怕导师，而是怕失去她，怕她知道真相。

“为了福利，你还真拼。”陆楠笑靥如花，挑衅地踮起脚吻他。

她还是有点演技的，拜他所赐。再次缠绵地吻了许久，厉漠北终于舍得放开她，双手捧起她的脸，缱绻的目光深深地望进她的眼底：“真是可惜，还是没及格。”

“你就装吧。”陆楠站着不敢动，微微仰着头粗粗喘气，漆黑明亮的双眼蒙上了一层迷离的光，“要不要去镇上开房？”

“导师会杀了我。”厉漠北低哑的笑声，乘着冰冷的寒风散开，低低盘旋左右，“快进去吧，别又吹风吹感冒了。”

陆楠心中一动，任由他牵着自己的手一起进门。穿过天井进了厅堂，陆楠去倒了杯热茶给他，神色自若地坐下。

厉漠北唇边挂着笑容，喝了茶就把行李箱打开。陆楠伸头，看他把手套、围巾、暖手宝等一样一样从行李箱里拿出来，眼底的笑意瞬间消散：“这么可爱的风格，跟肖楠倒是很配。”

“陆楠。”厉漠北偏头看她，笑得颇为无奈，“这边气温偏低，天气预报说晚上寒潮过境，你来的时候什么都没带。”

陆楠起身过去，发现行李箱里全是给自己买的东西，本来还有点感动，一看那种甜腻的可爱萝莉风，顿时起了一身的鸡皮疙瘩。她二十六岁了，不是十六岁……穿成那样出去，不被人笑装嫩就怪了。

满满一大箱子，偏偏每一件的颜色都粉粉的，嫩嫩的。陆楠简直要怀疑厉漠北内心深处是不是个萝莉控，有天会不会让她穿上女仆装……

“不喜欢？”厉漠北终于发现她嫌弃的表情，眸光闪了闪。陆楠的样子，好像确实不像是会喜欢这种风格。

“挺好的。”陆楠把嫌弃的表情敛去，含笑坐回椅子，眯着眼随口问道，“吃饭了没有？饿的话我去给你下碗面。”

“有一点。”厉漠北把行李箱合上，正好盛教授下楼，旋即含笑打招呼。

陆楠知会一声，起身去了厨房。

厉漠北吃完面，把行李箱提到楼上，然后在盛教授严厉的目光中，略显狼狈地回了楼下。

第七章

纠葛不断

转过天的天气真如他所说，寒潮过境，气温一下子降到了零度左右，还下起小雨。屋里的气温比外面还低，盛教授上了年纪，坐的时间长了会受不了。陆楠开了下电暖气发现坏掉了，没辙，只得招呼厉漠北去镇上。

“把衣服换了。”厉漠北皱着眉头，拉她上楼。

她的手很凉，身上穿着她自己买的夹克，颜色灰扑扑的也不是很保暖。那么差的体质，都不知道这些年她是怎么过来的。陆楠也皱着眉，有点不太情愿：“不用换，外面真不冷。”

厉漠北给了她一记略显严厉的目光，关了门径自走向衣柜，开了柜门，把昨天新买的粉色羽绒服、围巾、手套全拿出来，一件一件放到床上。

陆楠双手抱胸懒洋洋地倚着门，等着他把标签全拆了，这才慢悠悠地晃过去，苦着脸把那件粉嫩得跟童装一样的羽绒服穿上。

有段时间没晒太阳，陆楠的皮肤又白了回去，粉粉的颜色让她看起来很显小。厉漠北无意识地做了个吞咽的动作，拿起围巾给她带上：“在这边感冒，可真就没人照顾你了。”

看似漫不经心的语气，在这个冷得彻骨的冬日早晨听来，暖到发烫的感觉却一路烫到陆楠的心尖上。陆桉偶尔也会用这种有些无奈又带着几分纵容的口吻说她。

可厉漠北给她的感受，是完全不一样的。

陆楠眨了眨眼，目光在他线条坚毅的下巴上停留一秒，有些别扭地推开他：

“可以了，再不走回来赶不及吃午饭了。”

厉漠北顺手捏了捏她发红的耳朵，唇边的笑容渐渐扩大。陆楠穿上粉色衣服的样子，跟他想的一样。

下楼跟师母打过招呼，拿了车随即出发。厉漠北开车，陆楠歪在副驾驶座上玩游戏，过了一会儿觉得无聊又放下手机，歪头冲他道：“厉漠北，你给疗养院打个电话，叮嘱护工注意些，B市也降温了。”

“来之前已经嘱咐过了，爸妈和舅舅他们都会轮流过去，别担心。”厉漠北飞快地看她一眼，继续专心开车。

陆楠抿了抿唇，沉默下去。走到半路，厉漠北的手机有电话进来，他脸色变了变，迟迟不接。陆楠的眼神往他那边瞟了下，再次点进游戏界面。

手机铃声响了许久，一直到自动挂断他都没接。陆楠唇角翘起，依稀露出一丝微讽的弧度。过了大概半分钟的样子，手机又响了起来，这次厉漠北很快接通，脸色格外阴沉。

陆楠一点都不想当偷听狂，而他似乎也在刻意地想要掩饰些什么，许久才说了一句“没空”，跟着便把电话挂了。

“是肖楠。”厉漠北没打算瞒她，“她想让我帮她把工作的事情谈下来。”

“唔。”陆楠应了声，无所谓地扬起笑脸，“你其实不用告诉我的，那是你的隐私。”

“不是隐私，那是我的过去，你有知情权。”厉漠北胸口堵了下，嗓音明显发沉。

沉默许久，他像是很不耐烦的样子又戴上耳机打电话。陆楠侧眸，听到他用一种比窗外的凄风冷雨还要冷冽的嗓音，不疾不徐地说：“肖楠去机场堵我，又不停地给我打电话，这么幼稚的手段，你以为我会看不出来么！”

说完，他停顿了下，眉头拧紧：“这不是儿戏，再胡闹下去，别怪我不留情面！”

陆楠收回视线，感觉又是康茹馨闹的幺蛾子，不由得讽刺撇嘴。

“陆楠，肖楠有没有找过你？”厉漠北结束了通话，语气非常严肃正经，却又内疚莫名，“是我不对，我没处理好这件事，以后绝对不会了。”

陆楠笑了下，索性侧着身子，大大方方地看着他：“她没找过我。”

厉漠北有片刻放松，他笃定了许承洲不会伤害陆楠，可肖楠不同。若她被逼急了，可能什么事都做得出来。沉吟几秒，他又问母亲是否跟她说了什么。

陆楠还是摇头，神色自若地继续玩游戏。该说的话，那天在疗养院，她逼着自己跟康茹馨道歉的时候，就已经说清楚了。

意思也很简单，她不会承认陆楠的身份，许老一旦走了，离婚不离婚，厉漠北说了不算。除非，他有脱离家族的魄力。

厉漠北抿着唇把车速降下来，缓缓停到岔道上，熄了火俯身过去吻她。蒋牧尘曾经嘲笑他矫情，竟然守着那点念想过苦行僧的日子。可他现在比厉漠北还惨，顺风顺水地过了三十多年，也谈过几场轰轰烈烈的恋爱，最后却狠狠地栽了个大跟头，连个男朋友的身份都没有，就被彻底甩开。

厉漠北至少是陆楠的丈夫，虽然除此之外，他其实什么都不是。她爱了许承洲八年，他忽然不知道要怎样做，才能从她口中得到承认，怎样才能守住她，不在真相揭开时离他而去。

吻了许久，厉漠北移开唇，很用力地将她固定在自己怀里："陆楠……"

"嗯。"陆楠保持着有些难受的姿势任由他抱着，嗓子哑哑地提醒："镇上有宾馆。"

厉漠北僵了下，眼底的阴郁散去，低低地闷笑出声："真吃醋了？"

陆楠略无语，她哪里吃醋了？

"肖楠不算是我的前任。"厉漠北坐直回去，发动车子继续上路，略微沙哑的低沉嗓音，染着一丝复杂的情绪，"但是因为她，我错过了一个人。"

厉漠北很绅士，至少这段时间里陆楠是这么觉得的。而当他用那把能迷倒人的温和的低沉嗓音，娓娓诉说他年少轻狂的往事，当他的笑容里染上不自觉的宠溺，她竟然异常嫉妒。

嫉妒那个让他为之疯狂、为之失去理智的人。她想象不出，那样的厉漠北有多迷人，有多性感惑人。想象不出他丢开沉稳之后，会是何等激情澎湃的样子。

他对她始终是平和轻缓的，即便目的明确，做什么却都是信手拈来。仿佛不需要投入太多的感情，便可让她意乱情迷。这样的认知，让她格外沮丧。

买好电暖气和即热的电水龙头，走出家电卖场，淅淅沥沥的冷雨还在下个不停，街上几乎没什么人，寒风刺骨。陆楠看了下时间，又拉他去菜市场买菜。这种天气，炖上一锅热汤慢慢喝，实在是件舒服的事。

走了一圈下来，买了不少的食材，都在厉漠北手里拎着。陆楠偶尔偏过头，恍惚觉得他似乎没有那么远了，也没那么高高在上。他这次来穿得很随意，质感很好的灰色运动款休闲装，让他显得年轻了许多。身上也没了那种让人压力巨大的冷漠感，反倒居家味十足，也更有魅力。

陆楠想起窦晗常说，女人最好的饰品是身边的男人，不由得想笑。厉漠北这件饰品太昂贵，有一年的时间让她欣赏，已经够幸运。

午饭之前，两人回到村里，一进门就各自忙碌开。厉漠北的动手能力比陆楠想象的要强，不但把即热的水龙头装上，还把坏掉的电暖气给修好了。

“你会修你不说！”陆楠有点郁闷，早说会修就不用跑一趟镇上了。

厉漠北把工具都收好，理所当然地扬起唇角：“你没问。”

陆楠生气地瞥他一眼，起身去厨房跟师母一起准备午饭。

等菜都上了桌，不见厉漠北和盛教授，只好去工作室叫他们。

厉漠北坐在往常许承洲坐的位置上，神色专注地绘图，盛教授在查资料，房里静悄悄的。陆楠吞下涌到嘴边的话，轻手轻脚地走到厉漠北身后，低头看他拿着比例尺，一点点地在纸上绘出唐制的构件。

看了一会，陆楠在他身边坐下，压低嗓音打趣：“画得不错。”

厉漠北偏头对上她的视线，微微弯起唇角：“很久没动了。”

“难怪。”陆楠脸上的笑容扩大，“老师让你画的是宋制的构件。”

她说完顺手拍拍他的肩膀，丢给他一个“你要加油”的眼神，神清气爽地扭头招呼盛教授去吃饭。

“陆楠说你画错了，应该就是错了。”盛教授一本正经地把手里的资料放下，背着手慢悠悠地跟着陆楠先出了工作室。

厉漠北看着还有三分之一才完工的图纸，放了笔和比例尺，微微地扬起唇角。还真是容易哄。吃过饭，趁着盛教授去午睡，厉漠北去楼上找陆楠，见她在整理师母的字画，遂过去帮忙。

“什么时候走？”陆楠停下手上的动作，转身倚着师母练字的条案，微微仰着头对上他的目光，“下个星期别过来了，多陪陪许爷爷。”

“这个理由不成立。”厉漠北俯身，双手搭在她肩上徐徐逼近过去，将她刻意掩饰的情绪尽收眼底。他笑了，“楠哥，我们是夫妻。”

陆楠低垂着眼皮偏头，似在斟酌他的话：“除此之外呢？”

厉漠北的手滑下去顺势抱她入怀，温柔地亲吻她的额头：“口是心非可不是好习惯，楠哥。”

陆楠闭了闭眼，感觉他胸口起伏的幅度略大，张着嘴，终究什么都没说。她已经分不清自己对他到底是怎样的感觉，是急于从前一段感情里走出来，还是因为她对他，其实很早就动了心?

早到她尚未明白什么是爱，其实就已经陷了进去。只是她从不敢正视自己的内心，也不想承认，他是她的初恋。那样无异于承认，她爱上许承洲，大半的原因是因为他身上真的有他的影子。

所以才会在告白失败后，如此轻易地感动于厉漠北的体贴呵护，如此轻易地沉溺于他的怀抱，他的亲吻……

冻雨持续下到周日，陆楠晚上睡得不踏实。早上看到最新发布的交通情况，又担忧起来，不由得懊恼。

厉漠北似乎一点都不着急，早上起来就去盛教授的工作室帮忙，半点没有要走的意思。中午吃过饭，陆楠又看了一遍路况，确定已经可以正常通行，悬着的心这才慢慢落下。

“我叫专车来接就行，不会有事的。”厉漠北捏了捏她的耳朵，轻描淡写地说，“楠哥，你很关心我。”

“你错了。”陆楠挑了挑眉，冷冷地解释，“我只是不想背上克夫的骂名。”

厉漠北无奈地苦笑，那张嘴总能在不恰当的时候，飞出凌厉的刀子。

席卷全国的寒潮来势汹汹，即使是地处亚热带季风气候区的B市，也未能避开。连绵细雨纷纷扬扬地下了两天，间或掺杂着些许细小的冰粒，天幕阴沉。

肖楠隔着茶坊的雕花木窗，垂着眼皮木然凝望窗外的滴答落下的水滴，手中的茶不知何时已经凉透，一如她的心。

“犯了错的人，不值得原谅，尤其是你。”许承洲在电话里说的话，像是有了坏道的碟片，一声声不停地在耳边重复。

汹涌的恨意仿佛已经融入他的骨髓，除非她死，否则这一辈子都难消难解，五年了，她不是不后悔，却总安慰自己，许承洲不会变的。

她以为，不管她做了什么，哪怕是把他伤得体无完肤，只要回头他一定会在原地，目光深情如往昔地等着她归来。可她真的回来，不只他变了，整个世界都变了。

不知过了多久，茶室的推门被人拉开，发出细微的“刺啦”声。肖楠没有勇气回头，捧着茶杯的手下意识地握紧了些，艰涩地开口：“承洲，你要怎样才能停止这一切，你要怎样才肯原谅我？”

许承洲面无表情地将推门关上，抬脚走到她身边，慵懒地坐上榻榻米。刺骨的寒意伴随着他的身影，铺天盖地袭来，茶室里的温度一下子降了下去，冻得肖楠忍不住哆嗦，条件反射地抬起头。

许承洲唇线抿紧，看都不看她一眼，倒了杯茶。原谅？他曾经以为一辈子都能望到头了，那样圆满，那样幸福，结果所有的缠绵缱绻、耳鬓厮磨，都是骗局。

她那么轻易地否定了他们三年的感情，声称认识不足一个月的哥哥，才是她的真爱。轻易地将他的宠爱和真心踩在脚底，在利用完他之后，绝情地嘲笑他的痴傻。他还没宽容到被人捅了刀子，还笑着说：“捅得好！”

“算我求你，原谅我好不好？”肖楠放开茶杯，颤抖地伸出手，试图抓住那只曾点燃过她无数次，如今却冷得令人发颤的手，“难道，你非要我死才解气么？”

低哑的声线依稀带着些许鼻音，听起来软软的，娇娇的。五年前，她也是如此跟他撒娇，要走了他哥哥的手机号，打听他哥哥上班的地方……

许承洲嫌恶地皱眉，平静地避开她的触碰，看她的眼神充满了赤裸裸的嘲笑和讽刺：“你的演技一直很好，不当演员真可惜。”

“我知道错了，就算你不肯原谅我，那陆楠呢，她何其无辜！就因为被你哥喜欢了十几年，就必须承受你给的伤害么！”肖楠哽咽了下，嗓音陡然拔高，试图给自己拉一个盟友，“你怎么可以如此冷血她是你八年的同学！”

许承洲脸色微变，只一瞬又恢复如常，淡然地将目光从她脸上移开，笑了：“我忘了，你甩锅的本事也很高。”

肖楠面如死灰，眼神陌生地望着他，脸颊一片湿凉。年少无知只是借口，她从来目的明确。为了跟康茹馨打赌，她步步设局追他，终于追到手，新鲜感也在相处中逐渐褪去。

无意间窥破厉漠北的秘密后，她又企图成为那座梦一样的房子的女主人。可厉漠北到底不是许承洲，即便她装得已经像了七八分，还是没能骗过他。

她自以为手段高明，骗许承洲帮自己办了签证申请了学校，从此远走高飞，却终究不甘心厉漠北不曾对自己动过心，在接到康茹馨的电话后，又义无反顾地回来。

可她不知道当年冲动之下说的真话，会伤许承洲如斯，会让自己落得今天这般田地。她真的知道错了……

许久，许承洲扶了扶眼镜，缓缓回过头，皮笑肉不笑地打量她楚楚可怜的样子：“最近不要去烦他，你真要死的话，我很有兴趣看现场。”

肖楠胸口一滞，刺骨的寒意瞬间漫过四肢百骸，浑身的力气也仿佛被抽空一般，惨白着一张妆容精致的脸，身子簌簌地发起抖来。

时间悄然流逝，还没到周五，陆楠却突然回来了。看到她的一瞬间，厉漠北惊喜莫名，却又猝不及防地感到失落。他原本定了晚上的机票去陪她，然后做一件很久之前就想做的事。

陆楠也看到了他，隔着人群冲他扬了扬手，随后跟着盛教授进了会场。这次的学术研讨会会场就设在理工大学的礼堂里，与会的多是古建筑研究、修复领域的专家，还有部分优秀的从业人员。

会议的主要内容，是针对省内保存相对完好的，从宋代传下来的宗祠、庙宇，提出可行性的修复方案。厉漠北略略翻了下会议纲要，抬眸望向陆楠。

她正好回头，漆黑明亮的眼睛里，依稀透出一丝耐人寻味的笑。厉漠北莞尔，左右看了一圈，趁着还没正式开始，起身走到她身边，动作很轻地捏了下她的耳朵：“怎么不让我去接你们？”

“有专车去接，老师不喜欢搞特殊。”陆楠不悦地瞪他，“你正经点，赶紧坐回去。”

“晚上一起吃饭。”厉漠北浅浅地扬着唇角，神情愉悦地回了自己的座位。

陆楠抿了抿唇，手心隐隐有些发潮。专家齐聚的会议，一般都不会沉闷，光是争执就会耗费许多时间，今天的这场会议也不例外。牵头举办此次会议的省文物管理局官员，几乎没有发言的机会。

三个小时的时间里，全都在听那些专家争论，到底是宋建还是唐建，修复应该注意什么。

散会的时候，陆楠一出去就忍不住做深呼吸。

“老师倒是能忍，一直没发言。”厉漠北走到她身边，习惯性地揽着她的肩膀，将她带入怀中，“晚上想吃什么？”

“我跟老师听主办方安排，你自己看着解决。”陆楠推开他，仰起头左右端详他的脸，“许爷爷的身体是不是又出了问题？”

他眼窝的青黑十分明显，想要忽略都做不到。

“还好。”厉漠北手臂一伸，又将她拉回来圈在自己怀里，线条坚毅的下巴轻蹭她的头顶，“心疼我？”

“你还真是不要脸。”陆楠弯起胳膊，撞开他的手臂，自行去找盛教授。

厉漠北细不可闻地叹了口气，抬脚走下台阶跟上去。寒流刚过，虽然天气放晴，气温依旧很低。陆楠身上的套装有点薄，站在盛教授身边，时不时就搓下胳膊，冷得嘴唇的颜色都变得有些发白。

厉漠北皱眉，过去把西服脱下来披到她身上，耐心地站在一旁。片刻后，盛教授终于跟人说完话，厉漠北笑了下平静地开口道：“老师，晚上我能不能把她借走？外公许久没见她。”

盛教授眯了眯眼，嫌弃地摆手：“你那点花花肠子，也就能唬住她。”

厉漠北哑然失笑，送盛教授上了去酒店的大巴，随即拥着陆楠去拿车。陆楠的脸色不是太好看，不知道是冻的，还是生气：“厉漠北，我很不喜欢被人绑架。”

“外公是真的很想见你。”厉漠北发动车子，开了空调，意味深长地看着她，“没人能绑架你，我也不会。”

陆楠迎着他的目光，片刻，颓然坐回去。吃过午饭，陆楠想了想，没有回酒店休息，也没回租住的房子，而是让厉漠北带自己去疗养院。这次的会议要开三天，但她答应了妈妈，晚上回去吃饭。

不过隔了十来天，许老的精神大不如前，记忆也消退了。陆楠听他问起什么时候高考，打算什么时候交男朋友，一阵心酸。

厉漠北心里也不好受，抿着唇坐在床边，无声地握紧陆楠的手。快两点的样子，许老虚弱地睡了过去。两人从病房里出来，好巧不巧，竟然又遇到了康茹馨。她这次没跟着许音华一起过来，而是自己一个人。

“学长。”康茹馨打了声招呼，看陆楠的眼神充满了怨恨。她很确定，厉漠北对陆楠上心了，否则肖楠不会放弃，也不会躲着她不见。

厉漠北仿佛没看到她，牵着陆楠的手，径自越过去。陆楠偏头，视线在厉漠北的侧脸打了个转儿，复又默默移开。就算康茹馨死心不再纠缠，怕是许音华也会再找出另外一个人来填补空缺，直到厉漠北跟自己离婚。

认真想想，倒也挺能理解，厉漠北为什么选择跟自己结婚，而不是接受父母的安排。他似乎，并不是愿意妥协的人。

下午的会议依旧冗长吵闹，陆楠做好笔记，找了个借口支开厉漠北，随后把盛教授送到酒店，自己打车回家。妈妈已经煮好了长寿面，陆楠洗了手坐下，边吃边和陆桉视频通话。

上大学后，他们已经好多年没一起过过生日了。他们聊了大概半个小时，碗里的面也吃了个精光。陆楠结束视频，跟爸妈没说上两句话，窦晗忽然打过来，问她晚上要不要参加许承洲的生日宴。

“我就不去了，你们好好玩。”陆楠连理由都懒得找。

窦晗很理解她的做法，闲扯两句就挂了电话。陆楠放下手机，不禁有些出神。她的生日，跟许承洲是同一天。当初怕自己的心思被他知晓，她故意隐瞒，而他从未求证。

以前还觉得挺受伤，如今反而释然了。这周许承洲没有去婺源，也没跟她说原因，电话和短信都没有，仿佛人间蒸发了一般。陆楠不问，也不打算问。

他们会变成今天这样，是她当初始料未及的，但也没后悔跟他告白。有个结果，总好过心有不甘，念念不忘一辈子。

吃完饭，陆楠上楼躺床上给叶子回了私信，刚准备睡下，厉漠北却突然打来电话，说他已经到了西城，问她在哪。

陆楠抬手看看时间，报上另外一条巷子的名字，匆匆爬起来穿好衣服下楼。到了约定见面的地方，他的车子已经倒好，静悄悄地停在灯下。速度还挺快，陆楠翘起唇角走过去，拉开副驾驶座的车门坐进车里：“怎么忽然跑来这边？”

“路过。”厉漠北偏头冲她笑笑，发动车子驶出小巷。

他的心情看起来很好，陆楠仔细打量他片刻，打消了询问的念头。许音华夫妇也住在西城这边，他会路过也不奇怪。

回到东城江滨路，陆楠下车去开了大门，等他把车开进去，关了门，慢悠悠地往院里走。结婚两个月零三天，也是时候履行协议了。

厉漠北站在别墅门前，嘴边噙着一抹笑，看她的目光格外滚烫。光影疏离，他看着她朝自己一步一步走来，如同很多年前，他放了学便朝着她所在的方向奔赴，却又担心自己的脚步太急，惊吓了她。那时候的她还那样小，小到他心中时常充满罪恶感。

“不进去，是打算站在这吹一夜冷风么？”陆楠停下来，坦然地迎着他的目光，“小心我改变主意。”

厉漠北的眼底滑过一抹玩味，伸手将她揽进怀里，一起走上台阶。“改变什么主意？”

“你就接着装吧。”陆楠扬起唇角，含笑揶揄，“内伤可没法治。”

厉漠北也笑，摇了摇头，把入户门打开。他没开大灯，换了拖鞋就拉她去餐厅，把她摁在椅子上，然后扯下领带把她的眼睛蒙上，哑着嗓子笑问：“怕不怕？”

陷在黑暗里的恐惧，让陆楠整颗心都跳到了喉咙口，掌心里潮潮的全是汗，嘴上却依旧犟得很：“不怕。”

“陆楠……”厉漠北俯身吻她。

他吻得仔细，吻得缠绵，纠缠着她的唇舌，温柔地交换着彼此的呼吸。直到觉察出她在颤抖，这才意犹未尽地放开她，粗粝的指腹轻轻抚上她的锁骨，嘴里发出蛊惑的闷笑。“真的不怕，嗯？”

陆楠寒毛都竖了起来，沉默了下，依旧摇头。这种游戏一点都不好玩，她没那么开放。在餐厅那什么也就算了，还带花样。

“心口不一的小孩。”厉漠北再次低头亲吻了下她的耳朵，放开她，直起身去了厨房。

“厉漠北，你在搞什么，我能把这该死的领带拿下来么？”陆楠心慌极了，后背不知何时出了层薄汗。

那么温柔又肉麻的语调，若他真的不打算做什么，陆楠是不信的。他们结婚两个月了，她对他的情绪说不上了如指掌，却也能猜出七八分。他刚才，真的是想对她做点什么的。

“不能。”厉漠北从厨房伸出头，饶有兴味地打量着她紧张的样子，含笑逗她，“楠哥，你的思想似乎很不纯洁。”

陆楠怔了下，才落到半空的心又悬了起来。她怎么可能纯洁……孤男寡女，这种情况下有点脑子都不会信，他会不动半点心思？

何况整栋别墅就他们两个，他还把自己的眼睛蒙上，陆楠甚至有种错觉，她此刻已经成了一道美味，一道被他耐心烹饪出来的美味。

厉漠北若有所思地看着她，发觉她似乎越来越紧张，眼底的笑意渐深：“我没有特殊爱好，相信我。”

相信他才怪。陆楠腹诽一句，硬逼着自己把手管住，不要去扯领带。过了一会儿，听到他的脚步声从厨房移动过来，好像还把什么东西放到餐桌上，乱糟糟的心跳，总算缓缓平复下来。她闻到了奇怪的味道，似蜡烛燃烧，又不太像。

难道他是要给自己庆祝生日？可这根本不可能，他从来没问过她！陆楠心跳紊乱地注意着他的动静，无意识地咽了咽口水。

厉漠北把蛋糕放好，慢慢踱步走到她身后，俯身亲吻她的脸颊。很多年前他就想这么做，可外公不许他见她，也不许他去找她，因为她太小。

“陆楠……”他低低地唤着她的名字，拿起桌子上的首饰盒打开，将一条细细的铂金链子，仔细戴到她光溜溜的脖子上。

确定戴好，厉漠北将领带取下来，拿起桌子上的车钥匙放入她的掌心，俯身在她耳边含笑呢喃：“生日快乐。”

陆楠整个人僵住，眼睛都忘了睁开。他真的是为了给她庆祝生日？缓缓睁开眼，陆楠看着摇曳的烛光，看着那只精致的蛋糕，感受着车钥匙压在掌心的重量，茫然地摸了摸颈间的项链，大脑一片空白。

“是不是跟你想的不一样？”厉漠北好心情地拉开椅子坐下，伸手将蛋糕推到她面前，含笑打趣，“原来我在你心中，这么变态。”

陆楠偏头对上他的视线，许久才闷闷出声：“你这不叫惊喜，是惊吓。”

“你不是说不怕？车子停在车库里，牌照也办好了，随时能开。”厉漠北抬手抚上她的脸颊，轻轻地笑出声，“许个愿吧，不然就要过零点了。”

陆楠眨了眨眼，也笑了。好歹花了心思不是？而她也确实感动。蛋糕的味道很甜，厉漠北却不怎么吃，慵慵懒懒地靠着椅背，静静地注视着她。

陆楠整个人笼罩在他直白又热烈的目光下，哪还吃得下去？索性放了叉子：“不吃了。”

“唔。”厉漠北伸手，动作轻柔地帮她把落下的刘海捋到耳后，倾身过去吻她。酸酸甜甜的乳酪味道在彼此的口腔里蔓延，连呼吸都变得甜腻起来。

许久，他呼吸紊乱地将她的脑袋按住，脊背隐隐绷直，低哑地在她耳边呢喃：“回酒店还是回你租住的房子？我送你过去。”

“真心话？”陆楠诧异抬眸，看他的眼神多了几分探究和试探，“错过机会，我下次未必会心甘情愿。”

厉漠北别有深意地挑起她的下巴，深深地看了片刻，摇头失笑：“我一会儿得去疗养院，外公这几天晚上情况不太好，我很怕一觉醒来便再也听不到他的声音，你一个人在这也睡不踏实。”

“我陪你。”陆楠主动握住他的手，借力站起来，仰着头含笑看他，“还没跟你说谢谢。”

厉漠北徐徐低头，几乎用尽全身的力气抱她。该说谢谢的人，是他。她是上天给他的，最好的礼物。

许老的情况确实不妙，半夜吸氧后他的脉搏依旧弱得几乎感觉不到。小楼里除了他们俩，还有他的两个舅舅，许音华夫妇俩也在。

若情况继续恶化，怕是等不到下个月，许老就要被送回西城的别墅。天快亮的时候，情况稍稍稳定，许老的心跳和脉搏都恢复了正常。陆楠跟着厉漠北守了片刻，先行离开。

她租住的房子离理工大学近，为了不错过上午的会议，遂主动留他。刚上楼，厉漠北的手机忽然有电话进来，他皱了下眉，停下接通：“你在哪？所有人都在疗养院守着，他最疼你，偏偏就你不去！”

这头，许承洲打了个酒嗝，醉醺醺地笑了：“厉漠北，你猜若我现在跟陆楠求婚，她会怎么选？”

“那你信不信，我现在就可以让小舅把你送走！”厉漠北咬了咬牙，不悦地挂断电话。

陆楠先上的楼，换好了睡衣，见他的脸色还是很阴沉，安慰地拍了拍他的肩膀，自行躺下。这边没有厉漠北的睡衣，他脱了西服躺到她身边，却怎么都无法入睡。

沉默片刻，他拍了下陆楠，艰涩地开口：“陆楠，你的前任有没有跟你求过婚？”

陆楠怔了下，迷蒙地睁开眼：“你说什么？”

“这段时间可能需要你随时回来。”厉漠北嗓音发哑，很用力地抱着她，“和我一起陪着外公。”

陆楠茫然地“嗯”了一声，不悦地皱眉：“我要被你勒死了。”

“下次注意。”厉漠北松开胳膊，低头亲吻她的额头，“睡吧，一会儿还要去开会。”

陆楠实在困极，在他怀里寻了个舒服的姿势，放心睡去。厉漠北端详着她柔和下来的脸庞，眸光微沉。在没确定陆楠的心意之前，强行把她留在身边，似乎是个很错误的决定，他不想她恨他。

陆楠迷迷糊糊睡了两个多小时，一醒来就撞进他意味不明的目光里，心跳了下：“你没睡？”

“刚醒。”厉漠北抱着她，埋头在她颈间，嗓音哑哑的，“早上好。”

“我会遵守协议，随时和你一起照顾许爷爷。”陆楠闭了闭眼，缓缓勾起唇角揶揄道，“我总不能做了特殊职业，还要建最高的建筑，以示风骨。”

厉漠北胸口一滞，嗓音顿时变得闷沉：“陆楠，你的嘴可以不用这么利。”

陆楠神色坦然地端详他片刻，揉着眼睛爬起来。

等厉漠北换上备在车里的衣服，两人吃过早餐时间也差不多了，开了车直接出发去理工大学。

会议早上九点半继续，陆楠进了会场跟盛教授交谈一番，打开笔记本电脑，准备做记录。跟昨天一样，一开始依旧争吵不休，不过也算吵出了部分结果。

陆楠频频打哈欠，陪着盛教授回酒店吃过饭，立即回房补觉。她在下午会议召开之前，听厉漠北说许老的情况转好，顿时放松下来。

情况比昨天好得太多，就是主治医生都很诧异，遗憾的是许老已经不太认得他们，要解释半天才搞得清谁是谁。不过他对陆楠的喜爱倒是一点没变，跟小孩子似的，非要陆楠坐在一旁守着才肯睡觉。

厉漠北假装嫉妒，等外公睡着旋即揶揄她：“他有四个亲孙女，可没见他这么喜欢。”

“估计是他怕我甩了你。”陆楠开了个玩笑，有些疲惫地捶着肩膀。

她白天开了一天会，到这又忙不停，感觉浑身上下都酸得要命。厉漠北眯了眯眼，自然而然地伸手过去，力道很轻地帮她捏了几下：“晚上爸妈会在这边守着，走吧。”

陆楠冲他点点头，起身背上包和他一块出去。走到半路，厉漠北的手机有电话进来，他接通听了一会儿，含笑说了句：“马上到。”随即降下车速打灯左拐。陆楠靠在椅背上，半眯着眼假寐，没问他要去哪。

又开了大概二十分钟的样子，车子停下，厉漠北倾身过去帮她解开安全带，不疾不徐地解释：“韩跃今天领证，几个兄弟为他庆祝。”

陆楠抬了抬眼皮，本想拒绝，想起他临睡前问的问题，瞬间打消了念头。都不知道他从哪翻出来的老陈醋，一吃酸一天。许承洲怎么可能会跟她求婚？

会所靠近南城大桥，是座仿明时园林建造的庭院，布局十分高雅。有山有水，相得益彰，每一处布置看似不经意，其实大有乾坤。

陆楠跟着厉漠北穿过长长的回廊，经过了两处偏院，进到最里的独立小院。院内的布局跟外面差不多，昏黄的光线下，处处透着低调而奢华的气息。

厉漠北抬手在门上轻叩两下，拥着陆楠推门入内："不好意思，来晚了。"

"嫂子好。"屋里的人齐齐跟陆楠打招呼，理都不理厉漠北。

厉漠北也不在意，拥着陆楠坐到蒋牧尘身边，含笑自罚三杯。其他人来之前已经喝过，这会儿正玩着麻将。他一来，大家索性停下来，你一句我一句地揭他的短。陆楠起先没注意听，冷不丁抓住"坐牢"两个字，下意识地多嘴问了一句："他什么时候坐过牢？"

"十四岁。"尹文彬接话，还没说完呢，自己先笑了起来，"他把人家的脑袋打得开瓢了，害得人留下终身残疾，结果被许老关去西城，一关就是四年。"

陆楠诧异地抬起头，怔怔看着身边的厉漠北："关去西城坐牢？"

"别听他们胡说。"厉漠北揽着她的肩膀，脸上却没有要阻止的意思。

尹文彬也不怕厉漠北生气，站起来，活灵活现地学着许老的样子，叉着腰怒斥："欺凌弱小当如何？立身不正当如何？秉性恶劣当如何？真是问一句一鞭子，现在想想都疼得紧。"

"嫂子你大概不知道，他被关了四年，后来上了大学直接变和尚了。"韩跃插了一句，开玩笑的语气，"我们还打赌，他会不会娶个男人。"

"很明显，你们全输了。"厉漠北笑笑，看陆楠的目光愈发缱绻，"这帮小子疯起来就没个正行，别多想。"

陆楠回给他一个微笑，心里却觉得很不对劲，他不像是那种会打架的人。

"哪里是他打的，他是给承洲那小子背锅。"蒋牧尘瞟了眼厉漠北，视线回到陆楠身上，别有深意地笑道，"不过背得很值。"

"你们还没完了？"厉漠北不动声色地跟蒋牧尘交换了下眼神，岔开话题，"接着来两圈？"

其他人纷纷附和，笑闹一阵又开始玩牌。陆楠一副"我就知道"的神情，安静地坐在他身边，含笑看着他们闹。韩跃婚前的最后一个单身派对，除了厉漠北谁都没带家属。

陆楠倒没觉得尴尬，就是困。厉漠北手气很臭，打完两圈下来，输得还不少。陆楠怕自己睡过去，找了个机会去外边透气。她才出门，蒋牧尘竟然跟过来，状似不经意地打听叶子的情况。

“她很好，并且让我转告你一句话。”陆楠话还没说完，小院的门忽然被人推开，跟着就见两对中年夫妇走了进来，身后跟着康茹馨和上次在饭庄见过的女孩。

气氛一瞬间变得尴尬，康茹馨双手环胸，目光轻蔑地望过来，噼里啪啦地跟身边的长辈指责蒋牧尘和厉漠北。她的语速很快，吐字却异常清晰。

陆楠不介意自己被打上贪慕虚荣的标签，也没法介意，她嫁给厉漠北确实是为了钱。但她无法容忍康茹馨把她跟厉漠北的私事当成嘲讽的笑料，极尽鄙薄地告诉蒋牧尘和他前未婚妻的父母。

她更无法容忍，康茹馨对叶子的恶毒指控，并频频用到极具侮辱性的字眼。脑子里嗡嗡作响，打了她一耳光，陆楠的掌心疼得一阵发麻，甚至有撕了她的冲动。

“陆楠你这个泼妇！”康茹馨话说到一半，冷不丁又挨了打，新仇旧恨齐齐涌上心头，顿时不顾形象地要跟她拼命。

韩跃和尹文彬等人及时上前将她拦住，而厉漠北则非常迅速地将陆楠拽过来，妥帖地护到身后，眼神阴鸷地盯着康茹馨：“放肆！”

康茹馨被当众掌掴已是颜面尽失，又见厉漠北竟将陆楠护得严严实实，瞬间气得口不择言：“花钱买来的女人罢了，厉漠北你何必自欺欺人！”

她真的不甘心，论容貌论家世，她自认不输陆楠，偏偏在厉漠北眼中一文不值！就是肖楠那个耍心机的女人都能入他的眼，唯独她不行。

“康家的教养不过尔尔！”厉漠北沉下脸，温和的嗓音透出几分嘲弄的冷意。“陆楠是我太太，无论是谁都没资格妄加评断，尤其是你！”

“是她先打的我！”康茹馨被他身上散发出来的怒气惊到，气势明显弱了下去。

韩跃偷偷撞了下厉漠北，苦笑着摇头：“都少说两句。”

事情闹成这样，蒋牧尘的脸色也难看到了极点。在场的四位老人面面相觑，脸上都有些挂不住，场面僵滞下去。

康茹馨缩在宋安安怀里，不住抽噎，哭得格外伤心。院里寒风四起，那哭声听来实在矫揉造作，烦人莫名。

“厉漠北，茹馨她有什么错，明明是你妈跟她说，你离婚后一定会娶她！”宋安安有些受不了，看陆楠的目光也多了几分怨恨，更恨厉漠北虚伪。

若不是他逃避退缩，康茹馨也不会如此执着。

而陆楠也不是什么善茬，能跟会所小姐混一起怎么可能是好人？许音华眼瞎了才会允许她入门，放任厉漠北继续宠着她，惯着她。

“那她怎么没告诉你，这件事早在上周已经讲清楚，我不会离婚，更不会娶她！”厉漠北面若寒霜，握紧了陆楠的手，抬眼望向在场的几位长辈，“伯父伯母，人的出身没法选择，然而不是所有出身高贵的人，品格就会高贵。”

语毕，他环顾一圈，冲几个兄弟点点头，径自拥着陆楠离开。陆楠心里憋着一团火，上了车理都不理他，扭头盯着窗外。

厉漠北抿着唇，倾身把她的右手抓过来，力道很轻地帮她揉着掌心：“是不是很疼？”

“心疼她你可以明说，不需要在我面前演戏。”陆楠余怒未消，嫌弃地抽回自己的手。

厉漠北若有所思地看着她半晌，倏地笑了：“我只心疼某个喜欢说谎的小孩，杀敌一千，自损八百。”

陆楠僵了下，愤愤抿紧唇瓣。她是沉不住气，因为那些话明着是骂叶子，底下的意思却是在讽刺她，傻子都听得出来。沉默着回到市区，她看了下时间，很不耐烦地让他停车。

“陆楠……”厉漠北怕她做出失去理智的举动，不断提高车速往江滨路开。

陆楠见他不肯停车，别过脸看都不看他一眼。宋安安说的其实也没错，他态度坚决的话，康茹馨不会如此死皮赖脸，许音华也不会一而再再而三地让她来恶心自己。

她的家庭是一般，但她从未试图通过婚姻来改变。

“我从小走的每一步，都是爸妈和外公安排好的，每一步。”厉漠北苦笑，在经过通往江滨路的路口时，没有拐弯，而是继续朝着江堤的方向开，“细致到我该穿什么，交什么朋友，什么时候可以谈恋爱，什么时候结婚，娶个什么样的女人。”

陆楠无动于衷。

“你大概想象不到那样的生活，自由从来都是奢望。我一直假装听话懂事地接受他们的安排，唯独结婚这事装不来，所以娶了你。”厉漠北把车速降下来，停到江堤的空地上，打开储物箱拿了支烟点着。

气氛沉默下去，含着尼古丁的青白烟雾，渐渐在车厢里弥漫开来。他的脸掩在烟雾中，落寞的神情模糊又遥远。

陆楠没来由地觉得心疼，闭了闭眼，慢慢冷静下来。她伸手打开车窗，耳边又传来他充满讽刺的声音：“盛教授跟外公曾经是同事，包括学校的另外几位老师，我的童年、少年、成年，几乎都活在这种无形的监控中。”

“你真可怜。”陆楠错愕一秒，也拿了一支烟点上，侧着头看他，“可你并没怨恨。”

“怨过。”厉漠北吐了个烟圈，浅浅扬起唇角，嗓音里却满是苦涩，“还想过要自杀，在被关的那几年里。”

陆楠无意识地握住他搭在储物箱上的手：“然后呢？”

“胆小，没敢死。”厉漠北压下要告诉她真相的冲动，握紧她的手，话锋一转，“外公走后，我会给你自由，给你想要的自由，没有任何附加条件。”

陆楠眨了眨眼，脸上的表情一瞬间凝固。

“吓到了？”厉漠北又笑，脸部的线条柔和下来，温暖得似春风拂过，“你这样会让我误会的。”

陆楠被嘴里的烟呛到，脊背发潮地扭头望向窗外：“那是你应享的福利。”

“可我也说过，我只要最好的。”厉漠北闭上眼，眉宇间浮起淡淡的惆怅，“陆楠，我不会勉强你。”

“我是不是该说声谢谢？”陆楠吐出口烟，用调侃的口吻把话题岔开，“小北哥哥，我很累。”

厉漠北捻灭了烟头，若有所思地发动车子。

回到酒店楼下，厉漠北倾身帮她解开安全带，顺势亲了亲她的脸颊，低声交代：“到周日再走，外公难得有精神。”

陆楠微微一笑，平静地推开车门下车。踏进大堂，光可鉴人的柱子，倒映着厉漠北专注凝望她背影的目光，那是陆楠越来越熟悉的深情目光，这一刻她却没有勇气回头。婚姻从来都不止是两个人的事情。

过了今晚，所有认识他的人都会知道，她是妄图攀高枝的心机女，是为了钱，不惜拿婚姻当筹码的坏女人。厉漠北毁约了，他没有遵守协议，他将她带入他的生活，却又大方地表示会给她自由。

而她竟然一点都不激动，胸口反而还堵得发胀。洗了澡躺到床上，陆楠出神地看着他发来的晚安短信，了无睡意。

周五的会议在上午圆满结束，修复方案确定下来，陆楠回到酒店就开始准备相关资料。忙到下午，许承洲忽然打来电话，问她有没有空见面。

陆楠以工作很忙为由拒绝，顿了顿，又道："老师那边你最好还是给个交代，一码归一码，我相信你会处理好。"

耳边沉寂数秒，许承洲很无奈的笑声轻轻弹入耳膜："楠哥，我很后悔当初拒绝你，但也庆幸。"

"庆幸什么？"陆楠翘着唇角，语气揶揄，"是庆幸自己足够冷静，还是庆幸没被我缠上？"

"都不是。"许承洲弯起唇角，偏头看了看排在自己前头的队伍，含笑道，"周日回婺源见面聊。"

陆楠耸肩，挂断电话继续整理资料。许承洲从来不在两人单独相处时叫她楠哥，电话中亦不曾如此称呼，说明他可能已经放下心结。陆楠揉着额角，忽然觉得从未有过的轻松。

市郊疗养院。

许承洲把车停进停车场，熄了火，沉默地看着厉漠北身姿挺拔地从爷爷住的小楼里出来，掩在镜片后的目光涌动着复杂难解的情绪。他总是如此运筹帷幄，就算心中对家里的安排抗拒到极致，依旧可以表现出坦然接受的自若神态。

许承洲摘下眼镜，打开储物箱把镜布拿出来，仔细把眼镜擦干净，复又戴上，慢条斯理地拿了一支烟点着。

厉漠北似未注意到这边，拿了车很快离开。许承洲吐出一口烟，等他的车子走远才拔了钥匙，推开车门下去。

爷爷还没睡，精神头看起来非常不错。他坐到床前的凳子上，难受地握住他干枯的大手。

许老时而糊涂时而清醒，眯着眼打量他良久，狐疑地问道："你是谁家的孩子。"

"爷爷，我是承洲。"许承洲拍拍他的手背，黯然垂下眼帘。

厉漠北说爷爷最疼自己，可这种疼他一点都不稀罕。从他被过继到厉家，二十多年的生命里，每一天都活在他的阴影之下，成了衬托他光芒的绿叶。每每被提起，所有人都习惯性地加上一句：要不是过继过去，不知道他会惹多大的祸。而厉漠北在长辈口中，始终是听话的榜样。可他们不知道，整个许家，厉漠北才是最不听话的人。

“不认识。”许老哼了声，微眯着眼望向天花板，“承洲怎么没来？是不是又闹脾气，觉得自己被冷落被忽视？觉得我把他过继到你们家，是不喜欢他？”

许承洲微怔，握紧他的手使劲摇头：“他最近很忙。”

“有什么忙的，到处惹祸还差不多。”许老很生气，哆嗦着抽回自己的手，“你跟小楠就知道哄我。”

许承洲愕然，见他是真的不打算理自己，不由得苦笑。走出疗养院，天已经黑得透透的，寒风刺骨。许承洲回到车上，过了许久他才木然发动车子离开。

爷爷谁都记不住了，却记得陆楠是厉漠北的妻子。他潜意识里，一定很希望他们能永远走下去，就像他和奶奶那样，从少年到白头，不离不弃。

从小他就教育他们，婚姻的前提是有信心走一辈子，这种信心来自责任，来自担当，但凡有一丝犹豫，便如行船触礁，迟早翻覆。他一生都在履行这条准则。无论外面的诱惑多大，他对奶奶的心始终如一，始终把她当小女孩宠着护着，甜蜜得让人嫉妒。

降下车窗，寒风灌进来，微微刺痛皮肤。许承洲甩了甩头，微眯着双眼戴上耳机，从容拨出厉漠北的号码。

陆楠赶到聚福楼时，正好七点，沈澈升了总监，特地摆酒请客吃饭。她上回只是开玩笑，没想过真的要他们请吃饭。不过也能理解沈澈的心思，这个专业不是那么容易熬出头，一步一步踏实走过来，确实应该犒劳下。

在楼下跟他俩碰上头，陆楠说了句“恭喜”，旋即从沈澈怀里把窦晗拉过来，揽着她的肩膀往里走。

沈澈无语地摸了摸鼻子，苦笑着跟上。跟陆楠抢女人，还不如跟她抢男人呢。雅间一早定好，大家各自入座，闲聊片刻另外的几位同学也陆续过来。陆楠跟窦晗说了会儿悄悄话，雅间的门忽然又被人推开，来的正是许承洲。

“你踩着点来的吧，刚上完菜。”沈澈开了句玩笑，下意识地望向陆楠。

其他人也望过去，眼神里藏着探究。陆楠扬起唇角，神色坦荡地打招呼，仿佛他们之间从未闹过什么糟心的别扭。席间免不了推杯换盏，大概是前天他们才醉过，所以并没有放开量喝。

“我觉得往后只能单独请你们其中一个。”窦晗靠在陆楠肩头，怅然叹气，

"真怀念以前无拘无束大口喝酒大口吃肉的日子。"

"是你们神经太敏感，我跟他之间早翻篇了。"陆楠挑起她的下巴，左右端详一番，嫌弃地皱眉，"要节制啊，皮肤都不水灵了。"

窦晗笑，看她的眼神污得不行。陆楠伸手戳了戳她的额头，拉着她折回雅间。吃饱喝足，陆楠刚想给厉漠北打电话，告诉他自己晚上要加班，不料一下楼就撞见他和蒋牧尘。他站在一楼前台左侧，看她的眼神深邃莫测，并且冷得吓人。

"厉师兄好。"许承洲挑衅地跟厉漠北对视一眼，拍了下陆楠的肩膀，"楠哥，回去的机票我已经定了，走的时候去接你，等我电话。"

说完，他及时捂住沈澈的嘴，迅速将他拉了出去。陆楠怔神，直觉告诉她许承洲是故意的，却又搞不懂自己为什么会有这样的想法。

"这么巧。"陆楠扬起笑脸，冲蒋牧尘礼貌地笑笑，大大方方地拥着窦晗往外走。来之前她已经跟厉漠北说过，她跟同学吃饭。

"楠哥，我怎么觉得，厉师兄看你的眼神有点不对劲？"窦晗到底是过来人，就算跟厉漠北不熟，也无法忽略他明显受伤的神色。

陆楠深吸一口气，故作轻松地调侃："你想太多了，他跟我未婚夫有生意上的往来，估计是以为我出轨了。"

"至于么！"窦晗信了她的说法，扭头看了一圈，见沈澈和许承洲已经去街边等车，旋即拉着她过去。

"你俩先回去，我等代驾过来，顺便送楠哥回家。"许承洲扶了扶眼镜，绅士十足，"到家记得给我来个电话。"

沈澈欲言又止地摆摆手，拥着窦晗登车离去。陆楠拢了下外套，手机忽然在口袋里振个不停，耳边听到许承洲如沐春风的笑声："回酒店还是回小区，我帮你拦车。"

"回酒店。"陆楠拿出手机看了一眼，又揣回外套的口袋。厉漠北真的很不对劲，却又说不上来为什么，他好像很不喜欢自己跟同学接触。

"我其实并没有那么爱你，只是有点不甘心。"许承洲留意到她的动作，故意上前一步，站了个像拥抱的姿势，方便门后的厉漠北看清，低头目光专注地看着她，"不甘心陪了自己八年的女孩，最后选了个陌生人匆忙走入婚姻的围城。"

陆楠诧异地抬眸，定定地看着他，脸上浮起如释重负的笑：“说实话很戳人心窝子。”

“如果有天，我有事骗了你，希望你别恨我。”许承洲幽幽地说了一句，招手示意驶过的空车停下，“你值得最好的人爱，可我不信任给你钱的那个人，毕竟有些人的过去是座山。”

陆楠微微有些出神，见他把车门打开，这才弯身坐了进去，含笑挥手。

厉漠北打了好几通电话，还发了短信。陆楠翻完所有的短信，回头见许承洲还站在街边，清瘦的身影一片模糊。她皱起眉，为什么她会觉得，许承洲跟厉漠北是认识的，而且很清楚他的底细?

拨出厉漠北的电话，一接通陆楠就解释一番，并告诉他自己晚上住酒店赶资料。

“下车！”厉漠北嗓音发沉，语气也不是以往熟悉的温和口吻。

陆楠下意识地偏头，见他竟然开着车追上来，整颗心瞬间跳到了嗓子眼：“你疯了！”

“陆楠，我再说一次，下车！”厉漠北握着方向盘，手背的骨节白成一条线。

陆楠不悦地皱眉，把手机拿开些，招呼司机把车停到路边。付了钱下去，才走两步就被他拽住胳膊，力道很大地拉过去硬塞到副驾驶座上。

厉漠北回到车上，绷着脸帮她系好安全带，随即发动车子往江滨路的方向开。

“厉漠北，你在生气？”陆楠双手抱胸，歪着头一眼不眨地看着他线条绷紧的侧脸，“理由呢？是不是我连交友的自由都不能有，是不是除了你，我跟任何男人接触，都是莫大的罪过！”

厉漠北抿着唇，一言不发地提高车速。他确实疯了，尤其是看到许承洲将她抱在怀里的那一刻。他忽然发现，他根本守不住她，在她最好的青春里，陪着她的人，一直是许承洲。

那样的八年，她的心早被占满，无论他如何有耐心，都无法彻底地把他从她心底抹去。这样的认知，令他发狂，令他极度地想要得到她。得到那个曾经伴他走过无数枯燥日月的她，得到他曾经以为已经彻底错过的她。

“不说话就表示默认。”陆楠寒下脸，郁闷地收回视线，“送我回酒店。”

厉漠北偏头看她一眼，继续保持缄默。一路风驰电掣，回到江滨路，他停车下去，把大门打开，复又回到车上，把车开进院里。

陆楠压着火气下了车，冷不丁听他道：“你爱了八年的人是许承洲。”

这是吃醋了？陆楠后知后觉地反应过来，徐徐转身打量他，唇边掠过一抹意味深长的笑：“所以你怀疑我出轨？”

厉漠北已经彻底失去了理智，没有留意到她在笑，抬脚过去将她拉进怀里，惩罚似的吻她。他吻得凶狠，像要洗刷什么痕迹，吻得陆楠几乎喘不上气来。

许久，他终于放开她，然后弯腰将她抱起，大步走上台阶。陆楠喘得厉害，直到被他放到沙发上，混沌的思绪才渐渐回笼，浑身发烫，对上他的目光：“厉漠北？”

她目光迷离似醉非醉，落在厉漠北眼中却冰锥一般，刺入心底。厉漠北蹲在地上，居高临下地望着她，修长如竹节般的手指，抚上她的眉，她的眼。回来这一路的疯狂念头，随着从指腹传来的温热触感，无声无息地散去。

他舍不得她把自己踩进泥里，还要若无其事地对他笑。哪怕他想得到她，想到发狂。他想过要告诉她，自己心底的人始终是她，然而他无法解释最终的相遇，无法解释他为何不去找她。

更不敢让她知道，她所执着的过去，一切都是许承洲有意为之。若她不曾遇到自己，那段时光，是美好而不染尘埃的甜蜜回忆，而不是心存恶念的阴谋。

“还没看够？”陆楠扯开唇角，眼底的情绪一点点沉下去，仿佛被什么东西蒙住。

厉漠北不动声色地看着她，眸子里浮起暖色，唇边笑意渐浓：“你是不是想太多了？”

“呃……”陆楠被烫着似的躲开他的目光，轻描淡写地提醒，“要继续么？”

“继续什么？”厉漠北伸手将她拉起来，将她牢牢固定在怀里，“下次我和你一起见他。”

“你大晚上发疯，真是因为吃醋？”陆楠挑了挑眉，意味深长地看着他笑，“厉漠北，你没有立场吃醋。”

这场博弈，先主动的那个人一定会输。

“我是你丈夫。”厉漠北不容置喙地丢给她一个理由，慢条斯理地拥着她一块站起身，“走吧，带你去个地方。”

陆楠微微仰起头，似笑非笑地注视着他的眼睛：“见面也算出轨么？”

“动了重修旧好的念头就算。”厉漠北搭在她肩头的手，用力地收紧，有些强迫地带着她往门外走。

陆楠挑眉：“已经很晚了，去干吗？”

厉漠北脚步顿住，毫无预兆地回头，跟着俯下身出其不意地亲吻她的耳朵：“到了你就会知道。”

温柔肉麻的语调，让陆楠的心莫名地颤了颤。他变得太快，快得让她感觉到了一丝难堪，刚才那个瞬间，他眼底的情绪她看得分明。

只是想要占有，再无其他。他的心里始终保留着那个人的位置，他对她所有的好，其实都在情感之外。“有些人的过去是座山。”许承洲送她上车之前说的话，倏然滑过耳畔，像是警告，又像是提醒。

第八章

无法抉择

同样是盛教授的学生，许承洲怎么可能不认识厉漠北？大一到大三那几年，他周末从来都不在学校。沈澈曾说，他是去盛教授的工作室帮忙。而那个时候，厉漠北正忙着跟盛教授去收集资料，准备研究生论文答辩，准备毕业设计。

许承洲能把自己花钱摆平麻烦的事告诉盛教授，那么他肯定知道，自己嫁的人是谁。可他不说，每次都是用“那个人”代替，原来只是为了维护她可怜的自尊。

他还说，他不信任那个人，是因为他也知道，厉漠北只是拿她当替身么？

陆楠忽然特别想笑，却怎么都笑不出来。勉强收回已经迈出去的脚步，她仰起头，含情脉脉地道：“漠北，你抱我上楼吧。”

她第一次没带着姓氏喊他，还有些轻喘的温柔嗓音充满了蛊惑，绵柔如水般徐徐传入他的耳朵。厉漠北心中微颤，非但不觉得欢喜，反而皱起了眉头，漆黑深邃的眸子里涌起探究的意味：“陆楠？”

“我先上去等你。”陆楠脸上的潮红未退，抽回自己的手，转过身，一步一步往楼上走。

这栋别墅她来过很多次，犹记得她第一次送喝醉的他回来，他愤怒地吼她，未经允许私自进入这里的房间。那副生怕她入侵他生活的样子，她以为自己已经忘了，就像她刻意忘掉小时候的事。

事实上，有关他的一切，她从来记得分明。他说别墅是为了一个人建的，所以不管她来了多少次，唯一能去的地方，只有客厅和他的卧室。至于其他的房间，那是他刻意封存起来的秘密，她没有资格过问，也不想去触碰。

“陆楠，我很介意你跟他见面。”厉漠北揉了揉额角，目光牢牢锁定她的背影，眉峰压得很低，“非常介意你的心里有他。”

陆楠脚步顿住，脸上没来由地绽开一抹笑，发哑的嗓音听起来娇娇柔柔的：“还有呢？你不会真打算今晚就这么过去吧？”

厉漠北眯起双眼，她的笑，让他觉得不舒服：“你有多在乎他？”

我爱过他，可他终究不及你在我心中的年月长久，终究不及你在我心中的分量重……

陆楠缓缓转过身，她抬眸对上他的视线，黑漆漆的眼睛里涌动着讽刺：“信任是相互的，请拿出你的诚意。”

厉漠北脸色倏地一沉，就连嘴唇都有些小小的颤抖，身上散发着强烈的不悦。客厅忽而变得静谧，他看着她，沉默对峙。他没有不信任她！

僵持中，手机忽然有电话进来，铃声刺耳。厉漠北接通听了一秒，旋即蹙着眉上前抓住她的手，不由分说地往外走：“外公进了抢救室。”

陆楠蓦然怔住，下一瞬旋即没有半分迟疑地加快脚步，随他一道往外跑。东城离疗养院很远，厉漠北一路把车开得飞快。陆楠也有些乱了分寸，双手握着拳头暗暗祈祷许老能挺过去。

到了疗养院，厉漠北停车的时候，看到许承洲的车也在，目光渐渐变得阴沉。许老的情况十分危急，许家所有的人几乎悉数到场，将整个等候区挤得水泄不通。厉漠北没工夫介绍，陆楠也识趣的什么都不问。

他们焦急地等了半个多小时，里面还是没有任何消息传出来，等候区笼罩着沉沉的愁云惨雾。

“我去抽根烟。”厉漠北拍拍陆楠的肩膀，扭头往走廊另一头的吸烟区走。

陆楠瞟一眼他的背影，安静地站在角落里，出神地看着抢救室大门上方的指示灯，一颗心不断地往下沉。

厉漠北进入吸烟区，看到许承洲的一瞬间，咄咄逼人的目光旋即冰冷地投过去：“怎么回事？”

“呕吐物阻塞气管，护工发现的时候，已经差点窒息。”许承洲没有回头，目光望着远处的灯火，嗓音冷冽，“你果然不敢告诉陆楠，江滨路的别墅是为了她建的。是怕无法自圆其说，还是怕她不信？”

厉漠北压了压眉峰，伸手从他手里拿走烟和打火机，取出一支点着，很克制地把火气压下去：“她现在是我妻子，也是你的嫂子。”

“那又怎样？”许承洲扶了扶眼镜，鄙夷嗤笑，“没有任何感情基础的婚姻，就算我什么都不做，真相揭开的那一天，她也会毫不犹豫地甩了你。”

厉漠北沉默下去，很大劲地抽了口烟：“这不是你破坏我的婚姻，并伤害她的理由。”

“婚姻？你也就这点恬不知耻的借口，早在你去见盛教授那一刻起，陆楠就是自由的。”许承洲从远处收回视线，掩在镜片后的目光幽深莫测，“我早你一步主动陪了她五年，我比你更了解她，也更清楚她是个什么样的女孩。”

说完，许承洲拿回自己的烟，也点了一支含到口中。从小到大，他没有一件事能赢他，就连爷爷对自己也颇有微词，仿佛他做什么都是错的。他就不该有任何自己的思想，而是应该按照他们的要求，像厉漠北一样扮演着听话的小孩。

可厉漠北骨子里从来不是听话的人，他很早就跟着蒋牧尘一起做投资，手里的资本足够雄厚。即便脱离了家族，他照样能混得风生水起。

只可惜他百般算计，却独独算错了一件事，自以为是的毛病在爱情中是最致命的硬伤。这个硬伤，陆楠也有。他们其实是一类人，要么深爱，要么互相伤害。

他没打算纠缠陆楠，也没想过用更卑鄙的手段伤害她，他只是不让他轻易地得到。肖楠始终是梗在他心头的刺，是他至死方休，永不释怀的耻辱。

沉默站了许久，厉漠北捻灭手里的烟头，从容转身：“你别以为胜券在握，别忘了，我当年识破肖楠之后，为什么找不到陆楠！”

许承洲错愕一秒，只觉得背脊都窜过了一抹凉意。

抢救持续了将近五个小时，许老在鬼门关晃了一圈终于救了回来，只是依旧昏迷不醒，被送入ICU继续观察。

陆楠陪着厉漠北听完长辈的安排，离开疗养院已经是半夜。厉漠北把车开到附近的公园外停下，开了窗俯身过去，力道有些重地抱住陆楠喃喃：“我抗拒他所有的安排，却舍不得他离开，他或许不是最好的长辈，却是我亲近的人。”

陆楠迟疑地回抱，拍了拍他的肩膀，终究什么都没说，她的难过不比他少。

厉漠北沉默下去，许久才再次开口：“抽个时间，带我去见你的父母。”

“不必了，你说过会给我自由。”陆楠说完，感觉到他的脊背似乎绷紧，搭在他肩头的手无意识地抚上他的耳朵，“结束这段婚姻之前，我想和你同居。”

“陆楠……”厉漠北的嗓音沉下去，手臂的力道又收紧了些，“你于我而言比什么都重要，我不会委屈你，永远都不会。”

是不想委屈自己吧？陆楠忽然发现，自己的演技其实真的不错，被拒绝过还能不要脸地继续提这事。许久，陆楠疲惫地打了个哈欠，含糊出声：“送我回酒店，我真的有点累，老师要的资料还没准备完。”

厉漠北松开手，身子一点点抽离，低垂着眼眸注视她。她在笑，只是这笑容让他又回到了最初登记的日子，满满的都是敷衍。这样的认知，让他倍觉无力。回酒店的路上，他假装随意地问她，他心底的人是她，她信不信。

陆楠没有丝毫的迟疑，甚至没有看他：“不信，就算肖楠她骗了你，可这并不是你不来找我的借口。虽然未必会有结果，但你连尝试都拒绝，只能说明一个问题，你在说谎。”

厉漠北心底陡然发凉，继而沉默了。他并非没有尝试过，只是如今说什么她都不会信，争执下去也不会有结果。

一路沉默着回到酒店楼下，陆楠在他有所动作之前，飞快地解开安全带开门下车：“有事及时打我电话。”

“早点休息。”厉漠北叮嘱一句，目送她进了电梯厅，又枯坐了好几分钟才驾车离开。

由于许老的病情生变，陆楠没法跟盛教授一起回婺源，周末两天把资料整理完毕后，和许承洲一道送他去机场。回市区的时候，许承洲开车，状似不经意地问她，跟厉漠北熟不熟。

“你的演技最多只能给一分。”陆楠没什么情绪地望着窗外，“你很早就知道，我嫁的人是谁。”

“对不起。”许承洲眼底滑过一抹心虚，只一瞬间又恢复如常，“厉师兄很痴情，我认识他的时候，他住的别墅刚开始建。大三那年再去，沿着围墙栽种的蔷薇，已经开得热烈，都是他亲手为那个女孩种的，他一直在找她。”

“是么。”陆楠闭上眼，并不是很想听这个故事。

厉漠北浪漫又沉稳，温柔的时候眉梢眼角都染着笑意，嗓音低沉悦耳，即使是平常的话语，听在耳边，也如情话一般让人沉醉。能被他全心全意爱着的人，一定很幸福。只是那样的幸福跟她无关。

许承洲自顾自地说了许多关于厉漠北的事，讲他怎样一步步达到目的，有了足够的资本跟父母抗衡，目标明确地去找他深爱的人。可他始终瞒着陆楠，厉漠北找的人，是她。

他太了解陆楠了，她宁愿对方不爱自己，也容忍不了自己被当成替身。他要在她没爱上厉漠北之前，让她死心，然后在适当的时候，告诉她厉漠北私下答应盛教授的那个条件。

如此一来，陆楠这辈子都不会属于厉漠北！许承洲说了很长一段时间，留意到她的脸色很不好，遂换了个话题，问她接下去有什么打算。

是跟着盛教授留在婺源，还是在适当的时候，继续回设计院上班。陆楠沉默了下，轻描淡写地表示没想过。

许承洲空出手扶了下眼镜，也沉默下去。

回到租住的房子，陆楠洗过澡，翻了一遍这两天厉漠北发来的短信，倒头就睡。仿佛只有这样，才能忘掉那种难受到近乎窒息的感觉。周一早上起来，胡松忽然来电话，跟她讨论关于定海项目的一些技术问题。

电话里说不太清楚，陆楠只好决定回一趟设计院。借调的事在设计院很常见，而且又是盛教授亲自发函，所以没人好奇真正的原因，省去了陆楠许多口舌。

敲开胡松办公室的门，陆楠进去坐下，寒暄两句随即拿起图纸，翻看出错的地方。祖宅保存相当完整，就是有些地方可能是屋主自己找施工队修补的，丢失了许多木质构件跟砖石。陆楠翻了一遍，拿笔把补错的地方写下来，顺便绘上正确的样式跟做法。

忙到中午，厉漠北忽然过来串门，并提出中午一起吃饭。陆楠还没开口，胡松就爽快地答应下来，仿佛早就商量好了一般。

到地方上楼要了位置，陆楠拉开椅子坐下，见他自然而然地坐到自己身边，唇边掠过一抹微讽的弧度，淡淡扬眉：“有话可以直接来找我谈，没必要这么大费周章。”

厉漠北面沉似水，宛若深潭的黑眸深深凝视着她的眼睛。良久，他舔了舔唇角，大大方方地握住她的手：“还没消气？”

“我没生气。”陆楠任由他握着自己的手，目光散漫，翘起唇角，“你想太多了。”

“说谎。”厉漠北倾身过去，在胡松回来之前，慢条斯理地亲了下她的脸颊，尔后一本正经地坐回去，紧紧地握着她的手不放，“陆楠，我从来没把你当成是她。”

他的心里自始至终只有她。他冷静地想了两天，陆楠跟他一样眼里揉不得沙子。他介意她在乎许承洲，她肯定也会介意自己隐瞒。然而许承洲到底是他弟弟，无论他做错什么，他都愿意为他背锅，即便是被陆楠误会。

陆楠怔了下，他过分郑重的语气令她有片刻失神。

“点菜了没？”胡松从洗手间回来，若无其事地坐下，“女士优先，陆楠你先点。”

陆楠冲他笑笑，费劲地抽回自己的手，心中动容。虽然不怎么应景，但她还是觉得厉漠北的一派淡定，跟胡松惶惶不安的样子，真的很像好莱坞动画电影里，经典的反派组合。

其实，她从胡松嘴里听到过不少关于他的事，当年进设计院，笔试和面试都是最高分。经手第一个项目，便以完美无瑕的手法，重现不被看好的明代民居群，还被省文物管理局点名表扬过。

他倒是没有恃才傲物，就是性子比较冷，不是太喜欢跟同事打成一片。院里十次活动，他能出现一次已经是奇迹。而他为了哄她，竟然主动请胡松吃饭，还让胡松陪他演戏，那么假的样子，真当她看不出来么?

“对了陆楠，我周日在锦城酒店摆结婚宴，你可一定要来。”胡松喝了口茶，偷偷看了一眼厉漠北，“请帖昨天给厉总了。”

“我回头给你。”厉漠北视线始终落在陆楠脸上，眸色渐渐变深。

她似乎还没打算原谅他。

“恭喜你胡松，到时候我一定去讨杯喜酒喝。”陆楠点好了菜，顺手把平板递过去。

胡松挠着头嘿嘿笑了两声，忍不住又去看厉漠北。陆楠进设计院快三个月了，他竟然没看出来他们是真的夫妻，国庆那会儿还帮着陆楠撇清关系，想想真够瞎的。

厉漠北觉察到他的目光，给他递了个含笑的眼神过去。胡松顿悟，立马就没那么紧张了。

吃完饭，定海那边忽然来电话，说是工地出了点麻烦。小戴正好出差不在，陆楠没辙，只得跟厉漠北一道去定海。不是太大的事故，工人摔下脚手架受了轻伤，已经在医院住院治疗。

要修复的祖宅地处定海老城区，靠近才修好的望海路，对面便是已经弃用的定海码头。即便是冬天，此处的景色仍旧优美静谧，碧蓝的海水美得有些不真实。

陆楠下了车，海风一吹，冻得直哆嗦，想要把外套的拉锁拉上。可能是风太大，她试了几次都没法把拉锁拉起来，双手不住地发抖。

“笨。”厉漠北握住她发凉的手，捂了一会儿放开，慢条斯理地帮她把拉锁拉好，顺势揽她入怀，“进去吧。”

陆楠抿了抿唇，残留指尖的滚烫触感，烫得她的心都要酥了。进入工地，两人没做停留，直接去了出事的内院。厉漠北去检查脚手架，陆楠踩了一圈栈砖，若有所思地蹙起眉。

栈砖很松，底下像被人翻过，可砖是残破的显然还没换，也没施工到这个地方。陆楠想起陈师傅路上说的宅子刚开始修复，就有传言说地底下埋了宝贝，不禁摇头。

见厉漠北要上脚手架，陆楠情急之下脱口而出：“厉漠北你别上去，危险！”

厉漠北停下动作，抬脚朝她走去：“有发现？”

“栈砖被人翻过，这段时间下雨，一旦有人上了脚手架便会打滑。”陆楠挑眉，“并不是什么说不得的灵异事件。”

厉漠北低头，郑重其事地踩了一圈：“去看看进度，虽然需要修复的东西不复杂，但也不能马虎。”

陆楠略略颔首，才转身，他的手臂又环了上来，执着地将她揽过去：“小心点。”

她哪有那么脆弱……陆楠抿了下唇，主动环住他的腰。厉漠北微怔，侧眸瞟她一眼，手臂下意识地收紧。

检查完正在施工的区域，往外走的时候，陆楠又被厉漠北搂到怀里，耳边听到：“天气越来越冷，以后出门多穿些衣服。”

陆楠翘起唇角，舒舒服服地窝进他的臂弯。

回到B市不过下午六点，天已经黑透，陆楠玩了一会儿游戏，觉得困便歪头睡了过去。醒来发现车子已经停了，窗外的路灯明灭，照进车厢，恍惚有种不知身在何处的迷惘。

“我们在哪儿？”陆楠揉了揉眼睛，注意到周围的环境不太对劲，“我睡了多久？”

“一个小时。”厉漠北侧眸看她，唇角挂着一抹温柔的笑。“马上上机场高速，累的话你接着睡。”

上机场高速？陆楠捕捉到他话里的重点，错愕一秒忽而俯身过去飞快地亲他：“我真的没生气。”

厉漠北点了点头，心情很好地打开音乐。陆楠打了个哈欠，懒洋洋地坐直起来，闭着眼活动发酸的脖子。

折腾了一下午，两人都有些饿，进入市区就直接去了上次受蒋牧尘邀请，和窦晗一块去过的饭庄。厉漠北没预订，也没见他打电话，进门就领着她去了视野最好的南风厢。陆楠去洗了把手，见蒋牧尘也过来，旋即含笑打招呼。

“上次的事真是抱歉。”蒋牧尘诚挚地道歉，“我没想到父母的反应会如此之大，也没想到他们会找到会所去。”

陆楠摆摆手，意味深长：“叶子让我转告你一声，她不会回来了。”

“明白。”蒋牧尘笑笑，眉宇间难掩落寞，“还是谢谢你。”

语毕，他扭头冲厉漠北点点头，起身退了出去。陆楠叹了口气，木然望着手中的茶杯发呆。沉默良久，肩头忽然一沉，跟着厉漠北的手就动了起来，捏得十分专业。

气氛静谧，淡淡的木质熏香混合着他身上散发出来的清冽味道，缠绵萦绕鼻尖，空气里依稀多了几分温馨宁静。

陆楠闭着眼让他捏了一会儿，出其不意地握住他的手：“好了。”

厉漠北的手滑下去，轻易将她抱过来固定在怀里：“晚上谈谈？”

“可以。”陆楠缓缓转过身，微凉的指腹覆上他的唇，细细描摹一番主动亲上去。

厉漠北心底涌起狂喜，旋即夺取了主动权。陆楠的全身都酥软了，眼底心上全是他的倒影，放纵自己沉沦。

只可惜，旖旎的气氛持续不到三分钟，便被人煞风景地破坏。陆楠伏在厉漠北身上，气息紊乱地看着出现在门外的肖楠，眼底的迷离一瞬间散去。

“听前台说你在南风厢，所以过来看看。”肖楠脸色苍白，厚厚的妆容也掩饰不住疲惫，双腿似乎还在发抖，“我记得你说，这个厢是为了她特意留的。”

厉漠北就那么抱着陆楠，眸光一闪：“出去！”

肖楠泪眼汪汪，视线在陆楠脸上打了个转儿，高跟鞋一深一浅，踉踉跄跄地踩在木质地板上，发出的闷响渐行渐远。

陆楠脸颊发烫地推开厉漠北，胡乱捋好遮住视线的发丝，别过脸不去看他。厉漠北双手捧着她的脸，强迫她面对着自己，嗓音发沉：“相信我。”

“这么不自信？”陆楠勾起唇角，拿走他的手，跟着伸出食指挑起他的下巴，媚眼如丝地凑过去跟他对视，“还是你本来就心虚，嗯？”

“你觉得呢？”厉漠北叹了口气，掌心滑到她脑后加重力道往下摁了摁，唇瓣贴着她的唇瓣，长长的睫毛堪堪遮去眼底的无奈。

许承洲是真的够了解她，厉漠北努力了一整天，眼看就要安抚好她的火气，肖楠一出现，瞬间前功尽弃。厉漠北活了三十多岁，一直在父母眼皮底下扮演最听话的好孩子，唯一固执坚守的念想便是她，被肖楠骗到，不能全怪对方目的不纯，是他太自信。

自信自己已经有了足够的力量跟父母抗衡，自信自己不会错认。他志得意满，准备用他全部的热情，陪她无忧地度过余生。发现认错人，他在西城的别墅门外坐了一夜，又守了好几天陆楠家都没人，还是过路的邻居告诉他，陆楠进了理工大学。

狂喜之下，厉漠北连她姓什么都忘了问，匆忙赶回母校。这时许承洲却主动提出要帮忙，他丝毫不怀疑许承洲的动机。后来才知道，肖楠不光是许承洲的高中同学，还是他爱恋了三年的恋人。

一周后，他拿到母校所有名字里带着楠字的学生入学资料，里面没有陆楠，没有让他一眼看过去便觉得熟悉的感觉。

他想她一定交了男友，渐渐死心，决意孤独终老。可老天到底让陆楠回到他的身边，似一块巨石砸开他一潭死水的心房，重新激起他想要拥有她的欲望。然而，他低估了许承洲对他的恨意。

“我饿了。”陆楠推开他，假装镇定地坐回自己的位置。

这样单纯的触碰，是比深吻更让人悸动的安宁温存，是让人上瘾的毒药。

“陆楠，我很认真。”厉漠北握住她发凉的手，眼神灼灼，“认真地要和你走下去。”

他说得坦荡而诚挚，低沉的嗓音甚至透出几分压抑的沙哑。陆楠眨了眨眼，意味不明地跟他对视片刻，暧昧地朝他勾了勾食指：“你过来，我告诉你我的答案。”

回疗养院对面酒店的路上，厉漠北一直握着陆楠的手，唇角弯着好看的弧度，眼底笑意沉沉。陆楠抗议了几次这样不安全，结果一点作用都没有，索性由他去。

“这么不信任我。”厉漠北偏头，打趣地冲她笑。

纵然认识了十几年，可如此温柔的厉漠北，还是让陆楠心神微荡。他不笑的模样已经足够让人抛去矜持，笑开那个瞬间，她是真的愿意和他一起走下去，就算再多阻碍也不在乎。

到前台拿了房卡，陆楠的脸不知何时已经烧起来。她低垂着眉眼，乖巧地依偎在他的臂弯里，手臂横在他精瘦的腰上，心跳快得仿佛随时会冲出胸膛。

厉漠北拥着她进了电梯厅，等电梯的时候，忍不住捏她发红的耳朵，低头在她耳边暧昧地轻唤：“厉太太……”

“美死你得了。”陆楠脸上烧得更厉害，禁不住伸手掐他。

他腰上的肉十分结实，她那点力道跟挠痒痒差不多。厉漠北故意装作很疼的样子，刚想继续逗她，不料电梯门打开的瞬间，竟迎面遇上往外走的父母。

陆楠见到厉永新夫妇俩，脸上的表情随即僵住，愣在那儿忘了打招呼，场面尴尬。

“小北，妈妈有些话要跟陆楠说。”许音华淡漠地扫一眼陆楠，完全命令的语气，“就一会儿。”

“有什么话当我面说。”厉漠北下意识地握紧陆楠的手，不容她退缩地将她拽过来，掉头往大堂的方向走。

陆楠仿佛被人兜头浇了盆冰水，手脚冰凉地仰起头，视线掠过他线条绷紧的下巴，一时间五味杂陈。不管他的态度如何坚决，许音华决计不会做出让步。这个结，只要她跟厉漠北不离婚，就会永远存在。

她打了康茹馨两次，事实上不光是打了她，也打了许音华的脸。人是她选的，康茹馨才是厉家的媳妇，才是她看中的儿媳。可想而知，她这些天有多愤怒，有多想让自己立刻跟厉漠北离婚。

在窗边的位置坐下，陆楠想要抽回自己的手，谁知厉漠北反而握得更紧。他慵懒地靠着椅背，挑了挑眉，波澜不惊地望着坐在他对面的父母："如果想说离婚的事，就不必要开口了。"

"小北！"许音华怒斥一句，看陆楠的眼神几乎要喷出火来，"我绝不允许你娶个泼妇进门，这件事没有商量的余地！"

厉永新皱眉，没有要阻止的意思，看陆楠的眼神格外凛冽。儿子素来听话，匆忙结婚的事他们夫妻俩意外之余，一直觉得不对劲。

后来查到蒋牧尘那儿，得知他只是为了安慰病重的外公，这事也就这样了。然而他不该动了别的念头，假结婚可以，来真的万万不行。他的条件优秀，若真的对这种为了钱，不惜拿婚姻交换的女孩动了真感情，绝对是件极辱门风的事。

"那是你的意见，你们这不是为了我好，而是用道德对我进行绑架。"厉漠北咬着牙，缓缓坐直起来，嗓音稍微有点尖锐，"我不是你们手中的提线木偶，你们看中谁只管去娶，跟我没有任何关系。"

"胡闹！"厉永新被儿子的态度刺激到，语气不由得变重，"厉许两家的脸都被你丢尽了！"

"我给你们挣的脸不少，唯独这事，恕我办不到！"厉漠北丢下话，抓着陆楠的手利落地起身，"我不会离婚，更不会娶你们指定的任何一个女人！"

"你站住！"厉永新额头上青筋毕露，紧握的拳头更是青筋暴起，"你这是什么态度！"

"外公还在ICU里。"厉漠北脚步未停，话里满是讽刺，"别让他临走还要寒心。"

厉永新眼角的肌肉剧烈抖动着，半晌无言。厉漠北从小就听话，不论是让他照顾许承洲，还是学习工作，从未顶撞过他们半句。

只有结婚这事，他始终寸步不让。如今更是对一个为了钱的女人，动了真感情！这分明是挑衅他们的底线，叫他们如何容忍！

"新哥，小北是不是在怪我？"许音华垂下眼帘，难受地吸了吸鼻子。"我只是不想他将来后悔，茹馨那孩子那么听话，我是打心眼里觉得他们合适。"

"不是你的错。"厉永新握住她手，安抚地拍着她的肩膀，"沉住气，爸的情况确实不好，漠北他……可能只是想让爸安心。”

这话说得毫无说服力，他们夫妻彼此心知肚明。

厉漠北一直握着陆楠的手，进了客房，门一关旋即低头去吻她。陆楠心头滑过一抹苦涩，闭上眼热情地回应他的吻。前面是悬崖也好，无底深渊也罢，她留在他身边的日子，用手已经都能数出来。

她不是做不到为了一个人思恋成狂，而是她并没有想象中那么爱许承洲，爱到愿意为了他委屈自己。可厉漠北不一样，他不一样。她对他的喜欢，早已刻进骨子里，经年不衰。

若时光能倒流多好，她再也不要做胆小鬼，她要在见到他的第一眼，就扬起下巴问他：“哥哥，我们做朋友好不好？”那样，他的心底纵然没有她，也会知道她曾经那么傻那么笨，那么小心翼翼地陪了他四年。

红酒醇香的味道在彼此的呼吸间交换，相濡以沫的感觉让人沉迷，让人陶醉。他们纠缠着彼此的唇舌，一步步倒向房中的大床，仿佛一切早已水到渠成。

陆楠的掌心贴在他心脏的位置，在他不断加深的吻中，软成一摊水。他身上的热度迫人心扉，温热的唇轻吻着她的眉心，她滚烫的耳朵，一声声唤她：“陆楠，陆楠……”

陆楠陷入迷乱，恍恍惚惚中，急促的手机铃声骤然响起，似惊雷响彻耳畔。

厉漠北眼底情潮褪去，迅速抽离，起身找到手包打开，利落地拿出手机接通：“妈。”

许音华不知说了什么，他的脸色一瞬间沉下去，边点头边把陆楠拉起来，仔细帮她整理衣服，末了抓紧她的手往外走：“我们马上下来。”

陆楠气息紊乱，走出酒店大门，刺骨的寒风从四面八方吹来，整颗心都跟着冷了下去。许老心脏骤停，再次被送入抢救室，情况不容乐观。

等候区又站满了人，陆楠陪着厉漠北守了两个多小时，手机有电话进来，见是窦晗只好抱歉地走去一旁接通。

沈澈出差，窦晗这会儿还在公司加班，不敢自己一个人回家。陆楠看了下时间，发现已经快凌晨。挂断电话折回去，跟厉漠北解释了下，却不防他把车钥匙递过来：“小心点开，我等你回来。”

“放心。”陆楠脸颊烫了烫，握紧了车钥匙下楼。

窦晗公司附近的路段最近在翻新人行道的栈砖，这么晚一个人走确实危险。

陆楠把车停到路旁，远远看到她抱着笔记本电脑飞奔而来。

窦晗完全可以叫专车，非要她来接，无非是有话要跟她谈。八年的闺蜜和同学，她又怎会读不懂她的苦心？

“未婚夫的车？”窦晗坐进副驾驶座，系好安全带随即打开包把烟取出来，拿了支含到嘴里点着，“对你好就牢牢抓住，至于爱情，多做几次什么情都有了。”

“低俗。”陆楠偏头看她一眼，含笑接话，“这是他的车，不过他倒是送了我一辆，不想开。”

“还真是大土豪，感觉对了就勇敢去爱，肘子的态度不重要，说了什么你也别往心里去。”窦晗看着陆楠欲言又止，缓缓吐了口烟，又道，“别那么倔，这世上哪来完美无缺的爱情，能遇到让自己心动，又喜欢自己的，已是幸运。”

陆楠笑笑，没再继续这个话题。她不知道自己幸运还是不幸，竟然能再次遇到厉漠北。可她总是忍不住矫情地想，他对她的好，到底有几分的真情实感？忍不住想，他在自己和他父母之间，会做出怎样的抉择？这种感觉简直糟糕透顶。

把窦晗送到家，陆楠折回疗养院，许老还在手术室里没出来。疗养院方面，连夜请来了市内著名的内科专家，并成立了专家小组，依然不见起色。

守到天亮，许老依旧昏迷不醒，身体的各个器官也出现了衰竭的迹象。长辈们聚在一起，一筹莫展，又不得不商量到底是放弃还是继续抢救。

厉漠北揉着眉心，环顾一圈，握紧陆楠的手去走廊另一头的吸烟区透气。晨光乍现，他疲惫的容颜在昏暗的光线中显得萧瑟莫名，双唇抿成一条笔直的直线，静默地在陆楠身边站成一座山。

陆楠心疼不已，温柔地抱着他：“他会挺过去的。”

厉漠北哑哑地应了声，密密实实地将她搂紧，下巴搁到她的肩头，压抑地呢喃：“陆楠……”

“他一定能感受到你的担心。”陆楠偏头，脸颊贴着他心脏的位置，柔声安慰，“相信我。”

厉漠北点了下头，目光没有焦点地望向远处。那个既教他为人处世，又处处管束他的老人，生命正在走向消亡，他无法阻止，无法挽留。从牙牙学语到如今而立，他安排的每一步，他都抗拒却又感激。

他不光是他的外公，还是他人生的导师，是他可以促膝长聊的挚友。往后，那样严肃又带着慈爱的嗓音，怕是再也听不到了。

他再也不会耳提面命，教自己如何行得端，坐得正。再也不会给他设立条条框框，跟他讨论婚姻的益处，跟他讲遇见奶奶那一刻，是怎样的惊心动魄……

折回等候区，长辈们的商量结果已经出来，继续抢救，哪怕只有一线希望也不放过。陆楠和厉漠北回到酒店，相拥着躺下，心里再无半分杂念。

守了两天，许老还是昏迷不醒，器官衰竭的情况持续恶化，许家上上下下都绷紧了神经。厉漠北跟设计院请了假，和陆楠一起住在酒店，随时听候长辈的召唤。

周四早上，陆楠意外接到盛教授的电话，盛教授语气严肃地让她抽时间回趟婺源。陆楠不知出了何事，跟厉漠北商量一番，订了最近的航班机票，自己开着他的车去机场。

一路走得都很顺利，没有堵车没有航班延误，陆楠走出景德镇机场航站楼，等专车过来时却意外被人叫住。回头瞟了一眼，见是宋安安和一名有些面熟的女孩，不由得敛眉。许是她见识太少，厉漠北生活圈里出现的异性，她一个都不喜欢。

不管是康茹馨还是宋安安，对她来说，偶遇任何一个都是一场灾难。她们强大的杀伤力，几乎要颠覆她这些年来对白富美的认知。

须臾，宋安安和同伴娉娉婷婷地到了跟前，眯起眼嘲讽地打量她，红唇勾着戏谑的弧度："果然有些本事，难怪茹馨一败涂地。"

"宋小姐，没事的话请便，我很忙。"陆楠没什么情绪地转过身，拎着笔记本电脑抬脚走下台阶。

那晚在会所，她当着几位长辈的面掌掴康茹馨，宋安安看自己的眼神就鄙夷得很。可想而知，她如今在她们那个圈子里的名声，有多么的不堪。厉漠北受到的议论，怕是不会比她少，只不过他是男人，轻易便会获得原谅——男人嘛，玩玩而已，总有一天会认真的。就算他的名声烂成筛子，那些人也会原谅他。

"等等！"另外一道嗓音响起，陆楠似未听见，脚步没有丝毫的停顿。

傅瑾瑜有些气闷，小跑着跟上去，寒着脸将她拦住："你就是陆楠？"

"我是。"陆楠眯了眯眼，居高临下地望着她。

好像在哪见过？她越看越觉得她熟悉，想了半天才想起来她是许承洲的女友，眉头霎时皱成深深的川字。

傅瑾瑜扬眉，看她的目光有点冷："你就是那个许承洲为了你要跟我退婚还分手的前女友！"

"抱歉，我从来就不是许承洲的前女友。"

"说得真轻松。"

"那是他的事，跟我没有任何关系，何况我已经结婚。"陆楠有点讨厌她的语气，脸色亦变得十分难看。

"我知道你结婚了。"傅瑾瑜气结，"可他爱你！"

这个硬拉人躺枪的借口还真是……陆楠觉得胸口有点闷，骤然蹿起来的无名火，压都压不下去。她没跟许承洲交往过，告白失败后也没有纠缠不休。从头到尾，她甚至没说过半句求他跟自己交往的话，她到底哪错了，竟然如此招人恨？

沉默数秒，陆楠压了压火气，戏谑地说："我没法左右他的思想，他于我只是同学，你这么不问青红皂白地跑来质问，不觉得丢份么？"

"厚颜无耻！你要真的没想过跟他复合，何必刺激他！"傅瑾瑜鄙夷地嗤笑，气哼哼地从她身边越过，回头走上台阶。

"厉漠北真是大方，比蒋牧尘还舍得为女人花钱。"

"就是不知道，等他发现那个贱人脚踏两条船还兄弟通吃后，会不会还继续这般宠着她。"

后一句是宋安安接的，正好专车开过来，陆楠着急上车，眉头愈发拧紧，因此听得不真切。若不是要赶时间，她真的很想问清楚，宋安安的话到底什么意思。

许承洲的女友无缘无故拦住自己，那么愤怒地说了那番话，不可能单单只是吃醋。毕竟他们从交往到分手，似乎也没多久，也就一个月的样子。

除非……许承洲跟她交往的时间，比她知道的还早。想到这，陆楠唇边不由得掠过一抹自嘲。

许承洲没说为什么庆幸拒绝了自己，这一刻，她是真的觉得庆幸，自己从未想过死缠烂打，也不曾对他用情至深。

从专车上下来，陆楠看到停在盛教授宅子门外的电视台采访车，略觉无语地拿出钥匙开门。穿过天井，厅堂里谈话的声音依稀飘过来。

盛教授的嗓音又干又哑，明显不是很高兴。陆楠摘下围巾，抬手叩了叩门，淡然抬脚入内："老师。"

“还挺快。”盛教授见到她，脸色明显缓和许多，摆手示意她坐下，“坐吧。”

陆楠冲他点点头，安静地坐到他身边的空位上。许承洲也来了，脸色看起来非常不好，像好几天没睡的样子。从周日到现在，陆楠一直没见过他也没联系过，还以为他回了单位，没想到他竟然在这边。

来的是一个访谈类真人秀节目的导演和编导一行人，该节目的主旨是弘扬传统文化，并介绍一些失传已久的民间技艺。

陆楠翻了翻节目介绍，觉得还是挺有深度的，不过对方似乎不知道盛教授的脾气，也难怪他会生气。

“盛教授，您看您的学生都来了，是不是能给我们一个准话？”说话的男人大概四十来岁，戴着一副金边眼镜，面向周正，很是儒雅。

盛教授瞟他一眼，转头看着陆楠，以询问的语气道：“陆楠，你觉得怎么样？”

陆楠有点想笑，不过还是憋了回去，顽皮地调侃道：“老师不如去问问师母，她的意见也很重要。”

“那就这么着吧，你们先回去，我考虑清楚会联系你们。”盛教授丢给陆楠一个赞许的眼神，不疾不徐地站起身，抬脚往外走，“慢走不送。”

“孟导，我送你们出去。”许承洲扶了扶眼镜，礼貌地送客。

陆楠冲对方点点头，也站起来，跟着盛教授一起去了工作室。关了门坐下，陆楠拿起暖壶给他倒水冲茶：“老师想去，但是放不下这边，我猜对了还是猜错了？”

“你猜对了，节目月底开播，我大概会参与讲古建脊兽的那期。”盛教授曲起五指，在桌面上轻叩，“这事先不要告诉承洲，你知道便可。”

陆楠微笑着颔首，也没多想。他的脾气一贯如此，就是她也有猜不准的时候。节目组导演的诚意很足，这个方向也是盛教授一直想要大力推广的，只不过对方不应该事先不打招呼就贸然上门。

盛教授做任何事都随性子，却固执地坚持着有些旧的思想。邀请他没有问题，但必须要正式发出邀请函，之后才会同意跟人见面。

幸亏他辞职了，若还在学校，怕是他都不让人进门。坐了片刻，许承洲送完人回来，有些魂不守舍地频频看表。盛教授抿了口茶，洞悉一切的目光在他身上打了个转儿，摆手示意他们回去：“都走吧，忙完你们的私事再回来。”

陆楠苦笑一声，别过他，和许承洲一块开门出去。去机场的路上，许承洲很刻意地保持着应有的距离，不住地打哈欠，脸上透出浓浓的倦意。陆楠也不像以前那样，让他靠着自己的肩膀休息，而是低头拿着手机给厉漠北发短信。

沉默中，他的手机有电话进来，铃声响了许久他才很不耐烦地接通，一开口就火气十足：“想死？满大街到处都是车，你冲进去不就完了，我一定会去看现场。”

陆楠的指尖在屏幕上划了下，关了声音点开游戏。许承洲似乎非常生气，说了一会儿，他的嗓音忽然变得尖锐，中间掺杂了一句极具侮辱性的脏话。陆楠惊诧莫名，恍然意识到她似乎从未了解过许承洲，他给她看到的，像是精心演绎出来的另一个人。

那个许承洲不会发脾气，见到她永远都在温和地笑，即使不笑脸上的表情也是柔和的，安宁的，是个有着翩翩风度的斯文君子，而不是眼前这个暴躁，并辱骂异性的许承洲。

片刻后，许承洲结束了通话，像是才发现陆楠也在车上，脸色变了变：“陆楠……”

“我今天来的时候，在机场遇到你的前女友。”陆楠淡淡扬眉，“我记得你说，你们是和平分手。”

许承洲疲惫地扶正眼镜，偏过头意味不明地看着她：“这件事我很抱歉。”

陆楠摆手表示不介意，跟着便沉默下去。他刚才看她的眼神，似乎透着一股子心虚劲。不知道是不是她太敏感，潜意识里总觉得许承洲骗自己的，不光这一件事。

各自缄默着回到B市，时间已经是下午五点。走出航站楼，暮色四合，停车区周围的灯光刚刚亮起，凛冽的寒风裹着细雨扑面而来，寒意刺骨。

许承洲抬手看表，忽然主动开口叫住陆楠：“回市区的大巴刚走，要不你坐我的车回去？”

“不用了，我开了他的车过来。”陆楠冲他笑笑，抬脚迈下台阶。

就算她没开车，也不会再跟他单独相处，厉漠北吃醋的样子实在是……有点难以消受。去停车场拿了车，陆楠翻了翻厉漠北发过来的短信，直接给他回电话过去。

许老的情况还是老样子，专家组下午会诊后，一致给出意见：手术已经不能解决任何问题，目前只能依靠着呼吸机延续生命。

陆楠安慰两句，挂了电话，失神地靠到椅背上。专家组已经放弃，许老不知还能挺多久。或许是两三天，或许一周……

心烦意乱地回到疗养院，厉漠北站在酒店门前，修长挺拔的身影几乎要跟夜色融为一体。他的目光朝着路口的方向，即使看不清，也能感受到那种焦灼和期盼。

陆楠心中一暖，降下车速缓缓开过去，开了车窗冲他扬起笑脸："上车。"

厉漠北脸上的线条柔和下来，不疾不徐地迈开长腿，绕过车头坐进副驾驶座。寒凉的气息在车门关闭的瞬间席卷而来，陆楠皱起眉头，没急着开车，而是伸手碰了碰他的脸："等了很久？"

厉漠北眼底浮起笑意，捉住她的手，倾身过去吻她的唇角："刚出门不到三分钟，先去吃饭，饿出毛病我可不照顾你。"

他的气息笼罩过来，唇瓣凉凉地擦过陆楠的皮肤。

"你真不诚实。"陆楠眨了眨眼，捧起他的脸左右端详，笑吟吟地揶揄："脸都吹麻了吧。"

厉漠北慵懒地靠向椅背，偏着头含笑看她，没有否认她的说法："很心疼？"

"嗯。"陆楠脆生生地应了声，坐直回去，打着方向盘调头。

许老的身体状况不明朗，因此他们不敢走远，在酒店附近找了家干净的店停车下去，牵手上楼。厉漠北的手很凉，像是浸过冰水，凉意从相贴的掌心漫上来，直击心脏。

他在门外一定站了许久，比她想象的要久。再次遇见他之前，在风雨里苦等的人始终是她。一次又一次，在许承洲面前把柔弱踩到脚底，以金刚不坏之身等在许承洲需要的任何地方，想想真是蠢得彻底。

如今换成厉漠北等她，等得那么地漫不经心，却又格外地动人心魄。陆楠一遍遍地在脑中勾勒着他等自己的样子，回来这一路的纠结，被熨烫得妥帖而柔软。

这场戏，她不想落幕。

点好菜，蒋牧尘裹着一身寒气推门进来，一坐下便打听许老的情况。他这两天去外地出差，听到消息，下了飞机家都没回就往这边赶。

厉漠北简单介绍了下目前的情况，情绪低落。蒋牧尘安慰地拍拍他，视线落到陆楠身上，有些羡慕。

他之前不是没取笑过他没劲，守着一个影子一过就是十几年。外面花花世界那么精彩，多试几个，才不枉活过一遭。可遇到叶子，他忽然发现，所有的花都不是自己想摘的那一朵。厉漠北等到了，最初的也是最好的。

这顿饭吃得很闷，席间几乎不曾有交谈。吃饱下楼，陆楠留下厉漠北和蒋牧尘去埋单，自己先到外边透气。疗养院地处市郊，车流量很小，街上的行人也特别少，因此站在街边打电话的许承洲，背影异样清晰。

陆楠张了张嘴，复又默默闭上。她的第六感告诉她，许承洲出现在这里，绝对不是巧合。回来时那种奇怪的感觉又涌了上来，似有什么东西隐隐破土而出，却又抓不住一闪而逝的重点。收回视线，厉漠北和蒋牧尘正好出来。陆楠听到两人的交谈声，旋即回头。

“承洲？”蒋牧尘喊了声，像意识到什么，低头摸了摸鼻子快步朝他走去。

许承洲吃惊地转身，视线从他身上掠过，落在他身后的陆楠和厉漠北身上，掩在镜片后的目光略显阴沉。

陆楠此时再次回头，并主动往厉漠北怀里靠，低低地嗓音有点闷沉：“不是我约他来的。”

厉漠北愣了下，不由得莞尔：“我相信你。”

他的手环过来，隔着厚厚的外套落在她腰上，刚刚好的力道。陆楠自己也忍不住笑了，本想和他一块上前打招呼，不料许承洲身边不知何时多了个人——肖楠。他们没有争执，但是能感觉到气氛非常不对劲。

陆楠脑子里不由得又冒出古怪的念头，然而不等她理清，厉漠北低沉温和的嗓音，便在头顶响起：“雨变厚了，再不回去小心又要感冒。”

“我干脆活在真空里好了。”陆楠弯了弯嘴角，依偎在他怀里，步行过去取车子。

厉漠北瞟一眼许承洲，低头仔细地帮陆楠把外套的帽子戴上：“我还是有点吃醋。”

陆楠挑了挑眉，踮起脚亲吻他的唇角：“你酸不酸？”

“不酸了。”厉漠北勾起唇角，抬手抚上她的脸，“还有点甜。”

“无聊！”陆楠眨了眨眼，唇边的笑意渐渐扩大，“下次再戏弄我，看我怎么收拾你。”

厉漠北又笑，低沉温和的嗓音裹着灼热的气息，徐徐拂过她的耳畔：“怎么样都欢迎。”

这话怎么听怎么不对味……陆楠抖了抖身上的鸡皮疙瘩，脸颊发烫地低下头。就那么一眨眼的工夫，耳边猛然传来一声巨响。两人惊骇地回头，看到有失控的车子朝着这个方向直直冲过来，旋即往边上跑。

许承洲跟肖楠站的位置，靠街边最近，发现异样已经来不及避开。陆楠惊得忘了呼吸，大脑一片空白。厉漠北也慌了神，肝胆俱裂：“承洲！快闪开！”随即撇下安全的陆楠，跟刚转身的蒋牧尘齐齐朝他们冲过去。

距离不是太远，眼看失控的车子就要撞飞他们，肖楠突然猛推了一把许承洲。“嘭”的一声闷响，失控的车子冲两人身边高速擦过去，冲进饭店门前的停车场，一声巨响，那车撞到厉漠北的车上，堪堪停住。

整个世界都仿佛静止了，耳边听不到丝毫的声音。陆楠脑子里嗡嗡作响，木然迈开脚步，浑身发抖地朝着倒在地上的许承洲跑过去。

厉漠北蹲在地上，冷汗顺着鬓角一滴滴落下，紧张查看许承洲的伤势：“承洲？”

蒋牧尘一边打电话，一边拧着眉看他：“伤了哪里？”

“肖楠……”许承洲睁开眼，似未听到他们的话，目光执着地望着倒在他几步外的肖楠。

他说，你死的话我很有兴趣看现场。那只是气话，没想到一语成谶，没想过真的要她死，他只是在惩罚她的欺骗……

厉漠北抬眸，脸部的线条绷得死紧，握着他手的双手隐隐发颤：“我会救她。”

“原谅我……承洲……”肖楠身上到处是血，那张脸也被血糊了大半。

她挣扎着爬了几下，试图抓住许承洲的手，带着颤音的卑微声线，在寒风里低低回旋，持久不散：“原谅我……”

许承洲张着嘴，似乎说了句什么，而后眼皮沉重地合上。

“许承洲？！”陆楠惊见这一幕，哆嗦着蹲下去，无助地抓紧厉漠北的手，眼睛涩涩地疼，视线一片模糊，“他不会有事对不对？对不对！”她眼底的担忧清晰如镜，映出他同样痛苦又绝望的脸庞。

“他不会有事！”厉漠北的回答异常坚定，“你去看下肖楠，她的情况也很不好。”

陆楠神情呆滞地望着他，混乱的情绪平复下来，起身移步过去。肖楠躺在地上，跟许承洲一样，已经陷入昏迷当中。陆楠颤抖着伸出手，试了试她的鼻息和脉搏，嗓音发哑的冲厉漠北喊：“还有气。”

厉漠北抿紧双唇，焦急地回头。疗养院的车子已经开过来，护士和医生也都有随行。将两人送上车，考虑到这边对创伤的救治不如其他医院，厉漠北简单交代一番，招呼陆楠随行，将两人送去附近的二院。蒋牧尘留下等交警，顺便看着肇事司机。

抵达二院不过两三分钟时间，这边接到消息，医护人员已经等在急诊门外。厉漠北从车上下来，握紧陆楠的手，冷静地跟着护士把许承洲和肖楠推进电梯，送去楼上的手术室。

厉漠北看着手术室的门关上，尽量缓下语气：“我去通知肖楠和承洲的父母。”

意外发生得太突然，许承洲倒在血泊里的画面，在陆楠脑中始终挥之不去。她甚至没来得及细想，肖楠为什么要在那样危急的情况下，毫不犹豫地推开许承洲。

陆楠回头看了一眼手术室上的指示灯，下楼去买水。住院部晚上没什么人走动，寒风从门外不住地灌进来，大堂里冷得像个冰窟窿。陆楠手脚冰凉地坐在椅子上，疲惫地带上羽绒服的帽子。冷静下来，各种疑问随之充斥脑海。许承洲、厉漠北、肖楠他们三个人之间的关系，可能不只是自己看到的那样。

厉漠北的绝望，许承洲呵斥肖楠时的愤怒模样……陆楠想到了最有可能的结果，一颗心不停地往下沉。不知过了多久，耳边传来急促的脚步声，跟着便听到康茹馨懊恼又自责的声音：“许阿姨，有件事我一直不敢告诉你们，陆楠嫁给学长之前，跟承洲谈了五年的恋爱。”

陆楠脑子里轰然一响，整个人僵在椅子上遍体生寒。

“这不关你的事，小北估计也是被那个女人骗了，承洲是他弟弟，若是知道有这个过去他不会这样。”许音华嗓音沙哑，“茹馨，你是好孩子，阿姨不怪你。”

“我以为学长是为了安慰许爷爷，所以……”康茹馨低低的哽咽声，随着电梯门合上，静悄悄地沉寂下去。

陆楠摘下帽子，木然地眨了眨眼，眼神没有焦点地望着对面的墙壁，唇边缓缓扯开一抹像是讽刺，又像是自嘲的笑。

窦晗那晚上说的话，还有另外的一层意思，而她当时竟然没听出来。中午在景德镇机场，宋安安的那句“通吃”，盛教授突然发函把她借走……所有人都知道，许承洲是厉漠北的弟弟，就她不知道，还傻傻地相信他们兄弟俩的解释！

“陆楠嫁给学长之前，跟承洲谈了五年的恋爱。”康茹馨的话如魔咒一般，在陆楠的脑子里不断回响。

大一开学后正式上的第一节课，她跟窦晗很早就去了教室。那天阳光很好，许承洲身上穿着一件印有骷髅图案的黑色T恤，牛仔裤、白色球鞋。他站在教室外，稍稍留长的发丝遮去他的眉，侧脸的轮廓多一分嫌胖，少一分则过于清瘦，恰恰好的比例，惊艳之极。

他抿着唇角，神情淡漠地看着拦住自己的女生，掩在镜片后的目光冷如寒霜。那女生估计是被他吓到，支吾一番，红着脸羞涩地跑开。许承洲漫不经心地偏过头，阳光笼罩在他身上，那张白皙清俊的脸庞，意外多了些许暖色。仿佛是从漫画里走出来的美少年，俊美得让人禁不住想入非非。

陆楠没想到他会看向自己，两人的视线毫无预兆地在空中交汇。她有片刻怔愣，继而扬起唇角，干脆大大方方地看他，那一眼她莫名地便动了心。十八岁的许承洲从不穿白衬衫，身上总是各种印着夸张图案的T恤，配上他清俊斯文的长相，有种病态禁欲的美。

彼时，陆楠很喜欢叫他许公子，跟沈澈他们没脸没皮地跟他开玩笑，借此掩饰自己的心思。而他真正开始跟她熟起来，是在大三开学后。他再没穿过T恤，身上永远都是各种款式的白衬衫，会对她笑，会陪她一起去图书馆查资料，陪她做各种情侣间会做的事，除了拥抱接吻，除了告白。

许承洲跟她说：“有些人的过去是座山。”厉漠北问她：“我心底的人是你，你信不信？”他们跟自己说的话，每一句都带着不同的目的，他们做的每一件事，起承转合之间都能完美衔接。所有的事其实都有迹可循，那些被她有意无意遗忘的细节，全都在说着同一件事。

还有什么不明白的呢？厉漠北在乎了十几年的人，是她。当年在围墙上，她听到的誓言，是他怕吓到自己而小心翼翼的告白。

她等到了厉漠北，却无法释怀，她曾经为之黯然神伤的暧昧，从头到尾都是一场肮脏的，别有用心的骗局。而且很快，许音华会用这个理由，逼厉漠北跟自己离婚，尔后老死不相往来。

若她一早知道他们的关系，她宁死都不会继续这段婚姻，不会——爱上厉漠北！

第九章
重新开始

肖楠的父母到得很快，陆楠陪着他们上了楼，平静地把买来的水递给厉漠北："情况怎么样？"

"稍后我会跟你解释，事情不是你认为的那样。"厉漠北握住她的手，发现她的手凉得不正常，眼底不由得浮起愧疚，"你不舒服？"

陆楠含笑摇头，眼角余光扫了一眼正得意地瞪着自己的康茹馨，复又从容地收回视线。就算自己已经成了个笑话，她也不会在康茹馨面前，露出哪怕一丝的脆弱，也不会让她有机会踩上几脚。她不是不会玩心机，只是不想自己过得那么累。

手术在难挨的沉默中，终于结束。许承洲和肖楠都没生命危险，只是肖楠的手，从今往后再也无法拉动大提琴。陆楠陪着肖楠的父母送她去了病房，顺便把她的包还回去，平静地下楼。厉漠北和他父母，还有康茹馨以及许承洲的父母，全都去了许承洲的病房。

已经是夜里十点多，气温比下午的时候，又低了几度，细雨纷飞。陆楠在楼下站了很久，平静地拿出手机，给盛教授打过去。铃声响了许久，接通的那一刻，陆楠难掩疲惫地笑了："老师，月底我跟您进京，这件事我不想任何人知道。"

"好孩子，你是不是都知道了？"盛教授幽幽叹气。"可曾怪我？"

"老师的苦心陆楠明白，不曾怪过。"陆楠微笑着叮嘱几句，挂了电话，仰起头看了看头顶漆黑的天幕，转身折回住院部。

她怎么会怪老师呢？盛教授以为他们是在公平竞争，所以煞费苦心安排，目的不过是想让她自己做出选择。

上到外科病房，许承洲已经醒了，伤痛让他的嗓音虚弱尽显，格外嘶哑。陆楠站在门外，安静地听了许久，方从容迈开脚步入内。原本还在安慰他的声音，一瞬间安静下去，所有人都看着她，包括厉漠北。

“许承洲。”陆楠视若无睹，径自走到床边坐下，“你感觉怎么样？”

许承洲抬起眼眸，脸上的心虚藏都藏不住，眼眶深陷的眸子里涌起痛苦、内疚和满满的绝望：“陆楠，我……”

“好好养伤。”陆楠微笑着打断他的话，波澜不惊地起身往外走。

厉漠北及时追上去，很用力地握住她的手，居高临下地看着她的眼睛：“对不起。”

陆楠停下脚步，似笑非笑地对上他的目光：“他确实不是你弟弟，而是表弟。”

“我没想过要隐瞒你。”厉漠北手上的力道加重，眼底覆满了阴霾，仿佛一放手她就会消失不见，“也没想过在这样的情况下，让你知道真相。”

陆楠端详他许久，久到像是要把他的容颜刻进心底，脸上的笑容渐渐变得揶揄：“什么时候对我动的心？”

“发现你每天都会去开信箱。”厉漠北将她拽过来，用尽全身的力气抱她，“我很后悔没有早一点去找你。”

“我知道。”陆楠眨了眨眼，任由他抱着。

很完美很梦幻的结果，他们彼此都是对方最初心动的人，可惜她知道得太晚了，晚了五年。

“陆楠……”厉漠北没来由地感到了心慌，嗓音哑得几乎说不上话来，“别走。”

陆楠轻轻点头，心底一片刺痛。她宁愿，他们这一生在五年前就永远错过……厉漠北静静地抱了她一会儿，牵着她的手去走廊尽头的吸烟区，解释他跟许承洲的过节，恳求她原谅他的隐瞒。

陆楠没什么情绪地听完，踮起脚吻他。他爱她，所以她原谅，仅仅是原谅。

夜里厉漠北留下陪夜，陆楠仿佛什么事都没发生过，打车回了自己租住的房子。昏昏沉沉地睡了一觉起来，窦晗打来电话，语气担忧地让她开门。

陆楠看了下时间，发现已经是中午，不由得苦笑。她一定是去了医院，不然不会这个时间来找自己。开门让她进来，留意到她手里还拎着盒饭，挑了挑眉打趣道：“你对沈澈要是能这么细心，他就不会总吃我醋了。”

“说明我们才是真爱。”窦晗开了句玩笑，随手把盒饭放到她的电脑桌上，一屁股坐进椅子里，“那晚在聚福楼吃饭，回去后沈澈跟我说厉师兄是肘子他哥，我才知道你跟厉师兄已经登记。”

“我相信你，若你早就知道，肯定会拦着我而不是劝我。”陆楠拍拍她的肩膀，转身去洗漱。

沈澈一早知道厉漠北是许承洲的哥哥，他却不知道她嫁的人是谁，若不是那晚在聚福楼遇到，他怎么可能不拦着自己？这么多年的同学挚友，陆楠很了解他的脾气。

聚福楼……这世上哪有那么多的巧合偶遇，不过是有心人的刻意安排罢了。或者更早的时间，早在盛教授办展览之前，许承洲就在计划一切。明明错漏百出的表演，可他们兄弟俩竟然配合默契，默契得让她像个傻瓜，认真地把他们每个人的话都听进心里。

“你现在什么打算？”窦晗跟过去，心疼地看着她，“想哭的话，我肩膀借你。”

“你想太多了。”陆楠含着一嘴的牙膏泡，含糊出声，“我没难过，真心的。”心已经麻木，再也不会觉得痛了。

窦晗心中不忍，硬挤进去从她身后抱住她，幽幽劝道：“给自己一个机会，也给厉师兄一个机会，别那么冷静，该跟他作就不要含糊。”

“我爱他。”陆楠停下手里的动作，视线透过镜子，静静地跟她的目光交会，“爱到发狂。”

窦晗忽然就劝不下去了，默默松开手先回了房里。

沉默着把盒饭吃完，厉漠北打电话过来，让她下楼一起去疗养院。陆楠跟窦晗解释两句，丢下她匆忙往楼下跑。许老醒了，像回光返照的征兆。

今年的冬天特别冷，才进入十二月，寒流已经来了两次。陆楠拉开副驾驶座的车门坐进去，跟往常一般等着厉漠北给她系安全带：“外公醒了多久？”

厉漠北手上的动作顿住，身子下意识地往前倾了倾，低头亲吻她的唇角："陆楠……"

陆楠心中一动，微微侧身抱了他一下："走吧。"

"唔。"厉漠北定定地看她片刻，坐直回去，将车开出小区。

上了路，他不动声色地握住陆楠的手，眉头皱得很紧："外公怕是挺不过这几天。"

"他被病痛折磨了这么久，走了或许也是解脱。"陆楠偏头，目光专注地望着他的侧脸，"生老病死是定律，谁都无法改变。"

厉漠北牵了牵唇角，沉默下去。陆楠收回视线，低头给窦晗发微信，让她午睡起来记得锁门。那房子里最值钱的玩意儿，是她的笔记本电脑，其次是只穿过一次的Burberry风衣。

结婚三个月，回想起来，却仿佛过了一辈子那么漫长。长到她都记不清，再次对厉漠北动心，是他发烧那次，还是自己蟹粉过敏那次，抑或是登记那天。然而一切都不重要了，他们终究还是会按照协议的内容，走到离婚那一步。

"如果很早之前，我告诉你真相，你会怎么选？"厉漠北再次开口，以自嘲的语气道，"是不是要远走高飞？"

陆楠淡淡抬眸："你真了解我。"

厉漠北苦笑："没得商量？"

"被骗的人不是你，被唾弃的人也不是你。"陆楠闭了闭眼，嗓音低下去，"我需要冷静。"

许老只是苏醒过来，意识还很模糊，并且器官衰竭的情况进一步恶化。这样的结论，基本等同于宣告了最坏的结果。

听完医生有关许老病情的情况通报，陆楠感觉到厉漠北的手似乎僵住，无声地覆上另一只手给他安慰。这一次，除了还躺在二院病床上的许承洲，许家所有的人悉数到场。

陆楠和厉漠北站在人圈外围，安静地听着身边的议论声。这些声音充满了不舍和难过，间或夹杂几声低低的哽咽，悲恸莫名。

她不曾经历亲人间的生离死别，然而内心的悲伤和不舍，却不比任何一个人少。许老对厉漠北是严厉而苛刻的，对她和陆桉却十分慈爱，甚至是宠溺。

他允许他们兄妹进他的书房，允许他们翻看任何一本书，允许他们提各种各样古怪的问题。从厉漠北离开的那年，到她和陆桉分别考上大学，他不曾对他们黑过脸，反而笑得格外舒心。她以为她至少有机会，尽一番孝心的，可他似乎已经等不及地要走了。

陆楠闭了闭眼，耳边真切地听到了死神残忍的脚步声。

“陆楠……”厉漠北抽手，压抑着难过的情绪将她揽进怀里。

陆楠偏头，目光在他侧脸停留一秒，眼眶发红地伏到他胸口。她真的很难过。厉漠北轻拍她的背，唇瓣一点点抿紧。

守到下午三点，许老的情况没有任何好转，陆楠接到窦晗的电话，说她找不到钥匙，只好开厉漠北的车子折回去。

路上，许承洲打电话过来，陆楠没接。他不停地打，不停地发短信。陆楠心如坚石，回到租住的房子楼下，停了车，旋即将他的号码设置为黑名单，并清空了其他的联系方式，上楼去找窦晗。

“肘子是不是给你打电话了？听我的，别回！”窦晗火气不小，叉着腰在房里烦躁地踱步，“你说他怎么会这么无耻……”

“都过去了。”陆楠扯了扯嘴角，打断她的唠叨，“你回去上班吧，晚上要是没情况，出来陪我喝一杯。叶子走了之后，许久没人陪我喝酒。”

窦晗沉默了一下，抬脚过去给了她一个拥抱：“我下午请假了，你去哪我陪你。”

陆楠扬起唇角，很用力地抱她：“我会爱上你的。”

“正好，我也爱你。”窦晗冲她顽皮地眨眼。

陆楠发自真心地笑出声，拉着她出去，锁了门，下楼拿车返回疗养院。五点多的时候，许老的情况出现好转，然而医生的表情，却明白地告诉众人，这只是回光返照。陆楠胸口堵得难受，跟厉漠北说了声，招呼窦晗去楼下透气。

“你，肘子，还有厉师兄之间，到底是怎么一回事？”窦晗收到许承洲发来的短信，却不太明白他为什么说他骗了陆楠五年。

“这事说来话长……”陆楠叹了口气，简单地把事情讲了一遍，苦涩地扯了扯唇角，“我只是他报复厉漠北的棋子。”

窦晗不可思议地睁大双眼，喃喃出声：“简直细思极恐，五年啊，他竟然装得天衣无缝，还把一切都瞒得滴水不漏。”

“我现在知道，他为什么跟我说，他庆幸自己拒绝了我。”陆楠耸了耸肩，笑得讽刺，“可我不会原谅他，也没法再跟厉漠北在一起。”

“就是你想，许阿姨也不会同意。”康茹馨冷笑着从柱子后走出来，眼底写满了鄙夷。“你这种为了钱，还把他们兄弟玩弄于股掌的坏女人，根本不配进厉家的大门！”

“谁家的狗没拴？”窦晗握紧陆楠的手，装腔作势地左右看了一圈，嫌弃皱眉，“真是没公德心，养狗就好好养，乱放出来咬人算怎么回事。”

说完，看都不看康茹馨一眼，拉着陆楠掉头上楼。康茹馨不敢接话，气得几乎将牙齿咬碎，愤恨地瞪着她们的背影。

回到楼上，许老突然清醒过来，陆楠跟厉漠北进去时，床边已经跪了一圈的人。

“小北……”许老气若游丝地喊了声，示意他们过去。

厉漠北抿着唇，握紧了陆楠的手，一起上前跪下。

“你外婆来接我了，你们要好好的。”许老耷拉着眼皮，每说一个字，都要停下来喘息一阵。

陆楠颤抖地握住他的手，使劲点头：“外公放心。”

“好……啊，可算……改口了。”许老撑开眼皮，看了一圈跪在地上的儿女，脸上浮起欣慰的笑容，缓缓合上双眼。

心脏监护仪突然发出刺耳的“滴滴”声，守在一旁的医生迅速上前进行查看，并询问是否需要急救。那个瞬间，时间仿佛被定格了一般，陆楠听不到任何的声音，脑子里一片空白，即便走出病房还恍惚得厉害。

许老走了，最后看到的人是她和厉漠北，那么欣慰那么开心……

由于后续还有很多事要忙，陆楠抱歉地把窦晗送回家，苦笑着答应她，等空下来一定找她喝酒。窦晗理解地给了她一个拥抱，几番欲言又止，终究什么都没说。

陆楠回到疗养院，默默地陪着厉漠北收拾许老的东西。长辈们商量后一致决定，遵照他老人家的遗言，丧事从简。不发讣告，不大操大办，火化后将他的骨灰葬到老太太身边。

胡松的婚礼，他们都没法出席，只是以夫妻的名义送了礼物、礼金过去。许老葬礼这天，陆楠一大早就跟着厉漠北去了殡仪馆。

这几天一直在忙许老的后事，他明显瘦了一圈，眼底的悲痛始终不曾散去。陆楠安静地陪着他，几乎寸步不离。比起父母，厉漠北跟许老的感情更深。

进了灵堂，陆楠和他一起给许老鞠躬，心疼地劝道：“若他还在，肯定不会满意你现在这个样子。”

“不满意也没办法。”厉漠北偏头，动作很轻地捏了捏她的耳朵，“他满意你就好。”

陆楠的心颤了下，眼眶不由得有些发红。

少顷，许承洲出现在灵堂门口。他坐在轮椅上，黑色的手工西服，让他的脸色看起来更加苍白。陆楠无悲无喜地冲他点了下头，安静地跟在厉漠北身边，仔细检查灵堂的布置。

快九点的时候，康茹馨随着厉永新夫妇一块出现，一进来就站到厉漠北的另一侧，神情倨傲又得意。陆楠仿佛没看到她，手始终被厉漠北拖着，神色泰然。

毕竟是许老的葬礼，康茹馨也不敢太放肆，被厉漠北用眼神警告后，灰溜溜地回了许音华身边。陆楠扫了一眼她的背影，刻意忽略落在自己身上的轻鄙目光。今天来的都是许家的至亲好友，那目光背后的含义，她懂。

兄弟俩竟然同时跟一个声名狼藉的女人有关系，厉、许两家传出如此颜面扫地的家丑，他们当然要看看她长什么样，好评头论足一番以作谈资。

“陆楠。”厉漠北哑着嗓子，低低地说了一句，手上的力道亦随之加重，“你只需要相信我。”

陆楠扭头，温柔地看着他。她相信他，可许音华那一关过不去，那么难听的流言，只怕许音华都恨不得自己立即去死。

厉漠北抬手抚上她的脸，粗粝的指腹从她脸颊轻轻滑过，仔细帮她把落下的刘海捋到耳后。刻意压低的嗓音，似疑问，又似陈述，徐徐从他口中溢出：“陆楠，你有心事。”

“我应该早些叫他外公，而不是要等到他临走那一刻。”陆楠红着眼眶，努力挤出一丝笑，“但愿他不曾怪我。”

“他不会怪你。”厉漠北拍拍她的肩膀，眉头微微蹙起，“别太自责。”

陆楠轻轻地“嗯”了一声，眼角余光撞进许承洲满是愧疚的目光里，眼神渐渐冷了下去。前来吊唁的亲朋好友陆续变多，谢礼结束，陆楠的嗓子哑得几乎要冒烟。厉漠北因为要做别的事，暂时跟她分开。

他一走，许音华忽然过来，优雅得体地冲她微微一笑："葬礼结束就去离婚，离我儿子远远的。除非你想看到你的父母出事，或者我死。我说到做到，不要怀疑我的决心。"

陆楠浑身发冷地看着她，看着她仪态万方地离去，看着她爱怜地拍着康茹馨的肩，最后的一丝坚持如黄河决堤。木然退到角落里，陆楠目光晦涩地望着站在人群中，依旧卓尔不群的厉漠北，胸口一阵阵发堵。

许承洲终于达到目的，那些流言让许音华更容不下她，甚至不惜拿父母的安危和她的命相逼。他真狠，毁了她整个青春的回忆，还毁了她的爱情和婚姻……她当初是被屎糊了眼，才会那么傻地爱过他。

她出神中，垂在腿侧的手忽然被人握住，冰凉的触感蔓延上来，针尖一般刺入心底。

"该说的，他已经告诉我了。"陆楠受惊地抽回自己的手，含笑往边上退开一步，垂着眼眸，居高临下地睨着许承洲，"我是不是该说一句，谢你当年不爱之恩？"

许承洲嘴唇翕动着，怔怔地对上她陌生的眼神，涌到嘴边的话似被什么东西卡住，一个字都说不出来。这就是陆楠，谁都知道她不开心，可她依然在笑。

那样的笑，曾经陪他走过最灰暗的岁月，曾伴着他看尽每一天的日出日落。他铁石心肠地看着她，看着她因为自己送的小礼物欢呼，看着她因为他无心的举动，眉眼生动……

曾经的回忆对她来说有多美好，此刻就有多残忍。这不是他想看到的结果……

陆楠俯身，视线与他的目光齐平，嘲弄地勾起唇角："你其实可以更狠一点，不过你的目的还是达到了，恭喜你得偿所愿。"

许承洲脸色大变，就连嘴唇都有些小小的颤抖。

"许承洲。"陆楠摘下他的眼镜，一动不动地欣赏着他眼底的痛苦和内疚。那么清晰的情绪，是她认识他八年，第一次看得如此真切。

良久，陆楠把眼镜丢回他手中，微微低头靠他更近一些，苍白的唇勾起戏谑的弧度："爱过你，是我这一生最大的污点。"

语毕，陆楠施施然直起身，毫不犹豫地阔步离去。许承洲张着嘴，心里蓦地一空，眼眶不可遏止地发热，手指也因为震惊而颤抖起来。他到底把她逼到了怎样的境地？竟让她如此恨他……肖楠的手毁了，陆楠恨他，他报复到了厉漠北，可他为什么会这么难过？为什么？！

过了二十七岁，厉漠北从未想过，有一天，分分秒秒的时间都会变得如此难挨。他无欲无求，闲时健身、品茶、练字，或者去疗养院陪外公说上一天的话，听他翻来覆去地讲故事。

曾经，他以为这样的日子会持续一辈子。可陆楠回到他的身边，又消失于茫茫人海。她走得那样决绝，那样匆忙，匆忙得都不愿意跟他道一声再见。陆楠走了！走之前，她窝在他怀里笑，嗓音绵得像水一般，安抚他失去至亲的痛。

“厉漠北，你是不是萝莉控？”

“厉漠北，你为什么不早一点来找我？”

“厉漠北，你是把我当小孩宠么？”

“厉漠北，我想吻你……”

外公葬礼结束那晚，她听他回忆过去，呓语一般唠唠叨叨地问他问题，时不时扑到他身上，调戏地亲吻他的唇，亲吻他的眉眼。他当时是怎么想的？

他在想她再也跑不掉了，所以有些事不着急。他以后会有很多很多的时间，把错过的那段时光，全部补回来。可陆楠走了，她把自己哄睡着，静悄悄地走了，仿佛从来没有出现过。

发现她失踪的那一刻，他脸都没洗，拿了车直奔她租住的房子。房子退租了，新租客也是个女人。那女人穿着颜色艳俗的睡衣，顶着一张苍白如鬼的脸，骂骂咧咧地让他滚蛋。她在最短的时间内，无声无息地处理好所有的事情。

这段时间，兄弟们见到他，问得最多的就是：“嫂子真的跟承洲谈过？还五年那么久，还有过孩子，你怎么想的？”

流言如刀，所有人都在议论这件事，父母为此气得病倒。家里的长辈轮番跟他说教——离婚，这种女人绝不允许进门。这是他当初除了担心她知道真相难过之外，最最头疼的，所以刻意隐瞒自己跟许承洲的关系，并计划通过别的途径避免——到外地定居。

陆楠肯定很早就听到了这些议论，所以她走得干净利落，不给他挽留的机会。她不是在惩罚许承洲，而是在惩罚她自己——惩罚自己识人不清。

厉漠北失魂落魄地从西城回到江滨路的别墅，天已经黑透。停车下去，围墙那一圈的蔷薇花枝，在寒风中左右摇摆，发出簌簌的声音。

厉漠北伸手从羽绒服口袋里把烟掏出来，点了一根，眯起眼望向客厅透出光线的窗户。许承洲一周前出院，得知陆楠失踪，亲自跑了一趟婺源，并在那边守了一周。

可陆楠没有出现，就连盛教授和师母也失联了。盛教授从不用手机，想找到他，难于登天。就像他曾经说的，若欺负了陆楠，谁也别想找到她，他做到了。

吐了个烟圈，厉漠北想起外公葬礼后第二天醒来的情形，眉宇间不由得浮起怒火。陆楠把什么都还回来了，他送的车，他的黑卡，还留下了离婚协议，和当初自己给她的三百万。

看到那些东西的一瞬间，他想，抓到她，他一定狠狠把她压到床上做一场夫妻。可他很快便失望了，已经过去半个多月，蒋牧尘依然查不到她去了哪儿。

她的父母拒绝告知她的行踪，她电话不接，短信不回，就连微博都不登录，窦晗也不知道她的下落。从许承洲出车祸到外公葬礼结束，整整一个多星期的时间，她安静地陪着他，安静乖巧到他都以为，她放弃了离开的想法。

谁曾想，她其实一早就打定了主意。一支烟抽完，厉漠北曲起食指，将烟头弹开，转身迈上台阶，推开别墅的入户门，眉头下意识地皱了皱。

肖楠出国之后，他们兄弟之间的关系一度降到冰点，这几年碰面的次数都很少。能让许承洲主动走进这里的人，除了陆楠，不会有别人。

“把她逼走，你也算求仁得仁，还有什么不满意的？”厉漠北按了按眉心，随手脱了外套丢到沙发上，径自过去把窗户打开。

客厅没开大灯，只有沙发边上的落地灯开着，光线昏暗。掩在黑暗中的许承洲捻灭烟头，寒着脸起身，像头被激怒的豹子，过去就狠狠地给了他一拳。

厉漠北踉跄几步勉强站稳，双眼微微眯起，冷冷地看着他愤怒而扭曲的脸：“这一拳，当是我当年欠你的！”

“你欠我何止这一拳！”许承洲醉醺醺看着他，嘲讽地撇唇，“若不是你，陆楠不会就这样走掉！”

“别总把错误归咎到别人身上。”厉漠北沉下脸，下意识地揉了揉疼得发麻的下巴，抬脚往沙发走，“没人会一辈子都顺着你。”

“去找她，我命令你去找她！一辈子都护着她，不要让她哭！”许承洲气急，再次挥拳揍了过去。

厉漠北堪堪避开，讥讽地扫了他一眼，眼神也渐渐冷了下去，越来越冷：“幼稚！”

陆楠失踪后，许承洲心底一直憋着火，听到他的话，瞬间失去理智地扑过去：“陆楠她走了，她走了，她不爱你！厉漠北，你也是个可怜虫，陆楠她不爱你！”

厉漠北的火气终于克制不住，寒着脸跟他扭打起来。许承洲个头不如厉漠北，身体素质也不如他，加上伤才痊愈，没几下就被打趴在地上，半天爬不起来。

厉漠北开了灯，掏出手帕，慢条斯理地把嘴角的血迹擦了，疲惫地陷进宽大的沙发。一时间，谁都不说话，遍地狼藉的客厅里，只剩下两人粗重的喘息声。

死寂一般的沉默中，厉漠北蹙着眉直起身，又拿了一支烟点着，目光久久停留在他身上：“你永远都学不会长大。”

许承洲冷哼一声，艰难地爬起来，挪了挪位置，狼狈地靠上被掀倒的单人沙发，目露鄙夷地看着他瘀青的侧脸，愤怒地咆哮：“我是学不会，因为你什么都做到最好，你做什么都比我早一步！”

“你九岁那年带头欺凌蓝铮，害得他落下终身残疾，真以为外公念你是亲孙子，才没处罚么？”厉漠北吐出一口烟，看他的目光不由得变得犀利，“做了错事，总得有人站出来承认错误，而我替你背了锅之后，便被关去西城。”

许承洲怔住，眼角的肌肉剧烈地颤抖着，搭在膝上的手也无意识地握紧拳头。他一直以为他去西城，是因为爷爷更喜欢他。

厉漠北顿了顿，云淡风轻地笑了：“你大概不知道，外公狠的时候，有多狠。”

许家是书香门第，是望族，带头欺凌家庭条件很差的同学，并害得对方终身残障这种事，外公绝对不会原谅。法律无法惩罚作恶的小孩，可许家有家规。

他是小舅的亲儿子，是许家的血脉。父母当时怕外公把他打死，说服自己站出来顶了这件事。殊不知去西城的那几年正是他叛逆的时候，每天没有任何的娱乐，放了学便做功课，然后是罚站反省、看书、练字修身养性。

很多年后他都在想，如果那如同坐牢一般的四年里，没有陆楠，他会变成什么样子，会不会极端地选择自杀。所幸没有什么如果。

陆楠于他的意义，不单是感激、欢喜，不单是眷恋，而是他穷其一生，都想要得到和守护的美好。

考上了理工大学后，他跟外公坦白心思，外公只是笑笑，却不允许他去见她。他耐着性子，一步一步按照外公规划的路走，熬到硕士毕业终于得到获准，有了去找她的自由。

可他太急，以致被肖楠钻了空子。而他们兄弟间的隔阂由来已久，肖楠这事无疑是雪上加霜，他一直试图化解，可许承洲从不给机会。

“我会去找她，但不是因为你。”厉漠北磕掉烟灰，想到陆楠，脸上的表情渐渐柔和下来，“她是我的命。”

许承洲怔怔地看了他许久，丢了魂一般，机械地从地上爬起来，踉跄着往外走。一切因果，原来并非无迹可寻。因为自己的年少张狂，厉漠北在替自己受罚的时候遇到了陆楠，并惦念至今。若五年前，他跟蒋牧尘去西城那天，自己没有发烧，肖楠也不会独自回家，更不会听到他心底的秘密。

若在肖楠跟自己分手后，不逼问她，真正的小楠是谁，他便不会主动跟陆楠暧昧，不会在知道她嫁给厉漠北后，还处处算计，并让康茹馨散播那些流言。

可是人生没有假设，没有彩排。他不知道这一生，是否还有机会，听陆楠亲口告诉他，她很幸福。她说：“爱过你，是我这一生最大的污点。”

漫漫余生，他可能再也不会遇到第二个陆楠，再不会拥有她给过自己的爱和快乐。曾经真真假假的暧昧，如今却成了他一个人最美好的回忆，刻满了心房……

“嘭”的一声，入户门重重关上。待刺耳的声音静止，偌大的别墅，转瞬变得空旷。

厉漠北捻灭烟头，筋疲力尽地靠向椅背，覆手遮住双眼，长长地发出一声叹息。陆楠，陆楠，陆楠……他一遍一遍默念着她的名字，刺痛的感觉在胸口不断蔓延。

她的体质那么差，不知道有没有照顾好自己？枯坐许久，厉漠北拿出手机，登录微博查看陆楠是否在线。她最后更新的一条，是外公葬礼那天凌晨：“白首不相离，曾经以为触手可及……”

揉了揉眉心，厉漠北给她发了晚安私信，跟着发晚安短信，怅然闭上眼。这段婚姻，没那么容易结束。

许家祠堂设在老宅偏院，厉漠北到的时候，姑婆、二外公、三外公等长辈已经全部就座，小辈们站在下方，不时窃窃私语。

许承洲跪在祖宗牌位前，双手捧着戒尺。大冬天里，他赤着上身，单薄的身子僵成雕塑，背上纵横交错布满了戒尺留下的痕迹。厉漠北微微蹙眉，望向上座的长辈。

外公有两子一女，大舅家两个闺女，小舅家两个闺女，许承洲算是唯一的男丁。他作为兄长，从小就被教育要照顾好弟弟，自认做不到满分，八十分总有。然而父母和小舅夫妻俩的溺爱，让许承洲从小就不知道何为责任，何为担当。

大了还好些，知道分人前人后各什么样。小时候，稍有不顺就打人，还是往死里打。外公为此没少犯愁，奈何他管不了，儿子儿媳在背后惯，导致许承洲的心理越来越阴暗。

“那个女人有什么好，值得你们兄弟如此护着她！”许音华怒不可遏，“只要我活着一天，就绝不允许她跟小北在一起！”

撂下话，许音华情绪失控地拂袖而去。厉永新略略颔首，起身追上去。电话录音大家都听到了，康茹馨是妻子选中的，这样的结果于她而言，确实很难接受。

“大家都静静。”二外公一开口，祠堂顿时鸦雀无声，“小北身为兄长，虽无错，但纵容弟弟亦是无能的表现，当罚。”

“我认罚。”厉漠北上前一步，脸色凝重，“二外公打算怎么罚？”事情闹成这样，他难辞其咎。

二外公凌厉的目光扫过来：“来我书房。”二外公不疾不徐地站起身，背着手踱出祠堂。厉漠北唇线抿紧，若有所思地跟上去。

北京，故宫博物院。

大雪初霁，这座浸染了几百年风霜的皇家建筑，一夜之间披上洁白的外衣，素净地伫立于天地间。天空蓝得近乎透明，沐浴在晨曦中的巍峨宫殿，静谧、纯洁，如琼楼玉宇，美不胜收。

陆楠一手拿着手机拍照，一手搀着盛教授的胳膊，徐徐踩过地上厚厚的积雪，往传说中的冷宫方向踱去。盛教授接受综艺频道的节目邀请，同时受聘担任，博物院文保科技部木器组修复顾问。陆楠以助理身份，从旁协助他的工作，并成了他至交老友的学徒。

“少年夫妻，吵吵闹闹很正常，你气也气了，跑也跑了，就不怕他一直不来找你？”盛教授心情不错，难得劝她，“我这老顽固，也不知道是做了好事，还是坏事。”

“好事。”陆楠翘着嘴角飞快接话，“木器组的几个师傅，对您佩服得不得了，那么难搞的床榻，您三两下就给解决了。”

有些事已经发生，怕也没用，有些人，就算不来也会常驻她的心底。

盛教授摇头失笑，禁不住停下脚步，眼神慈爱地望着她：“真不想他？”

陆楠囧了下，心底滑过一抹被看穿的羞涩，挑了挑眉顽皮地揶揄：“您老这是准备当墙头草啊。”

“你啊……”盛教授大笑，不再继续这个话题。

他当初其实更看好许承洲和陆楠，这两人连体婴似的在他眼皮底下晃了三年，任谁都以为他们是一对。若非后来厉漠北主动坦诚，他和陆楠已经是夫妻，又对陆楠执着已久，他是真不想插手小辈的感情。可他到底是老了，好心反而办了坏事。陆楠心里那口气，也不知道什么时候才能消。

沉默地走了许久，陆楠停下脚步，没来由地想起窦晗发给自己的短信：明明是绝情的人，偏做了长情的事。她琢磨了很久，最终略过了这条没有回复。跟窦晗比起来，她的青春期乏善可陈，不追星，不做梦，满脑子里只有一个念头：要跟厉漠北比肩。

后来考上理工大学，她遇到了许承洲，八年如白驹过隙。窦晗有句话其实说得很对，若非许承洲有意误导，后来的五年，她不可能还那么傻地继续单恋他。她所说的长情，从来就不是自己的本意。

只有厉漠北才是她念念不忘，却自卑得不敢触碰的唯一执念。她长情，却做了最绝情的事。

文保科技部的作息时间非常严格。下午五点，陆楠和盛教授一起离开故宫，送他到家后，掉头回自己租住的房子收拾一番，出发赶去机场跟陆桉碰头。

明天元旦，爸妈中午就来电话，询问晚上能否到家。陆桉的课题组很忙，来这一个月两人只见过两次面，还是陆楠专程去他的学校见他。比预计的时间早半个小时抵达机场，陆楠给陆桉去了个电话，得知他很快就到，旋即找了家店吃东西。

今年元旦在外婆家过，人多嘴杂。陆楠怕自己吃不饱，遂要了大份的牛肉面，顺便给家里也去了个电话。放下手机，冷不丁看到肖楠杵在一旁，眉头习惯性地皱了皱：“每次单独见你都是在机场，这种缘分还真是微妙。”

“以后估计不会再见了。”肖楠拉开椅子坐下，语气幽怨，“你真潇洒。”

陆楠抽了张纸巾擦嘴，似笑非笑地打量她：“羡慕？”

“羡慕嫉妒恨。”肖楠扯了扯唇角，偏头避开她的目光，“为什么你做什么都是对的，即便是一声不吭地走掉，他们也不曾怨你，反而因此内疚。”

陆楠沉默了下，把手里的纸巾揉成一团：“我不曾想通过他们改变生活，亦不曾利用欺骗。每个人都有心机，但是用来伤人伤己，那是愚者所为。”

“关于你和承洲的风言风语，都是康茹馨散播出去的，她恨你入骨，你要小心她。”肖楠扯了扯唇角，自顾站起身，“许承洲被禁足，而我也要走了，祝你和厉漠北幸福。”

陆楠摆摆手，有片刻失神。幸福？这个词曾经近得她以为，伸手就能握住。而今却相隔无数个光年，远到她永远无法拥有。厉漠北发来的每一条短信，她都没看，也不敢看。那些跟他在一起的点滴，盘桓在心里，每当夜深人静，便会张牙舞爪地跳出来，狠狠嘲笑她的退缩。

再难听的流言，都终究会随着时间的推移，慢慢淡去，唯独许音华对她的恨，永远无法消散。她做不来逼迫厉漠北在自己和他母亲之间做选择的恶人，也做不来为了爱情罔顾亲情的事，所以她选择离开。

陆楠自嘲地撇唇，抬手看了下时间，收拾好东西出去接陆桉。飞机准点落地B市，兄妹俩上了小舅的车子返回市区，直接去了南城城郊的外婆家。

关于厉漠北，陆楠一直用同事称呼，爸妈并不知道两人真正的关系。只是这种大团圆的日子，难免会有人关心她的婚事。虚岁二十七，工作也不是太好，工资又低，再不上心结婚的事，恐怕就要剩下了。

七大姑八大姨一番轰炸下来，陆楠哪还有胃口继续吃。好在爸妈一向开明，被这么多人劝，依旧一副我家的孩子我们自己管的态度。陆楠听得烦了，索性放了碗筷，躲去客厅看电视。

“习惯就好，等我毕业估计就该轮到我了。”陆桉扬了扬车钥匙，压低嗓音冲她笑，“走，带你去兜风。”

陆楠撇嘴，偷偷往餐厅那边瞄了一眼，火速起身。陆桉开车载着她在南城兜了一圈，将车开到科技大学的球场附近停下：“他有事没事儿就上家里跟爸妈打听你的下落，普通同事会对你这么上心？”

“想追我，我没答应。”陆楠瞟他一眼，打开包想了想又关上，“你辅修心理学了？”

“陆楠，你是真蠢还是假蠢。”陆桉开了车窗，嫌弃皱眉，“就你那点心思，还用心理学，我用脚趾头就能分析出来了。谈了多久？”

多久？陆楠仔细地想了想，给了他一个答案：“三个月。”

陆桉不敢置信地端详她片刻，彻底无语：“算了，不提你那点破事。明天跟我去一趟市里，咱妈的生日提前过，给她买只镯子。”

陆楠点点头，下意识地摸了摸脖子上的铂金项链，黯然垂眸。她忘不掉他。陆桉瞥见她的小动作，摇了摇头，发动车子掉头回去。也不知道随了谁，她从小就喜欢把自己武装得刀枪不入，心却比谁都软。女孩子该有的软弱，她脸上是一丝都找不着，也不知道那个天天上家里找她的男人，到底看中她什么。

这种脾气，不把对方气死，也能把自个儿憋成内伤。能看上她还这么执着，估计道行不浅。有机会，他倒是想拜见一番，传授他几招对付陆楠的法子。

元旦，天气难得放晴，就是气温依旧很低。陆楠穿着厉漠北给自己买的那件粉色羽绒服，跟陆桉快中午才从外婆家出发，开着小舅的车子去了市里。

金价略有下降，店里人多，连呼吸都困难。兄妹俩从周大福逛到老凤祥，最后进了中国黄金，这才有地方歇脚。陆楠坐了一会儿，起身过去跟陆桉一块儿挑。心不在焉地看了几只镯子，耳边忽然听到有人喊了声：“嫂子？”

陆楠回头，见是韩跃旋即微笑着致意：“这么巧。”

“一直想给媳妇儿挑个镯子，逛街路过顺便进来看看。”韩跃看一眼她身边的陆桉，眼神顿时变得意味不明。

“陆楠。”陆楠刚想解释就被陆桉拉了过去，指着柜台里的戒指问她，“这个怎么样，要不你试试？”

陆楠回头抱歉地冲韩跃笑了下，直觉告诉她陆桉是故意的：“你搞什么鬼，不是说只买镯子和项链么。”

“男朋友的朋友吧？”陆桉意味深长地笑笑，抬手揽住她的肩膀，“你说，他到底知不知道，你还有个哥哥？”

陆楠气得掐他：“无聊。”

陆桉疼得皱眉，索性转过头，大大方方地冲韩跃微笑颔首。他刚才听得分明，那人称呼陆楠“嫂子”，说不是那男人的朋友他都不信。

韩跃原就怀疑他跟陆楠的关系，见他们如此亲密，眼神愈发地冷了。陆桉见目的达到，旋即放开陆楠，装模作样地指着一对对戒，询问陆楠的意见。

看了片刻，眼角余光留意到韩跃似乎在给谁打电话，眼神时不时地往这边瞟，挂在唇边的笑容不由得浓了几分。他这个哥哥当得还是很仗义的。

厉漠北接到韩跃电话的时候，正跟着蒋牧尘、尹文彬在湿地公园的茶坊里，讨论北京那边的生意。偏头听了几秒，他曲起手指无意识地轻叩桌面，跟着起身去了隔壁并带上门。

陆楠回来了，还跟个年轻的男人去挑戒指？厉漠北心底的火气一下子就蹿了起来，许久才平复下去，慢条斯理地问韩跃："长什么样？"

他去过陆家很多次，知道陆楠有个漂亮得不像话的哥哥。

"比你好看，比你年轻，好像还比你有品位有钱。"韩跃有些琢磨不透陆楠跟那男人的关系，索性夸大事实，"二十八九岁的样子，嫂子跟他很亲热，他刚刚……"

韩跃忽然就说不下去了，从他的角度望过去，陆楠跟那男人贴得很近，完全是当众接吻的节奏。挂断电话，他不假思索地拍了张照片发给厉漠北。

这头，厉漠北抿着唇角，像头暴怒的狮子来回踱步。收到他发来的照片，眯起眼仔细辨认一番，寒着脸拉开推门："先走一步。"

陆楠竟然敢穿着自己给她买的衣服，跟人在金店当众接吻！这是铁了心要跟他分手么！

"漠北，你几个意思啊？"尹文彬站了起来，一头雾水地望着蒋牧尘，"什么情况？"

"估计是陆楠。"蒋牧尘老神在在地笑了，"北京那边的生意情况摸清，他忙得也差不多了，我看他能憋到什么时候。"

陆楠刚走那阵，因为查不到消息，他每天要死不活跟丢了魂一般。而陆楠脚踩两条船还兄弟通吃，妄图攀高枝的流言，在圈子里闹得沸沸扬扬，搞得蒋牧尘也里外不是人。

谁让他在中间牵线搭桥呢！后来，他给逼急了跑去许家找到被禁足的许承洲，狠揍他一顿，才知道根本不是那么回事。兄弟们听了真相，惋惜之余纷纷开始插手帮忙。

圈子里对这事的看法也变了不少，遗憾的是许家长辈不是太认同这个说法。

原因无他，陆楠当初嫁给厉漠北确实是为了钱。这种事他们也不好多说，只能尽量帮厉漠北找人。

都过了半个多月，蒋牧尘还记得他听到消息后的反应。他愣了足足半分钟，那眼神亮得跟打了光似的，直勾勾地望过来，哑着嗓子问他：“你说她去了故宫博物院?！”

从小到大，那是蒋牧尘第三次见他那么失态。第一次，是他研究生毕业那年，大家伙儿在江滨路的别墅给他庆祝。他喝高后，躺在露台的躺椅上，志得意满地宣布：“我终于自由了！”

第二次，是跟陆楠登记后一周，在煌家。那晚，他破了自己工作后不喝高的规矩，沉默地把存下的酒喝了精光，苦笑着问他：“你说我还能不能找到她？”

蒋牧尘没对哪个女人如此执着过，因此没法回答他的问题。

厉漠北被关在西城那四年，两人通话的次数都少得可怜，若非逢年过节怕是连面都见不上。就这样，许老还觉得太宽容了，那股子恨铁不成钢的火气，让他们哥儿几个看着都觉得胆寒。

可想而知，他过的是什么样的日子，所以挺能理解他对陆楠的感情。那不仅仅是爱，而是他的命。这不，好容易查到陆楠去了北京，厉漠北立即把设计院的工作辞了，开始接手许家在北京投资的生意。

大家伙都寻思着他进京那么久，怎么着也该去见过陆楠，谁知他压根不着急。要不是刚才的电话，蒋牧尘都差点以为，厉漠北已经放下陆楠了。

还好，他还是他。表面一套背后一套的把戏，没人能比他玩得更溜。

厉漠北开车赶到金店对面，陆楠已经走了，只有韩跃臭着一张脸，跟一个高大帅气的男人，勾肩搭背地站在门口。两人似乎在说着什么，韩跃一个劲往媳妇儿身边躲，那男人脸上挂着淡笑，牛皮糖似的往他身上黏。

皱了皱眉，厉漠北拔了钥匙下车，从容地穿过人行道朝他们走去。

韩跃眼尖，见到厉漠北出现，抬手指了指身边的陆桉，旋即逃命似的抓起媳妇的手，脚底抹油，溜了。陆桉回头，收敛了脸上促狭的笑容，眯起眼望向朝自己走来的男人。

很眼熟啊……刚想起来他是谁，对方也到了身边，双眼微微眯起，冷冷地朝自己伸出手：“你好，我是陆楠的丈夫，厉漠北。”

丈夫？陆桉愣了一秒，心道这醋劲可真够大的。看他穿得很有品位，长相也不错，勉强配得上陆楠。

别有深意地观察他片刻，陆桉慢条斯理地伸出手，勾唇笑开：“很高兴认识你，我是陆楠的男朋友。”

双手交握的瞬间，厉漠北手上的力道加重，以不容置喙的语气道：“她有丈夫，不需要男朋友。”

陆桉皱了下眉，也暗中加了把劲：“你是那个总去她家骚扰她父母的前任吧？我听她哥提过。”

“我是她已经登记结婚的丈夫！”厉漠北沉下脸，倏地松开手，“告辞！”

陆桉彻底惊呆，陆楠结婚了？！他这个当哥哥的一点信儿都没有，爸妈也不知道，她到底在搞什么鬼？失神的功夫，厉漠北已经走远。陆桉心中一动，旋即拔脚追上去将他拦住。

厉漠北心底的火气正盛，见状不假辞色地绕过去，后牙槽咬得死紧。

陆桉摸了摸鼻子，再次跟上去，笑得一脸狡猾。厉漠北上了车，见他跟上来，脸色黑得几乎能滴下墨来。

“这点眼力见儿都没有，活该被她甩。”陆桉双手交叠枕到脑后，舒舒服服地伸直长腿，“想追我妹，先叫声哥我听听。”

厉漠北开储物箱的动作顿住，再次眯起双眼，一动不动地盯着他看。陆楠的双胞胎哥哥？怎么跟客厅摆的照片不太一样？

“不叫？”陆桉偏头，唇边的笑容一点点扩大，“再见。”说着就伸手开了车门。

“等等。”厉漠北揉了揉额角，平静地发动车子，“她最近怎么样？”

陆桉一听便乐了，有戏啊这是：“叫哥，叫了我就告诉你。”

都把陆楠哄去登记了，竟然还死犟着不改口，当他这个哥哥是空气么！

厉漠北嘴角抽了抽，到底还是没喊。陆桉也不逼他，自顾自地说了一大堆陆楠的缺点，劝他趁早离了得了，还好心地要给他介绍自己的学妹。厉漠北越听越窝火，兜了一圈又把他送回原地，停车让他下去。

陆桉心里憋着笑，解了安全带，状似不经意地丢了张名片过去：“陆楠换新的手机号了。”

语毕，完全不给他说话的机会，下了车旋即关门，神清气爽地上了自己的车，扬长而去。厉漠北在车里枯坐许久，仔细把陆桉的话琢磨了一遍，绷紧的脸部线条舒展开来，嘴角不由得微微上扬。

元旦假期一晃而过。陆楠在B市待了三天，厉漠北一个电话都没有，短信也不给她发了，也没去找她。韩跃跟他关系那么铁，不会不告诉他遇到自己的事，可他没有出现。

她从来没有那样深刻地想念他，想念他的怀抱，想念他的一切，想念到呼吸都觉得痛。失魂落魄地走出航站楼，看到身高差不多的男人，陆楠都恍惚以为是他。

她的第六感告诉她，他们可能真的要结束了。半睡半醒地躺倒天亮，房东意外来电话，说是跟她合租的两个租客退租，新租客过几天会搬进来，让她有个心理准备。

其实也没什么准备的，谁住进来都差不多。三居室的房子，一人住一间，平时也没什么交流。挂断电话，陆楠爬起来洗漱一番，打起精神下楼去接盛教授。她自由了，可她一点都不开心，很不开心。

故宫博物院这边的工作，进行得差不多的时候，综艺频道的节目紧接着开始录制。陆楠忙起来，渐渐没那么难过，跟新同事相处得非常好，也忘了新租客这事。倒是陆桉最近怪怪的，不停地给她介绍他的同学，男的。

她一点都不想去见，又不敢告诉他，她跟厉漠北已经登记的事实。结婚这么大的事，她一声都不吭，万一让他知道被骂都是轻的，搞不好还会追问结婚的理由，并联合爸妈一起逼她把人带回去。

周五下班，陆楠接到快递的电话，在盛教授那边吃过晚饭旋即往回赶。她和盛教授夫妻俩都租住在同一个小区，前后楼。

开门进去，合租的租客似乎已经搬进来，客厅里的家具全换了。就连门口的旧鞋柜也换成新的，她的鞋子整整齐齐放在里面。

弯腰换鞋的时候，发现鞋柜里还有几双男士的皮鞋，还全是价格不菲的牌子，眉头皱了下。这个牌子，是厉漠北最喜欢的，他的每一双鞋都是同一个牌子。

也有可能，所有的男人都懒得挑，觉得哪个牌子舒服就一直买。只是，房东没告诉她，新租客是男人！电话打过去，房东一直在赔笑道歉，并主动提出减免她一个月的租金，这事才作罢。

陆楠找了一圈不见有人在，只好先回了自己屋里。快六点的时候，快递送到。开门出去，拿了快递回屋，见隔壁的房门还是关着的，不禁耸了耸肩。

不知道她的新租客品行如何，如果很差劲，别说免一个月租金，就是免一年，她也得斟酌下是否要搬走。拆开快递，看到“离婚协议”四个字，心底蓦地一空。

协议内容很简单，简单得她看一遍便能够倒背如流。起身走到窗边，陆楠点了一支烟，木然伸手把窗户拉开一条缝。

尼古丁的苦涩味道漫过口腔，一点点侵袭她所有的神经。冷冽的寒风从窗户的缝隙里灌进来，吹麻了脸颊，吹得双眼一片刺痛。

很长一段时间过去，陆楠捻灭了烟头，拿起手机，心平气和地给厉漠北打过去。他没接。打到第三遍，陆楠跌进椅子里，失神地将脸埋进掌心。这是打算老死不相往来么？

蒋牧尘说他把设计院的工作辞了，人去了国外，不知道在哪个国家。陆楠读得懂他的潜台词：各自珍重。

最后一次拨出那串号码，陆楠做好了心理准备，准备再听一次“对不起，您拨打的用户暂时无法接听。”就彻底放弃跟他联系的念头，不料电话意外接通。

“陆楠，协议收到了吧？”熟悉又遥远的温和嗓音，透过话筒，毫无预兆地弹进耳膜。

陆楠的心跳了下，扯开唇角，勉强挤出一丝笑容：“刚收到。”

这头，厉漠北站在车旁，仰头看着她房间的窗户，脑中勾勒出她强颜欢笑的模样，搭在车顶上的手，无意识地曲起手指。

许久，他缓缓撑开手，温和的嗓音充满了蛊惑：“做不成夫妻，我们还是朋友。告诉我，外公葬礼那天，我妈跟你说了什么。”

陆楠沉默下去，厉漠北听到她在叹气，听到她细微的呼吸声，眉头无意识地拢紧。静了很长一段时间，她干哑的嗓音终于传过来，伴着微讽的笑意：“不分手只有一个结果，她死，或者我爸妈出事。不得不说，你有个好弟弟。”

“怪我，我不是一个合格的丈夫，也没当好哥哥。”厉漠北吐出一口浊气，眯了眯眼：“你最近怎么样。”

母亲还没消气，许承洲受罚后病了一场，在床上躺了好几天才缓过来，这让她无比内疚。她一辈子没做过错事，如此结果令她倍受打击。厉漠北一点都不怀疑，若再受刺激，她是真的会做出过激的举动。

至于陆楠，他已经等了十几年，他有足够的耐心继续等下去。除了他，谁都别想娶她。

“厉漠北，我们分手吧。”陆楠的声音再次传过来，隐约带着发颤的鼻音，“别让我为难。”

厉漠北无意识地往前走了几步，又慢慢停下退回车边：“好，你好好照顾自己，好好保重。”

“你也保重。”陆楠笑着挂了电话，抖着手捂住自己的脸，笑着笑着，脸颊一片湿凉。

一别两宽，各生欢喜……她会做到的，她没有难过，一点都没有。许久，陆楠起身去关了窗，强打精神逼自己打开笔记本电脑，埋头整理盛教授的书稿，不让脑子得闲。

一个多月前，她就知道他们会走到这一步，可这一天真的来了，她依旧心如刀绞。他走了，可能永远都不会回来，而她没有勇气追随他的步伐。

心理学说应激反应在不同的人身上，持续的时间也不同，一般都会自愈。陆楠难受了一个多月，真的分了手，她反而没那么崩溃。

他们不是不爱对方，只是没法继续这段感情，继续这段婚姻。他们还是朋友。

综艺频道的节目录制越来越顺，转眼便忙过了半个月。跟她合租的租户，始终没露面，倒是家里的家具一直在更新。若非这房子是租的，陆楠简直要怀疑，对方是不是在装修房子。

不光是家具换了，客厅和走道的壁纸，包括地板也全换了新的，用的还是最好的环保材料。她早上出门，晚上回来家里就会变个样，并且闻不到丝毫的甲醛味。

难得对方还蛮有品味，选的家具和壁纸，全都是她喜欢的素色。简简单单，却又不乏温馨。可惜他的作息时间跟她总是错开，无缘得见。

周末这天，陆楠陪陆桉吃过晚饭，回到租住的房子已经过了九点。像往常一样洗完澡，外边忽然传来开门关门的动静，声音大得吓了她一跳。

陆楠低头检查自己身上的睡衣，仔细听了一会儿，直觉是她素未谋面的新合租人，遂壮着胆子开门出去。客厅没开大灯，壁灯的光线昏暗模糊，男人背对着她，身形挺拔修长，一只手撑在鞋柜上，正慢条斯理地换鞋。

熟悉的背影轮廓，熟悉的气息，就连他换鞋的动作，都熟悉得让她心颤。陆楠眨了眨眼，不敢置信地低喃出声："厉漠北？"

厉漠北换好了鞋子，徐徐转过身面对着她，脸上浮起如沐春风的微笑："真巧。"

巧个屁！陆楠又眨了眨眼，神情恍惚地倚着门，徐徐环起双臂一动不动地望着他："你说谎的样子，一点都不好看。"

"难道我以前很好看？"厉漠北倚着鞋柜，隔着短短的距离，含笑迎着她的目光，"瘦了。"

轻描淡写的语气，仿佛他们真的只是朋友。

陆楠歪头，学着他的样子，不放过任何细节地把他打量一遍，狐疑挑眉："你专程找来，就没什么话要说么？"

"你想太多了。"厉漠北直起身，神清气爽地走进客厅，"我只是碰巧过来工作，碰巧租了这的房子。而且，我说过我们还是朋友，他乡遇故知很难得。"

舒服陷进沙发，厉漠北顿了顿，漫不经心地回头，眼底藏着深不可见的缱绻："学妹，同居愉快。"

陆楠怔在原地，好半天才回魂，昂首挺胸地回了自己的房间。

第十章
徐徐图之

关上门，她掐住自己的脸，复又松开手。很疼，所以她没做梦，真的是厉漠北，而且他们分手了。陆楠胡乱揉着被掐红的脸，再次开门出去，厉漠北已经回房，房门虚掩，像是知道她会去找他的样子。

深吸一口气，陆楠抬脚过去，径自推开他房间的门：“我们……”

陆楠及时吞下涌到嘴边的话，双眼睁大，艰难地咽了咽口水。他的身材比她想象中还好，上身没有一寸多余的赘肉，宽肩窄腰，包裹在裤子里的一双长腿，笔直得让她都觉得羡慕。

厉漠北回头，视线在她颈间的铂金项链上停留片刻，眸色渐深：“学妹，你不经同意进我的房间，到底想说什么？”

微微发哑的嗓音，配上他脸上那副波澜不惊的表情，说不出的性感迷人。关键，他似乎一点都不怕她看，反而慢条斯理地解开了皮带。他赤着上身，修长干净的手指滑过衣柜里整排的白色衬衫，挑了一件出来，不疾不徐地往身上套。

陆楠看得呆掉，无意识地舔了舔干巴巴的嘴唇，又吞了吞口水，故作冷静地开口：“厉漠北你到底想要怎样？”

“我在这边工作，凑巧租了这套房。”厉漠北低头，仔细把衬衫的扣子扣上，“你别想太多，我们确实分手了。”

陆楠被自己的口水呛了下，仰起头，唇边绽开一抹酸涩的笑：“那你唱这一出戏给谁看？”

"我说到做到，给你自由。"厉漠北穿好了衬衫，正巧手机有电话进来，毫不避讳地当着她的面接通，"安安。"

这头，陆桉鸡皮疙瘩都起来了，禁不住磨牙："她什么反应，你敢惹哭她，我绝对饶不了你！"

"我半个小时后到，待在那儿别乱跑。"厉漠北说着便把电话挂了，扭头去看陆楠，"你刚才说什么来着？"

陆楠迅速转身，蹙着眉逃似的往外走："同居愉快。"

厉漠北目送她的背影走出视线，唇边的笑意，多了几分苦涩。陆桉和他都判断错了，陆楠比他们想象的更坚强，想治住她，自己首先就绷不住。

二外公罚他半年之内，不得借助许家的资源，凭自己的能力把北京这边连年亏损的生意盘活，并跟陆楠保持一定的距离。跟外公比起来，二外公的手段更强硬，更绝情。

他的理由让厉漠北无言以对：没有任何感情基础的婚姻，不值得信任，不配得到祝福。住进来之前，他侧面打听了下，二外公暂时还没出面见陆楠，可他不能不防。哪怕这样做风险极大，他也得守着她。

陆楠回了自己的房间，感觉复杂莫名。她知道厉漠北是专程找来的，可他的态度又完全不是那么回事。安安……很耳熟的名字，她却不记得自己什么时候听过。他的语气充满了担忧，真实的，没有半分作假，她太了解他了。

陆楠心里酸得冒泡，竖起耳朵听着外边开门关门的声音静止下来，抿了抿唇，假装镇定地开门出去。房子在六楼，客厅的窗户正对着楼下的停车位。眯眼看着他上了车，看着他的车子驶出小区，怅然若失地折回房里。

她辗转反侧一夜，早上醒来眼圈都是黑的。开门出去，正巧碰到厉漠北赤着上身，从改成健身房的小房间里出来，差点眼瞎："你不冷么？"

他才做完运动，汗水打湿了他性感的脖子，精壮结实的胸膛上面泌出一层薄汗，一层层漫过曲线起伏的肌肉，健康的浅麦色肌肤亮得像抹了一层油。

陆楠呼吸困难，"扑通扑通"的心跳声，几乎要振聩自己的耳膜。他一定是故意的……之前睡在一起那么多次，他从来没有在自己面前脱过衣服。

"还好，今天天气不错，要不要一起到楼下活动活动？"厉漠北扬起唇角，若无其事地去倒了杯水，"对了，我约了老师一起。"

"安安是谁？"陆楠使劲咽口水，眯起眼窥他，语气酸得藏都藏不住，"女朋友？”

厉漠北喝了口水，不疾不徐地朝她走过去，健硕的胸口几乎要贴到她身上：“这是我的隐私。”

“随口问问。”陆楠心慌意乱地伸手把他拨开，走到洗手间门前，伸手握住门把的一瞬间，慢悠悠地回头，“我好像，没跟你说过同居的规矩。”

厉漠北摆出一副洗耳恭听的模样，再次靠近过去：“什么规矩？是禁止带异性回来的话，我考虑下。”

陆楠被他噎得说不出话来，丢给他一个皮笑肉不笑的表情，施施然进了洗手间。

男人的话啊，果然还是信不得。洗漱完出来，厉漠北已经不见了人影，倒是陆桉又打来电话，说是在美团买了电影票，让她中午先到万达去等着，他忙完手头的实验马上赶过去。

陆楠没多大兴趣，架不住陆桉啰嗦，满口答应下来。陆桉最近变得让她都有些受宠若惊，他以前可没这么关心她。从小到大，别说一块看电影了，就是一块上学，他都坚决不跟她一个班。

生怕别人把他认错，生怕别人说他漂亮。长大一些，他更不愿意跟自己一块了，也不敢告诉别人，他有个比他帅的妹妹。读博这几年，他把自己可劲儿地往粗糙方面造，那也还是不乐意跟她一块出门。

陆楠分析了一会儿，不得要领，也懒得去想了，静下心整理盛教授的书稿。电影快开场，陆桉忽然说他走不开，让她自己找人陪还必须得去看。

陆楠担心他又给自己指派同学过来，火速挂了电话，换上衣服开门出去。消失了一早上的厉漠北，此时正在客厅打电话，压低的嗓音好听得让人抓狂。见她出来丝毫没有回避的意思，反而不疾不徐地说：“再见。”

陆楠瞥他一眼，抿着唇往玄关走。安安，又是那个安安！还黑卡随便刷……陆楠嘲讽地撇撇嘴，眼底不断涌动着阵阵酸涩。

厉漠北抬手看了下表，状似不经意地开口：“正好我也要出去，用不用我送你？”

陆楠停下换鞋的动作，感觉他是去约会，遂调整好面部表情回头，半真半假地发出邀请：“中午请你看电影，去不去？”

厉漠北揉着额角跟她对视，很纠结的样子。

陆楠一看更来气："算了，当我没说。"

厉漠北忍着笑，等着她把鞋子都换好，这才勉为其难地站起身："好啊，正好我中午没事。"

陆楠说完就后悔了，即便他答应，脸色依旧不怎么好看。陆桉挑的影厅离她住的地方有点远，上车后她报了地址过去，闷闷低下头玩手机。

厉漠北倒车的时候，顺便看她，唇边掠过一抹愉悦的弧度。

陆楠心不在焉地玩了一会儿，收起手机，歪头注视他的侧脸："开着几百万的车，租住那么老的小区，厉漠北你觉得这种巧合，我会信？"

"不会。"厉漠北舔了舔嘴角，云淡风轻地笑了，"可事情就这么巧。"

陆楠沉下脸，语气异常严肃："我不想我爸妈出事，也不希望许阿姨做出过激的举动。"

"我们真的分手了。"厉漠北抿了抿唇，继续道，"我跟你保证，你担心的事绝不会发生，相信我。"

陆楠沉吟半晌，低头打开手机游戏："抽个时间，我们回B市把手续办了，另外你不能干涉我交男友。"

"不干涉。"厉漠北避开第一件事，对于后面的要求，答得异常爽快——反正她也找不到。

陆楠胸口有点闷，还有点酸。各自沉默下去，便再没有过交谈，沉默的气氛一直延续到车子抵达万达影城。

周末人多，加上天好没雾霾，万达周围的停车位十分难找。厉漠北开车在附近兜了几圈，终于找到还有空车位的地下停车场。

拔了车钥匙下去，陆楠的手机有电话进来，她停住脚步惊喜地叫了一声，跟着捂住嘴巴闷笑："到时候给我打电话，别忘了啊。"

厉漠北将车钥匙揣进外套的口袋里，眉眼温柔地站在几步外，等她收了手机，随口打趣："男朋友查岗？要不要我让位？"

"是叶子！"陆楠高兴地扑过去抱住他，脸颊兴奋得微微泛红，"她要回来过春节，腊月二十七抵京，到时候借你车给我。"

真是小孩心性……厉漠北低头，静静凝视她亮晶晶的双眼，含笑答应："司机也借给你。"

"真仗义。"陆楠后知后觉，意识到自己在抱他，尴尬了一秒，淡定地推开他扭头往电梯的方向踱过去。

她的步子迈得极稳，从背后看，脊背挺直得像个英勇的女战士。厉漠北眼底漫过心疼，摸了摸鼻子，若无其事地跟上去。

到万达取了票进去，堪堪赶上开场。小清新的爱情片。陆楠看到男主各种花式追女主，冷不丁想起出门前，厉漠北那让人心颤的嗓音，温柔地告诉对方随便刷卡，忽然没了任何观影的欲望。

厉漠北眼底笑意融融，所有的注意力都在她身上。她似乎吃醋，但又不太像。陆桉说她很拗，有事必须讲明白，不然她只会按照她心里所想的，一条道走到黑，这话果然不假。他什么都没做，就在她面前给陆桉打了两个电话，她就坐不住了。

可他这次真的没有任何隐瞒，来工作是真的，不放心她也是真的。进京才一个多月，父亲就来了三次。他嘴上不说，厉漠北却看得明白。一旦自己再走错一步，结局便是万劫不复。

陆楠心里不痛快，看一半便看不下去了，借口自己很饿提前离场，厉漠北也跟着出来。下楼去拿了车，她拗不过他，两个人去了一家位置很偏的店吃午饭。

“在这边还习惯吧？”厉漠北脸上没有任何不悦，反而如朋友一般随意闲聊。

陆楠扭头望向窗外，扯了扯唇角：“我对人生没有太多的规划，来了这边，忽然发现我是真的爱那些文物。真的爱那种安静的工作氛围，朝九晚五，没有钩心斗角。”

“听老师说了，翟师傅非常喜欢你，还夸你心细，基础知识扎实。”厉漠北与有荣焉，眉宇间拢着浅浅的笑意。

陆楠扭过头，脸上、眼底，皆无太多的情绪。她之前是不想离家太远，所以才没参加故宫博物院的招聘考试，没想到阴差阳错，到底成了木器组的文物修复学徒。

她的视线在他脸上打了个转儿，留意到他眼帘下有一片淡淡的乌青，微微有些心疼。他最近一定很忙很累。虽然分了手，可他活生生地坐在身边，跟她呼吸着同样的空气，会对她笑还让她抱，她做不到心如止水，做不到如他这般铁石心肠。

“等找到合适的房子，我会搬出去。”陆楠坐直回去，故作轻松地闭上眼，

"分手了，还是不要继续同居的好。"

"你的工资并不高，想找到合适的房子，会很难。"厉漠北接话，声音里带着不易察觉的僵硬，"没人会知道我们住在一起，我跟你保证，并用我的生命发誓。"

郑重的语气让陆楠怔了下，心底泛酸之余，还有几分难以抑制的复杂感受："那算了……"

她情绪不高，午饭吃得也不是很愉快。回去的时候，厉漠北接了个电话，陆楠零零碎碎听了几句，知道他晚上有饭局，又忍不住胡思乱想。

在小区附近的超市门口下了车，陆楠迟疑许久，给在北京的师姐打了个电话，约对方出来吃饭。她不能让厉漠北觉得，自己放不下他。

陆楠的酒量非常好，酒品就差了些，平时跟同学们出去玩，她一直压着量从来不喝醉。师姐人很好，跟她的关系也非常铁。陆楠絮絮叨叨地跟她倾诉，没注意就喝多了，散的时候路都走不稳。

到家已经十一点，厉漠北坐在客厅的沙发上，脸色阴郁。他的笔记本电脑开着，边上摆着一摞高高的资料。

"厉漠北。"陆楠醉醺醺招呼一声，后背贴在墙上，站立不稳地低头换鞋。

厉漠北蹙眉，眼底布满了怒火："跟谁出去，为什么不接我电话？"

"朋友。"陆楠换好拖鞋，脚步虚浮地晃过去，昏头昏脑地往他身上扑，嘴里嘀嘀咕咕，"厉漠北，你教教我，分手了要怎么做回朋友？"

"怎么喝这么多？"厉漠北抱住她，下意识地往边上挪了挪，防止她碰到笔记本电脑。

陆楠埋头在他胸前，不舒服地哼哼两声，鼻音渐重："我不想跟你做朋友……"

"那就不做。"厉漠北调整了下姿势，仰靠着沙发的靠背，修长干净的五指，徐徐梳进她柔软的发丝。有多久没这么抱着她了？从外公葬礼结束到今天，正好四十一天。每一天，他都想着这样抱着她，想到发疯。

陆楠不满地撇撇嘴，挣扎抬起头，醉意朦胧地抓住他的领口："安安是谁，你为什么那么在乎她？"

厉漠北暗自庆幸，她终是放不下他，可是这戏不能半途而废。

"一个……朋友。"厉漠北全身的神经下意识地绷紧。

她发软的身子压在他身上，夹杂着些微酒香的呼吸，痒痒地扑进他的鼻子。

他明明没喝酒，却分明觉得有些醉了。

陆楠似乎很不满意这个答案，抓着他的领口，摇摇晃晃地站起来，跨坐到他腿上重重俯身将他抱住，脑袋在他颈窝里蹭来蹭去："你说谎，朋友怎么会让她随便刷你的黑卡。"

因为那是你哥，是你黑心肝的哥哥……厉漠北有些无奈地将她的脑袋固定住："乖，别闹了。"

她是真的醉了，而且醉得厉害，根本不知道自己在干吗。

"我没闹……"陆楠甩开他的手，毫无预兆地把他剩下的话堵在嘴里。

厉漠北脑子里嗡的一下，瞬间一片空白。等了她好几个小时的郁闷，分开这段时间的思念，渐渐在这一吻中消弭于无形。

吻了许久，陆楠迷迷糊糊推开他，茫然睁开眼。厉漠北那双漆黑如夜的眼近在眼前，那是一双比缀满星辰的夜空还要深邃还要迷人的眼，极致的墨色充满了诱惑，一旦沦陷，永难挣脱。

抬起手，她仔细地把那双好看的眼睛描摹一番，别过脸，难受地打了个酒嗝："厉漠北，你滚出我的生活好不好，我一点都不想跟你同居，不想有天真的无可挽回。"

"不会有那么一天，相信我。"厉漠北捉住她的手，眸色深深地凝视着她被酒意染得绯红的脸颊，哑声安抚。

"不许骗我……"陆楠闭上眼，轻哼着伏上他胸口，呼吸渐渐变得悠长平缓。

她到底喝了多少？厉漠北抿紧了唇线，僵着身子等了一会儿，右手搂紧她的腰，左手托住她的背，慢慢坐直起来。

"厉漠北……"陆楠脑袋晃了晃，含糊呓语。

"别乱动。"厉漠北眉头皱起。

"呕……"陆楠忽然捂住嘴巴，另一只手很大力地将他推倒，东倒西歪站起来，扭头踉跄着跑进洗手间。厉漠北跟上去，不料房门被她重重关上。

陆楠拉回残存的一丝理智把门反锁，难受地伏在洗手台上干呕。许久，她站直起来，拧开水龙头掬了把冷水洗脸。零下的气温，水龙头流出的水泼到皮肤上，针扎一般。陆楠反复洗了几次，忍着恶心抠了下喉咙，一股脑儿全吐到马桶里，脑子也清醒了不少。

“陆楠？”厉漠北关心的声音隔着门板传进来。

震耳欲聋的拍门声中，陆楠艰涩地把胃里的东西都吐干净，挣扎着站起再次拧开水龙头，发狠地把脸埋进洗手盆。

水流从头上流下来，漫过发丝，刺痛头皮也刺痛了双眼，一寸寸刺进心底。他们永远都不可能在一起，纠缠下去只会徒增伤感。她一定是疯了，才会在见到他的那一刻心生雀跃，才会计较他喜欢别人，才会借着醉酒跟他撒娇，跟他卖傻。

窦晗说真爱上一个人，智商会变负，会变得连自己都唾弃。她一直觉得自己够理智够清醒，绝对不会犯那样的低级错误，然而知易行难。

她从来没有这么掏心掏肺地想跟一个男人在一起，这么想要将他占为己有。可他是许承洲的哥哥，就算他不介意那些流言，她介意，许音华介意，许家上上下下都介意。在康茹馨眼中，在他的那些朋友眼中，她是妄图攀高枝，最后摔得万分难看的蠢女人，是跟他弟弟谈不成，转而将自己卖给他的拜金女，呵！

洗手盆里的水溢出来，打湿了身上的衣服，寒意渗进皮肤，被酒精麻痹的大脑受到刺激，渐渐恢复清明。陆楠关了水，双手发抖地撑着洗手台，木然看着镜子里狼狈不堪的自己。她很想假装自己不爱他，假装自己不在乎，可是好难。

粗粗地喘息片刻，陆楠自嘲地摇了摇头，取下毛巾把脸上头上的水都擦干，闭了闭眼，清醒了许多，压下难受的感觉开门出去。

“陆楠？”厉漠北的手僵在半空，见她出来，尴尬地搭到门框上，“你有没有怎样？”

“你管得太多了。”陆楠推开他，面无表情地从他身边越过去，径自回房。

厉漠北再次跟上去，结果又被她关在门外，他沉着脸敲门：“陆楠，你开门我们谈谈。”

“要是谈什么时间回去办离婚手续，我很有兴趣，谈别的就免了。”陆楠嘲讽的嗓音响起，无情而决绝，“厉先生，请不要再骚扰我，OK？”

“我很抱歉，在这件事中没能及时跟你坦白，没能及时阻止承洲。他和康茹馨的通话录音，我给了二外公，爸妈也都听到了。”厉漠北颓然收回自己的手，眉头拧得死紧。

门后，陆楠换上睡衣，重重地倒在床上。有些事弥补不来，他难道不懂？错过就是错过。

气氛沉默一下，厉漠北在她门外烦躁地踱了几圈，停下再次敲门："陆楠，你快开门！"

里边静悄悄的，没有丝毫动静。厉漠北脸上浮起薄怒，转身去找了房门钥匙过来，拧着眉将门打开。陆楠安静地躺在床上，似已经睡熟过去。他走到床边，静静地端详她许久，无声地叹了口气，放轻脚步退出去。

陆楠睁开眼，听到他的脚步声离开又折回来，旋即又闭上眼装睡。

厉漠北把被子放下，又去倒了杯水过来放到她床头的柜子上，疲惫地坐进椅子里："陆楠，我知道你没睡着。"

陆楠没吱声。

"是我的错，整件事皆因我而起，我没能保护好你。"厉漠北揉着额角，长长叹气，"你怎么惩罚我都好，别和自己较劲。"

房里静悄悄的，彼此的呼吸声异样清晰。厉漠北眉头拧成死结，起身坐到床前的地板上，迟疑地握住她横在被子上的手："我已经过了谈情说爱的年纪，可是陆楠，我爱你。我等了十七年，终于等到你，这一辈子也只想跟你共度一生。给我点时间，我会处理好所有的问题。"

陆楠用力闭紧眼睛，放任自己坠入梦乡。

一夜一晃而过。陆楠睁开眼，难受地哼了哼，费力撑着床垫坐起。抬手摁住发胀的太阳穴，只觉得脑袋像要炸开，一抽一抽疼得厉害。

她拿过手机，见时间不过早上六点半，禁不住又骂了自己一顿。脑子清醒过来，冷不丁看到歪在椅子上睡过去的厉漠北，她想起他昨晚说的话，下唇被牙齿咬出一圈白色的印子。多长的时间她都能给他，然而他的家人未必愿意给。

洗漱完走出洗手间，厉漠北正好从她房间里出来，两人的目光在空中交会。陆楠淡淡地移开视线，扯了扯嘴角，头痛欲裂地从他身边越过去，连招呼都没打。

厉漠北怅然叹气，拿起丢在茶几上的手机，给附近的酒店打订餐电话。

陆楠胃里跟火烧似的，再也没有东西可吐，脑袋也晕得慌。换好衣服出去，厉漠北抱着笔记本电脑在发呆，眼窝有着十分明显的青黑。

"你搬走还是我搬走，偌大的四九城，总会有空房子出租。"陆楠自认她的自制力，不及他千万分之一，也不想天天承受煎熬。

“没那个必要。”厉漠北像才回过神，徐徐抬起头，“北京这边的生意出了很大的麻烦，我很忙，不一定每天都回来。”

“有必要。”陆楠没什么情绪地回了一句，起身去给自己倒了杯水。

谈话进行到这里，再次尴尬地止住。厉漠北抬头，俊逸的脸庞一半映着电脑屏幕上发出来的蓝光，一半笼罩在落地灯晕黄的光线下，表情晦涩莫辨。

少顷，订的外卖早餐送到。厉漠北叹了口气，把饭盒放到餐厅，跟着去洗漱一番招呼陆楠一起吃。陆楠状若未闻，放下水杯，神色淡漠地拿起自己的包，换上鞋子开门走人。

“嘭”的一声，房门重重关上，陆楠的脚步声渐行渐远。厉漠北望着丰盛的早餐，胃口全无。

周末两天，陆楠早出晚归，跟着同事义务担任院里的木器文物讲解员，生活跟以前没什么不同。厉漠北真的很忙，连着好几天不见人影。偶尔回来，也是陆楠睡熟了他才进门，早上天不亮就离开。

陆楠不过问，但对于他每晚都让快递给自己送宵夜的行为，简直烦得不行，他这是把她当猪养么？也看了好几套房，不是离博物院太远，就是条件不符合她的心意，一周的时间悄然流逝。

周五下班，沈澈破天荒地打电话过来，紧张地问她：“有没有见到许承洲？”

陆楠下意识地蹙眉：“到底怎么一回事儿？”

“他打听到你在故宫博物院，刚打了电话给我，说是要去找你。”沈澈尴尬地道歉，“让你受这么大的委屈，我很抱歉。是我没担当，当时老师出事，不应该让你自己扛。”

充满内疚的嗓音，隔着被寒风吹得冰凉的手机传过来，却如暖流一般，顺着耳朵一下子烫到心尖上。

元旦回去，他出差在外地，她只见了窦晗。当时一起聊微信，他那边太忙也没怎么说话，她跟窦晗说过，这事跟他们俩没有任何关系，没想到他还记着。

“这么喜欢背锅，要不要我给你再寄几个过去。”陆楠开了句话玩笑，一扭头就看到许承洲站在门外，晴空一样的脸上顿时乌云密布，笑容顿消，“有机会来京我请你们吃饭，我见到他了。”

“楠哥，你别理他。”沈澈的吼声传过来，震得耳膜隐隐发疼。

陆楠绷不住又笑：“放心吧，挂了啊。”

收起手机，她拢了下落下的发丝，面沉似水地走向许承洲。

不过隔了一个多月不见，他看起来更加消瘦，清俊的脸上呈现出久病初愈般的憔悴。身上的卡其色大衣看着也像大了一码，松松垮垮地挂在身上，形容狼狈。这副模样，哪还有半分倜傥的公子相。

许承洲静静地看着她朝自己走来，双腿似生了根，好一会儿才硬着头皮将她拦住。陆楠的头发扎了起来，气质干练，身上的气息却冷冽如霜。那双漆黑明亮的眼睛直直地望过来，眼底的嫌恶没有丝毫要掩饰的意思。

来之前，他一路都在想，见到她要怎样开口，并想好了各种求她原谅的方案。可她不说话，就那么看着自己，眼神淡漠而陌生。仿佛，她从未认识他。

那样寡淡清冷的表情，是最初的三年里，他常常给她的。他甚至清楚地记得，她喊他许公子的时候，微微拉长的清扬尾音。

记得大一一起去看演唱会那晚，大家回来后翻墙进去，她用玩笑的口吻说：“我小时候经常爬围墙，这点高度没问题，就怕许公子爬一半摔下去。”

他真的摔了，沈澈为了不让他被保安抓住，主动拦住保安坦承错误。当时陆楠说了一句话：“沈澈这个人，是值得一辈子相交的真朋友。”他不以为意，还觉得沈澈就是个二愣子，并暗暗庆幸自己没被抓住，免了爷爷的一顿责罚和说教。

如今想想，他是真的不配做她的朋友，不配拥有她的爱，因为从不曾付出过真心。只是他仍奢望她能放下过去，轻松面对今后的人生，那样他才不必在悔恨和自责中度过余生。

“对不起……”许承洲嗓音压抑，微微偏头避开她犀利的目光，揣在大衣口袋里的手，紧紧攥成拳头。

陆楠挑眉，抬高下巴，好整以暇地窥他：“隐忍五年的复仇计划，写成剧本说不定能大卖。到时候记得去给那个不存在的孩子立碑，谢谢。”

“陆楠……”许承洲心口一阵钝痛，习惯性地扶了扶眼镜，惊惶地掩去眼底的苦涩。

“摆出这副追悔莫及的样子，不觉得恶心么？”陆楠嗤笑一声，用波澜不惊的语气说，“有生之年，请你远远地滚出我的生活。”

话音落地，她径自抬脚往前走，不做任何停留。许承洲伸手想要拉住她，复又颓然垂下，机械地转身，呆呆地望着她绝冷的背影慢慢走远。

寒风四起，刺骨的冷意渗进皮肤，一直冷到心里去。她不会原谅自己，永远。

陆楠心底憋着火，回去的路上忍不住拐去超市买菜，她需要做些什么好让自己冷静下来。正好盛教授夫妻俩晚上得去参加一个古典家具品鉴沙龙，没法让她过去蹭饭。

到家给沈澈回了电话过去，又发呆好长时间，起身去厨房准备晚饭。人人都有恶念，从许承洲把心中所想付诸行动，并把她卷进他的复仇计划那一刻，他就不配得到原谅。他痛苦也好，悔恨也罢，统统是他自己求来的，与旁人无关。

忙碌片刻，陆楠把饭菜端上桌，厉漠北忽然从房间里出来，自然而然地去洗了手，坐下就自己盛饭开吃。

“我没邀请你。”陆楠双手撑着桌面，居高临下地睨他，目光寒凉。

“一周的宵夜换你一顿饭。”厉漠北顿了下，徐徐抬眸，“这很公平。”

陆楠没什么情绪地眯了眯眼，解下围裙拉开椅子坐下，端起他盛好的饭：“无耻！”

厉漠北抬眸，斟酌了一下，缓缓开口：“谢谢夸奖。”

陆楠迎着他的视线，漆黑的眼底折射不出丝毫的亮光，静静地看他许久，沉默下去。

“味道不错。”厉漠北低笑出声，镇定自若地没话找话，“以后伙食费我出，洗碗的活儿我也包了。”

陆楠发狠地嚼着嘴里的青菜，没搭理他。吃完饭，厉漠北真的去洗碗，陆楠偏头瞄了一眼，起身回房。她以前怎么没发现，他的脸皮这么厚。

她打开笔记本电脑，心不在焉地整理了一会儿盛教授的书稿，窦晗忽然来电话，告诉她一个小时后抵京，让她去机场等着。

“大周末的，你出差啊？”陆楠惊到，看了眼屏幕上的时间。

“听沈澈说肘子上京找你，知道你心里不痛快，专程去陪你啊。”窦晗的笑声传过来，陆楠甚至能想象出，她在机场频频看表的焦急样子，心底不由得淌过一股暖流：“等着我。”

挂断电话，陆楠深深地吸了口气，带上包开门出去。厉漠北刚洗完碗，手上还有未干的水渍，目光狐疑地望过来。

陆楠懒得理他，速度飞快地换了鞋，开门一阵风似的跑了。

厉漠北盯着房门看了片刻，去客厅拿回自己的手机，迅速拨了个号码出去。等了大约十秒，电话一接通他便道：“老杜，有件事要拜托你。想办法打个招呼，让我住的这一片的所有房产中介，都不要把房子租给一个叫陆楠的女孩，B市人，在故宫博物院工作。”

对方不知说了什么，厉漠北眉头蹙起，苦笑道：“你攒个局，一会儿我过去。”

结束这通电话，厉漠北坐到沙发上，把笔记本电脑打开，每隔几分钟就看下时间，注意力许久都无法集中。生意上的事还有很多没处理完，可就是没法静下心。

枯坐许久，厉漠北不放心地给陆桉打个电话，让他联系陆楠。

飞机准点到达，陆楠接到窦晗，拉她上了地铁旋即倒苦水。上周末跟师姐吃饭，师姐劝她的话跟叶子发来的微信，内容差不多都一个意思。

都是劝她别较劲，阶层不同不必强求，何况人言可畏。即便厉漠北肯为了她众叛亲离，将来也会后悔。爱情会把人的眼睛蒙上，只看到优点而忽略了缺点。而激情是没法燃烧一辈子的，尤其是像厉漠北这种，从小养尊处优一路过来都顺水顺风的男人。得不到的时候，征服欲会比普通人更强烈，会给人造成错觉，觉得他是真的非自己不可。

陆楠相信厉漠北是真的想跟她共度一生。但怎么说呢，跟他的那些朋友接触的次数不多，然而他们聊的话题，她大部分是插不上嘴的，有些也只是在书上看过。继续下去，彼此的生活圈总会有所交集，琐碎的矛盾也会越来越多。

毕竟所有的爱情童话都是王子娶了心爱的姑娘，可故事没说，他们婚后的日子过得如何。陆楠纠结的不光是这些，还有他家人的态度。他们的离婚手续还没办，这样同居下去，迟早会被有心人发现。到时候会是个怎样的局面，谁也说不准。

“你继续撩他呀。”窦晗舒舒服服地往椅背上一靠，打开包摸了瓶口香糖出来，倒出一粒塞进嘴里，“反正又没离婚你怕什么，万一中奖，没准你那个眼高于顶的婆婆会网开一面。”

撩他？陆楠从鼻子里发出一声冷哼，没多大兴趣：“你看热闹不嫌事大是吧。”

窦晗可怜兮兮地靠到她身上，使劲嚼口香糖：“楠哥，天地良心日月可鉴。我是真的希望，你能跟厉师兄走到最后。他瞒着你，本意也是怕你受伤，可惜肘子太狠，大家都防不胜防。”

陆楠撇撇嘴，一点都不认同她的看法：“一切因他而起，造成现在的局面，他必须负全责。”

“要我说，你才是这一切仇恨的根源。厉师兄错将肖楠认作你，从而招致肘子憎恨。肘子刻意误导你，花了五年的时间防他。结果老天看不过，让你跟厉师兄遇到还成了夫妻，最终招来肘子反扑。”窦晗坐直起来，头头是道地分析，“还记得肘子是怎么拒绝你的么。”

陆楠敛眉，不置可否地闭上眼：“他说我不爱他，我爱的是他身上的影子。”

“相识八年，你可曾见他在谁面前，如此不自信？”窦晗吐出口气，话里隐约多了几分同情，“一个是厉师兄，一个是你。”

“你到底是来安慰我，还是帮他们兄弟说情？”陆楠半是开玩笑，半是认真地板起脸，“我原谅与否不重要，他家人的态度始终是个死结。”

窦晗侧眸瞟她一眼，沉默下去。她何尝不知道那是个死结。听沈澈说，许承洲在许家祠堂跪了半个多月，许家的长辈还是没松口。

他们帮不上什么忙，心里也愈发地同情陆楠。明明什么都没做，反倒成了别人口中的坏女人。

进了市区，陆楠给陆桉去了个电话报平安，挂断后又给师姐打过去，约她出来聚聚。地方是师姐定的，就在她住的小区附近。这几天寒流来袭，夜晚的街道都看不到几个人，咖啡店里顾客寥寥。

陆楠喝了口咖啡，若有所思地望向窗外。许承洲能找来，那么许音华或者别的什么人，肯定也会找来。只要她跟厉漠北的婚姻关系存续，那些人就有可能随时会出现，打破看似宁静的生活。

“不要想太多。”窦晗拍了她一下，“该吃吃该喝喝，不行你搬师姐这边住，她们小区不是还有空房出租么？”

“多大点事儿。”师姐挑了挑眉，倾身凑过去，抬手搂着她的肩膀暧昧冲她眨眼，“我对门刚搬走，房子大概有十个平米，一个月一千五，考虑下呗。”

陆楠沉吟片刻，轻轻摇头：“我得倒地铁，转公交，太折腾了。”

窦晗和师姐对视一眼，双双摊手。租房这事还真不能急，可继续同居的风险又无可避免，万一他的家人真杀到这边来抓个现行，想想还是蛮吓人的。

聊了一个多小时，窦晗敬谢不敏地表示不跟她回去，而是决定留宿在师姐这边，看她的眼神满是怜悯。陆楠理解地笑笑，埋了单在她们别有深意的目光中，略觉无语地出了咖啡厅。

回到租住的房子楼下，时间已经差不多十一点。陆楠仰头看了一眼客厅的窗户，烦躁的情绪又蹿上来，压都压不下去。正好窦晗来了，明天陪她逛完街，顺便让她替自己看房子。

只要不是太远，她都会考虑。

她上楼进门，发现厉漠北在家却不开灯，下意识地蹙眉：“怎么不开灯？”

厉漠北从屏幕上抬起头，侧眸看了眼身后的落地灯，淡淡开腔：“开大灯晃眼睛。”

陆楠背过身去换鞋子，默默翻了个白眼。晃眼睛是假，故意让自己心疼才是真。她换好鞋子，意味不明地瞥他一眼，抬脚回了自己的房间，关门上锁。

一夜辗转，没怎么睡就被手机铃声吵醒，接通听了一会儿，顿觉生无可恋。窦晗难得来一趟，她答应得好好的，要陪她买买买，不料同事临时有事找她去代班。看了下时间，还不到早上七点，睡也睡不着，只好爬起来洗衣服。

厉漠北不知什么时候回去睡了，房门没锁。陆楠把衣服丢进洗衣机，听到开门的动静，本能地伸头出去。只见他穿着睡袍，领口的位置开得很大，脸上残留着几分才睡醒的慵懒，眼神迷茫地望过来，看起来性感又迷人。

陆楠把头收回来，吞了吞口水，设置好洗衣机，爽快地把洗手间让给他。厉漠北揉着额角，见她回房就把门关上，不由得苦笑。

之前在B市，她留宿别墅总给他一种她只是过去做客的感觉。同床共枕无数次，这种感觉依旧挥之不去。直到后来她去厨房给自己做饭，那一刻，他才感觉到了些微家的味道。

遗憾的是，陆楠还没搬进去，就被许承洲搅得一团乱。所以陆楠不理他，他真的是一点脾气都没有。说到底，这是他咎由自取。

陆楠回房全副武装一番，时间差不多的时候随即穿上外套开门出去。

赶到西华门，时间正好。戴上工作牌，跟其他同事一起看过今天大概要接待的游客数量，随后前往保和殿西庑房。

虽然正式拜师，可她目前还没资格修复任何文物，平日的工作，也仅仅是给那些价值连城的国宝清尘。寒假来临，前来参观的孩子比前段时间多了很多。

正式开馆之后进来的第一批游客，基本都是家长带着小朋友。陆楠打起精神，一边要求大家保持安静，一边口齿清晰地介绍馆内的藏品。

介绍到清紫檀雕山水八屉兰亭八柱插屏时，视线里意外多了一抹熟悉的身影。厉漠北一身休闲打扮，黑色短款羽绒服，黑色长裤，不知道他是故意的，还是觉得一身黑很低调。

在陆楠看来，他分明是存心想要引起自己的注意。那么挺拔修长的一身黑，搁在一群家长和熊孩子中间，别提多醒目。眼底滑过一抹不悦，假装没看到他，继续若无其事地继续自己的工作。

快结束时，馆内出了点意外，有熊孩子钻过护栏打闹。陆楠焦急冲过去，惊险地抓住两人的衣领，额上冷汗一层层冒出。

“请家长朋友照看好小朋友，损坏文物不是儿戏。”陆楠将两个小子拎到跟前，蹲下去才发现自己好像又崴脚了。

“对不起啊，小孩子不懂事，不是故意的。”很快有家长过来认领捣乱的两个熊孩子。

陆楠咬牙站起来，又重申了一遍“参观须知”，语气严厉。

家长连连赔不是，拽着孩子的手，一边走一边低声警告。陆楠擦了把汗，一回头就听到厉漠北充满关切的声音：“脚怎么回事？”

“崴了。”陆楠皱眉，龇牙咧嘴地把同事叫过来交代一番，拖着崴伤的脚慢慢往外走。

还是之前跳围墙崴伤的那只脚，疼得她直抽搐。

“我背你出去。”厉漠北蹙眉，脸色难看地拦住她。

“不用。”陆楠话才出口，不妨他忽然低头，在她耳边严厉警告，“背出去，或者我当众吻你，你选一个。”

陆楠忽略自己突然加快的心跳，磨磨蹭蹭爬上他的背，脸色还是不太好看。

“气性这么长，就不怕把自己憋出病来。”厉漠北背着她，脚步平稳地往外走，“要不你咬我一口，消消气。”

她很轻，比之前瘦了至少十斤。温热的呼吸若有若无地拂过耳畔，那点暖意吸入鼻端，心都跟着安定下来——至少厉漠北是这么想的。

然而陆楠心如止水，半分没有要交谈的意思。爱情是最不讲理的，不知从什么时候起，她跟他的位置似乎对调过来。

他苦苦坚守这段岌岌可危的婚姻，甚至说出他羞于启齿的那三个字。在他三十多岁的时候，在他已经没了太多冲动的年纪，亲口告诉她，他爱她。

她不是不感动，可感动并不能说服许音华，说服那些将谣言当真的人，说服他让他放弃一切跟她走。她也不会因为感动，就被爱情冲昏了头脑，将自己的家人推出去替她遮风挡雨。

“怎么不说话，舍不得？”厉漠北再次开口，气息不是太稳。

陆楠撇撇嘴，眼神不知不觉柔和下来：“你酸不酸？”

“背挺酸的。”厉漠北温和的嗓音传来，依稀带着些微打趣的笑意，过一会又道，“你是不是胖了，真沉。”

陆楠脸颊一阵发烫，磨了磨牙，故意噎他：“我可没求着你背我。”

“那你可以重新选，我肯定不背了。”厉漠北笑着回她一句，转开话题问她接下来有什么打算。

陆楠沉默了下，放松神经趴在他宽阔的背上：“准备考博，另外要学两门外语，博物院这边每天都有国外的游客来参观，明年还要跟老师和师傅一起，尝试制作圆明园的模型。”

厉漠北装作很累地喘着粗气，没往下接。她所有的计划，都是把自己排除在外的。这个认知让他无比的郁闷，却又拿她没办法。父母还是没松口，早上给母亲打了通电话，她的态度已经不似之前那般强硬，也没再逼他。

这是个不错的现象，他等不及地想要跟陆楠分享，但显然她并不领情。出了东华门，厉漠北背着她走了很长一段路去拿回车子，不由分说地送她去医院。

陆楠的脚都肿了起来，苦着脸给陆桉打电话，问他去哪家医院比较好。厉漠北不时偏头瞄她，眉头皱起。背着她走了那么远，她哼都不哼一声，跟陆桉打电话，十句话里有八句在撒娇。

电话打完，陆楠收了手机，瞬间恢复淡漠疏离的样子，扭头看他：“去三院。”

“好。”厉漠北应了一声，下意识地又看了她一眼，心底莫名涌起难以名状的沮丧情绪。

陆楠一直活得比谁都坚强，即使是面对陆桉，她也很少露出脆弱的一面，更别说是他了。就好像，她生来就没有那些情绪。

仅有的一次在自己面前示弱，还是因为她喝多了，可也只有一瞬。清醒的陆楠，有着连他都自叹弗如的冷静。就算爱了许承洲八年，她也是克制而理智的，看得清所有的阻碍。

看得清爱情和现实之间不可逾越的藩篱。这样的她，叫他怎能不心疼？这些，她原本不必要承受。他和她错过的，又岂是一个简单的数字可以概括。

周末专家不坐诊，陆楠拍完片子，确认骨头没事，才出诊室就被厉漠北给抱了起来。陆楠微微仰着头，目光专注地望着他的下巴，竖起盾牌的心房都跟着软了些："去吃饭吧，我有些饿。"

"先回去。"厉漠北加快脚步，抱着她去停车场拿车。

回到小区附近的药店门外，他把车停下，一言不发地开门下去。陆楠偏头，望着他的高大的背影消失在药店门后，内心有种说不出的感觉。

她不知道，从今往后的无数年，离开他，她还会不会喜欢上另外一个人，会不会做出自己都唾弃的疯狂举动，会不会有那样强烈到能把心都要烧掉的爱。

走神的功夫，厉漠北的身影出现在视线中，脚步急切。陆楠不禁自嘲地掀了掀唇，忽然之间，很是厌憎这样的自己。

厉漠北没说买了什么，陆楠也不问。被他抱上楼，进门就闷闷地坐到沙发上，拿着手机给窦晗打电话。脚疼成这样，更没法陪她逛街了。窦晗倒是一点没介意，在电话里笑得格外暧昧，连连表示，她懂。

陆楠听得一脸郁闷，挂了电话，无精打采地看着厉漠北："你不是说这边的工作很忙？"

"先喝口水。"厉漠北把水杯放到她伸手便能够到的地方，转身去玄关把白药贴拿过来。

陆楠偷偷瞄他，他一看过来，立即移开视线，心跳变得有些快。厉漠北把白药贴的包装拆了放在一旁，跟着将她的脚放到自己腿上，动作很轻地脱去她的袜子："明天在家好好休息，哪也不许去。"

脚踝红肿十分明显，深深的红色在白皙的皮肤上晕开，格外刺目。厉漠北动作很轻地捏着红肿的地方，目光专注："疼了告诉我。"

陆楠有一瞬间的委屈，无意识地抿紧了唇线。他的手很热，微微有些粗糙的指腹从她崴伤的地方抚过，仿佛带着某种魔力，让她欲罢不能。

“我自己来。”陆楠难为情地坐起来，执拗地想要缩回自己的脚。掩在发丝后的双耳，顷刻红得滴血。

“别闹。”厉漠北不悦地蹙眉，握紧了她的脚，防止她乱动，“很快就好。”

陆楠的心颤了下，慢慢放松下来。厉漠北又揉了许久才给她贴上膏药，然后去洗了手回来拿起丢在茶几上的手机，打电话订餐。

陆楠有些出神，心底莫名涌起一股挥之不去的挫败感。他对她越好，那种即将会失去的感觉就越强烈，就连眼前的一切都变得虚幻起来。

吃过午饭，陆楠回房整理盛教授的书稿，一直忙到天黑都没出过房门。厉漠北似乎出去了，大概是以为她在睡觉，他没敲门。

六点多的时候，天完全黑了下来。陆楠开门出去，客厅里空荡荡的，厉漠北习惯坐的位置边上还留着几份资料，人却不见了踪影。

陆楠微微蹙眉，经过他房间时顺手推了下门。门没锁，床铺收拾得整整齐齐，不像是午睡过的样子。在他房门外站了许久，陆楠挪到沙发坐下，上网给自己订了份外卖，跟着找叶子聊天。

叶子还有一个多星期回国，不过没打算回老家，而是回来办理一些必要的手续。聊了一会儿，外卖送到，陆楠抱着饭盒折回客厅，意外看到厉漠北压在电视遥控器下的字条。

出差……他是怕自己不自在所以才躲开吧？陆楠眨了眨眼，心里软得一塌糊涂。

隔天窦晗过来，一进门就暧昧地打量她：“昨天都干吗了？”

“你觉得呢。”陆楠闲闲地丢了个白眼过去，拿起手机准备给她订机票。

解开锁屏，一下子看到厉漠北早上发来的短信：窦晗回去的机票我已经买好，我下午到家，陪你送她去机场。陆楠怔了下，嘴角不自觉地上翘。

“干吗呢？”窦晗留意到她的不对劲，毫无预兆地拿走她的手机。

看完短信内容，窦晗简直羡慕嫉妒恨：“楠哥，幸福是要自己争取的，你这么耗下去，就不怕他失去耐心？”

“正好如我所愿。”陆楠口是心非地把手机夺回来，脸颊微微有些发烫。

窦晗意味深长地抛了个媚眼过去，懒洋洋地倒进她怀里，乐不可支地笑起来："楠哥，你完了。"

陆楠也不辩解，任由她取笑。

厉漠北是下午五点多到的，下楼的时候，窦晗一副你们做什么我都看不见的样子，尽量不让自己笑场。

陆楠被厉漠北抱着，进了电梯还不撒手，囧得头都抬不起来。

上了车，窦晗有一搭没一搭地跟厉漠北聊天，手里却拿着手机，不停地给陆楠发调戏短信。他俩同框，窦晗之前只见过两次：第一次是在聚福楼吃饭意外碰到；第二次是许老醒来那天，大概是人太多，或者别的原因，当时并没觉得他们的感情有多深。

之前劝陆楠抓住厉漠北，更多是从实际出发：已经登记结婚，相处下来也有了些感情，不如试着过下去。离婚虽然不是什么丢人的事，但家里长辈多多少少都会接受不来。

而这次看到的情形，让她真的确信，他们是在乎彼此的。两人在一起的那种气场，完全将所有人阻隔在外。

到了机场，窦晗下车抱了抱陆楠，在她耳边压低嗓音劝道："人生得意须尽欢，太理智，生活反而失了很多趣味，该纵容自己的时候别犹豫。"

陆楠微微点头，丢给她一个心领神会的眼神，仔细叮嘱她路上注意安全。松开手的瞬间，眼角余光看到有熟人从航站楼里出来，她忽然特别地想笑。出来的人是宋安安，旁边的女伴是傅瑾瑜。

要不是见到她，她都想不起为何会觉得"安安"两个字耳熟。厉漠北和她们才是一个圈子一个层次的人，他口中的那位就算是宋安安也没什么可奇怪的，不浪费资源罢了。

宋安安没看到她，跟傅瑾瑜上了车随即离开。陆楠目送窦晗进了航站楼，若无其事地回到车上。

回去的路上，两人几无交谈。陆楠觉得有些烦，遂打开了音乐。很老的一首英文歌，充满磁性的轻缓嗓音飘出来，车里的沉闷气氛明显缓和了些。

厉漠北侧眸看她一眼，唇角下意识地上扬。中途有电话进来，他戴上蓝牙耳机听了一会儿，眉头蹙紧："一个小时后见。"

明显透出火气的嗓音，夹杂在音乐声中，不仔细分辨根本无法听出来。

然而陆楠却感觉到了他的不悦，诧异地抬眸望过去，抿了抿唇终究还是开了口：“出了什么事？”莫非宋安安来京，其实是来宣誓主权？

“准备跟客户签订的合作协议出错了，不是大事。”厉漠北拿工作搪塞过去。

陆楠笑了笑，缄默低头，拿着手机跟叶子商量她回来后的行程。

回到租住的房子，厉漠北把她抱上楼，交代几句旋即又开门出去。陆楠陷在沙发里，身心俱疲地闭上眼。

厉漠北赶到公司，上楼看到等在会客区的许承洲，眼角的肌肉瞬间剧烈抖动。推开玻璃门，他一言不发地走过去，猛地出手抓住许承洲的领口，将他从沙发上拽起来，沉郁的嗓音充满了警告：“再去骚扰她，别怪我不讲情面！”

许承洲坦然地迎着他的视线，镜片后方，一圈暗淡的乌黑浮在眼皮下，漆黑的眼瞳洞若观火。这么多年兄弟，许承洲还是第一次见他在自己面前失了风度，像头暴怒的狮子恨不得将自己碎尸万段。第一次见他为了别人跟自己动怒，可见陆楠在他心中的分量之重。他达到目的了，然而心底并无半分快感，有的只是深深的悔恨和自责。厉漠北身为兄长，无论自己做了什么，他从未苛责过半句。

即便是自己把他珍爱的模型弄坏，把他的模拟卷子搞丢，拿走他新买的电子产品，他始终都是睁一只眼闭一只眼，口头敲打，不曾真的生气。

可自从遇到陆楠，他的任何一次情绪波动，都是因为她，还为了她两次跟自己动手。所以他没什么好担心的，陆楠会幸福，她不曾从自己这里得到的，厉漠北都会加倍地给她。

“我申请了美国的学校，念金融，过完春节就走。”许承洲吐出一口气，淡然的脸上，没有半分多余的表情，“不会再回来。”

陆楠说：“有生之年，请你滚出我的生活。”他当时没告诉她，他此次进京，其实是来跟她告别，来请求她的原谅的。当仇恨的外壳一层层剥落，露出的是他不敢直面的、自卑的、扭曲的内心。即便他不刻意误导，他相信陆楠也会一直关心他。

在他还不明白什么是爱的年纪里，是她默默地陪着他走过无数寒暑，给他爽朗明快的笑容，抚平那些他臆想出来的深仇大恨。她明明那么容易满足，却假装对什么都不在意，什么都不索取，唯恐惊扰了自己。

而他却享受得理所当然，不思回报，反而将她推入痛苦的深渊，并自鸣得意地以为自己手段高明。他残忍如斯，又有何颜面，奢求她原谅?

成长这道题太难，他的解题步骤一错再错，早已无法修正。惟愿他的醒悟，没有太迟。

厉漠北松开手，转身去给自己倒了一杯水，仰起头一口气喝光。从小外公就教他做人要温和、谦逊，不喜欢可以保持距离，但不能随意伤人。而父母则教他纵容，尤其是纵容许承洲。

他小，他不懂事。这句话几乎成了父母和小舅夫妻俩的口头禅，也成了许承洲作恶犯浑的尚方宝剑。无论他做了什么，总会有人站出来维护他，替他开脱。

所以他即便做了错事，也会理直气壮地觉得，他没错。这次的事让他仿佛一夜之间成长起来。在那段录音公布之后，他主动认错认罚，在祠堂长跪，请求长辈原谅请求他们宽容。

厉漠北看在眼里，心中并无触动。然而亲耳听到他说，他选择离开那一瞬间，胸口却骤然压下巨石。不管他犯了什么样的错，他终究还是自己的弟弟，是小时候喜欢跟在自己屁股后头，好奇观望的弟弟，是自己被训斥时安慰自己的弟弟。

“我去见过陆楠，她没有原谅我。”许承洲摘下眼镜，心如死灰地闭上眼，嗓音艰涩，“哥，你呢？”

“我也有错。”厉漠北背对着他，背影里有种说不出来的沧桑感，面朝窗外的灯海，“出门在外不比在家，外公不希望我们咄咄逼人，你要谨记。”

许承洲错愕数秒，脸上渐渐浮起如释重负的笑。

静默中，外边又进来人，大笑着走向厉漠北：“老厉，事情给你办妥了……”

来人话说到一半，看到沙发里的许承洲，旋即打住转而狐疑发问：“这位是？”

“我弟弟承洲。”厉漠北转过身，脸上的表情缓和下来，含笑给他们做介绍，“承洲，他是老杜，我大学同寝室的好哥们。”

“杜哥好。”许承洲带上眼镜，礼貌地起身过去跟对方握手，“你们忙，我就不打扰了。”

杜若笑呵呵地打量他一番，目送他离开后双腿一叠，坐进沙发：“你舅舅家那孩子？”

厉漠北点头，抬脚过去，疲惫地在他身边坐下。许承洲去见过陆楠，那么父母肯定也会知道她的下落，母亲忽然改变态度，会不会跟这个有关？按了按眉心，厉漠北伸手拿了一瓶水丢给杜若，问他自己让查的事怎么样了。

杜若大晚上过来，为的就是这事，解释两句随即打开包把资料拿出来。厉漠北翻了翻，留意到时间已经有点晚，遂带着歉意地冲他笑了下，拿起手机走去一旁。

第十一章
云开雾散

晚饭陆楠没怎么吃，虽然窦晗一直在活跃气氛，她看起来还是很不开心。厉漠北电话打过去，许久她才接："晚上加班不回去了，你早点睡。"说完，留意到她那边有音乐声，不由得弯了弯唇角。

这头，陆楠没什么情绪地"嗯"了一声，随即把电话挂断。宋安安入京，厉漠北夜不归宿，这种巧合也太狗血了。她丢开手机，不由得重重靠向靠背，失神地望着天花板。

她的直觉告诉自己，厉漠北不是这样的人，可终究忍不住臆测的冲动。她闭上眼，回想起从登记到如今他为自己做过的点滴，脑袋生生地疼。不知过了多久，耳畔忽然传来急促的敲门声。

巨大的动静，骤然打碎一室清冷。陆楠茫然睁开眼，呆滞许久才站起来，拖着脚过去从猫眼往外看，见对方穿着快递的工作服，蹙眉道："这么晚还送快递？"

"加急件，麻烦您签收下。"男人抬起头，脸色焦急。

陆楠回头看了一圈，定了定神，把门后的安全链拴上，忐忑地将门打开一条缝："你递进来。"

对方明显松了口气，把快件和笔一起塞给她。陆楠签完字把笔和回执还回去，关了门，狐疑地拆开信封。大晚上的，厉漠北怎么又发快递？

不是厉漠北……看到里面的内容，陆楠眉头皱了下，又把信笺塞回去。

对于许承洲，她是真的已经没了丝毫好感。即便她当初选择的人不是厉漠北，知道他曾刻意地误导自己，她也会立即翻脸。换做谁，都受不了被人蒙骗后，还能大方原谅。

“咚咚”，出神的功夫，房门再次被敲响。陆楠闭了闭眼，挪到门后将门打开一条缝。“你找谁？”

“陆小姐您好，我是哈根达斯的外卖员，有位先生给你定了一只冰激凌蛋糕，请签收。”来人隔着门缝，礼貌地冲她笑。

陆楠无语之极，开了门签上自己的名字，顺手把蛋糕放到鞋柜上。厉漠北是真的把她当猪养么，大晚上的给她送冰激凌蛋糕。

上星期是披萨以及各种甜点，还有中式营养汤，关键全是她平时喜欢吃的。是他观察入微，还是有人在教他？陆楠越想越觉得不对劲，刚想去客厅，房门又响了。

这次送来的是花……从法国空运过来的百合花。陆楠非但没觉得感动，反而烦躁得不行，单脚跳回客厅，拿起手机就给厉漠北打了过去。

他那边好像真的在开会。陆楠安静地听了两秒，鼻子忽然发痒地打了个喷嚏，不悦道：“厉漠北你能不能别这么无聊，我不喜欢花，也不喜欢吃冰激凌蛋糕！”

“花？谁给你送花！”厉漠北起身离开座位，朝杜若摆了摆手，迅速开门出去。

花不是他送的？陆楠也蒙了：“从法国空运过来的百合花，不是你定的么？送花的人说是位先生。”

厉漠北脸色发沉，暴躁地在原地踱了两圈，尽量缓和语气：“我知道你不喜欢百合，也没送花给你，我只给你订了蛋糕，你晚饭没怎么吃。”

陆楠情绪复杂地抿了抿唇，丢下句“再见”便把电话给挂了。不是厉漠北送的花，会是谁？她来京这段时间除了认识不少的新同事，可没遇到什么人，会这么土豪。

折回玄关，陆楠把那束百合花翻了个遍，才找到落在包装纸下方的卡片。熟悉的笔迹，就连语气都熟悉得她想骂娘。

她不需要他的道歉，也不需要这种所谓的，迟来的祝福。朋友都做不成了，为什么就不能桥归桥，路归路，大家从此江湖不见！

把卡片和花都丢进垃圾桶，陆楠寒着脸回了客厅，连蛋糕都不吃了，捡起丢在沙发上的手机，生气地回房间了。

厉漠北真的没回来，周一下午陆楠下了班，吃过饭便打车去了师姐说的酒吧。酒吧还没开始营业，师姐和几个业余玩音乐的闺蜜，正在舞台上试音。

师姐的专业是建筑学，现在是一家海外建筑事务所驻华分部的副总监，下午拿到了新房钥匙，所以召集人出来给她庆祝。

陆楠跟师姐打过招呼，安静地坐到舞台下方的位子上，眉眼含笑地听她们唱歌。师姐的声线有点沉，音域浑厚，唱蔡琴的歌完全是原唱的感觉。

一首歌唱完，师姐拿着麦克风走下舞台，不由分说地把她拉上去："打架子鼓的姐们感冒发烧，你给我替一会儿，师姐难得过一把开演唱会的瘾。"

"行啊，你不怕我搞砸就成。"陆楠冲她挑了挑眉，慢慢站起来，"一直没练。"

"真无趣。"师姐拍拍她的肩膀，拉她出去把乐队的几个人都介绍一番，指了指一旁的架子鼓，"这就开始了啊，水平烂也没关系，姐扛得住。"

陆楠无语，多少年的事了，师姐还记得。她挪过去坐下，试了试鼓槌，发现手生得紧。

跟师姐是在学校音乐社认识的，原因还是因为她的架子鼓打得实在太烂。没想到几年过去，师姐都组业余乐队了，她的水平还是很烂。

连着两首歌过去，陆楠总算稍稍找到感觉，压抑的心情也随之放松。

"我男神的《女人心》都会吧，大家一起来。"师姐兴致颇高，试了试麦克风，音乐一响瞬间嗨了。

陆楠全情投入，节奏都不去管了，只凭自己高兴。正唱得起劲，忽然就看到厉漠北和一个大胖子走进来。

这会儿还没客人，他们一出现，大家都安静下来，一头雾水地望过去。他怎么会来这种地方？还这么巧！陆楠狐疑地皱眉，不料厉漠北竟径直朝舞台走来，脸色异常难看。

酒吧光线略暗，斑驳光影投射在他的脸上，愈发显得那张高鼻深目的脸庞，轮廓深邃。

陆楠的心跳不受控制地变快，眯起眼看他一步一步靠近过来。

厉漠北走上台，左右瞟了一眼，抬脚走到陆楠身边，低垂着眼眸看向她手中的鼓槌：“还挺多才多艺。”

她还会玩架子鼓？真是够让他意外的。他处理完工作回去找不着人，打电话也不接，还以为她在盛教授那边，跑过去一看，他们也不知道陆楠去了哪儿。要不是后来手机有电话进来，听到乱七八糟的声音，他还不知道她来了酒吧。

老杜为了陪他找人，连饭局都推了。她倒好，脚伤成那样还跑来玩架子鼓。

“你来就为了夸我？”陆楠忽略他的火气，朝师姐招了招手，慢慢站起来，“不是急事就等我一会儿，还有两首歌。”

厉漠北抿着唇线，侧眸看了一眼冲她挥手的女孩，稍稍往后退开几步：“我等你。”

陆楠尴尬得要死，正好师姐到了跟前，遂起身压低嗓音告罪：“不知道他怎么找来的，过几天我有个朋友从国外回来，到时候请你吃饭。”

师姐眯起眼，认真打量厉漠北一番，偏头在她耳边笑道：“小师妹，阶级什么的都不是问题，这么极品的男人，还是你老公，别作了，乖乖地跟他走吧。”

“你至于么！”陆楠啼笑皆非地把她推开，转身朝厉漠北走去。

他站的位置不远，昏暗的光线下，五官的轮廓看着都有些模糊，唯独那双眼亮得让她心里发慌。

“走吧。”陆楠偏头避开他的目光，才迈开脚步就被他抱了起来。

师姐看热闹不嫌事大，当场吹起口哨，还即兴用贝斯弹奏了一段节奏欢快的前奏。陆楠一点没觉得甜蜜，反而尴尬感爆棚，幸好灯光不够亮，没人看到她面色阴沉的脸：“你放我下来。”

这种桥段放偶像剧就够做作，落在现实里，简直恨不得有个地缝让自己钻进去。

“医生说你的脚要尽量少活动。”厉漠北面沉似水，旁若无人地抱着她，阔步往外走，“我下午给你发的短信，为什么不回？”

“没看到。”陆楠寒着脸，话里带着火气，“你说过不干涉我的生活。”

厉漠北低头，飞快地看她一眼，沉默下去。

陆楠被他抱到车上，平复了下跳得乱糟糟的心跳，扭头望向窗外。他在跟那个和他一块来的胖子说话，对方的眼神一直往车这边瞟，一脸意味深长的表情。少顷，他回到车上，脸色转瞬沉了下来：“脚不舒服，为什么不在家好好休息？”

“离心脏远着呢。”陆楠往椅背上一靠，侧眸瞄了他一眼，没好气地揭穿他，“你不高兴，是因为我来酒吧玩，可我是成年人，我有自己的圈子。”

“女孩子还是少进这种地方，人太杂。”厉漠北也不否认，发动车子开出去，脸上的线条不见丝毫缓和，“抽个时间，把你的朋友也介绍给我认识。”

“不必了。”陆楠说完，见他似乎更生气，许久才慢悠悠地补了一句，“都是女的，你认识干吗？”

厉漠北不置可否，张了张嘴，一副欲言又止的样子，终是没有开口。他还没问她，是谁从法国空运了百合花送她。

回到租住的房子，陆楠下了车，见他又准备抱自己，立即防备地将他推开。

厉漠北脸上浮起薄怒，脚步沉沉地跟在她身边走了几步，忽然伸手摁住她的肩膀，跟着微微俯身将她抱起来：“你走得太慢，我有事要问你。”

“什么事？”陆楠犟不过他，索性由他去，“师姐买了房子，拉我过去庆祝，酒吧是她同乡开的。”

厉漠北低头，意味不明的视线从她脸上扫过，不自觉地加快脚步。不管是谁开的，他都不喜欢她去那种鱼龙混杂的地方。

陆楠让他看得心里发毛，脸色也跟着变得难看起来。去酒吧怎么了？又不是所有的酒吧都不好，而且她真的没玩，进去就坐那儿打鼓。

上楼进了门，厉漠北把她放到沙发上，起身去拿来拖鞋给她换。他半蹲在地上，换好了鞋，眸光沉沉地注视着她的眼睛，用轻嘲的口吻道：“花是谁送的？追你多久了，竟然知道你住哪儿。”

还从法国空运，还是心心相印的白百合，够浪漫的。要不是下午老杜忽然提到花，他还不知道送白百合花，还有另外的意思。

“你弟弟。”陆楠眯起眼，气极反笑，“安安是谁？宋安安对么！你昨晚为什么没回来，因为她来了北京！你要不要这么搞双重标准，你可以跟别人过夜，我收一束花怎么了！”

她也有脾气，她也会嫉妒，凭什么只许州官放火，不许百姓点灯？

醋劲儿还没过呢……厉漠北定定地看她片刻，唇边滑过一抹几不可见的笑，缓缓起身坐到她身边，跟着毫无预兆地将她压在沙发上。

时间仿佛静止了一般，他温热的指腹落到她的唇上，轻轻摩挲一番，声音里掺杂了些许自嘲又或者是讽刺的口吻：“他为什么还要给你送花，为什么会是白百合？”

“原因得去问你弟弟，别问我。”陆楠生气地推他，“你……”

剩下的话还没出口，便被他给堵了回来。唇齿纠缠，呼吸的掠夺，彼此熟悉的味道互相交换，瞬间急促的喘息，混合着骤然放大数倍的心跳。“扑通扑通”，一声一声，犹如魔咒。

陆楠脑子里“嗡”的一下，恍惚意识到他又在吃许承洲的醋，顿时拒绝给他回应。昨天，因为他给窦晗买机票，还赶回来和自己送她去机场，她差点就原谅他了。结果她看到了宋安安，收到了许承洲的花，真的只是巧合么？她不信！

厉漠北察觉到她的抵触情绪，移开唇，埋头在她颈间粗粗喘气：“黑卡在我皮夹里，跟我通话的安安是你哥陆桉，不是宋安安。”

陆楠眨了眨眼，僵着身子不敢动，大脑一片空白。难怪上周外卖送的夜宵都是她喜欢的，难怪陆桉会忽然之间如此关心自己……她的亲哥，竟然跟外人联合起来算计她。

忽然之间，陆楠竟不知道该高兴，还是该难过。陆桉一定不知道，许家人是怎么看自己的，否则他绝对不会让厉漠北再靠近自己半步。

“陆楠……”厉漠北嗓音低哑，温热的呼吸一点点扑进她的耳朵里，“不信你现在就打电话问他。”

陆楠眯了眯眼，使劲将他推开，面有愠色：“你是不是告诉他，我们已经登记结婚了？”

厉漠北坐直起来，在她布满怒火的目光中，轻轻点头：“元旦那天……”

“我想静静！”陆楠烦躁地站起身，拖着还有些疼的脚，忿忿地回了自己的房间。她就知道，陆桉不会无事献殷勤。

厉漠北望着她裹着火气的背影，听到房门关上的巨响，眼皮没来由地跳了跳。陆楠似乎……并没告诉她的家人，她结婚的事。想到父母如今的态度，他旋即拿起手机，果断地给陆桉打过去。

他之前全部的心思都放在怎么盘活北京的生意上，也没细想这事，甚至忘了叮嘱陆桉，暂时别把这事告诉他们的父母。

正在通话中？厉漠北下意识地看了一眼陆楠房间的房门，起身，放轻脚步慢慢靠近过去。

“这事不许再多嘴，我跟他春节回去就离婚，你能不能别乱插手？”陆楠的火气比他想的要大。厉漠北微微俯身，耳朵贴到门板上，仔细听着里边的动静。

“哥，你要真的为了我好，就别瞎管了行不行，有你这么坑自个儿亲妹妹的么！”陆楠的语气忽然低了下去，鼻音也变得有些重。

厉漠北缓缓直起身，倚着墙，静静听着她跟陆桉讲电话。她说了许久，电话挂断后里边便安静下去，再也听不到丝毫的声音。

厉漠北心底涌起丝丝不安，抬手握住她房门的门锁拧了下，发现没锁，旋即推门而入：“陆楠，你听我解释。”

“好，你说，我听。”陆楠背对着他，压下火气，使劲做了个深呼吸。

“那天你跟陆桉去金店，韩跃把照片发给我，我以为陆桉是你男朋友，然后去警告了他。”厉漠北走到她身后，双手自然而然地搭到她肩上，“你哥，跟家里的照片不太一样。”

陆楠深深皱眉，转过身，微仰起头，注视着他的眼睛：“你难道不能问我一声，不能给我打个电话？”

“你没接。”厉漠北看着她，用无辜的语气道，“短信也没回，我知道你有哥哥，可我不知道你哥跟照片上完全不一样。”

“合着都是我的错？”陆楠眯起眼，嗓音略显不耐，“你的解释我听完了，你可以走了。”

“是我错了。”厉漠北敛去眼底的笑意，识趣地退了出去。

陆楠郁闷得不行，在窗边站了许久才拖着脚，去拿起丢在椅子上的睡衣去洗澡。幸好陆桉没有大嘴巴，不过她还得想理由跟他解释，为什么突然结婚又离婚，想想就烦得不行。

许承洲忽然来京，还给她送花，给她写信已经够闹心的，厉漠北又死赖着不搬走，一个个的存心不让她好过。

陆楠原以为许承洲找来了，许家的其他人估计也会找来，却怎么也没想到，紧跟着他脚后跟来的人，会是康茹馨。她站在门外，白色的羽绒服在夕阳的余晖晕染下，蒙上一层浅浅的橘色。脸上的太阳镜遮去大半张脸，下巴高高昂起，像个打了胜仗的将军，睥睨众生。

“康小姐找我有事？”陆楠没什么情绪地停下脚步，神色淡漠，“我不觉得我们之间，还有见面的必要。”

“许阿姨放话，只要她活着你就别想进门。”康茹馨摘下太阳镜，似笑非笑地看着她，“输了就认，装腔作势唬谁呢。”

陆楠一笑置之，径自从她身边绕过去，抬脚走人。她不需要唬她，因为完全没有这个必要。就算自己跟厉漠北离了婚，她也不会有机会嫁给他，没人比自己更清楚厉漠北的心思。

“真是可怜，不过也不算亏，怎么说也拿到了不少补偿。”康茹馨眯了眯眼，硬生生拦住她的去路，“你难道就不好奇，我为什么会知道你在这，是谁让我来找你？”

“不好奇。”陆楠敛眉，居高临下地看着她，唇边勾起轻嘲的弧度，“一点都不好奇。”

“别以为摆出一副超脱的姿态，就能掩饰你拜金虚荣的内心！”康茹馨怒了，毫无预兆地抓住她的手，很大力地将她拖住，“许阿姨最瞧不起的，就是你这种人！”

尖锐的嗓音引来不少好奇的目光，陆楠脸上浮起薄怒，视线停在她的手上，语气倏然变重：“请注意你的言辞，我不想跟你在这吵。”

这会儿出来的很多都是同事，陆楠不希望自己的私事，成为茶余饭后的八卦。

“吵？你可真看得起自己。”康茹馨嗤笑一声，用嘲弄的口吻道，“我只是来告诉你，厉漠北，我嫁定了。”

趾高气扬，且占有欲十足的语气。陆楠看着眼前的康茹馨，想起肖楠跟自己说过的话，不由得摇头。她是真的恨自己，这么固执地爱着厉漠北。

比自己疯狂，比自己执着，若非是为了厉漠北，以她的出身，大抵也不会失了教养。至少，在许音华眼中，她始终是端庄得体的，该有的修养气质一点不差。

陆楠眼底涌起复杂的情绪，把话摊开了讲：“许家容不下我，也未必会容得下你。”

“那可不见得！”康茹馨眸光微沉，恶毒的光在她的眼中一闪而逝。

陆楠没有错过她眼中的波动，偏头望向远处，波澜不惊地吐出四个字：“家丑外扬。”

原本这事在许家人面前说说也便罢了，她偏要四处宣扬。许音华不是没有度量，而是关系到厉漠北，关系到兄长最宝贝的儿子的名声，她身为母亲，身为长辈，自然选择放弃自己。而且这事让许家颜面尽失，许音华容不下她陆楠，同样也容不下康茹馨。谣言是把双刃剑，无论怎么用，总有一天伤害都会反弹到自己身上。

“呵！”康茹馨不屑地从鼻子里发出一声冷哼，涂着红色唇釉的唇一张一合，用得意而嘲讽的语气道，“许阿姨已经原谅我了。”

陆楠轻笑着瞥她一眼，低头拿开她的手。真原谅她了，跑来找自己干吗？

康茹馨急了，小跑几步再次抓住她的肩膀，力道大得惊人。陆楠的脚本就没好透，没料到她下了狠劲，趔趄了下，顿时疼得深深皱眉，身上骤然多了些许寒意：“你疯了！”

要不是顾忌这是在大街上，陆楠不会忍她。

“怕了？你是不是很怕丢了这份工作？”康茹馨一脸挑衅地看着她，唇边扯开一抹恶意的笑，“我会让你如愿的！”

语毕，她丢下陆楠，施施然戴上自己的太阳镜，婀娜地离开。

陆楠不悦地蹙眉，许久才站直起来，慢慢往回走。她倒是不担心康茹馨的威胁，毕竟这儿不是什么小县城，随便来个人说话下面就战战兢兢。

她担心的是许家的当家人，许老的二弟。他在B市，任谁见着都尊称一声“许老爷子”，手腕可比许音华厉害多了。回到租住的小区，陆楠直接去了盛教授那边，旁敲侧击地跟他打听，他跟许老爷子熟不熟。

“问这个干吗，他仗着一身老骨头欺负你了？”盛教授抬手往她身后指了指，示意她把棋盘端过来，“无端端地跟我打听他，是不是漠北要跟你离婚？”

“我就是随便问问。”陆楠笑着，把棋盘端过来，顺手给他摆好，“多了解一下，有备无患。”

盛教授若有所思地瞄她一眼，不住摇头。还有备无患，厉漠北跟他对着干的下场，就是被丢到这边，接手砸了好几年的烂摊子。这段时间眼看着他瘦下来，其中艰辛可想而知。

“漠北怎么没来，”盛教授落下一子，用随意闲聊的语气道，“还没和好？”

“好不了。”陆楠扭头往厨房瞟了一眼，迅速起身，“我去帮师母准备晚饭。”

盛教授不禁再次摇头。厉漠北昨天慌里慌张地过来找人，晚上回了电话过来，说是人找到了，听口气情绪不是很高。

陆楠倒是挺沉得住气，从B市到这边不吵不闹，也不自怨自艾，跟厉漠北的脾气是越来越像，估计她自己都没发现。

吃过晚饭，陆楠陪师母练字，待到快七点才回去。厉漠北不在，房子里冷冷清清。陆楠换了鞋子，顺手把大灯打开，心不在焉地滚到沙发上。

之前跟人合租，回来就进房间。忙着整理盛教授的书稿，忙着查各种关于木器修复的资料，还要自学外语，所有的时间安排得满满当当。

那时反而不觉得日子难，自从厉漠北住进来，回来看到空荡荡的客厅，孤独的感觉便会被无限放大。哪怕他不跟自己说话，安安静静地坐在那儿忙工作，她也会觉得安心。

习惯真是可怕到吓人。她闭着眼躺了一会儿，手机收到一条短信。陆楠爬起来解锁看罢，见是叶子，低落的情绪瞬间散去。

各行各业已经陆续开始放春节假，叶子还有两天回国，在这边住一晚倒时差，之后回老家跑手续的事。陆楠给她回了信息，听到外边有人敲门，眉头皱了皱，起身过去开门。

来的是花店的外送伙计，怀里抱着一大束的路易十四玫瑰。陆楠怔了好几秒，猛地想起昨晚厉漠北吃醋的样子，眉眼弯弯漾起笑容，签了字把花抱进来。

黑色的花瓣柔软而娇嫩，浓郁的香味飘散在空中，萦绕在鼻端，象征一生一世的十一朵，谁见了会不欢喜呢?

陆楠眯了眯眼，陶醉地嗅着花香。难怪每年的情人节，沈澈都要给窦晗送花，收花的心情，实在是妙不可言。甜甜的，仿佛能甜到心底去。

回到客厅坐下，厉漠北打电话过来。陆楠深吸一口气，淡定接通："有事?"

"我在加班，争取提早放假。"厉漠北嗓音哑哑的，周围还很吵，像是在开会的样子。陆楠"哦"了一声，沉默下去。

路易十四玫瑰——我只钟情你一个。他是在告诉自己，他真的非常非常介意许承洲送的白百合花吗?耳边安静下来，厉漠北也不说话，吵吵嚷嚷的声音飘进耳朵里，就是没有他的声音。

陆楠心跳加速，等了大概一分钟，耳边还是没动静，唇边的笑容悄然凝固：“还有什么话要跟我说，没有我挂了。”

花都送了，还掐着时间给自己打电话，就不能主动坦诚一下。

“晚上早点睡，记得喷白药喷雾。”厉漠北的嗓音再次响起，听着十分无力，半个字不提他送的花。

陆楠有点晕，想起之前许承洲送来的百合花，眼皮跳了跳，说了句“你也早点休息”便把电话给挂了。手机屏幕还没黑下去，立即有短信进来。陆楠点开，内容是厉漠北发来的一个问题：你喜欢百合花还是玫瑰?

陆楠默默地读了一遍，不由得哑然失笑。还以为他多自信呢，原来也是个胆小鬼。她脑补了下他发短信的表情，唇边的笑意渐渐扩大，慢条斯理地回复过去：我是俗人。

厉漠北没回复，也没再打电话过来。陆楠也不在意，去洗完澡回来发现又有新短信，点开看了看，一脸嫌弃。他的理解能力都被狗吃了?

找来花瓶把花插上，陆楠在网上听了两个小时的外语课，手机又有电话进来。厉漠北的手机号，说话的人却不是他。

“我是陆楠，请问您是?”陆楠看了眼屏幕上的时间，心底隐隐升起担忧。

这么晚，不会是厉漠北出了什么事吧。他昨晚好像一夜没睡，先前打电话过来，嗓音也是嘶哑的，很不对劲。

“夫人您好，我是厉总的助理江怀，他好像很不舒服，开会开一半就睡过去了。”男人的嗓音透着焦急，“您最好还是来一趟，我们说不动他。”

陆楠蹙眉，问清地址随即把电话挂了，迅速起身回房穿衣服。厉漠北生病不喜欢去医院，也不喜欢吃药，而且特别抵触打针。之前在C市，他发烧还是被她逼着才吊水的。

公司离住的地方很远，陆楠打车到了地方，看到有人在门外等着，加快脚步上前，都顾不上自己脚疼。

“夫人好。”江怀主动打招呼，一脸紧张地领她进去，“厉总好像真的病了。”

陆楠点了下头，关心地打听他最近的工作情况。江怀挑重要的讲，不时观察她的表情。他算是公司的老人了，这两年公司一直在亏损，今年下半年一度传出要审计账目关停的消息。

能跳槽的基本都跳了，结果年底厉漠北突然空降，并宣布重整公司业务。忙了快两个月，他休息的时间比他们还少，完全是拼命的架势。

公司里几个老人私下一打听，才知道公司存亡直接影响到他的婚姻大事。大家都好奇，这位年纪轻轻，并且从事业单位出来的新任老总，到底娶了怎样的姑娘，会让上头如此为难他。

这会儿见着人，江怀没看出什么名堂，不过倒是能感觉得出，他们的感情很好。

走出电梯，江怀将陆楠领到厉漠北的办公室门外，轻声解释一番，随即回了自己的格子间。

陆楠抬手叩了叩门，拧开门锁进去。厉漠北歪在转椅上，脸色隐隐有些发白，墨色短发下的眉眼深邃幽沉，用不敢置信的欣喜眼神直直望过来："你怎么来了？"

"不欢迎？那我走了。"陆楠说着便转过身，眉头深深皱起，眼底滑过一丝恼怒。

他真的病了，不是装的，但也没严重到晕倒的程度。

"陆楠！"厉漠北扶着办公桌站起来，神情恍惚。

陆楠心软地转回去，几步走到他身边，紧张地伸手覆上他渗着薄汗的额头："哪儿不舒服？"

他的压力从来就不比自己小，这般脆弱又无助的样子，委实让她心疼。

"哪儿都不舒服。"厉漠北抱住她，几乎把全身的力量都交到她身上，"二外公这几天在北京，他有没有去见过你？"

原来康茹馨说，一定会让自己丢工作，是因为这个？陆楠摇头，下意识地握住他的手，马上就被他死力回握着，耳边听到他用充满疲惫的沙哑嗓音说："陆楠，我们和好吧。"

"病糊涂了？"陆楠叹了口气，拉他往外走，"先跟我去医院。"

厉漠北眯了眯眼，手臂一伸，密密实实地将她圈进怀里，沙哑的声音透着无法言喻的荒凉："抱抱我。"

空气静谧，温热的呼吸扑过来，痒痒地拂过耳畔。酥麻的感觉如电流一般，传遍神经末梢。陆楠迟疑地抬手环住他的腰，鼻端闻着他身上淡淡的尼古丁味道，深深吸了口气。

厉漠北在自己面前从来不掩饰他的情感，如此脆弱，如此急需肯定却是第一次。她闭了闭眼，感觉他的呼吸似乎很不平稳，后背的衣服都汗湿了，陡然冷静下来，握紧了他的手将他拉出办公室。

“江怀。”陆楠嗓音很轻地喊了一声，脸色凝重地吩咐，“我送他去医院，你们先下班，工作明天再做。”

江怀慌里慌张地站起来，惊讶地望向厉漠北。

“按她说的做。”厉漠北摆摆手，顺势揽着陆楠的肩头，眼底藏着几不可见的浅浅笑意。

他确实不太舒服，但还没到撑不下去的地步。没有他的授意，江怀不可能会拿他的手机给陆楠打电话。从接到她回复的短信，他就冲动地想要回去见她，奈何公司这边的事情没处理完，实在走不开。

她说她是俗人，言下之意，那些过去无法忘怀，即便许承洲骗了她。可是她真的过来，他反而不确定，她对自己，到底是爱还是因为离婚手续没办。他很不喜欢一直揣测她的心思。

一路沉默，到了医院，陆楠拧着眉把他摁到急诊室的椅子上，微微有些喘，焦急地请医生给他做检查。不是什么大毛病，医生开了单子，陆楠悬着的心放下，扶他到输液室等着，转头去缴费取药。

厉漠北来京之后很明显瘦了，气色也不如当初在B市那般健康，整个人看起来特别地沧桑。

陆楠把药和病历放到护士站，回到车上拿了两瓶矿泉水，去输液室陪他一块等着吊水。

厉漠北坐的位置很靠后，陆楠一坐下，他便靠过来，手臂环着她，哑声在她耳边低喃：“我们重新开始，我追你。”

陆楠侧过身，乌黑发亮的眸子深处仿佛蒙上一层雾，静静地注视着他，心底五味杂陈：“然后呢？就算你父母同意，你家人同意，你准备怎么给那些听过谣言的人洗脑？”

厉漠北怔了下，目光幽深难辨地对上她的视线，眼底满是从未见过的悲伤神色：“我不在乎也不介意，爸妈已经答应不再插手我们的事，还剩二外公这一关，我要你陪我。”

陆楠无意识地攥了攥拳，复又慢慢松开，泛白的指尖泛起层层红色，摇头：

"我做不到什么都不顾，谁也不敢保证，我爸妈一辈子都听不到那些谣言。届时所有的恶毒指控，都会落到他们头上。也不用太多言语，'卖女求荣'四个字就足够将他们打入地狱。"

厉漠北脸色发沉，愤怒又自嘲地道："陆楠，我在你心里，到底是什么？"

最爱的人……陆楠心底泛酸，故作自然地移开视线，淡淡地看着窗外，嗓音一点点低下去："无论怎么粉饰太平，我们结婚的理由都无法抹去。单凭这条，我也好，我爸妈也好，在你家人面前永远无法抬起头。"

厉漠北本想说点什么，可是又不知该说些什么，只好沉默下去。

"你一定听过别人怎么议论我，我问心无愧，可那又怎样？"陆楠笑了笑，双眼微微眯起，"没人会在乎真相，而毁掉我们婚姻的人，是你弟弟，是我曾经爱过八年的人。"

厉漠北心底升起不安，薄唇紧抿，墨色的浓眉皱成深深的"川"字，嗓音哑得都有些飘忽："真的要离婚要分手，一点商量的余地都没有？"

带着绝望情绪的声线飘进耳朵里，针尖似的刺得陆楠一阵心疼，她强迫自己不去看他："我们还是朋友，谢谢你爱了我那么多年。"

"可你并不稀罕。"厉漠北的眼底的疲惫和无力根本无法掩饰，落在她肩头的手收紧力道，语气倏然变得凌厉，"你轻易地将我放弃，你的未来里从来没有我，你根本没有……"

剩下的话被护士打断，厉漠北颓然收回手，起身过去扎针。他的步子都虚起来，摇摇晃晃，仿佛一瞬间被抽空了所有的力气。

陆楠收回视线，望着他有些孤独的背影，心里说不出的酸涩，胸口闷得几乎喘不上气来。他能说动许音华和厉永新，她确实很意外。然而再怎么无所不能，也无法让那些流传过的谣言，从听过的人脑中洗去。寻常人家传出这种事，尚且被人指指点点，何况是许家。

就算许老教授还活着，听到这种谣言，怕是也会气得让他们暂时分开。说到底，面子问题大过天。两人身份地位的不对等，在很大程度上注定他们走不到永远。即便许承洲及时收手放过，交易的婚姻终究是原罪。

少顷，厉漠北挂上药水回来，神情落寞地坐下，看她的眼神格外幽沉。陆楠克制着心底的异样情愫，递了瓶水过去，命令道："睡一会儿，药水打完了我叫你。"

厉漠北把水接过来拧开喝了一口，手臂一伸，登时将她拉过来吻了下她的额头：“回答我一个问题……”

“爱过。”陆楠抵住他的胸膛，微微蹙着眉，一双眸子清冷澄澈，淡淡地注视着他的眼睛。

厉漠北在她眼中看到狼狈不堪的自己，看到她眼底浓得化不开的倔强，忽然没了任何争辩的欲望。他环顾一圈，脸上浮起苦涩的笑容，圈着她的身子，将水的盖子拧上，跟着将她的手拿开，低头在她脸上不轻不重地吻着。

她左右避着还是没能逃开，很快就被他堵住嘴，温柔又不容她躲避地攻城略地。陆楠心跳快得像要冲出胸口，双手勾着他的脖子，渐渐虚软在他怀里。

厉漠北吻得动情，许久才餍足地移开唇，倾着身子，将她固定在自己胸口，急促地喘着粗气。她终于亲口承认，他并非自作多情，讽刺的是，他们依旧走不到最后。

他百般算计的协议，如今只是一张毫无用处的纸。他心心念念的梦，到最后不过是一场空。她说的所有，他没有一样能反驳的，人言可畏。

他何尝不知道人言可畏！他们不可能一辈子不回去，双方家长不可能一辈子不碰面。

而许承洲更是像根刺，扎在她的心底，经年累月地提醒她，曾经的美好其实有多残忍可笑。

“好好照顾自己。”厉漠北咬着她的耳朵，低低地说了句，枕上她的肩头疲乏地闭上眼。

陆楠抿了抿微肿的嘴唇，低下头迷惘地看着自己的脚尖，眼底的缱绻渐渐冰封。他的演技还是一如既往的烂，烂得她都不忍心揭穿他。

医生开了四瓶药水，打到第二瓶，输液室里已经不剩几个人。陆楠见他睡得很不安稳，乌黑的短发被汗水浸湿，眉心紧紧皱起，额头渗满了薄汗，下意识地握住他发凉的手。

大概是真的很不舒服，厉漠北惊醒过来，低低地哼了一声，揉着眉心仰头望向挂在头顶的药瓶：“还有多少？”

“一大瓶一小瓶，打完估计快天亮了。”陆楠回他一句，关心道：“还疼么？”

“还有点。”厉漠北甩了甩头，缓缓起身取下药瓶，“我去趟洗手间。”

陆楠应了声，望着他的背影，又蹙起眉头。少顷，厉漠北折回来，倦意浓浓地靠在椅背上，没打针的那只手搭在她肩上，自然而然地捏着她的耳朵。

陆楠调整了下坐姿，抓住他有些发凉的手，不让他乱动："最后陪你一回，下次不舒服，自己来医院。"

"对不起。"厉漠北揉了揉额角，倾身过去，将她圈在自己的怀里，嘶哑的嗓音里压抑着痛苦，"没能给你最好的未来。"

"不要总是哪壶不开提哪壶……"陆楠眨了眨眼，握紧他的指尖，"我们各自珍重。"

把话说开，心里一下子安定下来，再也不必维持胶着的局面，不必逃避。厉漠北胃疼得难受，睡不着，捻了捻眉心，神色淡淡地跟她说家里的事。

许家家族大事，主事的是二外公，小事各家自己拿主意。他结婚这件事，当时外公还在世，所以不需要他们点头。

而厉、许两家很早就捆绑在一起，爷爷跟二外公早年一块儿做实业，后查出不治之症，没挺过一个月人就没了。奶奶受不了打击，一年后郁郁而终。

彼时爸爸刚进体制内，根本没精力管理爷爷留下的生意，所以一并交给了二外公帮忙打理。后来跟妈妈结婚生下自己，考虑到厉家人丁单薄，他俩为了能怀上二胎，同意许承洲过继过来。不料后来一直也没能怀上，许承洲倒是在家里住下来，一晃就过了这么多年。

"我还以为厉伯伯是入赘。"陆楠开了句玩笑，眼底多了几许意味不明的情绪。

她没问厉漠北是怎么说服他父母的，听到这儿，多少猜到了他的理由，也猜到是谁给他出的馊主意。闭了闭眼，康茹馨离开时，透过太阳镜投射到她身上的眼神，忽然涌现脑海，并清晰到极致。她嘲笑康茹馨痴心妄想，自己何尝又不是如此。

许音华不过看在传宗接代的份上，才愿意妥协。说到底，厉漠北值得更好的，或者都不用比她好多少，只需名声上没有任何污点就够了。

然而从明天开始，这些就都跟她没有任何关系了。

打到最后一瓶药水，输液室里就剩他俩，寒意渐重。厉漠北靠着椅背，半眯着眼，眼神幽沉地看着缩在自己怀里睡过去的陆楠。

外公常说他太清冷，从小就没有多少朝气，如今才知道，爱着一个跟自己神似的人，有多痛苦。她那么冷静，冷静得他都要怀疑，她的那句“爱过”，或许仅仅是为了安抚他。

药水打完，胃里绞痛的感觉退去，灵魂似乎也从身体里剥离出去，一阵恍惚。陆楠还要去上班，厉漠北到家洗漱一番，见她困得眼睛都睁不开，心中愧疚不已。

送她到门口，厉漠北抱了抱她，唇线抿紧，密长的睫毛轻颤勉强挡住眼底的真实情绪。

良久，他松开她，带着薄茧的指腹缓缓触上她苍白的脸颊，嗓音低哑压抑：“你真狠心。”

陆楠压制着心底的悸动，疲惫地打了个哈欠，微仰起头，目光澄澈地看他片刻，抬手将他推开，转身开门：“小北哥哥，多保重。”

“嘭”的一声，房门关上。她清瘦的背影消失在视线中，雪地靴踩在地面上发出的声响，渐渐远去。厉漠北在门后站了许久，机械地迈开脚步回房。他在公司附近买了一套房，原本想把父母说服之后，把钥匙给陆楠，看来不用了。

她走得决绝，第一次连再见都不说。这一次，她什么都说，偏偏什么都戳中自己的死穴。他只想爱着她，宠着她，她却不要。

简单收拾了两套出差用的衣服，手机忽然有电话进来，厉漠北一看是盛教授家那边的座机号码，旋即接通。交谈片刻，厉漠北挂断电话，关上行李箱恋恋不舍地走出房间。

下楼拿了车，厉漠北打开手边的储物箱，把烟拿出来取了一支含到嘴里，“啪”的一声打火点着。白色的烟雾缓缓升腾，模糊的烟雾冲淡了眼中的情绪，他捻了捻眉心，拿起手机，解锁找到许承洲的号码打过去。

少顷，电话接通，厉漠北淡淡地吐了口烟，用冰冷的语调说：“我再也不欠你了。”

话音落地，厉漠北挂断，随后给杜若打过去。盛教授和师母搭乘下午的航班回婺源过年，陆楠没车，要送他们去机场肯定会联系专车，他实在不放心。安排好这件事，抬手看了下表，跟着捻灭烟头，发动车子离开小区。

街道空了些，没有之前那般拥堵。到公司把工作布置下去，厉漠北带上江怀和业务经理，出发去A市跟供货商签订合作协议。这个合作争取了许久，年前必须定下来，否则他两个月的努力会功亏一篑。

陆楠在这儿，他必须留下，哪怕只能远远地看着她。

下午五点，陆楠还没出博物院就接到杜若的电话，说是车子已经送到小区。厉漠北给她打过电话，态度强硬地表示，车子必须接受。陆楠拗不过他，盛教授和师母回婺源过年，需要带的行李确实有点多，叫专车也不是不行，毕竟年根上了，小心一点总没错。

见到杜若，陆楠微微愣了下，没想到他就是之前在酒吧见过的大胖子。她原想着有车就成了，等叶子回来也方便带她好好逛逛大北京，结果他出手就是一辆劳斯莱斯。

“能换辆么？”陆楠特别不好意思，“普通的就行。”

“还有辆路虎，我让人马上送过来。”杜若说着便要打电话。

“那不麻烦杜师兄了，让你亲自跑一趟，已经够不好意思的。”陆楠认命地垮下肩膀，“就这辆吧。”

“听老厉说你要送盛教授，规格自然要高些，婺源那边我没什么人脉，需要住酒店的话，我上网帮你订。”杜若笑呵呵地看着她，心道：厉漠北这小子可以啊。

大学好几年，没人见他交女朋友，毕业后时不时联系，也没听他提过有成家的意向。大家伙偶尔还开玩笑，打赌他什么时候出柜。这回一来就说结婚了，还紧张得不行，生怕人飞了。

前晚去酒吧街找人，他回去后把这事在朋友圈里一说，大家伙纷纷要求他出面相一下，看看是何方神圣，竟然让好学生厉漠北失态。初见陆楠，并没觉得很惊艳，但就是有种奇怪的特质，让人觉得舒服。

“不用了，老师在那边有房子，这次是回去休假顺便过年的。”陆楠摆手，“谢谢。”

“客气什么。对了，老厉不太放心我办事，这样，咱俩合照一张，我马上给他发过去。”杜若解锁点开相机，笑眯眯地举高。

陆楠抬头的功夫他就拍好了，顿觉无奈。

“路上小心，我晚上还有个饭局，不然就亲自送他们了，实在不行我给你派个司机。”杜若收了手机，笑着把照片发到朋友圈，“老厉也是这个意思。”

陆楠再次客气地道谢，大方表示不用。杜若瞄了眼手机屏幕，笑成弥勒佛似的冲她摆手，“那我先走一步，注意安全。”

陆楠微笑着点头，上车去接盛教授和师母。盛教授很不喜欢待在这边，春节后可能不会回来，准备安心地在婺源养老。她知道，他这次来其实是为了弥补自己，心里多少有些不好受。

她一直没看许承洲给自己发的信，知道内情的任何一个人把这事儿捅出来，她都不会那么愤恨，然而别人都没说，就他开了口。他还利用这件事，狠狠地给了她一刀子。

爱一个人没错，爱上个变态却是大错特错。看到他，她会生出生理性的厌恶，恨不得这个人永远消失，恨不得失忆，忘掉从前种种，忘掉厉漠北。

她不否认自己爱厉漠北，但心底却没有丝毫的热情想要继续这段婚姻。父母一辈子都是老实人，若临老还要因为自己而被人羞辱，她这一生都没法原谅自己。

“要是不想回家，放了假来婺源陪我跟你师母。”盛教授喝了口水，看她的眼神满是慈爱。

陆楠笑了笑，不放心地劝道：“我还想建议你们要不要把婺源的房子转手出去，离得太远，万一你俩有个头疼脑热，我都照顾不到。”

“等你跟漠北什么时候把婚礼办了，再来跟我提这个。”盛教授开了句玩笑，神色却异常担忧，“跟老头子我交个底，许家那边是不是还刁难你俩？”

“没有。”陆楠答得底气十足。

她和厉漠北不会有婚礼，永远都不会有。

盛教授看不到她的眼神，叹了口气，不再提这事。陆楠悄然放松神经，转而叮嘱他们在那边过年要照顾好自己。许承洲闹出来的风波，他并不知情，她也不想提。

将他们送上飞机，陆楠自己开车往回走，心不在焉地听着广播。厉漠北搬走了，心仿佛也跟着变得空荡荡的。回到半路，手机忽然有电话进来，很陌生的一个号码。

接通来电，对方冷冰冰地通知她，明天早上七点到雍和宫去。陆楠揉了揉额角，狐疑发问：“请问您是？”

“许老爷子要见你。”对方说完便把电话给挂了。

许老爷子？陆楠一激灵，唇边扯开一抹轻嘲的笑。他倒是挺会掐时间，让她提前给自己争取到了一丝体面。

进到市区，陆楠给师姐去了个电话，得知她已经去国外旅游，还准备等叶子回来，请她一起吃饭呢，跑得真快。

回到家，陆楠在客厅发了会呆，把入户门反锁好，转身去拿了睡衣，洗完澡倒头就睡。夜里梦境凌乱，厉漠北幽沉的目光，反反复复地出现，耳边甚至能听到他说话的声音。

惊吓醒来，时间还不到六点。陆楠靠着床头，半睡半醒地眯着眼。这次是真的分手，不是像之前那样，只是在嘴上说说。

或许过段时间，她会爱上别人也不一定，又或者一辈子单身下去。她不把爱情当生活的全部，然而却真真实实地想过，要跟他走到白头，要给他生孩子。

她迷迷糊糊又睡过去，被闹钟吵醒过来，时间已经是六点十分。陆楠睡眼惺忪地爬起来洗漱一番，化了个淡妆，下楼拿车出发前往雍和宫。

来京快两个月了，这是她第二次去。上次还是陪着盛教授去找主持下棋，她看着络绎不绝的人去跪拜去祈求，看着人们虔诚的面容，那时候真的想跪下去。

诚心诚意地求一次菩萨，求菩萨让那些听过谣言的人，忘掉那段记忆。多可笑的想法，她所求也不过寻常人的幸福，小富即安，却都无法得到。

到昭泰门见过接自己的人，听他说许老爷子让自己在御碑亭等着，她客气地谢过，抬脚慢慢往里走。虽是晴天，早上的气温却是在零度以下，尤其是这个时间。陆楠等了一会儿，冻得浑身都止不住哆嗦。

过了半个小时，还不见许老爷子。陆楠不由得攥了攥拳，复又慢慢松开，忍着刺骨的寒意，在凛冽的风中站得笔直。就在她快要冻僵的时候，许老爷子终于出现在视线中。

“陪我走走。”许老爷子目不转睛地从她身边经过，慢悠悠地进了大雄宝殿。

陆楠抿了抿冻得发僵的唇，乖乖地跟上去。当初，许音华逼她跟厉漠北离婚，是拿自己的命和她父母威胁。不知道许老爷子打算怎么威胁自己，是让自己无法在北京立足，还是让自己远走海外?

要不要告诉他，自己跟厉漠北已经和平分手，且永不来往?陆楠想了无数种可能，可许老爷子一开口她就彻底傻了。他说：“漠北那个混账还跟你住一块，胆子够大的。”

平缓和气的苍老嗓音，即便旁人听到，也以为是长辈开玩笑的话语。然而陆楠却觉得脊背发寒，沉在谷底的心脏“倏”的一下跳到了喉咙口。

只怕厉漠北此时在场，也会被那样不动声色的迫人气势给震住，从而失去应有的理智。

他比许音华更含蓄，但威胁的意味更重。

她忽然有点庆幸，昨晚跟厉漠北提前把话说开，否则等待自己的，不知会是怎样的言辞敲打。她揉了下冻僵的鼻子，否认厉漠北跟自己住在一起，用淡然自若的语气说：“离婚手续等我们回了B市，会尽快去办理。”

“唔，你倒是挺爽快。”许老爷子微眯双目，漫不经心地瞟她一眼，背着一只手，拄着手杖不疾不徐地在殿内的佛前站定。

陆楠有点摸不准他这话的意思，张了张嘴，复又缄默下去。

在许家，就是厉漠北的父亲跟他说话，都得带着几分小心，她可不想无端端招来一顿训斥。

许老爷子的心情似乎不太好，闭着眼站了许久，转身往殿外踱去。陆楠抿着唇角，安静地跟上。

还没到开放的时间，院里静得几乎听不到别的声音。

晨曦洒落，地上飘浮着一层淡淡的白雾，耳边钟声当当，料峭寒意扑面而来，冷彻骨髓。

许老爷子的步子走得很缓，陆楠跟在边上，几次想拿出手机拍照，又担心他误会自己给厉漠北通风报信，遂作罢。

沉默着走到万福阁，许老爷子停住脚步回头，若有所思地看着她：“你不怕我？”

“怕。”陆楠大大方方地迎着他的目光，努力挤出一抹僵硬的笑，“您是漠北的长辈，就是腿肚子转筋，我也不敢不跟着。”

“承洲这孩子没坏心，可传出去的话没法子收回来，想要什么补偿你尽管开口。”许老爷子眯起眼，抬手遮去眼前的一片亮光，微微抬头，“别让我这个老人家难做。”

话说到这个份上，陆楠还有什么听不明白的呢？在电视剧里看过无数遍的套路，原来是在这儿等着她。她偏过头，视线没有焦点地散落到别处，习惯性地抿了抿干涩发僵的唇。

补偿？多轻描淡写的两个字。而且他的话，不难听出远近亲疏，外孙终究还是比不过亲孙。

陆楠使劲地搓了搓自己发麻的脸，一脸无畏地注视着眼前的古稀老人，唇边扯开一抹淡然的微笑：“长者赐，不敢辞。是不是我只要开口，您老就一定会答应？”

她昂着下巴，正红色的大衣映红了下巴，那双漆黑明亮的眼眸深处，淡漠得看不出丝毫的情绪。

“当然。”许老爷子脸上浮起些许不悦，犀利的目光似要把她看透，还没人敢用这种讨价还价的口气跟他说话。

“谢许老爷子抬举。”陆楠抬高下巴，波澜不惊地开口：“一个亿，不知许老您意下如何？”

“你胆子不小！”许老愠怒，那双如鹰一般锐利的眸子，骤然降温。

陆楠全身的寒毛都竖了起来，双腿不住地发抖，却仍站得笔直地跟他对视：“谢许老夸奖。您既然说我胆子大，那我多说一句，我若是不想跟厉漠北离婚，谁拦都没用。”

许老爷子眯起虎目，拄着手杖的右手手背，鼓起的筋脉清晰可见。活了一辈子，竟然被个乳臭未干的小丫头钻口头空子，还堵得他哑口无言，他倒是小瞧她了。

陆楠的心跳得很快，快得像要冲出胸口，脸颊被寒风吹麻，眼睛似乎也僵了，脸上却找不出丝毫的慌乱。然而他的目光变冷那一瞬间，周围的气温也都跟着降下去，寒意一寸寸漫过心脏。

若是可以，陆楠真的一点都不想跟他面对面。他的眼没有许爷爷那般温和，他看自己的眼神，始终是冰冷的，带着长辈观察晚辈特有的审视。

良久，许老爷子一言不发地摆手，转身背对着她。陆楠知道那是让自己走的意思，暗暗吐了口气，双腿有些发软地冲他鞠了个躬，转过身，尽量镇定地往外走。

院里僧人的脚步声都很轻，仔细一分辨就听出来了。陆楠受此刺激脚步依旧沉稳，不慌不忙，跟漠北那孩子的个性，简直如出一辙。

许老爷子拄着手杖，在院里兀自感慨一番，抬脚去了延绥阁。古话讲名师出高徒。依他看，陆楠分明是青出于蓝而胜于蓝，身上那股子威武不能屈的劲儿，比自己已故的兄长还要烈上那么几分。

难怪他临走别的什么都没交代，单单说了这事。

第十二章

幸福可期

过年前最后一天上班，工作基本都没什么要做的。陆楠帮师傅把工具都收起来，写完修复记录提前下班。叶子晚上才到，盛教授的书稿已经完成得差不多了，核对无误便可发给出版社。

冷不丁闲下来，陆楠脑子里空白一片，忽然不知道该做什么，抱着膝盖在沙发上坐了很长时间，一直到天黑才去厨房给自己下了碗面。

厉漠北送的路易十四玫瑰还开着，花瓣的边沿已经被暖气烘得干了一圈，食指轻轻一碰便落了下来。

陆楠不喜欢养花，因为从来养不活。窗外不知何时下起雨，屋里静得喘息都带着轻轻的回声。去餐厅吃面的时候，陆楠在网上找了一部电影，心不在焉地看着打发时间。

看到快八点，电影里说了什么陆楠一点印象都没有，只记得男主角欲语还休的深邃眼神，像极了昨天早上厉漠北送自己出门的样子。

她眨了眨不知何时变得刺痛的眼，难受的感觉不过一瞬，很快便恢复过来，从容起身收拾桌子，穿上外套开门出去。

通往机场的高速公路上车流量非常大，今明两天，也是春节旅客的高峰期。陆楠八点十分出发，到达机场已经十点过半。

等了大概二十分钟的样子，叶子乘坐的航班降落。陆楠给她发了微信，随后调转车头过去接她。雨下得很密集，一下车，寒冷的气息旋即扑面而来，让人止不住哆嗦。

陆楠打开伞站在车旁，伸长脖子往里看。人非常多，她找了许久叶子才出现在视线中。

“这边。”陆楠朝她挥了挥手，肩膀冷不丁被人拍了下，耳边听到一道熟悉的女声：“陆楠，原来你真的在北京！”

陆楠偏头，宋安安不可思议的脸庞赫然在眼前放大。皱了皱眉，她下意识地往边上退开一步，客气地打招呼：“宋小姐。”

“楠哥！”叶子拖着行李飞跑过来，一下子把她抱住，“才走没多久，感觉跟过了一辈子似的。”

陆楠拍了下她的背，视线落到宋安安脸上，略略颔首，跟着顺手将叶子的行李提过来，打开后座车门放进去。

宋安安焦急地抬手看表，目露狐疑地看了看叶子，冒雨上前难为情地叫住陆楠：“能不能跟你们一块回去？我朋友的车在路上出了点状况。”

陆楠抿了下唇，环顾一圈周围，有些不忍心拒绝。这个时间已经没有地铁了，出租车倒是有不少，可惜雨太大想要抢到车有点难。陆楠犹豫几秒，勉强点头同意带她回去。

上了车，叶子坐在副驾驶座，一边喝水一边不住抱怨国外的伙食差劲。两人聊得欢快，坐在后座的宋安安尴尬莫名。许久，叶子终于安静下来，若有所思地透过后视镜观察宋安安，脸色隐隐有些发沉。她认识宋安安，蒋牧尘的未婚妻，宋氏的千金小姐。

宋安安低头给朋友发了条微信，告诉对方自己已经在路上，顺便挪了下位置。抬头的瞬间，冷不丁撞进叶子充满敌意的目光里，脊背下意识地绷紧。

陆楠的朋友，去了国外几个月……宋安安蹙眉，慌乱地低下头解开手机锁屏。在相册里翻了许久，确定叶子就是蒋牧尘喜欢的那个女孩，后背顿时冒出层层冷汗，迟疑出声：“陆楠，你朋友是不是，让蒋牧尘神魂颠倒的那位……”

“小姐。”叶子侧过身，似笑非笑地看着她，“煌家会所的小姐，宋小姐是不是想这么称呼我？”

直白的透出几分讽刺的口吻，吓得宋安安一个劲儿摇头：“我没有冒犯你的意思。”

陆楠同意让她蹭车，她都已经够丢人的了，又见识过陆楠的泼辣，她可不想再招惹她们。

“你很怕我们？”叶子打了个哈欠，拧开矿泉水瓶又喝了一口，“知道蒋牧尘为什么对我念念不忘么？因为得不到。他是强者，照顾弱者会让他有成就感，越是得不到，他越惦记。”

宋安安扯了扯唇角，没接话，也不知怎么接。她好像……从一开始就知道，她跟蒋牧尘之间曾经的关系。

“像我这种坏女人，要吊他的胃口很容易。你很幸运，他只是和你订婚而不是结婚。否则，我真的会做小三破坏你们的婚姻。”叶子半真半假地吓她，“我喜欢钱，为了钱会不择手段，所以别惹我。”

之前她们说陆楠的话，窦晗都在微信里跟自己说了，陆楠却只字不提，她特别过意不去。

宋安安怔住，感觉她对自己抱有敌意，并不是因为蒋牧尘，视线落到陆楠的侧脸，顿时了然。

“咳……”宋安安清了清嗓子，大方地道歉，“陆楠，之前的事我很抱歉。”

陆楠抬眸，视线透过后视镜看了看她，哑然失笑：“你还挺坦荡。”

“错了就认，因为先入为主，所以一开始看你，我确实戴着有色眼镜，后来又出来那样的……谣言。”宋安安停顿了下，嗓音一点点低下去，“我们现在都不跟康茹馨来往了。”

“无所谓，我跟厉漠北已经分手了。”陆楠笑笑，眼底并无多余的情绪。

“分了？陆楠你跟老厉不是挺好的么，怎么回事？”叶子惊到，一下子坐直起来，不可思议地看着她。

陆楠抿了抿唇，没有解释。叶子恨恨地攥了攥拳，也跟着沉默下去。宋安安也被这个消息吓到，低下头，悄悄编辑了条微信发给蒋牧尘。厉漠北跟陆楠分手，原因无外乎是因为康茹馨传的那些谣言。

她不清楚许承洲跟陆楠之间到底发生过什么，只是听傅瑾瑜提起过，他们同学八年，关系比普通同学好很多。当初知道厉漠北结婚，她记得自己跟蒋牧尘打听过一次。

他的原话是：厉漠北这辈子只结一次婚。别的没说。而那晚在会所，陆楠掌掴康茹馨，她清楚地看到厉漠北眼底的炙热，那样的眼神若是不爱，装是装不来的。

出神的工夫，手机振了下，蒋牧尘回复过来。宋安安抬了抬眼皮，悄悄看叶子一眼，给了他一个非常肯定的答案。

他的前女友有无数，可没见他对谁这么执着过，宋安安乐得看他碰壁。

一路沉默，车子平稳地进入市区。陆楠透过后视镜，见宋安安还在玩手机，只好主动开口：“宋小姐要去哪？”

“协和，我爷爷在这边住院。”宋安安受惊地抬起头，左右看了一圈，感激地道谢，“谢谢你啊。”

“不用。”陆楠淡淡出声，侧眸瞄一眼叶子，打开导航往协和那边开去。

送她到目的地，陆楠架不住她磨，给她留了自己的手机号，还把伞借给她。

“我特羡慕她们那样的，出生就开了金手指。”叶子自嘲地笑笑，疲惫地闭上眼，“若换了我站在她的位置，也会瞧不起自己，也会心生鄙视。”

“当初谁说血路也是路的？”陆楠打趣一句，调转车头往回走，“谁不想一出生就自带光环，那样很多苦不必受，很多累不必捱，努力上进或混吃等死，都是舒舒服服的日子。”

叶子攥了攥拳，坐好，精神抖擞地给自己打气：“出生没带金手指没关系，我要努力成为金手指。”

陆楠侧眸瞟她一眼，握着方向盘轻笑：“我等你罩着我大杀四方。”

“你跟老厉到底怎么一回事？”叶子喝了口水，揶揄道，“要我说，出了人命，一切条条框框都是纸老虎。”

陆楠撇嘴，岔开话题问她想吃什么。叶子软绵绵地歪在椅子里，摆出一副任由她处置的姿态，疲惫地打哈欠。

陆楠见状，打消了去吃宵夜的念头。时间太晚，老杜给的车子又太招摇，大晚上停哪儿都惹眼。到家上楼，陆楠给她弄了些吃的，忽然决定去云南旅游。

叶子没反对，还劝她有艳遇不要错过，人不轻狂枉少年。

陆楠没工夫跟她贫嘴，抱着笔记本电脑查了下路线，然后定了往返的机票和客栈。把钥匙和车还有杜若的手机号留给叶子，陆楠说走就走，隔天叶子还没睡醒，她人已经到了双廊。

接到陆桉电话的时候，陆楠正躺在房间露台的美人榻上发呆，他开口就问：“在哪儿？”她说完地址，嗓音渐渐低下去：“别跟爸妈说，我自己的事我自己解决。”

“陆楠，你在逃避？”陆桉的话里明显带了火气，“他是不是对不起你？”

“不是，我跟他没有谁对不起谁。”陆楠吐出一口烟，顺手捻灭烟头，抬起头茫然地看着远处静谧幽蓝的水面，“哥，你知道爱一个人，但是不能跟他在一起，是什么样的感觉么？我想哭。”

陆桉在电话里说了很多。从小到大，他从来没跟陆楠说过那么多的话，也从来没有那么有耐心过。

陆楠闭着双眼，安静地听着他的声音，难受的感觉一点点从心底散去。她就是个俗人，想要天长地久，想要厉漠北宠她爱她，想天天跟他腻在一起。想听他用无奈又纵容的口吻，嗓音哑哑地叫她小孩。想要把所有热恋中情侣会做的事，都跟他做一遍，哪怕真如叶子所说，闹出人命她也不在乎。

然而理想跟现实差距太远，她所想的，再也不会有机会重来。他们错过的不是五年，而是一生。

陆楠挂断电话，脸颊有轻微的凉意，似雨滴滴落。

她不是来旅游的，她只是想找个没人认识自己的地方，安静地发呆，安静地让自己忘掉这半年来发生的所有事情；安静地让自己恢复战斗值，变回结婚之前的自己。躺到中午，叶子估计是睡醒过，陆楠收到她发来的微信，说是已经订了高铁票，晚上走。

陆楠给她回过去，起身回房，倒床里昏昏沉沉地睡过去。梦里全是厉漠北，以致她听到叫门声，开门看到他的一瞬间，感觉还晕乎得厉害。

他伸手抚上她的脸颊，指腹的薄茧刺痛皮肤，唤醒了她的思绪。陆楠眼底的惺忪散去，看着眼前风尘仆仆的男人，眨了眨眼，又眨了眨眼，徐徐环起双臂，倚着门眯眼窥他：“陆桉是你亲哥？”

“亲哥。”厉漠北伸头往她房里瞟了一眼，脸上浮起无懈可击的笑容，“一起去吃饭？”

陆楠忽然特别想把他踢下楼去。

“不说话表示你同意了。”厉漠北伸手推开她身后虚掩的房门，大方地抬脚入内。听陆桉说她春节连家都不回，独自跑到艳遇之城大理旅游，他当时就慌了。

去别的地方，他还能安慰自己，她是去散心。来大理，他没法不多想。

陆楠缓缓转过身，依旧倚着门，皮笑肉不笑地开口：“我没请你进我的房间，也不想跟你一起去吃饭，你能不能远离我的视线？”

她已经尽量让自己平静下来，为什么他就是不肯给她清净?

“不能。”厉漠北若无其事地坐下，“换衣服，带你去吃这边的特色菜。”

陆楠翻了个白眼，慢条斯理地站起来，关了门打开行李箱，拿出牛仔裤和毛衣去洗手间换上。毛衣是叶子给她带的，纯白色的羊毛毛衣，款式和质感都不错，上身效果也好。换好衣服，陆楠把头发扎起来，平静地开门出去。

厉漠北就是个无赖，想要赶走他根本不可能。

“白色很好看。”厉漠北抬眸，炙热的目光在她脸上打了个转，慢悠悠地收敛回去，优雅地站起身。

陆楠似笑非笑地瞥他一眼，套上外套，拎起包开门出去。地方是他找的，出了客栈谁都不说话，安安静静地并肩往前走。很长一段时间，彼此都没有开口的意思，陆楠实在绷不住，只好打破沉默，问他：“过来待几天?”

“随你的安排。”厉漠北一副跟定她的架势，眼底笑意沉沉。

陆楠偏头瞟他一眼，沉默下去。夕阳渐落，金色的余晖洒在洱海的水面上，有风吹过，水面波光粼粼。气温不是很高，好在景色优美如画。陆楠走得很慢，双眼微微眯着，放松心情享受着难得的宁静。

他在，她便觉得心安。这种安全感以及依赖感，她渐渐习惯，并深深上瘾，着了魔一般。

沿着沿海走廊走了许久，厉漠北忽然牵起她的手：“为什么自己跑来这边?”

“很早之前就计划要来，本打算作为毕业旅行的第一站，可惜后来泡汤了。”陆楠没有挣开他的手，低低的嗓音，被风轻易吹散，“我去见过二外公。”

“他准备给你多少补偿?”厉漠北手上的力道加重，脸色也有些发沉。难怪她毫无预兆地跑来云南。

陆楠顿住脚步，拽着他的手逼他停下，另一只手抓住他的领口将他的头拉低，倾身过去，恶意地在他耳边轻笑：“我跟他开价一个亿。”

“少了。”厉漠北似乎一点都不吃惊，手臂环到她腰上把她按在自己的胸口，唇角愉悦地向上扬起，心情非常不错的样子，“我怎么可能才值这点钱?”

陆楠丢了个白眼过去，忍不住嘀咕：“吹吧，反正这会儿风大。”

厉漠北闻言皱了下眉，使劲抱了抱她复又松开手，低头仔细检查她外套的拉锁：“冷的话告诉我。”

陆楠才想噎他，谁知他手臂一伸又将她揽过去，自己在那自言自语：“等你说估计都感冒了。”

她哪有这么脆弱……陆楠抿了抿唇，决定不跟他计较。往前走了许久，厉漠北从外套的口袋里掏出手机看了下地图，牵着她拐进镇子里，径自去了一家很干净的小店。

陆楠坐下，顺手把自己的手机也拿出来。抬起头，厉漠北正在看菜单，密长的睫毛根根分明，高鼻深目的英俊脸庞线条柔和，唇边挂着淡淡的浅笑。

陆楠吞了吞口水，鬼使神差地打开相机镜头，给他拍了张照片。放下手机的瞬间，冷不丁想起去登记那天，两人一副苦大深仇的样子，唇边依稀掠过一抹苦涩。

厉漠北换了个位置，厚脸皮地坐到她身边，伸手揽着她的肩膀，另一只手举高手机，状似不经意地拍了张合影：“哭了？”

陆楠别过脸，假装没听到他的话。下一瞬，他却倾身过来，不轻不重地咬了下她的耳朵，嗓音喑哑：“是我不好。”

陆楠张了张嘴，想说些什么，终究还是没开口。

厉漠北点了四个菜，陆楠把照片拍下来发给叶子，放下手机，漫不经心地拿起筷子：“我想一个人安静地过几天。”

“好。”厉漠北抬起头，眸色深深地注视着她，“先吃饭，你睡了一天，饿坏了吧。”

陆楠眨了眨眼，发现他骨子里是个极其霸道的人，无论自己怎么拒绝，他总有办法让她在不经意间丢盔弃甲。他总能若无其事地关心她，仿佛他们之间，从来就不存在任何问题。

叹了口气，陆楠索性什么都不想，安心享受美食美景。吃完回到客栈，她进了房间尚未来得及关门，他便挤了进来，力道很重地将她抵到墙上，伸出长腿勾上门，低头热烈地吻她。

陆楠蒙了一秒，忽然生气起来，猛地将他推开，背过身粗粗喘气：“你也想像许承洲一样，让我恨你么？”

“陆楠……”厉漠北气息不稳地揉了揉额角，靠近过去，双臂从她腋下穿过去，牢牢地从身后抱住她，“让我好好抱抱你。”

陆楠闭上眼，口中若有若无地发出一声长叹：“言而无信，你说你给我自由，都是谎话。”

“说放就放，那是物件不是感情。”厉漠北低下头，在她颈窝里蹭了蹭，低哑的嗓音缓缓溢出唇瓣，“还有半年协议就结束，到时候你还坚持分开，我绝对不拦你，不让你委屈难过。”

陆楠吐出口气，轻轻点头。厉漠北抱了她许久才缓缓松开手，眼神讳莫如深地端详她片刻，迟疑地转身开门出去。

陆楠在原地站了很长一段时间，鼻端还残留着他身上的好闻的味道，唇齿相濡以沫的甜蜜感觉，亦挥之不去。

出神中，耳边传来房门被推开的动静，跟着是厉漠北低沉温和的嗓音：“难过了？”

“无赖。”陆楠低低地骂了一句，径自坐到露台前的椅子上，不去看他。

厉漠北笑了下，回头把门关上，慢悠悠地走过去，不疾不徐地拉开椅子坐下。陆楠似乎真的生气了，清丽英气的脸庞，浮着无法掩饰的薄怒，嘴巴紧抿。

“把手给我。”厉漠北说着，伸手握住她搭在茶几上的左手，忽然单膝下跪，在她的面前，那么虔诚的姿势，一切毫无征兆。

陆楠心跳加速，看着他变戏法似的从外套的口袋里掏出一只精致的钻戒，耳边听到漫不经心的温和嗓音：“本来想补求婚的时候给你，现在只好提前给了。”

陆楠诧异抬眸，一下子撞进他带着笑意的墨色眸子里，流淌在心底的那点火气无声消弭：“补求婚？”

“每一样我都想补给你。”厉漠北弯着唇角，仔细认真地把钻戒戴到她的无名指上，“那时候看你坐在围墙上，我就想，等我自由了，我一定要守着你长大。”

“马后炮。”陆楠笑了下，抬起手仔细欣赏指间的戒指，“你能不能不这么肉麻，我在生气。”

“生气还笑？”厉漠北挑了挑眉，起身过去，弯腰将她抱到自己腿上，低头亲了下她的耳朵，“陪我过完新年。”

陆楠闷闷地“嗯”了一声，伸手勾着他的脖子把他的头拉下来，面红耳赤地亲他的耳朵。

厉漠北闷笑出声，环着她的手臂收紧了一些。也就是她，他才愿意无条件地纵容，无条件地宠着，哪怕把自己折磨至死。

陆楠卸下防备，窝在他怀里，寻了个舒服的姿势安心地闭上眼。自从看清自己的内心，她在他面前甚少放松，谣言出来之后，防备也日渐增多。

可她讨厌那样的相处，她跟窦晗、叶子或者师姐私下相处，从来不是那个样子。她在他面前，始终全副武装。

戒指硌得手指有些不舒服，陆楠睁开眼，定定地看了片刻，又缓缓闭上。他的怀抱很暖，暖得她都希望时间永远静止在这一刻。周围静默，彼此的呼吸在空气中纠缠在一起，分外地安宁温馨。

陆楠听着他沉稳有力的心跳，鼻端闻着他身上好闻的味道，渐渐又睡着过去。

“陆楠？”厉漠北唤了她一声，不见她有回应，低头见她已经睡着，眼神一瞬间柔和下来，心底软成了水。

别扭的小孩……

明天就是除夕，各家各户都忙着抓紧时间采购年货，贴春联挂灯笼。许承洲站在窗边，出神地看着种在围墙根上的蔷薇。厉漠北那天给他打电话，说他再也不欠自己了。

他想了很久，都没能明白这句话的含义，直到昨天晚上，蒋牧尘告诉他，陆楠和厉漠北分手了，理由是那些谣言会伤及陆楠的父母。

陆楠怕是得知自己跟厉漠北的关系时，就已经把双方家长的心思看透。姑姑瞧不上陆楠，并不单单是因为她嫁给厉漠北是为了钱，而是觉得康茹馨的出身才是最适合的。

他比谁都清楚，陆楠在这桩婚姻里的弱点，所以编那些话让康茹馨传出去的时候，他用词刻薄。二爷爷说他心胸狭窄，即使读了那么多的书，见识依旧跟乡野莽夫、无知妇孺毫无区别。他还说，往一个女人身上泼生活作风不正的污水，是最下作的做法。尤其身为男人，用词刻薄地去攻击一个女人，简直不配为人。

受罚之前，他就已经悔意丛生。听到这些话的那一个瞬间，心底便存了可怕的预想。陆楠一定不会妥协，她那么骄傲那么固执，又那么心软，怎么可能会让她爸妈受人非议？

可真的听到她跟厉漠北分手的消息，他还是彻底地傻了。他欠陆楠的，何止是一句“对不起”？！

他闭了闭眼，视线中忽然出现两道车灯的亮光，跟着便看到那辆车停在陆楠家门口。许承洲眼皮跳了跳，死死地盯着车牌，瞳孔剧烈收缩，扭头狂奔下楼。

这个时候，康茹馨忽然来陆家，她要做什么已经不言而喻。陆楠从来没跟父母说过她结婚的事，更没告诉他们，她跟厉漠北结婚是为了帮盛教授摆平麻烦。

这件事的内情，康茹馨不知道，她所知道的只是陆楠为了钱。开门出去，康茹馨已经下了车，她面前站着一个身姿挺拔修长的男人，两人沉默对峙的气息比周遭的空气更寒冷。

许承洲堪堪刹住脚步，静静地站在信箱旁的阴影里。那是陆楠的双胞胎哥哥，他知道。

“陆楠没有姓康的朋友，你来若是想趁机羞辱我爸妈，那还是请回吧。”陆桉眯起眼，低头翻出厉漠北的号码拨过去。他们家闹出来的幺蛾子，他们家自己解决。想欺负陆楠，先问问他答不答应。

“看来是你们全家的主意，为了钱，还真是绝情，连亲生的女儿都卖。”康茹馨扬起下巴，满脸的轻蔑和不屑，“可惜人家看不上，也容不下她。”

陆桉横眉怒目，差点破了自己不打女人的规矩。厉漠北把事情的原委都跟他说了，若非如此，他不会告诉他陆楠在云南的地址，让他追过去。

笨蛋陆楠，什么事都想做到最好，谁对她好，她拼了命地想要报答回去。出事的人是盛教授，所以她才不惜透支自己的人生，还她欠下的债，不想麻烦任何人。

好在她够幸运，遇到了厉漠北。否则他真不敢想，他的妹妹这些日子是怎么过来的。她并没有外表看起来的那么坚强，那么无坚不摧。她跟其他女孩一样，会哭，会耍赖，脆弱的时候会选择逃避现实。

艰难地压下汹涌于心头的怒火，陆桉上前一步，黝黑的眸子如寒冰般发出阴冷的光芒，居高临下地盯着康茹馨：“康副局长的千金如此没修养，我也是意外得很。”

康茹馨脸色微变，俏脸浮起薄怒：“至少比陆楠好一点！”

“在我眼中，没人比她好。而你好不好，跟我没有一丁点的关系。”陆桉说完，忽然抬起手，将手机举到她的耳边，“你觉得你还有机会嫁给我妹夫么？对了，我录了音。”

话音落地，许承洲寒着脸从暗处出去，抓起康茹馨的手，不由分说地将她抓进爷爷留下的别墅。

陆桉站在门外，若有所思地看着两人的背影消失在大门后，拿起手机接着道：“谣言这事你摆不平，就老老实实地跟她去离婚，以后有多远滚多远。不然，我会让你们家上下都确信，你喜欢的是男人！”

“过完春节，我会给你个交代。”厉漠北的嗓音很轻，“我不会跟她离婚，这一辈子都不可能。”

“那你最好信守诺言！”陆桉面有愠色，说完便挂断电话，转头回了院里，重重关上门。

许老别墅客厅。

许承洲点了根烟，掩在镜片后的漆黑眸子，透出骇人的阴冷，看着被他用领带反绑了双手的康茹馨。他怎么都没想到，她会疯狂如斯。先是趁着二爷爷入京看望宋老，私下跑去见陆楠，回来还这么的不安分。

烟雾缭绕，刺鼻的尼古丁味道，很快弥漫四周。康茹馨难受地咳了一阵，狼狈地哭出声：“你放开我，你这个伪君子，要不是你让我传那些谣言，许阿姨不会不见我。”

“你爱厉漠北，可他不爱你。他爱了陆楠十七年，在你爸还没爬到那个位置，在你还没认识他之前，他就爱上了陆楠。”许承洲吐出一口淡淡的白烟，倏地笑了，“要说先来后到，你已经输了。”

“十七年？”康茹馨使劲把眼泪逼回去，不敢置信地望着他，“他们不是……”

“不是，蓝铮你记得吧。四年级转去你们学校跟你同班的小傻子，他是被我打傻的。”许承洲眯了眯眼，把眼镜摘下来，嗓音压抑地把这件事翻出来。

年少作恶，总以为理所当然，上头有父母有姑姑姑父惯着，他从不认为自己有错。厉漠北来西城被关了四年，而自己只是听了几句口头警告，事情便翻篇。他身为兄长，不曾拿这事刺激他，亦不曾借着这事要求自己原谅他错认肖楠。他宠他惯他，仅仅是因为他是弟弟。

“他没喜欢过肖楠？”康茹馨吸了吸鼻子，目光茫然地望着眼前的男人，“厉漠北喜欢的人，一直是陆楠，任何人都无法取代，为什么你之前不告诉我！”

要是她早知道，决计不会让自己变成如今这般不堪的模样，不会处处摆出高人一等的姿态，轻鄙陆楠。就算许音华把她夸上天，她也不会妄想嫁给厉漠北。

“我爱陆楠。因为得不到所以才报复，可是报复没有任何快感，反而难过得想死。”许承洲自嘲地掀了掀唇，狠狠抽了一大口烟，“肖楠她其实不爱我，在一起的三年，说起来不过是我的一厢情愿，只是当时未能看清。”

康茹馨再次惊诧，一时间百般滋味在心头，压得她几欲窒息。

“肖楠追你，是跟我打赌，为了赢走我手里将近十万块的压岁钱。那会儿她爸刚被降职又开车撞死了人，家里急需钱。我那时候想，若是你们在一起，我可以找借口跟她一块儿上你们家玩，可以接近厉漠北。”康茹馨闭上眼，难受地喘着气。

“都过去了，我已经原谅她，可是我自己做的恶，还得我自己还。”许承洲捻灭烟头，把眼镜戴上，抬脚过去帮她把手捆着的手解开，“你争不过陆楠，任何人都争不过。他的心里除了陆楠，谁都容不下。”

康茹馨心如死灰，木然地看着窗外的蔷薇花枝。那样坚固如信念一般的情感，只是听旁人说出来都觉得不可思议，她又怎会傻到继续做梦?

许承洲收起领带，抬手看了看表，弯腰把她扶起来：“我送你回去。”

康茹馨点了点头，失魂落魄地把手交给他，心中一阵后怕。刚才她跟陆桉说话，厉漠北在电话那头一直听着，他会不会做出什么过激的举动？她越想越怕，脸上的血色一瞬间褪去，无措地把自己的担忧告诉许承洲。

“不会，他现在应该跟陆楠在一起。”许承洲安慰她一句，墨色的眉峰渐渐压低。

不管陆楠是否原谅他，他都希望，她能幸福。

陆楠是被窗外的鞭炮声吵醒的，睁开眼，鼻端闻到熟悉的气息，顿时有片刻恍惚。

她抬起左手，看到无名指上明晃晃的钻戒，睡过去之前的景象瞬间涌入脑海，唇角无意识地翘起。

“醒了？”厉漠北哑哑地问了句，唇瓣贴到她的额头上，细细亲吻，“真能睡。”

陆楠囧了下，伸手推他：“你起来。”

“不起。”厉漠北咕哝一句，掌心贴着她的后颈滑下去，“这么美的朝阳，错过了岂不是可惜。”

说着，他翻身压上去，在她唇上轻轻咬了一口，不容她抗拒地解开睡袍的带子，跟着低头封住她的唇，缓缓辗转着吮吸。

她的味道甜得像蜜，勾动他所有的神经，让他欲罢不能。而今天，跟之前又有很大不同，甜得他想要发疯。

陆楠低低地哼了声，娇柔妩媚。

厉漠北的吻强势霸道不容拒绝，仿佛燃烧的火焰，带着能焚毁一切的力量。他的手仿佛带着魔力，轻易点燃她全部的情绪。

陆楠深陷进去，无意识地抱着他的脖子，回应着他的热情。结婚半年，终于走到这一步，感觉却好像迟了很久。她渴望跟他更近一些，渴望跟他水乳交融，渴望他身上的所有，甚至迫切地想要抓住这片刻的幸福，如飞蛾扑火一般。

“陆楠……”厉漠北哑哑地唤着她，眸光晶亮璀璨地注视着她迷迷蒙蒙的双眼，看着她白皙的皮肤，在他手中一寸寸泛红，看着她动情的生涩模样。

陆楠闭着眼，手臂无助地圈住他的脖子，嘴里发出闷闷的轻哼。厉漠北扬起唇角，在她性感漂亮的锁骨上留下属于自己的印记，早已烧灼的激情渐渐燎原。

陆楠紧紧抓着他结实有力的胳膊，微微闭上眼，身体止不住地轻颤……当彼此的气息终于平稳下来，从疯狂和缠绵中清醒过来的时候，窗外已经起了暮色。

陆楠筋疲力尽地睁开眼，眸中有片刻恍惚，不知今夕何夕。她在厉漠北怀里蹭了蹭，只觉得脑袋昏昏沉沉，全身都快要散架一样，还有些轻微的痛意。

“累坏了？”厉漠北轻吻着她的眉眼，翻身压上去。

陆楠张嘴就在他肩膀上狠狠咬了一口，委屈地骂道：“禽兽……”

厉漠北眸色深深地看着她素净白皙的脸庞，低头，安抚着亲吻她发红的耳朵：“结婚半年了，你还不许我一次吃个够本，真狠心。”

陆楠勾下他的脖子，张嘴咬上他的唇，眼底闪烁着迷离的光。厉漠北仿佛受到了鼓舞，灯都没开就把她抱起来，抵到露台的落地窗上，面对着暮色下的苍山洱海，真切感受着她给予自己的爱。

一直到大年初一下午，那种激狂难耐的疯狂情绪才平息下去。陆楠双腿软得几乎走不动路，厉漠北也没多好，但他只休息一会儿便生龙活虎。她懒洋洋地趴在床上看他把茶几收拾出来，摆上店里老板娘准备的饭菜，陆楠忽然笑了：“老厉……”

厉漠北明显怔了下，回头看她：“叫我什么？”

“小北哥哥。”陆楠眨了眨眼，掀开被子下去，抱着他的腰踮起脚吻他。

“还想要？”厉漠北轻啄两下，抱着她坐下，双手掐着她的腰窝，将她固定在自己腿上，先吃饭。”

“你喂我。”陆楠歪头在他脖子上蹭了蹭，抱怨地道，“累死我了。”

厉漠北餍足地舔了舔嘴角，拿起筷子喂她吃饭。吃饱喝足，陆楠解开手机锁抢红包发红包。他抱着她，见她每次都只抢到一毛两毛的，还被窦晗他们取笑，忍不住拿起手机，直接给她转账。

“一百八十八万？土豪我们做朋友吧！”陆楠回头亲他，眼睛亮晶晶的，似夜空里最璀璨的那颗星。熠熠生辉的光芒，刺得他禁不住又有些心猿意马。

陆楠知道他想干吗，在他准备吻回来的瞬间，迅速避开，继续拿着手机抢红包。厉漠北低低地闷笑几声，若有所思地看着手机屏幕。康茹馨去陆家找茬那晚，许承洲也在西城的别墅，两人隔天一块出国，年都不过，也没给家里人任何交代。

这两天他跟陆楠一直在一起，她的手机没有电话进来过，短信好像也没有，基本可以排除许承洲联系她的可能。捻了捻眉心，厉漠北垂眸，见陆楠还在抢红包，不由得摇头。

腻在客栈待到初四，两人各自接到家里的电话，退了房，一起出发去机场返回B市。陆楠上了飞机就开始睡，落地的时候人还恍恍惚惚。

上车返回市区，厉漠北将她送到家附近，用尽全身的力气，发狠地抱着她。陆楠挑了挑眉，轻声在他耳边低喃：“我爱你，这三个字，这辈子只说给你听。”

“等我来接你。”厉漠北心神微震，双臂紧紧地抱着她，愈发不舍得放手。她说，她爱他……许承洲和康茹馨大年初三在朋友圈发了一段澄清的视频，现在都传遍了。家里这边已经没有任何人阻拦他们在一起，不过这个消息，暂时还不能告诉她。

陆楠安静地让他抱了一会儿，艰难将他推开：“快回去。”

语毕，她决然转身，脚步轻盈地走进家门。爸妈都在家，陆楠听他们训完话才知道，康茹馨来过，同时知道自己跟厉漠北结婚的事露馅了。

惴惴不安地瞅了一眼陆桉，见他似乎没有要帮忙的意思，陆楠只好给厉漠北打电话，让他中午过来一趟。爸妈的意见是他们瞧瞧，同意他们继续在一起就留他吃饭，不同意就不留。

瞒着他们，自己跟人登记结婚确实是她不对，所以她只能照做。厉漠北来得很快，看样子好像还没回到家，开的车是蒋牧尘的。

“我给爸妈带了些礼物。”厉漠北往客厅瞄了眼，压低嗓音耳语，“他们什么意见？”

“留你吃饭算是同意，不留，过了初七我们去办手续。”陆楠耸肩，“我爸很固执，你自己看着办，我帮不上什么忙。”

“就知道你狠心。”厉漠北佯装不悦，“你是不是想再甩我一次？”

陆楠不说话，伸手去接他手上的东西。厉漠北眼底浮起无奈，只一瞬旋即平复下去，微微扬起唇角。他怎么可能会让她再甩自己一次？

进客厅坐下，陆楠丢下他不管，回厨房帮妈妈准备午饭。厉漠北好气又好笑，把礼物放到茶几上，恭恭敬敬地跟陆国华打招呼：“伯父好。”

“跟陆楠交往多久了？”陆国华对他的印象不差，又跟许老做了几十年的邻居，所以并没摆什么架子。

“半年。”厉漠北一点都不拘谨，四平八稳的语气，“之前闹过一些矛盾，所以没好意思告知我跟她在交往的事，望伯父见谅。”

陆国华瞥他一眼，伸手把果盘推过去：“陆楠性子固执，而且脾气也不太好，你若是没有结婚的打算，我是决计不同意你们交往的。”

“有打算，但是一切要看她怎么想，她说她要考博，我很支持。”厉漠北应对自如。

“你年纪不小了，你爸妈难道一点都不着急。”陆国华脸上的表情没有太多变化，只是看他的眼神变了变。

厉漠北沉吟片刻，平静地把自己的打算和盘托出。先登记结婚，如果陆楠不愿意，他也不会勉强她必须走办婚礼这个形式。而且婚后他们都在北京定居，逢年过节的时候才回这边，基本不会有婆媳矛盾。就算将来要小孩，也有保姆和月嫂，不可能会麻烦到两边家长。

把所有他担心的问题讲清楚，厉漠北心想，这顿饭总得留自己吃了吧。谁知陆国华只是点了点头，大手一挥，招呼陆楠送客。

出了陆楠家的院子，厉漠北还有点回不过神。他自认表现得还好，怎么就博取不了岳父的信任？抿了抿唇，硬拉着陆楠上了车，蹙眉睨她：“你爸好像很不满意。”

陆楠也没想到会是这样的结果，情绪低落，疲惫地靠着椅背发呆。厉漠北见她难过，眸光沉了沉，俯身过去轻吻她的唇角：“没关系，这次不留，下次肯定会留。”

“你还想有下次？”陆楠有点郁闷，“你俩聊什么了？”

厉漠北简单复述了下刚才跟陆国华的聊天内容，感觉特别费解：“我没说错什么吧？”

陆楠皱了皱眉，伸手将他推开，无奈地说：“将心比心，阿姨看不上我，我爸看不上你也无可厚非。”

厉漠北一愣，回过味来顿时笑了：“相信我，这点面子我一定会让他挣得足足的。”语毕，不等她反应，俯身亲了下她额头，安抚道：“安心回去吃饭，相信你老公。”

“别这么自信，我爸可没那么好说话。”陆楠见他神色轻松，伸手抱了抱他，开门下车。

厉漠北坐在车里，等着她把院门关了，这才发动车子倒车出去。

陆楠不敢问，爸妈好像商量好了似的闭口不提这事儿。叶子有事回这边，窦晗也回来了，她心里不舒坦，正好窦晗打电话过来约她去喝酒，她想也不想就答应下来了。这顿酒许爷爷没过世之前就约了，没想到年都要过完才喝上。

吃晚饭的时候陆楠忍不住试探了下妈妈的态度，结果什么都没打听到。她放了碗便闷闷不乐地打车进市区，去跟窦晗她们会合。心气不顺，喝着喝着，大家都喝多了，散的时候全醉得不成样子。

勾肩搭背地从楼上下来，陆楠看到厉漠北等在门外，迷蒙地眨了眨眼，脚步虚浮地过去把他抱住。留意到沈澈和蒋牧尘也在，脑子里有片刻清醒，下一瞬又变得糊涂。

跟着厉漠北上了车，陆楠歪在副驾驶座上，一直嚷嚷着要送叶子去酒店，不能让她跟蒋牧尘在一起。

“是她给牧尘打的电话。”厉漠北头疼地看她一眼，不断提高车速。

陆楠“哦”了一声，醉醺醺地闭上眼，也不知道有没有把话听进去。厉漠北拧着眉，把车开回东城别墅。

陆楠下了车，等他靠近过来突然伸手抓住他的衣领，骤然将他拉得俯下身来，不等他说话便堵住他的嘴。厉漠北好气又好笑，单手扣紧她的腰，吻了一会儿，弯腰将她抱进客厅。

陆楠被他放到沙发上，手臂挥了挥，又抓着他的领口不放：“喝水。”

“乖乖躺着别动。”厉漠北掰开她的手，倾身从茶几上把矿泉水拿过来，拧开喂她，“以后不许喝这么多酒。”

陆楠喝了水，不怎么情愿地“嗯”了一声，脑袋晃来晃去地往他身上蹭：“头疼。”

“头疼还喝这么多。”厉漠北皱眉，脸色不悦地将她抱起来，大步上楼。

陆楠刚进洗手间就吐了，弄了厉漠北一身。厉漠北拧紧眉头，给浴缸放了水。

陆楠身子软绵绵地挂在他身上，手还特别不老实。又吐了几次总算消停下来，厉漠北把她放进浴缸，回头冲干净地板，把脏衣服丢进洗衣机，又折回去给她洗脸洗澡。

“厉漠北……”陆楠眯着眼，迷迷糊糊地抓住他的手，“我想咬你。”

厉漠北还没说话，虎口的位置顿时传来一阵剧痛，垂在手背上方的脑袋跟吸血鬼似的，还不停地晃来晃去。他恍惚想起上回在北京，她好像没这次醉得厉害，不由得心疼。

中午岳父没留他吃饭，她肯定又想多了。年纪不大，心思一堆一堆的，也不嫌累。而且，她是真的不信任他，从双廊回来这一路他就看出来了。这毛病也不知道什么时候能改改。

陆楠根本没意识到自己用了多大劲，咬了一会儿松开，又摇摇晃晃地滑进水里。厉漠北瞟一眼渗出血丝的牙印，绷着脸把她捞出来，扯下浴巾胡乱裹了一圈，抱她回卧室。

陆楠脑子里全是糨糊，倒进床里哼了哼，难受地闭紧双眼。喝太多了，脑袋一阵阵地疼，胃里也烧得慌。厉漠北陪着她一块儿躺下，温柔地将她锁在自己胸前，眉头却皱得死紧。

本以为在双廊的几天，她已经向自己彻底敞开了心扉，原来还是没有。在她的心里，他所占的位置，小得似乎都可以忽略不计。

陆楠喝醉太能闹了，半夜把他踢下床不算，还让他去隔壁睡。折腾到凌晨三点，她估计是闹得累了，这才沉沉睡过去。厉漠北揉着额角重新躺下，墨色的眉峰在暖黄的光线下，不住压低。以后坚决不能让她沾酒，一滴都不行。

陆楠醒来已经日上三竿，卧室里弥漫着一股怪怪的味道，脑袋疼得像要炸开。上次喝醉她就警告过自己，不许再犯那样的错误，没想到还是控制不住，喝着喝着就喝多了。

坐起来看了一圈不见厉漠北，陆楠略觉失望，难受地掀开被子下床，昏头昏脑地晃去洗漱。这边还留着她的洗漱用具，她拿起牙刷挤了些牙膏上去，睁了好几次眼都觉得难受，索性闭着刷牙。过了一会儿，感觉到厉漠北进来，她睁开眼尴尬地冲他笑：“早。”

厉漠北点点头，径自走到她身后将她抱住，下巴搁到她肩膀上厮磨：“不疯了，嗯？”

“我听不懂你在说什么。”陆楠脸色爆红，低头避开他透过镜子投射过来的玩味眼神，“也不记得自己昨晚做了什么。”

“当真？”厉漠北偏头亲吻她的耳朵，温热的唇瓣渐渐下移，手也没闲着，扯开她身上的浴巾丢到一旁，“你嘟嘟囔囔一晚上，现在给你。”

陆楠轻颤了下，拿起牙刷继续刷牙。这个骗子，她才没说这事。她喝多了是事实，但没喝断片儿，真当她什么都记不住啊。可谎话已经出口，想收回来似乎有点难。

而且，她低估了厉漠北的执着程度，被他摁到洗手台上的时候，某种深藏心底的隐秘渴望，似乎也在一瞬间被他点燃……

早餐自然没能及时吃上，陆楠累得头晕目眩，进了书房就躺到落地窗前的美人榻上不想起来。窗外阳光正好，照着静谧别致的庭院，一览无余。懒洋洋地晒了会儿太阳，厉漠北把早餐端上来，陆楠耍赖要他喂。吃了一口粥，留意到他左手的虎口有伤，而且很像牙印，顿时尴尬得恨不能挖个地洞钻进去。

“打算怎么补偿我？”厉漠北忍着笑，故意把手伸过去，方便她看得更直观，“下嘴怪狠的。”

陆楠吞了吞口水，佯装镇定地抬起头：“你想要什么补偿？”

“想好了告诉你。”厉漠北意味深长地看了她片刻，把粥递过去，拿起自己的那碗，慢条斯理地吃起来。

他的眼神太那啥了，陆楠感觉他的要求会很羞耻，低着头不去看他，老老实实自己吃。吃完在楼上又歇了会儿，不见厉漠北上来，陆楠回卧室换上套加厚的家居服，下楼去院子里找他。

别墅每周都有园丁过来打理，一些常绿的盆栽都照顾得非常好，围墙的蔷薇花枝也才修过没多久，不知道他在忙什么。

陆楠走了一圈，找到他后觉得阳光有一点点晒，遂坐到水池边的香樟树下，一边拿手机给叶子和窦晗发微信，一边看他给兰花换土。

他身上出了不少的汗，一滴一滴顺着高挺的鼻尖往下落。陆楠看得出神，脑海里不禁浮起他方才的模样，感觉有点躁。她收回视线，脸颊止不住地发烫。这个祸水！

“怎么不睡觉？”厉漠北把手上的事做完，洗了手过去，拿起茶几上的毛巾擦了擦汗，动手将她抱到腿上坐下，“爸妈没问你昨晚怎么不回去？”

“我出门的时候跟他们说了，我跟窦晗住。”陆楠侧过身，翘着唇角，伸手抚上他性感的喉结，轻轻摩挲，“为什么这个时候换土？”

“过几天春雨就要下了，这几盆花是从外公别墅那边搬过来的，我得照顾好。”厉漠北捉住她的手放到唇边亲了下，嗓音微微发哑，“晚上不回去？”

“不可能……”陆楠话音才落，手机就有电话进来，看过号码旋即忍不住揶揄，“你亲哥。”

厉漠北摇头失笑，等她打完了电话，牵着她的手一块回屋。陆楠去车库把他送给自己的车开出来，忧心忡忡地回家。爸妈都不在家，陆桉也跟同学出去玩了，整栋楼空荡荡的，特别冷清。

她上楼换了睡衣躺床上，却怎么都睡不着。翻来覆去间，目光落到自己的电脑包上，恍惚想起许承洲给自己的信，还有结婚证和跟厉漠北签的协议都在里面，忍不住起床过去翻出来，重新躺回被窝里。

结婚证还新得像才拿回来，而且照片上的两个人真的是一点笑容都没有，眼神陌生地望着镜头，各自保持着戒备的距离。半年了，时间过得真是快。陆楠牵了牵唇角，清澈的眼眸隐约浮起笑意，拿起协议，一条一条往下看。

不是她签字之前看到的那份！这一份内容，根本就是丧权辱国的不平等条约。所有的条款，写的都是他不能如何如何，对她没有丝毫的要求。

她的视线在“一百年后”四个字上定格，没来由地红了眼眶。一百年，他倒是想得美！

将协议装回去，陆楠迟疑了下，拆开许承洲发给自己的快递信封，拿出上次只看了一眼的信，静下心慢慢往下看。

八年的陪伴，他真的很了解她，所以他选择离开。他说祝福，说对不起，说他庆幸自己没有坏得那么彻底，没有跨过朋友的那道底线……陆楠把信看完，忽然就不恨他了。一生那么短，或许某一天睡着就永远不会醒来，与其恨他，不如相忘于江湖，彻底放下。

隔天窦晗早早打电话约她逛街，陆楠收拾妥当，下楼跟爸妈说了一声，出门拿了车去跟窦晗会合。爸妈没问是谁的车子，只交代她别玩太久，家里可能会来客人。

这都正月初六了，还能有什么客人来，陆楠压根没往心里去。到市区接了窦晗，顺便把叶子也叫出来，开开心心地开车去兜风，把逛街的事都抛一边去了。玩得正高兴的时候，厉漠北忽然来电话，让她马上回江滨路等他。

陆楠听他的语气很急，只好别过窦晗和叶子，匆忙赶过去。将车停进车库，厉漠北的车子也到了大门外。陆楠狐疑地蹙眉，上车就问他："到底怎么回事？"

"要回你家，人可能有点多，场面可能也比较大，你跟着我，别怕。"厉漠北微微勾起唇角，发动车子平稳地向前开去。

陆楠拍了拍胸口，有些不明所以："为什么会有很多人？"

问完想起出门前爸妈说有客人的事，眼皮跳了跳，直觉厉漠北是要过去正式拜访。厉漠北侧眸看她一眼，并未回答她的问题："我也不知道，陆桉说的。"

他说过，要让岳父的面子挣得足足的，自然不会食言。

"陆桉说的？"陆楠听他这么说便不问了，觉得跟自己猜得没差。

回到西城，车子才进巷子，陆楠立马又觉得自己猜错了。这边很少有这么多的豪车出现，偶尔过个宝马5系都稀奇，不到百米的距离竟然停了好几辆价值过百万的车，这太不寻常。

厉漠北见怪不怪，将车开到她家门外，下车绕过车头，体贴地帮她把车门打开。陆楠下车，左右看了一圈，眼皮又跳得厉害。她看到了厉永新的座驾。

"老厉……"陆楠才开口，厉漠北的手就覆了上她的唇，低头在她耳边轻笑，"别怕，我说过有我在，你安心跟着我就行。"

大概是他笑的样子太好看，又或者潜意识里在期待着什么，陆楠整颗心都提了起来，双腿微微发软。进了大门，院子里站了好多人，陆楠脑袋嗡嗡作响，只记得许老爷子郑重其事地提亲，郑重其事地把她和厉漠北叫上前，语气和蔼地让他们好好相处。

记得盛教授眉眼含笑地夸爸妈有福气。陆楠甚至不记得自己有没有改口喊许音华"妈"，只记得自己没失礼，紧张得差点不知道该怎么呼吸。

许音华的态度完全变了，变得有点毛骨悚然。完全一副"儿子我交给你了，你好好管教他"的信任模样。敬完茶陪许老爷子在院子里下棋，陆楠心里七上八下，好几次都忍不住想问他，是不是一个亿兑现不了，所以把厉漠北抵给她？

考虑到人家给足了爸妈面子，最终还是压下了疑问。下了一局，许老爷子输了，看她的眼神跟刀子似的锐力无边，惹来盛教授好一顿嘲笑。到附近的饭店吃过便饭把人送走，陆楠被厉漠北拉上车，手心里潮得都能挤出水来。

“出息……”厉漠北拿着纸巾，仔细帮她把手擦干，跟着握住她干干净净的手指把玩一番，执到唇边细细地吻着。

陆楠抽回自己的手，似才从梦里惊醒过来，盯着他看了许久，生气地噎他：“你能耐，你刚才怎么没当着陆桉的面喊哥？”

厉漠北脸上的笑意瞬间凝固在嘴边，皱了皱眉，佯装镇定地发动车子。陆楠“噗”的一声笑出来：“出息。”

厉漠北郁闷得不行，把车停下，倾身过去情不自禁地吻了下她的脸颊：“待会儿看我怎么收拾你。”

陆楠轻颤了下，脸颊瞬间烧得通红。厉漠北愉悦地扬起唇角，坐回去，一脸淡定地把车开出去。回到东城的别墅，一进门陆楠就被他抱了起来，脚步飞快地上楼。

“大骗子！”陆楠心底滑过一抹异样，无意识收紧的手指将他身上的西服抓出深深的皱褶，掌心又溢出细密的薄汗，“禽兽！”

厉漠北低头看她一眼，唇边的笑意渐浓。进了主卧室把她放到床上，他脱了外套，缓缓单膝跪下，温柔地执起她的手放到唇边轻吻：“陆楠，嫁给我。”

陆楠挑了挑眉，缓缓勾起唇角，眯眼望着他深邃漆黑的眸子，抽开手抚上他的脸，指尖沿着他英俊的脸部轮廓温柔地描摹：“好。”

“真乖。”厉漠北捉住她的手，高大挺拔的身躯扑过去，激动难抑地将她压到身下，热烈地封住她的唇……

她是他的梦，是他心中无法磨灭的执念，未来幸福可期。

（全文完）